KB111408

학생가의 살인

GAKUSEIGAI NO SATSUJIN

ⓒ Keigo Higashino 1987

All rights reserved.

Original Japanese edition published by KODANSHA LTD.

Korean translation rights arranged with KODANSHA LTD.

through EntersKorea Co., Ltd.

학생가의 살인

초판 1쇄 펴낸 날 2014년 8월 6일 11쇄 펴낸 날 2023년 11월 30일
지은이 히가시노 게이고 **옮긴이** 김난주 **펴낸이** 박설림 **펴낸곳** 도서출판 재인 **디자인** 오필민디자인
등록 2003. 7. 2 제300-2003-119 **주소** 서울시 강남구 도곡동 467-6 대림아크로텔 1812호
전화 02-571-6858 **팩스** 02-571-6857

ISBN 978-89-90982-54-4 03830 Copyright ⓒ 재인, 2014 Printed in Korea.

책값은 뒤표지에 표시되어 있습니다. 잘못된 책은 바꿔 드립니다.

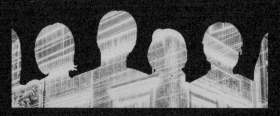

학생가의 살인

히가시노 게이고

김난주 옮김

재인

차례

1장
수태, 허슬러, 그리고 살인
7

2장
여동생, 형사, 그리고 밀실
105

3장
크리스마스트리, 브레이크 샷,
그리고 가죽 재킷의 사나이
213

4장
수수께끼 풀이, 대결, 그리고 역전
333

5장
묘원, 성당, 그리고 안녕
451

해설 진보 히로히사 565

수태, 허슬러, 그리고 살인

1

두 사람의 지금 심정을 고려하면, FM 라디오에서 흘러나오는 루 도널드슨의 연주는 배경 음악으로 다소 적합하지 않았다. 고헤이는 정좌한 자세로 손을 길게 뻗어 라디오 스위치를 껐다.

그 순간 세 평짜리 방을 침묵이 지배했다.

히로미는 평소보다 약간 굳은 표정으로 찻잔 둘에 녹차를 따랐다. 그리고 유난히 큰 찻잔을 고헤이 앞에 놓았다. 동네 초밥 집이 개점했을 때 추첨에 당첨되어 사은품으로 받은 것이다.

고헤이는 차를 한 모금 마시고는 찻잔을 내려놓고 낮은 목소리로 물었다.

"왜 그런 거야?"

히로미는 방석 위에 반듯하게 무릎 꿇고 앉아 차를 마시고 있었다. 고헤이의 물음에 히로미는 이상하다는 듯이 고개를 갸웃 움직였다.

"뭘?"

"그러니까,"

고헤이는 후루룩 소리 나게 차를 마셨다.

"왜 수술을 했냐고."

히로미는 뭐야, 그 말이었어, 하는 듯이 입술을 벌렸다.

"그러는 편이 좋으니까."

"왜? 낳아도 좋았잖아."

고헤이의 목소리가 거칠어진다.

"낳아서, 어쩌려고?"

"키우지. 내가 보살피고."

히로미는 찻잔을 내려놓고 마치 가벼운 두통이라도 느낀 것처럼 이마에 손을 댔다.

"고맙네. 하지만 이건 내 문제야."

"내 문제이기도 하잖아. 내 아이라고. 아무리 내가 당신보다 나이가 어리기로서니 어떻게 의논 한마디 없을 수가 있어?"

고헤이는 히로미를 똑바로 바라보았다. 중대한 일이다. 오늘만큼은 쉽게 물러서지 않을 작정이었다.

그러나 히로미도 이 정도 일로 고헤이의 눈길을 피하지는 않는다. 눈꼬리가 약간 올라간 커다란 눈으로 고헤이의 시선을 똑바로 받으면서 차분한 목소리로 말했다.

"네 아이가 아니었다고 하면, 납득하겠니?"

고헤이는 헉, 숨을 멈췄다. 겨드랑이에 식은땀이 한 줄기 흘렀다.

"거짓말이지?"

그가 간신히 말을 뱉었다.

히로미는 그의 눈길을 피하지 않은 채 무표정하게 말했다.

"그래, 거짓말이야."

후. 고헤이가 숨을 내쉬었다.

"농담할 때가 아니잖아, 당신이 걱정돼서 하는 말인데."

"나는 괜찮으니까 신경 쓰지 마."

히로미는 일어나 창문을 열고서 심호흡을 했다. 그리고 같은 말을 반복했다.

"괜찮아. 괜찮아."

"몇 개월이었어?"

고헤이가 물었다.

"3개월."

고헤이는 머릿속으로 계산해 보았다. 임신 개월 수로 수태한 날짜를 추정하려면 그냥 뺄셈만 해서는 안 된다는 것쯤 그도 알고 있다.

"그럼 그때……."

고헤이가 그렇게 중얼거리는데, 히로미는 그 말이 들리지 않는다는 듯이 창가에 놓인 화분을 들었다.

"어머, 싹이 났네. 무슨 씨라도 뿌린 거야?"

그 물음에는 대답하지 않고 고헤이는 히로미를 올려다보며 말했다.

"수술비 줄게. 사실 이런 식으로 책임지고 싶지는 않지만, 이미 벌어진 일이라 어쩔 수 없으니까."

히로미는 화분을 제자리에 놓았다. 그리고 벗어 두었던 재킷을 걸친 뒤 고헤이를 향해 싱긋 웃었다.

"돈도 없는 주제에. 괜찮아, 그런 걱정은 하지 않아도."

"괜찮지 않아."

"괜찮아."

그녀는 트루사르디 핸드백을 들고 구두를 신었다.

"사실 고 짱에게는 비밀로 하려고 했어. 그런데 말하고 나니까 좀 후련하네. 그걸로 고 짱의 역할은 끝이야."

또 올게. 그 말을 남기고 히로미는 나가 버렸다. 고헤이는 무슨 말이든 하려고 했지만, 결국 할 말을 찾지 못했다. 아파트 계단을 내려가는 소리가 리드미컬하게 들려온다.

그는 할 수 없이 일어나 창문으로 그녀의 뒷모습을 바라보았다. 차가운 공기가 흘러들었다. 화분에 돋은 새싹이 살랑살랑 흔들린다.

'과연 어떤 꽃이 필까?'

그도 무슨 씨인지 모르는 것이다.

2

점심때가 좀 안 되어서 온 우편집배원은 양복 광고지가 담긴 두툼한 광고 우편과, 받는 사람의 이름을 해서체로 정성스럽게 쓴 하얀 봉투를 전해 주었다. 광고 우편을 보낸 사람은 작년 여름에 고헤이가 감색 양복을 맞춘 가게의 마스터이고, 하얀 봉투는 고향에 있는 어머니가 보낸 것이었다.

고헤이는 하얀 봉투 끝을 조심조심 뜯어 안에 든 편지지를 꺼냈다. 모두 석 장이었다.

'아들아, 잘 지내고 있느냐? 여기 가족은 다 잘 지내고 있으니 걱정하지 마라.'

여느 때와 똑같은 말로 시작되는 편지에는 장사는 그런대로 잘되고 있으며 손자의 다섯 살 생일을 축하하기 위해 신사에 데리고 갔었다는 등의 내용이 쓰여 있었다. 장사란 아버지가 운영하고 있는 메밀국수 가게를 말하는 것이고 손자는 형의 아들이다.

'대학원 공부가 많이 바쁘냐? 다음에 언제 올지 알게 되면 연락해 다오.'

편지의 마지막 말 역시 여느 때와 똑같았다.

고헤이는 편지지를 봉투에 도로 넣어 앉은뱅이 상에 올려놓고 자신은 다다미에 벌렁 누웠다. 기름진 것을 과하게 먹었을 때처럼 가슴이 답답했다.

'대학원……이라.'

몸 안에 쌓인 찌꺼기를 밀어내듯이 고헤이는 숨을 크게 내쉬었다. 벌써 2년이 지났는데, 이번에는 뭐라고 둘러대지?

오후가 되자 고헤이는 집에서 나와, 걸어서 10분 정도 거리에 있는 '푸른 나무'라는 찻집에 들어갔다. 4인용 테이블이 딱 네 개뿐인 넓지 않은 가게다. 볶음밥과 커피 세트 가격을 쓴 종이가 벽에 붙어 있을 정도니 그리 세련된 가게라고는 할 수 없다. 그래도 손님이 더러 있는 것은 벽에 기대어 서 있는 책꽂이의 만화 때문일 것이다.

"마침 잘 왔네."

고헤이의 모습을 본 사오리가 빨간 입술을 크게 벌리며 반겼다. 그녀가 들고 있는 쟁반에는 김이 모락모락 오르는 커피 잔이 네 개 담겨 있었다.

사오리는 작년에 여고를 중퇴한 후로 이 가게에서 일하고 있다고 들었다. 언제나 짙은 화장을 하고, 짧은 치마를 입고서도 성큼성큼 걷는다. 그녀에게 눈독을 들이고 찾아오는 손님도 있는 듯했다.

"2층이야?"

쟁반을 받아 들면서 고헤이는 물었다.

"2층에 셋, 3층에 하나."

"알았어."

고헤이는 쟁반을 들고 가게에서 나와 옆으로 난 계단을 올라갔다.

'푸른 나무'의 2층은 마작 방이고, 입구는 층계참에 있는 유리문이다. '푸른 나무'의 매출은 이 마작 방이 도맡고 있다고 해도 과언이 아닐 정도로 오늘도 거의 모든 테이블에 손님이 앉아 있었다. 환기팬이 늘 돌아가고 있지만 유리문을 열면 동시에 회색 공기가 밖으로 흘러나올 정도다. 담배를 피우지 않는 고헤이는 카운터 위에 커피 석 잔을 내려놓고 깡마른 마스터에게 인사를 건네고서 도망치듯이 그대로 나왔다.

3층은 당구장이다.

올라가 보니 당구대 네 개가 이미 사용되고 있었다. 4구 캐럼 게임대 둘에 로테이션 등에 사용되는 포켓 게임대가 둘이다. 손님은 모두 학생인 듯했다. 화사한 스웨터를 입은 여자가 둘 섞여 있는데, 보아하니 남자 친구를 따라 응원하러 온 것 같다.

손님 한 명에게 커피 잔을 건네고 실내를 둘러보았다. 늘 창가에 서서 멍하니 가게 앞 거리를 바라보곤 하는 마쓰키 모토하루가 눈에 들어왔다. 고헤이는 쟁반을 등 뒤로 숨기고 천천히 그에게 다가갔다. 가는 도중에 마쓰키가 돌아보더니

"여." 하고 느긋한 목소리로 아는 체를 했다.

석 달 전 고헤이가 이 가게에서 아르바이트를 시작했을 때 마쓰키는 이미 당구장 일을 도맡고 있었다.

무스를 넉넉히 바른 머리카락을 쓸어 올리면서 언제나 저렇게 창밖을 바라보는 남자다. 나이는 스물여덟이라고 하니까 고헤이보다 다섯 살 위인 셈이다.

"오늘은 어때요?"

고헤이가 물었다. 인사를 하는 대신 항상 이렇게 묻는다.

"그냥 그렇지, 뭐."

마쓰키가 그렇게 대답하고는 턱으로 거리 쪽을 가리키며 다시 말했다.

"저기 좀 봐."

그가 가리킨 곳은 '푸른 나무'와 대각선상에 있는 이발소였다. 가게 앞부분을 수리하고 있는 듯하다.

"요즘 통 장사가 안 되는 것 같더라니. 그래서 있는 돈 털어서 새로 화장하는 거겠지."

마쓰키가 비아냥조로 말했다.

"그래 봐야 결과는 마찬가지야. 처음에는 신기해서 손님이 좀 들겠지만, 그러다 원래 꼴이 될 거야. 세상이 그렇지, 뭐."

"이발소 마스터가 들으면 울겠는데요."

"울기는. 마스터도 다 알고 있어. 이런 동네에서 아무리 바동거려 봐야 소용없다는 것쯤은. 이 거리는 이미 숨을 쉬고 있지 않아. 다들 떠날 용기가 없어서 눌러 있는 것뿐이지."

고헤이도 거리를 내려다보았다. 편도 1차선 도로가 남북으로 뻗어 있고, 북쪽으로 똑바로 가면 대학이 나온다. 과거에는 그곳에 대학의 정문이 있었다. 그러나 지금 대학의 정문은 동쪽으로 90도 이동했다. 그쪽이 역에서 가까운 데다, 그래야 새 건물을 지을 부지를 확보할 수 있기 때문이었다.

정문이 원래 자리에 있던 시절, 이 거리는 학생들로 넘쳐났다. 학생들의 거리로 오래도록 사랑받았다. 찻집이 우후죽순으로 들어서도 어느 찻집이나 손님이 북적거렸다. 마작을 하기 위해서 아침 일찍부터 기다리는 학생도 있었다. 게임센터, 디스코텍 등 학생들이 모여들 만한 가게가 앞을 다투어 거리를 메웠다. '푸른 나무'의 마스터는 그 당시에 번 돈으로 건물을 3층짜리로 올렸다.

그런데 정문의 위치가 이동하면서 학생들의 발걸음이 단번에 멀어졌다.

가게 주인들은 어느 정도의 타격은 각오하고 있었다. 지금처럼 손님이 몰려드는 일은 없을 것이다, 거의 단골만 드나들지도 모르니 가게끼리의 경생이 치열해지겠다, 정도는.

하지만 그것은 오산이었다. 학생들의 냉정함을 계산에 넣지 않은 탓이었다. 그들은 학생들이 그래도 정든 가게를 소중히 여길 것이라고 생각했다. 그러나 그런 일은 없었다. 학생들은 '이 가게가 아니면', 또는 '이 찻집의 커피가 아니면' 하는 애착 따위는 털끝만큼도 보이지 않았다. 그들은 학교와 역에서 가깝고 적당히 즐길 수 있는 가게면 어디든 상관하지 않았다.

대학의 새 정문과 역을 잇는 거리에 다양한 가게가 들어서 새로운 학생 거리로 활기를 띠기 시작할 무렵에는 구 학생가에 있던 가게 절반이 간판을 내렸다. 현재 남아 있는 가게의 수는 장사가 가장 잘되던 시절의 4분의 1에도 미치지 못한다.

"한마디로 나는 이 거리가 싫어."

마치 결론이라도 내리듯 마쓰키가 말했다.

"그럼 왜 이 거리로 왔는데요?"

"이런 곳인 줄 몰랐지. 알았으면 안 왔을 거야."

"어쨌든 살고 있으면서 그런 말을 하시네요."

"탈출할 거야."

그가 바지 주머니에서 껌을 꺼내 하나를 입에 던져 넣었다.

"지금 계획을 짜는 중이야."

"장기 계획인가 봅니다."

고헤이는 다소 빈정거리듯 말했다.

"시간이 걸려."

마쓰키는 진지한 표정이었다.

"탈출이란 그런 거야. 〈대탈주〉라는 영화 봤나?"

고헤이가 고개를 젓자 마쓰키가 다시 물었다.

"그럼 〈빠삐용〉은?"

"모르겠는데요. 영화를 잘 안 봐서."

"영화 정도는 보는 게 좋아. 여러모로 참고가 되거든."

그렇게 말하고서 그는 얼굴 앞에다 풍선을 주먹만 하게 불어 보였다.

마쓰키는 정체를 알 수 없는 남자였다. 알고 지낸 지 석 달이 되는데도 자신에 대해서는 아무 얘기도 하지 않았다. 고헤이가 그에 대해서 아는 것이라고는 당구를 잘 친다는 것과 돈이 별로 없다는 것 정도였다. '푸른 나무'의 마스터에게 물어보아도 상황은 비슷했다. 작년 겨울에 그를 고용했다는데, '종업원 구함, 당구 유경험자 우대'라고 쓰인 광고지를 들고 느닷없이 나타났다는 것 외에는 그에 대한 지식이 거의 없었다.

그는 자신에 대해서는 아무 얘기도 하지 않으면서 고헤이에게는 수시로 질문을 해 댔다. 특히 고헤이가 대학을 졸업한 후 기업에 취직하지 않은 점에 흥미를 갖는 듯했다. 그 이유를 집요하게 물은 것이다.

"왜냐고 물으니까 대답할 말이 별로 없군요. 일하고 싶지 않은 건 아닙니다. 그런데 기계공학과에서 공부한 저 같은 사람은 졸업하면 제조업계에 취직하는 것이 보통이거든요.

하지만 전 그런 길로 가고 싶지 않았습니다. 좀 더 넓은 범위에서 내가 정말 몰두할 수 있는 일을 찾고 싶었습니다."

이렇게 말하면 친구들은 바보로 취급하는데 마쓰키는 진지하게 들어 주었다. 그리고 이런 말도 해 주었다.

"그거 꽤 바람직한 생각인데. 요즘 세상에는 진로를 정하려고 생각하는 시점에 이미 정해진 레일 위에 있는 꼴이니까. 하지만 꿈만 품고 있어서는 아무 소용 없어. 스스로 움직이지 않으면 세계는 바뀌지 않는다고."

마쓰키가 그런 말을 할 때 고헤이는 그도 뭔가 꿈을 꾸고 있나 보다고 생각했다. 평소의 마쓰키를 보면 도무지 그런 생각이 들지 않지만.

마쓰키가 입구 쪽을 보면서 오른손을 들었다. 고헤이가 그쪽을 보니 '허슬러 신사'가 미소를 띤 채 들어오고 있었다.

"이런 대낮에 나타나다니, 웬일입니까?"

마쓰키가 말을 건넸다.

"휴가를 냈지."

"휴가 내서 특별 훈련 하는 겁니까? 열심이군요."

"그런 건 아니고, 어째 여기 오고 싶어서 근질근질하더라고."

신사는 양복 윗도리를 벗어 조심스럽게 옷걸이에 걸었다.

"오늘은 왠지 이길 것 같아서 말이야."

"좋습니다."

마쓰키도 검은 가죽 재킷을 벗었다. 그리고 두 사람은 맨 끝 캐럼 게임대로 걸어갔다.

'허슬러 신사'는 마쓰키가 붙인 별명이다. 나이는 마흔 줄. 늘 짙은 갈색 양복을 조끼까지 갖춰 입기 때문에 그렇게 부르는 듯하다. 벌써 몇 년 전부터 다니는 단골이고, 마쓰키가 일하기 시작했을 당시부터 친하게 지냈다고 한다. 집도 이 근처라서 이렇게 며칠에 한 번씩 나타나 마쓰키에게 도전하고 있다. 실력은 그저 그렇지만.

"오늘 퇴근하는 길에 어떻습니까?"

고헤이가 마쓰키에게 잔을 기울이는 몸짓을 해 보였다. 마쓰키는 큐를 고르면서 눈을 찡긋 감았다.

고헤이는 '푸른 나무'에서 오후 1시부터 밤 9시까지 일한다. 그가 주로 하는 일은 손님이 주문한 것을 배달하는 것이다. 1층 찻집 안에서는 물론, 2층과 3층을 몇 번이나 오르내려야 하기 때문에 꽤 중노동이라고 할 수 있다.

다케미야가 찻집에 나타난 것은 저녁 8시쯤이었다. 황록색 콤비를 걸치고 도수 없는 옅은 파란색 렌즈의 안경을 끼고 있다.

그는 심드렁한 얼굴로 들어와 가게 안을 휘이 둘러보고는 맨 안쪽에 있는 테이블에 앉았다. 그곳이 그의 지정석이다.

고헤이는 그가 왜 그 자리를 좋아하는지 알고 있기 때문에 주문을 받으러 가는 것은 사오리에게 맡기기로 했다. 사오리는 물이 담긴 컵을 쟁반에 얹어 새침한 표정으로 걸어갔다.

고헤이가 텔레비전을 보는 척하면서 다케미야 쪽을 살피니 그는 사오리에게 뭐라고 열심히 얘기를 하고 있다. 입술을 실룩이면서 안경을 살짝 밀어 올리는 동작이 더해진다. 사오리는 쟁반을 뒤로 들고 선 채로 예쁜 다리를 꼬았다가는 또 바닥을 톡톡 차기도 하면서 그의 얘기를 듣고 있다. 그러고는 얼마간 시간을 보내다 돌아왔다.

"커피 하나."

그녀가 말했다. 고헤이가 그 말을 전하러 주방으로 들어가자 잠시 후 그녀도 뒤따라 들어왔다.

"포르셰를 빌리기로 했대."

사오리가 고헤이의 귓가에 속삭였다.

"그걸 타고 드라이브 가자는 거군."

커피를 끓이면서 고헤이가 말했다.

"자기가 내 애인이라도 되는 줄 아나 봐. 저렇게 끈적대는 거 별로 좋아하지 않는데. 내일은 쉴 수 없다고 거절했어."

"아무 생각 없이 자니까 그렇지."

"안 잤다니까 그러네."

사오리가 빨간 입술을 쑥 내밀었다.

"그냥 조금 만지게 해 준 것뿐이야, 그것도 위쪽만."

"그런 건 오히려 역효과야."

특히 저런 남자에게는. 고헤이는 목소리를 한층 낮췄다.

얼마 지나자 손님이 다케미야 혼자만 남았다. 그는 신문도 읽고 잡지도 뒤적거리고 간혹 사오리에게 말을 건네기도 했다. 그러다 싫증이 났는지 이번에는 쓰무라, 하고 고헤이에게 말을 붙였다. 고헤이는 빈 테이블을 닦고 있었다.

"취직은 어떻게 됐어?"

깔보는 듯한 말투다. 고헤이는 계속 테이블을 닦으면서 "아직."이라고 짧게 대답했다. 다케미야가 혀를 차는 소리가 들린 듯했다.

"아직이 뭐야. 언제까지나 이렇게 하루 벌어 하루 먹고 사는 생활을 할 수는 없잖아. 교수 얼굴에 먹칠할 작정이야 뭐야?"

고헤이는 대답하지 않고 행주를 뒤집어 접었다. 그리고 다음 테이블을 닦는다.

"뭐하면 내가 교수에게 다시 한 번 얘기해 줄 수도 있어. 일류까지는 힘들어도 그런대로 괜찮은 회사쯤은 어떻게 되지 않을까 싶은데."

"괜찮아. 내 일은 내가 알아서 해. 아직은 생각 중이야."

고헤이가 말했다.

"생각하다가 세월 다 가겠군. 나이 들고 나서 정신 차려 봐야 때는 늦어."

고헤이는 대답하지 않았다. 테이블을 닦는 손에 힘을 주었을 뿐이다. 다케미야는 들으라는 듯이 소리 나게 한숨을 쉬더니 다시 사오리에게 관심을 돌렸다.

다케미야는 대학에서 고헤이와 함께 기계공학을 공부한 친구들 중 한 명이었다. 그는 1학년 때부터 졸업할 때까지 줄곧 과 수석을 놓치지 않았다. 그리고 당연하다는 듯이 학부를 졸업하자 취직은 제쳐 놓고 올해부터 석사 과정에 들어갔다. 연구실에서는 일찌감치 장래 교수감이라는 기대를 모으고 있는 듯하다.

그런 다케미야가 '푸른 나무'의 단골이라는 것을 고헤이는 이곳에서 일하기 시작했을 때에야 알았다. 그리고 그의 목적이 사오리라는 것도 일한 지 일주일 만에 알게 되었다.

취직도 제대로 하지 않고 웨이터 노릇이나 하면서, 어떻게 살아갈지 미래를 정하지 못하고 있는 고헤이를 보며 다케미야는 우월감을 느끼는 듯했다. 하지만 고헤이는 그에게 열등감을 느낀 적이 단 한 번도 없었다.

9시가 되기 직전에 마쓰키가 내려왔다. 그는 문을 벌컥 열고 들어오더니 만 엔짜리를 팔락팔락 흔들어 보였다.

"한 건 올렸어. 책방 아저씨에게 우려냈지."

"4구로 내기한 겁니까?"

"4구에는 걸려들지 않지. 아저씨가 잘하는 로테이션으로 딴 거야. 내기를 하자고 한 것도 그쪽이라고."

"돈을 도랑에다 버린 거나 다름없군요."

"그렇지 않아. 아슬아슬하게 이겨서 기대를 갖게 만들었으니까. 그 아저씨, 다음에는 절대 지지 않을 거라고 씩씩대더군."

고헤이는 피식 웃으면서 양손을 벌려 보였다.

사오리가 주방에서 나왔다. 마쓰키가 그녀의 엉덩이를 툭 쳤다.

"이 돈으로 맛있는 거 사 줄 테니까 우리 내일 어디 가자. 어때?"

"내일?"

"그래. 내일 휴가 냈어. 저녁때부터 시간 비니까 맛있는 거 먹으러 가자. 사오리가 좋아하는 디스코텍에도 같이 가 줄게."

"안 돼요. 내일은 내가 못 쉬어요. 이번 달에 벌써 이틀이나 쉬었거든요. 다른 데이트도 거절한걸요."

그녀는 그렇게 말하고서 안쪽 테이블을 힐금 쳐다보았다. 다케미야가 신문을 꽉 쥔 채 마쓰키를 노려보고 있었다.

"야, 무섭네."

마쓰키가 장난스러운 표정으로 어깨를 으쓱했다. 그리고 사오리를 가리키면서 다케미야 쪽으로 몸을 돌렸다.

"어이, 학자 양반, 이런 헤픈 계집애가 어디가 좋다고 그러는 거야. 학자 양반한테 어울리는 엄친딸이라는 인종이 있는데 말이야."

"거, 무슨 말을 그렇게 합니까."

"화를 내기는. 전부 사실인데."

마쓰키가 손바닥을 모으고 사오리 쪽을 향했을 때, 콰당 소리가 나면서 다케미야가 벌떡 일어섰다. 그리고 안경을 가운뎃손가락으로 밀어 올리더니 부모의 원수라도 보는 눈초리를 하고서 고헤이와 마쓰키 앞을 지나 문으로 향했다. 그 등에 대고 마쓰키가 말을 던졌다.

"어이, 찻값은 내고 가야지."

다케미야가 걸음을 멈추고 빙그르 몸을 돌렸다.

"음, 커피만 마셨을 테니까 3백 엔이겠군."

마쓰키가 손을 한 번 비빈 후 손바닥을 내밀었다. 다케미야가 지갑에서 백 엔짜리 동전 세 개를 꺼내 그 위에 올려놓았다.

"아이고, 이렇게 고마울 데가."

그러면서 마쓰키가 커피 값을 사오리에게 건네려 하는데

다케미야의 얼굴이 흉하게 일그러졌다. 그리고 고헤이가 소리를 지를 새도 없이 그의 주먹이 마쓰키의 얼굴로 날아들었다. 마쓰키는 잽싸게 그 주먹을 피하더니 오히려 민첩한 움직임으로 오른 주먹을 그에게 날렸다. 퍽 소리가 나면서 다케미야의 몸이 테이블석까지 날아갔다. 의자가 쓰러지고 유리 재떨이가 떨어져 깨졌다.

순식간에 벌어진 일이었다. 고헤이와 사오리는 얼이 빠진 채 다케미야의 쭉 뻗은 팔을 보고 있었다.

"공연한 짓 하지 마."

마쓰키가 상황에 어울리지 않는 대사를 내뱉었다. 그리고 고헤이 쪽을 돌아보면서 말했다.

"가자고."

고헤이는 뭐라 할 말이 떠오르지 않아 그저 고개만 까딱거렸다.

"정당방위라는 말을 안다면 나를 원망하지 않을 테지. 사오리, 저 자식 밴드 하나 붙여 줘. 그러면 얻어맞았다고 분하지는 않을 테니까."

마쓰키는 그러고서 문을 박차고 가게를 나갔다. 고헤이도 그 뒤를 따라갔다.

한참을 걸어간 후에야 그가 중얼거렸다.

"내가 좀 심했나."

말로만이 아니라 정말 후회하는 듯한 말투였다.

"좀 그랬죠."

고헤이가 말했다. 그가 그렇게 말해 주기를 기대하는 눈치였기 때문이다.

"배짱이 없다니까. 배짱이 없으니 괜한 짓을 하는 거지."

그가 말했다.

둘은 말없이 구 학생가를 걸었다. 요즘 부쩍 활기를 잃은 이 거리는 이 시간만 돼도 가게의 불빛이 줄어들고 휑해진다. 들개 한 마리가 길을 가로질러 가는데, 바로 눈앞까지 오도록 알아보지 못했을 정도다. 들개는 좁은 골목으로 들어간 후 고헤이와 마쓰키를 한참이나 바라보다가 배가 고픈 듯 꾸웅, 울음소리를 남기고 골목 깊숙이 들어가 버렸다.

"저 녀석도 배짱이 없는 거야. 배짱이 없는 개는 비참하지."

마쓰키가 불쑥 그렇게 중얼거렸다. 고헤이는 아무 대꾸도 하지 않았다.

'모르그'라는 가게는 '푸른 나무'에서 남쪽으로 쭉 내려간 곳에 있다. 아담한 꾸밈새에 나무 문 옆에 고무나무 화분이 놓여 있다. 그리고 그 화분에 하얀 페인트로 'MORGUE'라고 쓰여 있을 뿐 다른 간판은 없다.

고헤이가 문을 밀자 머리 위에서 딸랑딸랑 풍경이 울렸다. 카운터에 앉아 있던 손님 둘이 고헤이 쪽을 힐금 보더니 이

내 다시 고개를 돌리고 얘기를 나누기 시작했다. 학생인 듯한 두 젊은 남녀는 옆얼굴이 몹시 심각해 보였다.

"둘이 같이 왔네."

카운터 안에서 잡지를 읽고 있던 히노 준코가 두 사람을 웃음으로 맞았다. 그녀의 손가락에서 서른 살 생일에 누군가에게 선물로 받았다는 사파이어 반지가 반짝거렸다.

"나타나셨군, 저 사기꾼 같은 놈이."

화려한 빨간색 베레모를 쓴 남자가 테이블석에서 두 사람을 올려다보았다. 베이지색 카디건을 입고, 나이는 쉰 전후로 보이는 깡마른 남자다. 혈색은 좋아도 베레모 아래로 언뜻언뜻 보이는 흰머리와 관자놀이 언저리에 돋은 검버섯이 나이를 짐작게 한다.

역시 이 거리에서 책방을 운영하는 도키타라는 남자다.

"나한테 뜯어낸 돈으로 한잔 걸치겠다는 거군."

"뜯어내다니, 듣기 거북합니다. 그리고 사기꾼이라는 표현도 좀 과하죠."

마쓰키는 이죽거리면서 그와 마주한 의자에 앉았다.

"아저씨가 잘하시는 로테이션으로 내기에 응해 주었는데 말씀입니다."

"입은 살아서. 어차피 내기할 때만 전용으로 쓰는 큐를 사용했을 거 아냐. 손님용으로는 네놈의 그 삐딱한 근성처럼 구부러진 것만 비치해 놓은 주제에."

"거, 농담 좀 그만하십시오. 그럼 다음에는 아저씨가 고른 큐로 치죠. 그럼 되겠습니까?"

도키타가 위스키 칵테일을 들이켜는 틈을 타 마쓰키가 고헤이 쪽을 향해 재빨리 한쪽 눈을 찡긋 감았다. 또 만 엔 벌었다는 뜻의 윙크다.

"아저씨는 졌다고 분해서 한잔하시는 거예요?"

카운터 맨 끝자리에 앉아 고헤이가 물었다. 도키타가 입을 비죽거린다.

"오늘은 소금을 보냈어. 그러니 분할 것도 없지."

"마담이 목적이겠지."

카운터에서 서슴없이 텀블러를 집어 들고 도키타의 위스키 뚜껑까지 제멋대로 열면서 마쓰키가 놀리듯이 말했다.

"무슨 얼빠진 소리야."

도키타가 준코 쪽을 곁눈질하며 말했다.

"이번에 우리 책방에 새로 들여올 잡지가 왔기에 술이나 마시면서 보려고 들고 왔을 뿐이야. 그리고…… 마담의 의견도 듣고 싶고 말이지."

준코가 읽고 있던 잡지 말인가 보다.

"거기 그 잡지도 가져온 겁니까."

마쓰키가 도키타 옆에 놓인 잡지를 가리켰다. 주간지보다 한 사이즈 큰 잡지로 표지에 우주 공간 일러스트가 그려져 있다.

"그렇기는 한데, 이 잡지는 뭐가 뭔지 도통 모르겠단 말이야."

책방 아저씨는 맛없는 거라도 억지로 먹은 사람 같은 표정으로 잡지를 마쓰키에게 건넸다.

"흐음, '사이언스 논픽션'이라. 아저씨에게는 좀 무리겠습니다. 읽다가 체하겠어요."

마쓰키가 표지를 보고서 말했다.

그리고 페이지를 휘릭휘릭 넘기면서 그 과학 잡지를 보다가 갑자기 "엇." 하면서 손을 멈췄다.

"왜, 뭐 좋은 거라도 있나?"

도키타가 일어나 잡지를 들여다보려는데 마쓰키가 내용을 숨기려는 듯 잡지를 덮었다.

"아니, 아무것도 아닙니다. 아저씨, 이 잡지 저 주시면 안 됩니까?"

"뭐라고? 돈 뜯어내고 남의 술까지 마신 데다 책까지 달라고?"

"그러지 마시고요. 다음에 아저씨가 이기면 갚을게요."

"흥, 입만 살아 가지고."

도키타는 베레모를 고쳐 쓰고는 준코를 향해 오른손을 들면서 말했다.

"그럼 난 이쯤에서 가야겠군. 이 사기꾼에게 돈 꼭 받아. 그래 봐야 나한테 우려낸 돈이지만 말이야."

"또 오세요."

준코가 미소 지으면서 머리를 숙였다.

마쓰키와 도키타의 대화가 사라지자 가게 안의 긴장감도 순식간에 사라져, 마치 여름의 끝을 맞은 해변의 집 같은 꼴이 되었다. 오늘의 손님은 이걸로 끝인가 싶은 느낌이다. 어느 틈에 갔는지 학생 커플도 없다. 아마 비밀스럽게 얘기할 분위기가 깨졌기 때문일 것이다.

술잔을 기울이던 고헤이는 준코의 하얀 손을 보면서 말했다.

"오늘은 혼자인가 봅니다."

그러면서 그는 '이 사파이어 반지는 누구에게 받은 것일까' 상상해 본다. 도키타가 아닌 것만은 분명하다. 그러면 다이아몬드를 줬을 것이다.

"화요일이잖아."

준코는 그녀 뒤에 걸려 있는 달력을 보면서 가볍게 대답했다.

"그렇군요."

고헤이는 손목시계의 날짜를 보고 한숨을 쉬었다.

"화요일이 맞네요."

"히로미 씨가 없어서 실망한 거야?"

"조금은요. 그래도 참 정확하네요. 화요일은 꼭……."

"그래."

"어디에 가는 걸까요?"

"글쎄."

준코는 별 관심 없다는 듯 미소만 지었다.

"히로미 씨가 매주 화요일에 가게를 쉰 지가 벌써 1년 가까이 됐다면서요. 궁금하지 않아요?"

"궁금하기야 하지. 하지만 물어도 가르쳐 주지 않으니 어쩔 수가 없잖아. 얘기하고 싶어 하지 않는데 굳이 캐물을 마음은 없어. 게다가, 그 대신이라고 하기는 좀 뭐하지만, 나는 수요일에 쉬니까."

그 말을 들으면서 고헤이는 오늘 아침 일을 떠올렸다. 그는 창문으로 히로미가 걸어가는 모습을 바라보았다. 그러고서 그녀는 대체 어디로 갔단 말인가?

고헤이는 석 달 전쯤에 히로미를 만나면서 '모르그'에 발길을 하게 되었다. 그가 학생이던 시절에도 이 거리는 이미 구학생가로 전락하는 중이어서 어디에 무슨 가게가 있는지도 잘 몰랐다.

'모르그'는 준코와 히로미가 공동으로 투자해서 2년 전에 문을 연 가게라고 한다. 거리에 손님들의 발길이 뜸해진 탓에 상당히 파격적인 조건으로 임차했다고 한다.

준코와 히로미의 관계에 대해서 고헤이는 아직 자세한 것을 모른다. 나이가 같은 데다, 둘이 얘기하는 내용으로 봐서 동창생인 듯한데, 중학교인지 고등학교인지 아니면 대학교 때 친구인지는 잘 모른다. 물론 물어본 적은 있지만 납득할 만한 대답을 들은 적이 없다. 하기야 그런 걸 몰라도 별다른 지장은 없었다.

"그런데 히로미 씨는 그제와 그 전날에도 가게를 쉬지 않았나요?"

고헤이가 위스키 칵테일을 한 모금 마시고서 다소 시비조로 물었다.

"볼일이 있었나 봐."

여전히 준코는 별일 아니라는 듯이 대답한다.

"전화를 몇 번이나 했는데도 안 받더라고요. 아파트에도 없고."

"그랬어?"

"그러더니 오늘 아침에 불쑥 찾아왔어요. 그래서 물었더니 병원에 있었다더군요."

그리고 고헤이는 마쓰키 쪽을 보았다. 그는 의자에 기대듯 앉아 아까 도키타에게 받은 잡지를 훑어보고 있었다. 고헤이는 목소리를 낮추고 다시 말을 꺼냈다.

"그게 왜냐면."

그러자 준코가 먼저 말을 막았다.

"말하지 않아도 돼. 불필요한 얘기는 하지 않는 편이 멋져 보이는 법이야."

"역시 마담은 알고 있었군요."

히로미 씨가 임신했다는 걸, 이라는 말은 삼켰다.

"늘 같이 있는데, 뭐. 그리고 여자끼리니까. 하지만 내게 뭘 의논한 건 아니야. 거기에 대해서 서로 얘기한 적도 없고. 전부 그녀 혼자서 결정한 일이야. 볼일이 있어 쉬겠다고 하기에 어쩔 생각인지 눈치는 챘지만."

"내게도 의논 한마디 없었습니다."

"그러는 편이 좋다고 생각한 거겠지."

그 말을 듣고서 고헤이는 엷은 웃음을 흘렸다.

"그녀도 오늘 아침에 그렇게 말하더군요. 어떻게 그렇게 똑같은 말을 할 수 있는 거죠? 제게 생활 능력이 없다고 생각하는 겁니까?"

"고헤이 씨에게 생활 능력이 있다는 건 인정하고 있어. 이 거리에서 살아남은 사람이잖아."

아하하, 하고 마쓰키가 불쑥 웃었다.

"그 말이 딱 맞네. 정답이야."

고헤이는 곁눈으로 그를 쏘아보았다. 안 듣는 척하면서 다

들고 있는 것이다.

시선을 다시 준코에게 돌린다.

"그럼 왜 의논하지 않는 편이 좋다고 하는 거죠? 아주 중요한 일인데."

"중요하다고?"

"그렇잖아요. 사람의 생명이 달린 문젠데."

그러자 그녀는 살며시 팔짱을 끼고서 고개를 옆으로 약간 기울였다.

"말이야 쉽지. 그런 말은 아무나 할 수 있는 거잖아."

고헤이는 심장에 전류라도 흐른 것처럼 화들짝 놀랐다. 그러고는 고개를 푹 숙였다. 자신의 말이 완벽한 진실은 아니라는 것을 느꼈기 때문이다.

"확실한 이유를 알고 싶을 뿐입니다. 납득이 안 가서요."

준코는 두 팔을 내리고 화학 실험을 하는 것처럼 조심조심 위스키를 잔에 따랐다. 그리고 예쁜 입술을 잔에 대고 한 모금 마시더니 뜨거운 숨을 후 내쉬면서 고헤이의 얼굴을 빤히 쳐다보았다.

"뭐든 다 아는 척하지 마. 그것도 일종의 폭력이니까."

고헤이는 뭐라고 되받을 말이 생각나지 않아 준코의 손바닥 안에서 흔들리는 위스키를 멀거니 보기만 했다.

손님이 들어오자 준코가 그 자세를 허물었다. 그녀는 고혜이 등의 손님에게 늘 그렇듯이 웃는 얼굴로 새 손님을 맞았다. 손님은 남자 한 명이었다.

남자는 조금 전까지 학생 커플이 앉아 있던 자리에 앉았다. 다부지게 생긴 얼굴에 가죽 재킷을 터프하게 걸친 차림이다.

준코의 태도로 보아 단골일 것이라고 고헤이는 판단했다. 그런데 한 번도 본 적 없는 남자라는 점이 조금 마음에 걸렸다. 이 가게 단골들의 얼굴은 대충 기억하는데.

위스키 칵테일을 또 한 모금 머금고, 저 남자의 얼굴은 왜 기억에 없을까, 생각해 보았다. 그러나 물론 수긍이 갈 만한 이유 따위는 떠오르지 않았다.

가게 앞에서 개가 짖었다. 아까 그 들개인지도 모르겠다고 고헤이는 생각했다.

3

그 화요일에서 사흘이 지났다. 그러니까 오늘은 금요일이다.

히로미의 집 거실 한 모퉁이에는 피아노가 놓여 있다. 히로미의 머리카락처럼 칠흑같이 까만 피아노다. 원래는 반짝반짝 빛났을 텐데, 지금은 군데군데 광택을 지운 것처럼 빛이 죽어 있다. 잘은 몰라도 고헤이 눈에는 꽤 오래된 것처럼 보였다.

고헤이는 왜 여기에 피아노가 있는지 그 이유를 모른다. 피아노를 치는 히로미를 본 적도 없고 얘기하는 중에 그런 암시가 있었던 적도 없다. 그러나 피아노는 언제나 먼지 한 톨 없이 깨끗하게 닦여 있었다.

"뭘 보는 거야?"

손으로 뜯어낸 크루아상을 입에 넣으려다 말고 히로미가 고헤이의 시선을 더듬었다. 고헤이는 일주일에 몇 번 그녀 아파트에서 아침을 먹는다. 메뉴는 항상 콘 수프와 샐러드와 크루아상이다.

"피아노. 왜 저기 있나 싶어서."

고헤이가 대답했다.

히로미는 크루아상을 입에 넣고서 오물오물 입을 움직인 후 대답했다.

"샀으니까. 무척 비쌌어."

"그건 아는데……. 쳤었어?"

"옛날에."

그렇게 말하면서 그녀가 어깨를 으쓱했다.

"아주 옛날. 내가 지금 고 짱 나이보다 더 어렸을 때."

"지금은 안 쳐?"

"안 쳐."

"왜?"

"그만뒀어, 재능이 없어서."

그리고 히로미는 오른손을 고헤이 얼굴 앞에다 대고 활짝 펼쳐 보였다.

"힘껏 쫙 펼쳐도 이 정도야. 체격에 비해서 손이 작아. 음악적 재능이 없는 데다 신체 조건도 적합하지 않았어."

"피아니스트가 아니라 취미로 쳐도 좋잖아. 나도 가끔 듣고 말이지."

그러자 히로미는 포크로 오이를 찍어 토끼처럼 앞니로 아삭아삭 깨물고서 물었다.

"고 짱은 피아노 좋아해?"

"딱히 좋아하는 건 아니지만, 음악은 좋아. 피아노 소리도 비교적 좋아하는 편이고. 시간을 고급스럽게 보내는 기분이 들잖아."

그리고 고헤이는 샐러드를 먹다 말고 일어나 피아노 쪽으로 걸어갔다. 뚜껑을 열자 코끝으로 나무 향이 은은하게 퍼졌다.

"쳐 봐도 돼?"

고헤이가 묻자 히로미는 천천히 눈을 깜박이면서 대답했다.

"그럼. 하지만 몇 년이나 조율을 안 해서 음이 이상할 거야."

"상관없어."

고헤이는 건반 한가운데쯤을 집게손가락으로 꼭 눌렀다. 퐁, 하는 가벼운 소리가 실내에 울렸다. 그리고 도레미순으로 한 옥타브를 쳐 보고는 히로미 쪽을 돌아보았다.

"음은 틀리지 않은데."

그의 귀에는 그렇게 들렸다.

"만약 그렇게 들렸다면,"

히로미는 콘 수프를 한 입 먹고서 재미있다는 듯이 웃었다. "고 짱도 나랑 똑같네. 음악적 재능이 없다는 뜻이야."

"그 말은 맞아."

고헤이도 웃으면서 의자로 돌아왔다. 그리고 비디오 덱에서 깜박이는 디지털시계를 보았다.

"이제 슬슬 가 봐야겠는데."

시계는 9시 30분을 가리키고 있었다.

"오늘은 빨리 가네."

"응. 마쓰키 씨가 그제부터 안 오거든. 그제는 휴가를 냈지만 어제는 무단결근이었어. 전화를 걸어도 받는 사람은 없지, 마스터는 화를 버럭버럭 내지……, 그러니까 내가 좀 일찍 가서 마쓰키 씨 일까지 해야 해."

"어머, 이상하네. 그 사람 의외로 성실해 보였는데."

"그래, 맞아. 하지만 좀 별난 구석이 있는 사람이지. 무슨 생각을 하는지 전혀 모르겠어."

"그럼 오늘도 쉬는 걸로 돼 있는 거야?"

"모르겠어. 그렇다고 각오를 하는 편이 좋을지도 모르지."

고헤이는 늘 창밖을 바라보던 마쓰키의 모습을 떠올렸다. 꿈도 희망도 없다는 표정이면서도 눈만큼은 사냥감을 노리는 짐승처럼 번들거렸다. 어쩌면 쓸 만한 사냥감을 찾았는지도 모를 일이다.

고헤이가 가게에 나와 보니 마쓰키는 역시 출근하지 않았다. 머리를 반듯하게 한가운데로 가르고 콧수염을 기른 마스터가 수화기를 탁 내려놓았다.

"안 받아. 그 인간 어디 간 거야, 대체."

"여행이라도 떠난 거 아닐까요?"

맨 구석 자리에 앉아 손톱에 매니큐어를 바르던 사오리가 무단결근 따위는 별문제 아니라는 투로 말했다. 아마도 그녀의 의식 자체가 그런가 보다.

"쓰무라 군, 자네 뭐 아는 거 없어?"

마스터가 고헤이에게 물었다.

"없는데요. 사흘 전에 만난 게 끝이에요."

일을 끝내고 돌아가는 길에 '모르그'에 들렀던 날이다. 그날 그는 조금 더 마시고 가겠다면서, 고헤이가 모르그에서 나올 때에도 그곳에 남아 있었다. 그 후로 고헤이는 그를 만난 적이 없다.

"어쩔 수 없군."

마스터는 쓴 알약이라도 삼킨 표정으로 고헤이에게 말했다.

"오늘도 3층을 좀 부탁해야겠어."

"알겠습니다."

그리고 마스터는 여전히 앉아만 있는 사오리 쪽을 보았다.

"손님이 슬슬 들 시간인데 언제까지 그렇게 꽃단장만 하고 있을 거야."

그러나 사오리는 새침하게 입술만 살짝 비틀고는 움직일 기미를 보이지 않았다. 짧은 치마 아래로 드러난 다리를 테이블 밑으로 꼬고 앉아 있는데, 그 다리에 홀려 찾아오는 손님도 적지 않은 만큼 마스터는 앞치마를 두르면서 뭐라고 주절거릴 뿐이었다.

이날 당구장 첫 손님은 점심때가 되기 조금 전에 나타났다. 학생, 그것도 1학년이나 2학년으로 보이는 삼인조였다. 세 명이 오는 경우는 대개 당구 자체가 목적이 아니다. 사실은 마작을 하고 싶은데 머릿수가 모자라는 탓에 동지가 나타날 때까지 시간을 죽이기 위해 당구를 치는 것이다. 그런 이들은 4구보다는 로테이션을 즐겨 한다. 절반은 놀이하는 기분으로 칠 수 있기 때문일 것이다. 당연히 룰은 엉망진창. 큰 소리로 떠들어 대는 꼴이 구슬치기를 하며 노는 초등학생이나 다름없다.

고헤이는 그들이 색깔 있는 공을 치거나 크로스를 찢지는 않는지 살피면서 마쓰키가 늘 그랬듯이 창밖을 내려다보았다. 대각선상에 있는 이발소의 외장 공사는 절반쯤 끝난 듯하다. 벽돌무늬 벽에 조그만 창문을 여러 개 낸 것으로 보아 이발소보다는 카페 분위기를 내려는 것 같았다. 원래는 유리문 앞에 자동차 배기가스로 시커멓게 때가 낀 삼색등이 빙글빙글 돌아갈 뿐인 가게였다.

물론 고헤이로서는 어느 쪽이 좋은지 알 수 없다. 다만 마쓰키의 설에 따르면 저런 짓을 해 봐야 아무 소용이 없고 주인도 그걸 알고 있다고 한다.

'허슬러 신사'와 '조교수'가 나란히 모습을 보인 것은 점심때가 조금 지나서였다. 조금 전까지 놀던 학생들은 머릿수가 찼는지 2층으로 이동했다.

먼저 들어온 신사가 아무도 없어 휑한 실내를 천천히 돌아보고는 의아한 표정으로 고헤이에게 다가왔다.

"그는?"

신사가 물었다.

"안 나왔습니다."

고헤이가 대답했다.

"허, 그래……."

신사는 실망한 듯 눈을 내리깔았다가 조교수 쪽을 바라보았다.

"우리의 코치는 결근인 듯하군. 오늘은 하수끼리 맞짱을 떠야겠는걸."

조교수가 호리호리한 몸을 흔들거리듯이 고개를 끄덕였다.

"으, 응, 그렇군. 그럼 둘이 하는 수밖에 없지. 시간도 얼마 없는데 그렇게 하지, 뭐."

그러자 신사는 고헤이에게 시선을 되돌리고 "여기서 해야겠군."이라며 옆에 있는 당구대를 가리켰다.

교헤이가 "그러세요."라고 대답했다.

두 중년 남자는 신중하게 큐를 선택한 후 가위바위보로 선공과 후공을 정하고 게임을 시작했다. 간이 룰에 따른 4구다. 고헤이는 계산대에서 그들의 모습을 바라보았다. 두 사람이 플레이하는 모습을 보니 각기 개성이 있어 흥미로웠다.

신사는 말 그대로 신사적으로 게임을 하지만, 이때다 싶은 기회가 오면 있는 힘껏 쇼트를 날린다. 크게 이기는 일도 크게 지는 일도 없어 한마디로 허슬러형이다. 허슬러란 내기 전문 플레이어를 뜻한다.

반면 조교수는 기본에 충실하고 신중한 플레이를 한다. 압도적으로 상대를 제압하는 일은 별로 없지만 착실하게 점수를 쌓아 가는 타입이다. 다만 상대에게 리드를 허용한 경우,

만회하는 데 애를 먹는다.

이 조교수가 바로 이 동네 대학의 '오타'라는 조교수라는 사실을 고헤이는 얼마 전에 알았다. 전기공학과에 연구실이 있다고 하는데, 그러고 보니 고헤이도 어디선가 본 적이 있는 듯했다. 보통 키에 사마귀처럼 깡마른 체형이다. 그 똑 부러질 듯한 몸으로 일주일에 몇 번 '푸른 나무'의 계단을 올라온다. 신사와 친하게 지내는지 같이 게임을 하는 일이 많다. 마쓰키와 하는 장면도 고헤이는 몇 번인가 보았다.

둘이 한판 승부가 났을 즈음에 2층에서 아까와는 다른 학생 둘이 올라와 안쪽 당구대에서 로테이션을 시작했다. 유난히 말이 많은 학생들이었다. 대학, 여자, 스포츠, 그리고 물론 당구에 대해서도 온갖 얘기를 쉬지 않고 떠들어 대며 게임을 했다. 그들에게는 큐를 잡는 것도 패션인 것이다.

신사와 조교수는 그런 잡음을 아예 싹 무시하듯 묵묵히 공을 쳤다. 그런데 학생들이 갑자기 큰 소리로 웃어 대는 바람에 조교수가 실수를 저지르고는 큐를 내려놓았다.

고헤이는 읽고 있던 미스터리 소설책에서 두 사람의 얼굴로 시선을 옮기고 미안하다는 표정을 지었다.

"평소에는 꽤 조용한 편인데…… 죄송합니다."

"자, 자네가 사과할 일이 아니지."

그는 약간 말을 더듬는 버릇이 있다.

"어차피 이제 가려고 했으니까 말이야."

조교수는 학생 쪽을 한 번 흘끔 바라보고 나서 계산대 옆 긴 의자에 두 발을 가지런히 모으고 앉았다.

"저, 저런 놈들이 대개 시험을 망쳐 놓고는 리포트를 낼 테니 어떻게 좀 해 달라고 징징거리지. 참…… 대책이 없다니까."

말의 내용은 혹독한데 목소리는 마치 모깃소리 같았다.

"그러게 말이야. 저런 놈들이 적당히 졸업해서 들어오니 우리 부담이 늘어나는 거지."

신사는 고헤이가 들고 온 물수건으로 손을 닦으면서 그렇게 거들었다. 그리고 물수건을 고헤이에게 돌려주면서 물었다.

"마쓰키 군은 왜 안 나왔지?"

"글쎄요……, 저도 잘 모릅니다. 이틀 전부터 쉬고 있어요."

고헤이는 고개를 갸웃해 보였다.

"이틀 전부터?"

그는 조금 놀란 듯했다. 그러고는 걱정스럽다는 듯이 미간을 찡그렸다.

"설마 어디가 아픈 건 아니겠지?"

"그건 아닐 겁니다. 전화를 받지 않는 걸 보면 집에 없는 것 같아요."

"그럼 여행이라도 간 건가⋯⋯."

"그럴지도 모르죠."

"부, 부러운 신분이로군."

그렇게 말하면서 조교수는 물수건으로 목덜미를 닦았다.

"나는 그럴 만한 마음의 여유조차 없는데 말이야."

"학교에 얼굴만 살짝 비치고서도 먹고살 수 있는 인간이 할 말이 아닌 것 같은데."

신사가 다소 빈정거리는 투로 얘기하자 조교수는 어이없다는 듯 눈을 희번덕거리면서 그의 얼굴을 올려다보았다.

"서로 일을 바꿨으면 좋겠군. 의, 의욕이 없는 학생들에게 학문을 가르친다는 건 바구니로 물을 뜨는 것보다 훨씬 허망한 작업이라고."

"그런데 그 뒷수습은 우리가 하고 말이지."

웃으면서 신사가 말했다.

"손님은 어떤 일을 하시는데요?"

좋은 기회다 싶어 신사에게 물어보았다. 낮 시간에 어떻게 당구를 치러 올 수 있는지 이상하고 궁금해서 견딜 수가 없었던 것이다.

그런데 그는 화젯거리가 못 된다는 듯이 심드렁하게 대답했다.

"그저 샐러리맨이지, 뭐. 신기할 것도 없는."

"내 대학 동기야."

조교수가 얼른 말을 받았다.

"내가 가르친 학생을 간혹 그의 회사에서 채용하기도 하거든. 묘한 인연이지. 끊고 싶어도 끊을 수 없다고 할까. 그래서 가끔 이렇게 학교에 인사를 하러 나타나서는 여길 오자고 하는 거야."

"오늘은 자네 쪽이 먼저 오자고 하지 않았나."

"자네 쪽이지."

"마쓰키 씨와는 꽤 친하게 지내시던데요."

두 사람의 얼굴을 번갈아 보면서 고헤이가 말했다. 신사 쪽이 먼저 대답했다.

"우리의 코치야."

"마쓰키 씨 쪽은 우리를 보, 봉으로 여기고 있고."

조교수는 또 그렇게 달리 말했다.

이날 고헤이는 집에 돌아가는 길에 마쓰키의 아파트에 들러 보기로 했다. 마스터가 상황을 살피고 오라고 시끄럽게 굴어서였다. 아파서 누워 있을 가능성은 거의 없었지만 고헤이로서도 조금은 걱정이 되었다.

아파트는 '모르그'에서 조금 더 남쪽으로 내려간 네거리에서 서쪽으로 5분쯤 걸어간 곳에 있었다. 유난히 노상 주차가 많은 좁은 길이 앞에 있고, 바로 옆은 공원이었다. 그래 봐야 그네와 미끄럼틀과 모래 놀이터가 있을 뿐인 조그만 공원이다.

2층짜리 콘크리트 건물인 아파트는 군데군데 금이 가 있었다. 계단의 난간도 손을 대기 싫을 만큼 녹이 슬어 있다. 그리고 이런 데 있는 계단은 전날 비가 온 것도 아닌데 왜 그런지 꼭 물에 젖어 질퍽거린다.

계단에 고인 물을 밟지 않도록 조심하면서 고헤이는 2층으로 올라갔다. 마쓰키의 집은 2층에 올라가자마자 바로 있었다. 고헤이는 리드미컬하게 문을 두드렸다.

반응이 없었다.

'역시 없는 건가.'

고헤이가 그렇게 생각한 데는 이유가 있었다. 도로 쪽에서 각 집의 창문들이 보이는데, 마쓰키의 집에만 불이 켜져 있지 않았기 때문이다. 문 옆에 있는 부엌 창문도 불빛 하나 없이 캄캄했다.

괜한 걸음을 했네, 하는 기분을 담아 다시 한 번 문을 두드렸다. 그리고 반응이 없는 것을 확인한 뒤 손잡이를 돌려 보았다. 거의 습관적인 행동이었다. 물론 문은 잠겨 있을 게 뻔했지만.

"어!"

손잡이가 빙그르 돌아갔다. 그대로 당겨 보니 문이 앞으로 천천히 열린다.

"마쓰키 씨."

10센티미터 정도 열린 문틈으로 이름을 불렀다. 그러나 노크를 했을 때와 마찬가지로 아무런 반응이 없었다.

고헤이는 문을 활짝 열고 과감하게 안으로 들어갔다. 그리고 손을 더듬어 전등 스위치를 찾아 꾹 눌렀다. 형광등이 주춤거리듯 잠시 깜박거리다가 이내 하얀 빛을 사방에 뿌렸다.

입구에 들어서자마자 두 평 남짓한 조그만 부엌이 있었다. 불이 켜진 형광등은 거기에 매달린 것이었다. 그 안쪽으로 조금 더 큰 방이 하나 있다.

마쓰키는 그 큰 방에 엎드린 자세로 쓰러져 있었다.

고헤이는 말이 나오지 않았다. 손발도 움직여지지 않았다. 자신이 어떤 행동이든 하는 것이 몹시 두려웠다. 안쪽 방이 어두워 마쓰키의 모습도 윤곽만 어렴풋하게 보일 뿐이었지만, 그가 이미 죽은 사람이라는 것을 고헤이는 직감적으로 깨달았다.

이윽고 눈이 어둠에 익어 자세하게 보이기 시작했다. 동시에 맥박이 빨라지고, 굶주린 개처럼 숨도 거칠어졌다.

마쓰키의 등에 무언가가 꽂혀 있었다. 엷은 색 스웨터를 물들이고 있는 것은 아마도 그의 피일 것이다.

'전화를……'

고헤이는 뻣뻣하게 굳은 목을 돌려 전화기를 찾았다. 바로 옆에 있었다. 수화기로 손을 뻗었다. 바로 그때였다.

느닷없이 전화벨이 울리기 시작했다. 심장이 안쪽에서 걸어차인 듯한 충격에 고헤이는 하마터면 소리를 지를 뻔했다.

떨리는 손으로 수화기를 들었다.

"여보세요."

상대방 목소리가 그의 귀로 날아들었다. 하지만 날아들기만 했을 뿐 고헤이는 듣고 있지 않았다. 그는 일방적으로 외쳤다.

"빨리 경찰에 신고해! 마쓰키 씨가 살해당했어."

그가 정신을 차렸을 때 수화기에서는 뚜- 뚜- 하는 소리가 흘러나오고 있었다. 상대가 언제 전화를 끊었는지 전혀 기억나지 않았다.

고헤이는 다소 기분이 진정된 후에 침을 꿀꺽 삼키고 심호흡을 한 번 하고는 조심스럽게 전화기 버튼을 눌렀다. 1, 1, 그리고 0.

벨이 울리는 소리를 들으면서 고헤이는 마쓰키의 시신을 바라보았다.

그가 왜 이렇게 죽어 있지?

그제야 겨우 그런 의문이 그의 마음을 지배하기 시작했다.

4

올해로 지은 지 20년이 된 미나베 장은 사람이 살기 시작한 후로 줄곧 동네의 골칫거리였다.

대학이 가까운 탓에 사는 사람은 대부분 학생들이다. 그들의 특징은 낮에는 모습을 보이지 않다가 밤이 되면 활동을 시작한다는 점이다. 어느 방에서는 밤새 마작을 하느라 패를 뒤섞는 소리가 흘러나오고, 어느 방에서는 술을 마시고 불러 대는 노랫소리가 끊이지 않았다. 술을 마시고서 옆에 있는 공원에서 난동을 부리는 학생도 적지 않았다. 그런 다음 날 아침에는 공원 한두 군데에 반드시 토해 놓은 오물이 있고 시큼한 악취가 사방에 풍겼다.

그 악명 높은 미나베 장에서 끝내 살인 사건이 벌어진 것은 11월도 중순이 지날 무렵이었다. 게다가 살해당한 사람은 학생이 아니었다.

"이름은?"

"쓰무라 고헤이라고 합니다."

"마쓰키 씨와의 관계는?"

"같은 가게에서 일하고 있습니다. 학생가에 있는 '푸른 나무'라는 가게입니다."

고헤이를 아파트의 빈 방으로 데려가 곧바로 참고인 조사를 시작한 사람은 회색 체크무늬 양복을 입은 마흔 줄의 남자였다. 보통 체격에 얼굴이 크고 머리는 뽀글뽀글 파마를 했다. 아마도 형사이겠거니 하고 고헤이는 생각했다. 말투와 달리 태도는 상당히 고압적이라는 인상을 받았다.

형사는 입구에 직립 자세로 서 있는 경찰관에게 '푸른 나무'를 아느냐고 물었다. 경찰관이 안다고 대답했다.

형사는 고개를 끄덕이고는 고헤이 쪽으로 다시 시선을 돌렸다.

"그럼 오늘 밤 여기 온 이유와 시신을 발견했을 때의 상황을 말해 줄 수 있을까요?"

고헤이는 몸짓을 섞어 가면서 그 충격적인 장면을 재연했다. 경찰관과, 뒤늦게 온 또 한 명의 형사인 듯한 젊은 남자가 고헤이의 말을 열심히 메모했다.

전화를 걸려고 하는 참에 벨이 울리기 시작했다고 말하자 마흔 줄의 형사가 말을 가로막고 질문을 던졌다.

"상대가 전화를 걸어서 뭐라고 하던가요?"

"여보세요……라고요. 여자 목소리였던 것 같습니다."

"여자……, 그리고?"

"그게 다입니다."

고헤이는 고개를 저었다.

"흥분해서 상대가 뭐라고 말하기 전에 내 쪽에서 고함을 질렀습니다. 경찰에 연락하라고요. 그래서 놀란 상대가 전화를 끊은 모양입니다."

"흐음⋯⋯."

형사는 다소 아쉽다는 듯이 아랫입술을 쑥 내밀었다가 금세 기분을 수습하듯이 화제를 바꿨다.

"그래서, 쓰무라 씨는 마쓰키 씨와 친하게 지냈나요?"

"네, 뭐 그런대로."

고헤이는 애매하게 대답했다.

"그런데 사실, 그 사람에 대해서는 거의 아는 게 없습니다. 제가 '푸른 나무'에서 아르바이트를 시작한 게 석 달 전인데, 그때 그는 이미 거기서 일하고 있었다는 것밖에는. 경력에 대해서도 들은 적이 없고, 왜 학생들만 사는 그런 아파트에서 살았는지도 모릅니다."

실제로 고헤이는 그런 것들에 대해 알 수 있는 기회가 한 번도 없었다. 게다가 딱히 알고 싶은 생각도 없었다.

마지막으로 마쓰키를 만난 게 언제냐고 형사가 물었다. 고헤이는 분명한 기억을 새삼 반추하면서, 화요일 밤에 '모르그'에 같이 갔던 얘기를 했다. 경찰관은 '모르그'도 안다고 대답했다.

"가게에서 나올 때도 같이 나왔습니까?"

형사가 물었다. 고헤이는 아니라고 대답했다.

"저는 11시쯤 그 가게에서 나왔습니다. 그가 조금 더 마시겠다고 하기에 저 혼자 먼저 왔죠."

"그때 가게에 남아 있던 사람은 마쓰키 씨뿐이었나요?"

"아니요."

고헤이는 고개를 저었다.

"남자 손님이 한 명 더 있었는데, 이름은 모릅니다. 그 사람도 남아 있었어요."

그날 뒤늦게 온 레저 재킷 입은 남자를 말하는 것이다. 그 남자는 별말 없이 그저 술만 마셨다.

"그러고는 가게 사람뿐이었나 보군."

"그렇습니다. 마담 혼자 있었습니다."

"마담이라고 하면."

"히노 준코라는 사람이에요."

미인입니다. 하고 옆에서 제복의 경찰관이 쓸데없는 보충 설명을 했다. 형사는 코에서 숨소리가 나는 묘한 웃음을 지었다. 고헤이는 느낌이 참 안 좋은 사람이라고 생각했다.

"마쓰키 씨의 여자관계는 어땠는지 모르겠군."

순간 사오리의 얼굴이 뇌리에 떠올랐다. 그러나 그 말은 하지 않고 그저 무표정하게 고개를 저었다. 형사는 찌를 듯한 눈빛으로 고헤이의 입가를 쳐다보다가 표정을 읽을 수 없었는지, 아니면 일부러 놓친 척하는 것인지 아무튼 고개만 빠르게 끄덕거렸다.

마지막 질문은 마쓰키가 살해당한 것에 대해 짐작 가는 일은 없느냐는 것이었다. 고헤이는 없다고 대답했다.

마지막 질문에 답한 고헤이가 방에서 나가려는데 불쑥 뚱뚱한 남자가 들어와 파마머리 형사의 귀에 입을 대고 뭐라고 쑥덕거렸다. 형사의 얼굴이 약간 일그러졌다.

"아아, 잠깐."

형사가 불현듯 날 선 목소리로 고헤이를 불러 세웠다.

"혹시 스기모토라는 사람 압니까?"

"스기모토?"

고헤이가 되물었다.

형사는 뚱뚱한 남자에게 확인한 후 다시 말했다.

"스기모토 준야라는 사람인데."

"글쎄요, 모르겠는데요. 그 사람이 왜요?"

고헤이가 고개를 비틀면서 물었다.

"아, 그게 말이야."

형사는 무슨 깊은 뜻이라도 있는 것처럼 말을 끊었다가 다시 천천히 말을 이었다.

"마쓰키 씨의 본명이라는군."

형사에게서 해방된 고헤이는 '모르그'에 들르려던 계획을 바꿔 곧장 자기 아파트로 돌아왔다. 그가 사는 아파트는 미나베 장만큼은 아니어도 꽤 오래된 건물이다. 다만 사는 학생들의 수준은 미나베 장에 비하면 훨씬 나았다. 여학생이 많은 덕분인지도 모르겠다.

고헤이가 문을 열었을 때 왠지 불길한 예감이 머리를 스쳤지만 방에 별다른 이상은 없었다.

벽장에서 이불을 끌어내 옷을 입은 채로 몸을 묻었다. 딱히 공포감이 밀려오는 것은 아니었지만, 아무튼 오늘이라는 날이 빨리 끝났으면 하고 고헤이는 생각했다. 아무리 대단한 일이 있었어도 과거가 되면 이미 대단한 일이 아니다.

자명종 바늘이 11시 조금 전을 가리키고 있었다. 잠을 자기에는 평소보다 이른 시간인데 발이 따끈해지고 규칙적으로 숨을 쉬다 보니 이상하게 졸린 듯한 기분이 들었다. 조금 전까지 그렇게 동요했던 것을 생각하면 자신도 뜻밖이었지만, 마쓰키의 죽음이 너무도 갑작스럽고 비현실적이어서 아직 제대로 인식하지 못하는지도 몰랐다.

문이 열리는 소리가 난 것은 어떤 꿈에서 깨어난 직후였다. 어쩌면 꿈을 꾸는 도중에 잠이 깼는지도 모른다. 아무튼 꿈의 내용은 잊어버렸다.

"자고 있었어?"

문을 열고 들어선 히로미가 작은 목소리로 조심스럽게 물었다. 고헤이는 몸을 일으켜 시계로 손을 뻗었다. 12시 30분. 의외로 곤히 잠들었던 모양이다.

　히로미는 종이봉투를 안고 방으로 들어와 이부자리 옆 앉은뱅이 상 위에 종이봉투를 쏟았다. 버드와이저 캔과 칠리맛 스낵 과자, 랩에 싸인 햄버거 등이 쏟아져 나왔다.

　"들었어?"

　고헤이가 그렇게 묻고서 히로미의 얼굴을 보았다. 그녀는 긴 머리카락을 끌어 올리고는 고개를 위아래로 움직였다.

　"한 시간쯤 전이었나, 경찰에서 사람이 왔어."

　고헤이의 입에서 '모르그'라는 이름이 나왔기 때문일 것이다.

　"그래……. 많이 놀랐지?"

　그렇지, 뭐, 하면서 히로미는 버드와이저를 따서 고헤이 앞에 내밀었다. 고헤이는 그것을 받아 한 모금 마시고서 후, 하고 길게 숨을 내쉬었다.

　"그를 마지막으로 만난 사람을 찾고 있나 봐. 일단 지금 단계에서는 나와 준코인 것 같고."

　"히로미도?"

　고헤이는 맥주 캔을 입으로 가져가려다 말았다.

　"그날 '모르그'에 갔었어?"

"12시쯤. 두고 온 게 있어서 잠깐 들렀어."

"흠, 그때 마쓰키 씨를 만난 거군."

"그래."

"손님은 마쓰키 씨 혼자였어?"

응, 하면서 히로미가 고개를 끄덕였다.

"요즘은 가게 문 닫을 때까지 끈덕지게 있는 손님 많지 않아."

"그렇군……. 그럼 그 손님은 바로 간 모양이군."

"그 손님?"

"내가 '모르그'에서 나올 때였으니까 꽤 늦은 시간이었을 텐데, 남자 손님이 하나 들어왔어. 가죽 재킷을 걸치고, 왠지 분위기가 음울하던데."

"가죽 재킷?"

"마담의 태도를 봐서 단골이 아닐까 했는데."

"……그랬구나."

히로미는 칠리 맛 스낵 과자 봉지를 든 채로 고헤이의 가슴 언저리를 무심히 바라보았다. 고헤이는 그녀가 무슨 말을 하려나 보다 생각하고 기다렸지만 결국 아무 말도 들을 수 없었다. 칠리 맛 스낵 과자 봉지가 확 뜯겨 나갔을 뿐이다.

"마쓰키 씨 집 말인데."

잠시 후 자신의 맥주를 따르면서 히로미가 말했다.

"누가 한바탕 뒤졌나 봐."

"뒤졌다고?"

그녀가 캔에 입술을 대면서 응, 하고 고개를 끄덕였다.

"책상 서랍이랑 서랍장도 다 뒤지고. 본인이 죽었으니 뭘 훔쳐 갔는지 알 수 없겠지만, 아무튼 그가 입고 있던 옷에서 지갑은 발견되지 않았대."

"그럼 강도가 들었다는 거야?"

"글쎄."

히로미가 어깨를 으쓱하고서 살짝 눈을 감았다.

"그럴 가능성도 있는 것 아닐까."

"훔쳐 갈 만한 게 없을 것 같은데."

"그건 그렇지."

"마쓰키 모토하루가 본명이 아니라는 얘기는 들었어?"

히로미가 희미하게 고개를 끄덕였다.

"들었어."

"스기모토 준야라던데."

"그런가 보더라."

형사의 말에 따르면 정확한 신원을 확인하려고 했지만 방에서는 단서가 될 만한 것이 전혀 발견되지 않았고 전입신고도 되어 있지 않았다고 한다. 결국 그의 신원을 밝혀 준 것은 전화의 명의자였다. 그렇게 그의 본명과 주소를 알게 된 것이었다.

"진짜 주소지에도 번듯하게 그의 집이 있었다는군. 우리가 본 것은 아무래도 그의 가짜 모습 쪽이었나 봐."

"그런 거겠지."

그녀는 햄버거 두 개를 들고 일어나 랩을 벗겨 내고 오븐 토스터 안에 집어넣었다. 고헤이는 그제야 배가 출출하다고 느꼈다.

마쓰키의 죽음은 다음 날 신문에 1단 기사로 간단히 보도되었다. 그의 등에 꽂혀 있었던 것은 어디서나 손쉽게 구할 수 있는 등산용 나이프였다는 점, 범행 시간은 사흘 전 수요일 아침으로 추정된다는 점 등을 고헤이는 새롭게 알았다.

강도 살인의 가능성이 높다, 신문 기사의 뉘앙스는 대충 그랬다.

고헤이가 '푸른 나무'에 들어서니 어제의 형사들이 1층 찻집에 와 있었다. 사오리가 그들을 상대하고 있었다. 평소에 늘 그러던 것처럼 대담하게 다리를 꼬고 앉아 왼손으로는 턱을 괴고 오른손으로 담배를 피우고 있었다. 그녀의 표정도 시큰둥했지만 주방에 있는 마스터 역시 몹시 불쾌한 표정이었다.

"아, 쓰무라 씨. 이따가 좀 봐요."

파마머리 형사가 그의 모습을 보자마자 오른손을 들었다.

마스터가 형사 쪽을 힐금 쏘아보았지만, 투덜거리지 않는 것을 보면 그와는 얘기가 다 끝난 모양이었다.

"난 이제 됐죠?"

구불구불하게 파마한 머리를 마구 헤집으면서 사오리는 성가시다는 투로 말했다.

"친하다고 하지만 딱히 애인이었던 것도 아니니까. 나머지는 고헤이 씨에게 물어봐요."

아무래도 형사들이 신통한 얘깃거리를 가져오지는 않은 듯했다.

"그러지. 그럼 또 뭔가 생각나는 게 있으면 연락해 주고."

형사는 끈적거리는 말투로 그렇게 말하고는 일어나 고헤이 쪽으로 다가왔다. 형사의 어깨 너머로, 새빨갛게 칠한 입술 사이로 혀를 쏙 내미는 사오리의 모습이 보였다.

형사들은 어젯밤에는 이름도 밝히지 않더니 오늘은 우선 자기소개부터 시작했다. 나이가 많은 쪽이 우에무라, 젊은 쪽 이름은 듣자마자 잊어버렸다. 두 사람 다 관할 서의 형사라고 한다.

"그 후로 뭐 생각나는 거 없었습니까?"

우에무라 형사가 불쑥 그렇게 물었다. 마쓰키가 살해당한 건에 대해서, 라는 뜻이 담겨 있는 듯했다. 고헤이는 고개를 저었다.

"어제도 말했지만 나는 그에 대해서 전혀 모릅니다."

"흠, 그렇군."

모르면 모르는 대로 상관없다는 투였다.

"그렇다면 스기모토…… 아니지, 마쓰키 씨라고 하는 편이 알기 쉽겠군. 그 사람이 전에 무슨 일을 했는지도 모르겠군요?"

"그렇죠. 형사님은 압니까?"

만약 알고 있다면 가르쳐 달라고 하고 싶을 정도였다. 우에무라 형사는 거드름을 피우듯 헛기침을 한 번 하고서 말했다.

"신원이 분명하게 밝혀졌으니 말이죠."

"뭐였습니까, 마쓰키 씨의 이전 직업이?"

형사는 반응을 즐기듯 그의 얼굴을 쳐다보면서 대답했다.

"회사원입니다."

"회사원요?"

"네, 회사원."

그리고 우에무라는 수첩을 펼치고 물었다.

"센트럴 전자라는 회사 압니까?"

"알지요."

센트럴 전자는 업무용 계산기에서 출발해 현재는 OA 제품과 로봇, 컴퓨터, 소프트웨어 등을 개발하는 회사다. 컴퓨터 업계에서는 후발 주자지만 그 기술력은 정평이 나 있고, 고헤이의 동기생도 몇 명은 다니고 있을 터였다.

"마쓰키 씨는 전에 센트럴 전자에 다녔습니다."

"……."

뭐라 대답할 말이 없어 고헤이는 잠자코 있었다. 뜻밖인 듯하면서도 그렇지 않은 듯한 기분도 들었다.

"1년 전쯤에 그만뒀답니다. 이유는 아직 모르고요."

고헤이의 뇌리에 취직하지 않은 이유를 물어보던 마쓰키의 표정이 되살아났다. 그때 마쓰키는 이렇게 말했다.

"꿈만 품고 있어서는 아무 소용 없어. 스스로 움직이지 않으면 세계는 바뀌지 않는다고."

어쩌면 그 말은 그가 자기 자신에게 한 말인지도 몰랐다.

고헤이가 입을 다물고 있자 형사는 그의 얼굴을 빤히 쳐다보면서 물었다.

"뭐 생각나는 거라도 있나?"

고헤이는 당황해서 고개를 저었다.

"그런 얘기는 한 적조차 없었던 거지?"

"네."

"그렇다면 평소에 마쓰키 씨와 어떤 얘기를 나눴나?"

"어떤 얘기라니……."

고헤이는 머리를 긁적거렸다.

"딱히 이렇다 할 주제는 없었습니다. 그때그때에 따라 여러 가지 얘기를 했어요. 다 시답잖은 얘기뿐이었습니다."

"남의 소문에 대해 얘기한 적은?"

"두서없는 얘기뿐이었습니다. 건너편 이발소 얘기도 그렇고, 다 그렇고 그런 얘기였는데요."

"취미나 어떤 것에 관심이 있다는 얘기는?"

"잘 모르겠습니다."

정말 몰랐다. 석 달이나 함께 일했지만 그런 얘기는 나눈 적이 없었다. 고헤이 자신도 그렇다는 사실을 깨닫고는 좀 의외라는 기분이 들었다.

거참, 난감하군, 하는 표정으로 우에무라가 쓴웃음을 지었다. 그 표정이 왠지 고헤이의 감정에 거슬렸다.

"왜 그런 걸 묻죠? 신문에는 강도 살인의 가능성이 높다고 쓰여 있던데요."

형사의 쓴웃음이 희미한 미소로 변했다.

"신문에 그렇게 쓰여 있다고 다 옳다고 할 수는 없지. 게다가 가능성이 높다고 했지, 확실하다고 한 것도 아니잖나."

"그래도, 마치 얼굴을 아는 사람의 범행인 것처럼 말하고 있잖아요."

"그런 긴 아니야. 다만 말이지,"

형사는 수첩을 팔락팔락 넘기더니 눈을 살짝 찡그리고 그 중의 한 페이지를 보았다.

"나이프가 피해자의 등에 꽂혀 있었어. 그렇다면 범인은 마쓰키 씨의 등 뒤에 있었다는 얘긴데, 전혀 모르는 사람이 방에 들어왔다면 상대방에게 등을 보이고 있을 수 있느냔 말이야. 게다가 몸싸움을 한 흔적도 없었어."

"그리고 강도가 노릴 만한 아파트도 아니죠."

그렇게 말한 것은 젊은 형사 쪽이었다. 유난히 짜랑거리는 목소리가 커다란 몸집과는 어울리지 않았다.

고헤이는 받아칠 말이 생각나지 않아 그저 테이블에 놓인 설탕 그릇만 바라보고 있었다. 얼굴을 아는 사람의 범행? 그를 죽여서 득을 볼 사람이 대체 누구란 말인가.

"이건 다른 얘긴데, 다케미야 씨는 알고 있겠지?"

우에무라가 별거 아니라는 듯 가볍게 물었다. 그러나 그의 눈빛을 보니, 모른다고는 할 수 없겠지, 하는 확신이 넘실거렸다.

"물론 압니다."

고헤이는 대답했다. 그럼 됐고, 하는 식으로 형사는 몇 번이나 고개를 위아래로 흔들었다.

"화요일 밤, 그러니까 마쓰키 씨가 살해되었다고 추정되는 수요일의 전날 밤에 다케미야 씨와 마쓰키 씨 사이에 사소한 다툼이 있었다는데, 맞나?"

아마 사오리에게 들었을 것이다. 부정할 이유가 없어 고헤이는 그렇다고 조그맣게 대답했다.

"흠, 그럼 어젯밤에는 왜 그 얘기를 하지 않았지?"

"생각이 나지 않았습니다. 게다가 적극적으로 누구의 이름을 떠올리려 하지도 않았고요."

"알 만하군. 다케미야 씨와는 같은 대학을 나왔다면서. 학과도 같고 말이야."

"……네."

무슨 말이 하고 싶은 건지 고헤이도 대충 짐작이 갔다.

"비호하거나 그런 건 아니겠지?"

역시나, 하고 고헤이는 생각했다.

"말도 안 됩니다."

고헤이는 한마디로 부정했다.

"그는 나를 경멸하는 사람입니다. 나도 그를 좋아하지 않고요. 그런데 비호할 필요가 어디 있겠습니까."

"호오…… 왜 다케미야 씨가 자네를 경멸한다는 거지?"

"하잘것없는 이유입니다. 다케미야가 마쓰키 씨에게 얻어맞은 이유보다 더 하잘것없을 정도라고요."

"말하고 싶지 않다는 건가?"

고헤이의 눈을 보면서 형사가 물었다.

"그렇습니다."

고헤이가 더는 아무 말도 하지 않자 우에무라 형사는 포기했다는 듯이 수첩을 탁 덮었다.

"오늘은 그만하기로 하지. 뭐라도 생각나는 게 있으면 언제든 괜찮으니까 연락하고. 마음이 진정되면 문득 스치는 일이 있을지도 모르니까."

형사가 엉덩이를 들썩였다. 그런데 뭔가 생각났다는 표정을 짓더니 다시 의자에 앉았다.

"한 가지 더 묻는다는 걸 깜박했군."

그가 다시 수첩을 꺼냈다. 그리고 젊은 형사가 메모할 준비를 끝내자 대수롭지 않다는 표정으로 말했다.

"사흘 전이니까…… 이번 주 수요일이 되겠군. 그날 오전, 특히 10시쯤 어디 있었는지 말해 줄 수 있겠나? 뭐, 특별한 의미는 없어. 경찰도 기관이라서 말이지. 이것도 하나의 룰이야."

5

고헤이가 마쓰키의 시신을 발견한 날로부터 사흘이 흘렀다. 수사가 어떻게 진행되고 있는지 고헤이와 그 주변 사람들은 전혀 몰랐다. 신문에도 더는 실리지 않았다. '푸른 나무'에서 마쓰키의 후임을 구하지 않은 터라 고헤이가 그의 뒤를 잇는 꼴이 되었다. 물론 월급은 올랐지만, 마스터 입장에서는 사람을 하나 더 구하는 것보다 훨씬 이득이라는 계산이었을 것이다.

이날 마지막 손님은 조교수 오타였다. 8시가 지나서 나타나 고헤이에게 로테이션 상대를 해 달라고 부탁했다. 실내로 들어서는 그의 뼈가 불거진 얼굴이 평소보다 더욱 딱딱하게 보였는데, 바깥의 추위 때문만은 아닌 듯했다.

"지난 이삼 일 동안 하지 않았더니 파, 팔이 근질거려서 말이지."

깡마른 조교수는 가냘픈 목에 빙빙 두른 목도리를 풀고 나자 변명하는 투로 말했다.

"지난주 금요일 이후 처음이죠?"

고헤이가 물었다. 오타는 졸린 병아리처럼 몇 번이나 고개를 끄덕거렸다.

피차 어떤 의식이 작용했는지는 알 수 없지만 두 사람은 한동안 게임에만 집중했다. 말은 주로 오타가 했지만 마쓰키 사건이 화제에 오르는 일은 없었다. 버릇없는 학생들에 대한 불평이 대부분이었다. 불평을 할 때면 오타는 말을 더듬는 버릇이 거의 나타나지 않았다. 아마 정신적인 이유 때문일 것이다.

그러다 마침내 취직 얘기가 나오고, 온갖 회사 이름이 입에 올랐다. 그리고 센트럴 전자라는 회사 이름이 나오면서 얘기가 아주 자연스럽게 마쓰키 사건으로 번졌다. 오타는 어디서 들었는지 마쓰키라는 이름이 가명이라는 것과 그가 전에 회사원이었다는 것 등을 알고 있었다.

"나, 나쁜 회사는 아니야."

게임을 하는 틈틈이 오타가 말했다.

"성장주라고 생각해. 온갖 물자가 넘치는 세상인데 컴퓨터 소프트웨어는 여전히 부족하니까."

"그런데 마쓰키 씨는 그런 회사를 그만뒀다고 하던데요."

"응. 하지만 회사의 질과 그만두는 이유는 크게 관련이 없을 거야."

"그만둔 이유를 아시나요?"

"응. 상상은 할 수 있지."

말라깽이 조교수가 말했다.

"컴퓨터 관련 서비스 회사는 어떤 의미에서는 정년이 아주 일러. 프, 프로그래머의 경우는 서른다섯 정도밖에 안 되지, 아마."

"상당히 이르군요."

고헤이는 놀랐다.

"유연하게 사고할 수 있는 동안이 꽃인 셈이지. 그다음은 한 단계 위의 업무를 맡게 되는데, 일을 제대로 맡을 수 있을지 없을지 불안해하는 프로그래머도 많아. 웬만큼 좋아하지 않아서는 계, 계속하기가 어렵지."

"그럼 마쓰키 씨도 그런 불안감 때문에 그만뒀을까요?"

"그럴지도 모르지."

그렇게 말하면서 조교수가 공을 쳤다. 그는 분명히 사이드 포켓을 노린 것 같은데 튕겨 나간 공은 다른 공을 친 후 반대쪽 코너로 떨어졌다. 그는 머쓱한 듯 입속말로 중얼거리다가 갑자기 큰 소리로 말했다.

"하지만 회사를 그만두는 이유는 얼마든지 있어."

"얼마든지요?"

고헤이가 되물었다.

"그럼."

조교수가 머리를 푹 꺾었다.

"우리 대학 졸업생들도 취직한 첫해에 몇 명이 꼭 그만둬. 그런데 생각해 보면 그만두는 게 당연하다니까."

"그건 왜 그렇죠?"

"방향을 결정할 때 자신의 의견이 하나도 없으니 그렇지. 올해도 참 한심한 놈이 있었어. 어떤 일이 자기 적성에 맞는지 모르겠으니 내게 회사를 결정해 달라는 거야. 말이 안 되지."

웃지 못할 얘기였지만 고헤이는 이를 드러내고 히히 웃었다.

"사회인으로서의 자각이 부족해 목숨을 잃는 자도 있어."

"정말 죽었다는 말입니까?"

"두 달쯤 전이었어. 동창회에 나갔다가 술에 취해 강에 빠져 익사한 놈이 있었어. 정상적인 사회인은 그, 그렇게 죽지 않지."

이번에는 고헤이도 할 말이 없었다.

폐점 시간이 되어 고헤이는 오타와 함께 가게를 나섰다. 그리고 이 언저리에 어디 술집 없느냐고 묻는 오타를 데리고 '모르그'를 찾았다. 마쓰키가 살해당한 후로 처음 발길을 하는 것이었다.

말라깽이 조교수를 히로미와 마담에게 소개한 후 바로 예의 사건이 화제에 올랐다.

"알리바이? 물론 우리에게도 물었어."

유리잔을 닦던 준코는 히로미와 마주 보며 고개를 끄덕였다.

"나는 그날 9시부터 미장원에 있었으니까 알리바이가 있는 셈인데, 히로미 쪽은 증인이 없네."

"수요일 아침에는 혼자서 내내 잠만 잤는데 알리바이 같은 게 있을 리 없잖아."

히로미가 어깨를 으쓱 올렸다 내렸다.

"두 사람도 그날 아침에는 따로따로 있었던 거야?"

준코가 고헤이와 히로미의 얼굴을 번갈아 보면서 물었다.

"그렇죠. 화요일 밤에는 누구 집에 가 봐야 아무도 없으니까."

고헤이는 다소 비아냥거림이 섞인 눈초리로 히로미 쪽을 향했다. 그녀는 이제 그런 대사는 이골이 났다는 듯 눈썹 하나 까딱하지 않은 채 양파 채를 만들고 있다.

"내, 내게는 아직 형사가 찾아오지 않았는데."

조교수가 고헤이 옆에서 말했다.

"내게 물으면 과연 어떻게 되려나. 아무 대답도 못할 것 같은데."

"경찰에서도 교수님에게는 신중하게 접근할 겁니다. 대학의 명예가 걸린 문제일 수도 있으니까요."

"아무튼 범인이 좋은 시간대를 택했다는 뜻이네."

준코가 말했다.

"추리 소설을 보면 범인이 자기 알리바이를 확실하게 준비하는 경우가 흔히 있는데, 오히려 부자연스러운 인상을 받곤하잖아. 그보다는 아무도 알리바이를 증명할 수 없는 시간대에 실행하는 게 좋지 않겠어."

"형사 말로는 범행 시각이 오전 10시경이었다던데요."

생각이 나서 고헤이가 말했다.

"죽은 지 이틀이나 지났는데 어떻게 사망 시간을 그토록 정확하게 밝혀낼 수 있는지 모르겠습니다."

"그건 옆방 학생이 증언을 한 모양이야. 수요일 오전 10시경에 무슨 소리를 들었대. 그런데 경찰에서도 그 시간이 정확한 범행 시각이라고 여기는 것 같지는 않아."

직업상 정보가 많이 들어오는지 역시 준코는 아는 게 많았다.

"거기에 현대의 법의학을 동원하면 그, 그 정도 추측은 가능하지 않을까."

조교수가 학자다운 견해로 준코의 말을 거들었다.

"푸른 나무 사람들에게도 알리바이 확인했어?"

양파를 다 썬 히로미가 손을 씻으면서 고헤이에게 물었다.

"당연하지. 사오리와 마스터가 얼마나 짜증을 부리던지. 두 사람 다 입증을 못했거든."

"살해 동기부터 따지면 될 텐데."

준코가 말했다.

"그걸 모르니까 무턱대고 관련된 사람 모두에게 알리바이를 확인하러 다니는 거겠죠. 어째 경찰에서도 마쓰키 씨의 과거를 완전히 파악하지 못한 듯합니다."

"수수께끼의 사나이라는 뜻인가. 하긴 좀 이상했어, 그 사람."

늘 혼자서 술을 마시던 그의 모습을 떠올리는 듯, 준코는 구석 자리로 시선을 던졌다.

"그런데 마쓰키 씨가 센트럴 전자에 다녔다는 얘기는 좀…… 뜻밖이었어."

히로미가 말을 꺼내기 다소 거북하다는 듯 그렇게 말한 것은 고헤이를 생각해서였는지도 모른다.

그녀의 말에 준코도 고개를 끄덕거렸다.

'허슬러 신사'가 들어온 건 그로부터 30분쯤 지나서였다. 짙은 갈색 양복에 조끼까지 차려 입고, 손에는 반듯하게 접은 우산을 들고 있었다.

신사는 들어서면서 카운터 안에 있는 준코에게 뭔가를 물으려 했던 것 같은데, 고헤이와 오타가 쳐다보고 있다는 걸 느끼자 뜻밖이지만 다소 안심된다는 듯한 표정을 지으며 다가왔다.

"그 사람이 죽었다면서?"

고헤이 옆에 선 채로 신사가 물었다. 감정을 억누르고 있는 듯 말끝이 다소 떨렸다.

"네."

고헤이가 대답하면서 눈을 아래로 향했다.

"살해당했습니다. 게다가 제가 발견할 때까지 이틀이나 방치되어 있었어요."

그리고 고헤이는 카운터 안에서 이 사람은 누구냐는 듯이 보고 있는 히로미와 준코에게 신사를 소개했다. '푸른 나무'의 단골이자 마쓰키 씨의 당구 친구라고. 두 여자는 다소곳하게 머리를 숙였다.

신사는 오렌지 주스를 주문하고 조교수에게 말을 걸면서

그와 고헤이 사이에 비집고 앉았다.

"자네가 이런 가게에 다 오다니."

"제 이름은 아직 못 들으셨죠. 저는 쓰무라 고헤이……."

고헤이가 말을 건네는데 신사가 손바닥을 얼굴 앞으로 내밀었다.

"마쓰키 군에게 들었어. 자신의 길을 모색하는 중이라고."

"그렇게 거창한 게 아닙니다. 뭘 하고 싶은지 아직 모를 뿐이죠."

"대부분이 그래. 나도 포함해서 말이지."

그리고 신사는 명함을 건네며 말했다.

"나는 이런 인간이야."

명함에는 '도와 전기 주식회사 개발 기획실 실장, 이하라 료이치'라고 인쇄되어 있었다.

"도와에 계세요?"

고헤이는 남자의 얼굴을 다시 보았다. 도저히 기술자로는 보이지 않았다.

'도와'는 종합 전자 기기 회사로, 공장 한 군데가 아마 이 근처에 있을 것이다.

고헤이는 명함을 히로미와 준코에게 건넸다.

"실은 집이 이 근처야."

이하라는 가까운 역 이름을 말했다.

"마쓰키 씨는 그걸 알고 있었습니까?"

고헤이가 묻자 이하라는 고개를 끄덕였다.

"내가 얘기를 했거든. 그런데 그가 전에 회사원이었다는 건 몰랐어. '푸른 나무'의 마스터에게 들었는데, 솔직히 의외야. 과거를 얘기하지 않는 남자였잖나. 내기 당구를 하다가 내가 이기면 다 털어놓으라고 농담한 적은 있지만."

그리고 이하라는 오렌지 주스로 목을 축인 후 어깨를 축 늘 어뜨리고 중얼거렸다.

"이제 그 내기 당구도 칠 수 없게 되었군."

"사건에 대해서는 신문을 보고 알았나요?"

그때까지 잠자코 그의 말을 듣고 있던 히로미가 고헤이에 게 위스키 칵테일을 새로 만들어 주면서 물었다.

"그렇습니다."

이하라가 대답했다.

"그리고 형사가 찾아와서 꼬치꼬치 캐묻기도 했죠."

"형사? 이하라 씨에게도 형사가 찾아갔습니까?"

고헤이는 형사에게 이하라에 대해 말한 기억이 없었다.

"푸른 나무의 단골손님은 전원 탐문 조사를 하고 있나 보더 군. 아마 마스터 선에서 내 이름이 나왔겠지. 언젠가 명함을 두고 온 적이 있으니까."

"그래서 뭘 물었는데요?"

"여러 가지. 심증이 가는 사람은 없는가, 그 사람과 어떤 얘기를 했는가, 그런 거. 아, 그리고 알리바이도. 거의 범인 취급 아니냐고 화를 냈더니 형사가 태연하게 룰이라고 하더군."

고헤이는 카운터 안을 보았다. 히로미는 짜증과 쓴웃음이 섞인 표정이었고 준코는 불쾌한 듯 그늘진 얼굴을 숙이고 있었다.

"그래서 이하라 씨는 알리바이가 있습니까?"

"물론이지. 평일이라 회사에 나갔어. 그런데 그것만 가지고는 부족한가 보더군. 알리바이가 완전히 성립하지는 않는다고 말이야. 하루 스물네 시간 다른 사람과 같이 있을 수는 없으니까 불완전하다는 얘기인 것 같은데, 그렇다면 완전한 알리바이를 가진 인간이 대체 어디 있겠냐 말이야."

얘기를 하다 보니 불쾌감이 되살아났는지 이하라의 목소리가 좀 커졌다. 그리고 스스로도 그렇다는 것을 느꼈는지 부끄러운 듯 손수건으로 입가를 눌렀다.

"우리에게도 알리바이를 확인하더군요. 우리 역시 그쪽에서 만족할 만한 대답은 하지 못했습니다. 지금 그 얘기를 하던 중이었어요."

"당연하지. 그래서 무슨 새로운 정보를 얻을 수 없을까 하고 여기 와 본 거야."

그렇게 말한 이하라는 고헤이와 두 여자의 표정을 보고서 고개를 저으며 말을 이었다.

"아무래도 헛걸음을 한 모양이군."

그런데 책방 아저씨 도키타가 바로 그 새로운 정보를 들고 나타났다. 고헤이가 그를 만나는 것은 화요일 밤 이후 처음 인데 그사이에 폭삭 늙은 것처럼 보였다. 화려한 빨간 베레 모는 여전히 쓰고 있지만, 부동산 사기꾼이 연상되는 그 날 카로운 눈초리에는 강렬한 빛이 없었다.

"웬일로 이하라 양반에 조교수까지 같이 있군."

도키타는 '허슬러 신사'와 오타의 얼굴을 보고는 다소 뜻밖 이라는 듯이 말하고는 그들 옆에 앉았다. 과연 당구 동지들 사이에서는 이하라와 오타가 알려져 있는 듯하다.

"아저씨, 기운이 없어 보입니다. 같이 내기할 상대가 없어 진 탓인가요."

이하라가 신경이 쓰인다는 듯 미간을 찡그리고 도키타의 옆얼굴을 향해 말했다.

"농담할 때가 아니지. 일 때문에 잠시 생각을 하고 있어서 그래. 어이, 마담, 내 술 좀 꺼내 줘."

"어제 전부 드셨는데, 늘 마시는 걸 드리면 되겠죠?"

그렇게 말하면서 준코는 산토리 리저브 새 병을 따서 도키 타의 위스키 칵테일을 만들기 시작했다.

"아직 많이 남아 있는 줄 알았는데 벌써 다 마셨나 보군요?"

고헤이가 전에 여기서 아저씨를 만났을 때를 떠올리며 말하자 준코는 적막한 미소를 머금고 도키타의 얼굴을 보며 말했다.

"마쓰키 씨가 그렇게 된 후로 매일 밤인걸."

"괜한 소리를 하고 그러네."

도키타는 그렇게 말하면서 슬쩍 얼굴을 돌렸다. 그러고는 무슨 생각이 났는지 고헤이를 노려보았다.

"어이, 고헤이."

"네, 왜요?"

"너, 화요일 밤에 마쓰키와 학자 양반이 싸웠다는 거, 왜 말 안 했어? 수상하단 말이야."

모두가 고헤이의 얼굴을 쳐다보았다. 히로미도 '정말이야?' 하는 표정으로 보고 있다.

"일부러 숨긴 게 아닙니다. 말할 기회가 없었을 뿐이죠. 여기 온 것도 화요일 이후로 처음이고, 그리고 말다툼이랄 만한 것도 아니었어요. 마쓰키 씨가 한 대 때렸을 뿐이라고요."

"마쓰키가 칼에 찔린 게 수요일 오전이라잖아. 화요일에 대한 앙갚음을 했다고 생각할 수도 있어."

"그럴 수도 있지만, 아저씨에게 말한다고 어떻게 되는 것도 아니잖아요. 아저씨는 책 장수지 형사가 아니니까……. 그

건 그렇고, 싸웠다는 건 누구에게 들었는데요?"

"오늘 우리 책방에 온 학생이 그러던걸. 형사가 그 다케미야라는 풋내기 학자를 찾아갔는데 거기서 얘기가 나왔다고. 알리바이를 확인하는 것 같더라고 말이야."

모두가 얼굴을 들었다. 오늘의 유일한 새 정보였다.

"그래서 알리바이가 확인됐답니까?"

이하라가 몸을 앞으로 쑥 내밀면서 물었다. 그런데 책방 아저씨의 대답이 참 간단했다.

"거기까지는 모르지."

"아, 아마 알리바이가 있겠죠."

조교수가 모두를 돌아보며 말했다.

"지금 상황으로 봐서 조금이라도 동기가 있고, 거기에 알리바이까지 없으면 바로 범인인 셈일 테니까."

더듬더듬 말하는 그의 말투가 이런 때는 묘한 설득력을 지닌다.

6

그날 밤 고헤이는 히로미의 아파트에서 묵기로 했다. 아파트는 6층 건물이고 그녀의 집은 3층에 있다. 뛰어 올라가면 계단 쪽이 빠를 수도 있는데 엘리베이터를 타는 것이 습관이 되고 말았다.

그녀의 집에 들어서자 고헤이는 샤워를 하고 히로미가 준비해 놓은 잠옷을 입었다. 그리고 거실 소파에 앉아 비디오를 봤다. 오래전의 외국 영화다. 찰스 브론슨이 차를 탄 채 계단 위를 달리고 있다.

나중에 나온 히로미는 목욕 가운을 걸친 채 오른손에는 코냑 병을, 왼손에는 브랜디 잔을 두 개 들고 고헤이 옆에 앉았다. 비누 냄새가 따끈한 기운과 함께 피어올랐다.

"내일도 갈 거야?"

잔을 마주친 후 입에 대기 전에 고헤이가 물었다. 내일이 바로 화요일인 것이다.

히로미는 다리를 꼬고서 손가락 사이에 잔을 끼운 채 표정 없는 얼굴로 비디오를 바라보고 있었다. 고헤이에게는 히로미가 대답할 마음이 없는 것처럼 느껴졌다.

"있지……."

"갈 거야."

그가 하려는 말을 짓뭉개 버리듯 날카롭게 그녀가 대답했다.

"늘 정해져 있는 일이잖아."

고헤이는 침을 삼켰다. 히로미는 여전히 앞을 향해 있다.

"왜지?"

고헤이는 그 옆얼굴에 대고 물었다.

"왜 가르쳐 주지 않는 건데? 어디에 가는지, 그 정도는 얘기해 줄 수 있잖아."

"얘기 안 해도 된다고 했잖아. 그렇게 약속했잖아."

"그건 그렇지만……."

물론 그런 약속을 한 적이 있다.

"때가 되면 얘기해 줄게. 그때까지는 기다려."

"번번이 그렇게 말하는데, 대체 언제까지 기다리라는 거야."

"……때가 될 때까지."

히로미는 코냑을 한 모금 입에 머금고 고개를 약간 들어 그것을 삼킨 뒤 고헤이에게 기대면서 말했다.

"피곤하다."

다음 날 아침 눈을 떴을 때 고헤이는 왠지 몸이 나른했다. 머리가 지끈거리고, 거대한 빨래집게에 목이 집혀 있는 것처럼 목구멍이 좁아진 느낌이 들었다. 히로미가 그의 이마에 손을 대 보고서 눈살을 찌푸렸다.

"열이 있네."

"감기겠지, 뭐. 머리를 제대로 말리지 않아 한기가 들었는지도 모르고."

"쉬는 게 좋겠어. 오늘은 아르바이트하러 가지 마."

히로미가 어디선가 체온계를 가져와 그것을 고헤이의 입에 넣었다. 그리고 시간을 재면서 '푸른 나무'에 전화를 걸었다. 그녀의 말투로 난처해하는 마스터의 표정을 상상할 수 있었다.

열이 38도가 넘었다. 고헤이는 아침을 먹은 후 해열제를 먹고 다시 히로미의 침대로 기어들었다. 아침은 오트밀이었다.

"괜찮겠어?"

침대 옆에 앉아 히로미가 물었다.

"뭐, 그런대로. 그보다 히로미는 슬슬 나가 봐야 할 시간 아니야?"

화요일에 그녀는 오전에 집을 나선다. 늘 그렇다.

"고 짱의 상태를 보고. 좋아지면 낮에 나갈게."

"나는 괜찮아."

말은 그렇게 하면서도 고헤이는 그녀가 자신을 우선해 준 것이 만족스러웠다.

대낮까지 자고 일어나 점심을 먹고 나니 상태가 꽤 좋아졌다. 소파에 앉아 음악을 들을 수 있을 정도였다. 히로미는 나갈 준비를 하면서 그의 건강한 체질에 혀를 내둘렀다.

"최대한 빨리 올게. 무리하면 안 돼, 알았지?"

그렇게 말하면서 고헤이에게 키스를 한 후 히로미는 집을 나섰다.

그녀가 나간 후 고헤이는 조금 더 잠을 잤다. 소파에서 음악을 듣다 보니 자기도 모르게 꾸벅꾸벅 잠이 든 것이었다. 전화벨 소리에 눈을 떴다.

고헤이는 우두둑우두둑 목을 돌리면서 걸어가 수화기를 귀에 댔다.

"히로미 씨?"

상대가 물었다. 남자 목소리였다.

"아닌……."

고헤이가 우물쭈물하자 전화기 저편에서 헉 하고 숨을 삼키는 기척이 느껴졌다.

"아리무라 씨 댁 아닙니까?"

아리무라는 히로미의 성이다.

"아리무라 맞습니다. 아리무라 히로미 씨는 30분 전에 나갔는데요."

"아, 그렇군요. 네, 알겠습니다. 실례했습니다."

상대는 그렇게 말하고 전화를 끊었다. 고헤이는 어안이 벙벙한 채 뚜뚜거리는 수화기를 보았다.

'누구지, 지금 그 사람?'

들어 본 적 없는 목소리였다. 나이는…… 모르겠다. 그다지 젊지도 않지만 그렇다고 늙은 목소리도 아니었다.

상대의 말투로 보아 오늘 히로미가 간 곳의 사람인 듯했다.

게다가 히로미를 '히로미 씨'라고 부를 정도로 친밀하다.

아차 싶었다. 어떻게든 말을 끌어서 히로미가 간 곳을 알아냈어야 했다.

한 번 더 걸려 오지 않을까 하고 고헤이는 전화기를 노려보았다. 그러나 상대는 조금 전의 통화로 목적을 충분히 달성했을 테니 다시 전화를 걸지 않을 것이다.

그는 다소 거칠게 소파에 몸을 던졌다.

'대체 화요일마다 어딜 가는 거야?'

이때 고헤이가 문득 떠올린 것은 침대 옆에 있는 조그만 책꽂이였다. 책을 보면 그 사람의 생활환경을 알 수 있다고 하니 어쩌면 실마리를 잡을 수 있을지 모른다. 그는 일어나 침실로 들어갔다.

책꽂이에 꽂혀 있는 것은 대부분 문고판 소설이었다. 특정한 작가로 한정돼 있지는 않았다. 그때그때 기분 내키는 대로 사들였는지 종류가 제각각이었다. 그 외에는 음악, 그것도 주로 피아노 책. 틀림없이 피아니스트가 되려고 했던 당시의 책일 것이라고 고헤이는 짐작했다.

책을 펼치려다 문득 어떤 생각이 스쳤다. 히로미는 왜 피아노에 손도 대지 않게 되었을까? 언제였나, 손이 작아서 피아니스트가 되는 걸 포기했다는 말을 한 적이 있다. 하지만 본격적인 피아니스트는 아니라 해도 뭔가 거기에 관련된 일을 하는 것이 타당하지 않을까.

이렇게 피아노 관련 책이 꽂혀 있는 것을 보니 고헤이의 의문이 더욱 깊어졌다.

결국 책꽂이에서는 아무런 정보도 얻을 수 없었다. 히로미가 정리를 잘하는 성격이라는 점만 엿보았을 뿐이다. 물론 그런 성격은 오래전부터 알고 있었다.

그는 머리를 긁적거리며 침대에 덜퍼덕 앉았다. 이제 감기 기운은 사라지고 없었다. 그보다는 아무런 단서가 없다는 것이 그를 답답하게 했다. 그렇게까지 하면서 내게 비밀을 지키고 싶은 것일까.

뒤를 밟아 보는 방법도 있다. 하지만 그러고 싶지는 않았다.

'포기해야 하나.'

그렇게 생각하면서 그는 엉덩이를 들었다. 그때 창가에 놓인 화장대가 눈에 들어왔다.

히로미가 화장대 서랍에 보석류를 보관하고 있다는 생각이 떠올랐다. 보석을 숨기는 장소로 그리 적합하지 않다는 인상을 받았던 기억이 있다.

고헤이는 빨간 화장대 앞에 서서 살며시 서랍을 열었다. 그런데 거기에 보석은 없었다.

'역시 내 착각이었나?'

고개를 갸웃거리면서 고헤이는 화장대 양옆의 서랍도 열었다. 거기에도 별다른 것은 전혀 들어 있지 않았다. 이번에야 말로 포기하고서 그는 마지막 서랍을 닫았다.

어, 뭐지? 하고 생각한 것은 그때였다. 마지막으로 닫은 서랍에는 거의 아무것도 들어 있지 않았는데 묵직하다는 느낌이 들었던 것이다. 고헤이는 그 서랍을 다시 당겼다.

얇은 손거울 하나가 들어 있을 뿐이다. 그런데 서랍 자체의 무게가 상당하다.

"오호."

그가 자기도 모르게 그런 소리를 낸 것은 서랍 바닥이 안쪽으로 미끄러져 들어갔기 때문이었다. 즉 이 서랍만 이중 구조였던 것이다.

위 서랍을 안으로 완전히 밀어 넣자 밑에서 반지와 목걸이 등의 액세서리가 나타났다. 반지는 다이아몬드와 루비가 많고 진주 목걸이가 두 개 있었다. 천연석인지 인조석인지 고헤이로서는 알 수 없었지만 아무튼 히로미의 보석인 것은 틀림없다. 그렇지 않다면 이렇게 은밀한 곳에 숨길 리 없다.

고헤이는 그 서랍을 다시 닫고 반대쪽 서랍을 보았다. 만약 좌우 대칭으로 만들어졌다면 왼쪽 서랍도 이중 구조일 것이다.

그는 대뜸 왼쪽 서랍을 열었다. 역시 이중 구조였다.

그런데 안에 들어 있는 것은 보석이나 액세서리가 아니었다. B5 사이즈의 얇은 책자 한 권이 반으로 접힌 채 들어 있었다.

'수국'이라는 제목이었다. 옅은 보라색 표지에 손을 맞잡고 있는 남자애와 여자애 그림이 그려져 있다. 안을 죽 훑어보니 어린아이가 쓴 듯한 작문이 열 페이지 정도에 걸쳐 실려 있었다.

'히로미가 왜 이런 걸?'

고헤이는 고개를 갸웃하며 뒤표지를 보았다. 거기에는 '수국 학원 TEL ○○○-××××'라고 인쇄되어 있었다.

'수국 학원은 옆 동네에 있는 장애우들의 학교인데…….'

히로미가 왜 그 학원의 책자를 갖고 있으며 또 이렇게 소중하게 보관하고 있는지 고헤이는 전혀 짐작이 가지 않았다. 다만 직감적으로 그녀가 매주 화요일마다 가는 곳이 이 학교가 아닐까 하는 생각이 들었다.

고헤이는 거실로 돌아와 그 책을 사이드 테이블에 내려놓고 소파에 누운 채 연보라색 표지를 바라보았다.

자신이 히로미에 대해 무엇 하나 만족스럽게 알지 못한다는 생각이 들었다. 만난 지 석 달. 그런데 오늘이 되기까지 과연 무슨 얘기를 했던가?

고헤이는 책을 들고 천천히 일어나 전화기로 다가가 수화기를 들었다. 그리고 책 뒤에 찍혀 있는 번호를 눌렀다.

벨이 다섯 번 울리고, 여섯 번째에 여자 목소리가 흘러나왔다. 히로미의 목소리는 아니었다.

"아리무라 씨 계십니까?"

"네. 그런데 누구시죠?"

역시 히로미는 이곳에 있다. 고헤이는 대답하지 않았다. 수화기에서 "여보세요?" 하는 소리가 들린다. 그는 아무 대꾸도 하지 않고 그대로 전화를 끊었다.

이것으로 히로미가 어디에 가는지는 알았다. 그다음은 이유이다. 그러나 그것은 본인에게 직접 듣는 수밖에 없다.

고헤이는 다시 소파에 누워 그녀가 돌아오기를 기다렸다.

그리고 잠시 후, 그는 무슨 소리가 나서 눈을 떴다. 미열이 있는 탓인지 또 잠이 들었나 보다. 방에 불을 켜지 않고 있었는데, 캄캄한 것을 보면 저녁때가 되었는지도 모르겠다.

고헤이가 눈을 비비고 있는데 갑자기 형광등이 깜박거렸다. 히로미가 돌아왔나 싶어 그는 소파에서 몸을 일으켰다. 헉 하고 숨을 삼키는 소리가 들렸다.

거기에 서 있는 사람은 준코였다. 그녀는 고헤이의 얼굴을 보고서 "뭐야, 고헤이 짱이었어!" 하며 가슴에 고인 숨을 훅 내뱉었다.

"있으면 불을 켜야지. 아무도 없는 줄 알았잖아."

"잠이 들었어요. 그보다 마담이야말로 웬일입니까, 가게에 안 있고."

"응, 그게 말이지,"

준코는 방 안을 죽 돌아보다가 전화기 옆에서 메모지를 발견하고는 한 장을 뜯어냈다.

"몸이 좀 안 좋아서 일찍 문 닫고 왔어. 그런데 내일이 수요일이라 나는 쉬잖아. 그래서 필요한 재료를 메모해 두려고 들른 거야."

그렇게 말하고서 그녀는 볼펜으로 끄적끄적 적고는 메모지를 부엌 테이블에 놓았다.

그녀도 이 아파트 6층에 살고 있다.

"몸이 안 좋아요? 감기입니까?"

"그렇겠지, 뭐."

"저도 그런데. 피차 조심해야겠네요."

"그래서 오늘 쉬었나 보네. 도키타 씨와 이하라 씨가 그러더라고."

"그 두 사람, 오늘도 왔어요? 열심이로군요."

"마쓰키 씨 장례식을 언제 하는지 가르쳐 달라고 하더라고. 나도 모르는데 말이지."

"장례식이요……."

고헤이는 영화배우가 그러는 것처럼 손바닥을 위로 향하고 어깨를 으쓱했다.

"참석할 필요가 있을까요."

"그럼 히로미에게 안부 전해 주고."

준코는 그의 어깨를 톡 치고서 현관으로 향했다. 그녀의 뒤를 따르면서 고헤이는 "참, 그런데," 하고 말을 꺼냈다.

"어떻게 들어왔죠? 문이 잠겨 있었을 텐데."

구두를 신느라 정신이 팔려 있던 준코가 한 박자 늦게 입술을 쑥 내밀고 대답했다.

"문? 안 잠겨 있던데."

"이상하네, 히로미가 분명히 잠그고 나갔을 텐데."

"안 잠겨 있었다니까. 그러니 내가 들어올 수 있었지. 사실은 메모만 우편함에 넣고 갈 생각이었어. 그런데 무심코 손잡이를 돌렸더니 열리잖아. 깜짝 놀랐어."

그랬겠지, 하고 고헤이는 생각했다. 마쓰키의 집을 찾아갔을 때 상황이 꼭 그랬다. 그리고 그때 그의 시신을 발견했다.

"문단속 잘 시켜야겠네."

"그렇게 말할게요."

웃으면서 준코에게 말한 뒤 고헤이는 문을 닫고 버튼을 눌렀다. 차르르르, 하는 금속 소리. 고헤이가 고개를 갸우뚱한다. 히로미가 나갈 때 이 소리가 분명히 났던 것 같은데.

한 시간 후 히로미가 돌아왔다. 동네 슈퍼에서 장을 보았는지 하얀 비닐 봉투를 한 손에 들고 있었다.

"몸은 좀 어때?"

"괜찮아."

"그래. 졌네."

히로미가 테이블에 놓여 있는 메모지를 발견하고서 죽 읽었다.

"흐음, 준코도 몸이 안 좋은가 보네. 웬일이지."

"자고 있는데 마담이 불쑥 들어와서 깜짝 놀랐어."

"불쑥?"

"응. 히로미, 문 안 잠그고 나갔지? 그러니까 그랬지."

그렇게 말하자 그녀가 고개를 숙이고 잠시 생각에 잠겼다가 얼굴을 들면서 말했다.

"그럴 리 없는데. 난 분명히 문을 잠그고 나갔어."

"안 잠겨 있었대. 깜박한 거 아니야?"

히로미가 다시 생각하는 표정을 지었다. 그러더니 무슨 생각이 났는지 표정이 누그러졌다.

"그래, 맞다. 내가 깜박했네."

"그렇겠지."

고헤이는 그녀에게서 등을 돌려 다시 소파에 앉았다. 그로서는 아직도 약간 꺼림칙한 기분이 남아 있었지만 신경 쓰지 않기로 했다. 이런 착각은 흔히 있는 일이다.

히로미가 침실에 가서 편한 옷으로 갈아입고 나와 맥주 두

캔과 저녁 신문을 들고 고헤이 옆으로 다가왔다. 그러다 사이드 테이블에 놓인 소책자에 그녀의 눈길이 멈췄다.

고헤이는 옆에서 그녀의 표정을 살폈다. 두 볼에 별다른 변화가 없는 것은 그다지 큰 충격이 아니어서인지, 아니면 놀란 나머지 감정을 드러내는 것조차 잊은 것인지, 고헤이로서는 그 어느 쪽으로도 해석하기 어려웠다.

"그렇구나."

히로미가 이제야 생각났다는 듯이 말했다.

"낮에 전화로 나를 찾은 사람, 역시 고 짱이었구나. 혹시나 했는데."

"이유를 알고 싶어."

"무슨 이유?"

"당신이 그 학교에 가는 이유. 당연하잖아."

히로미는 머리를 끌어 올리면서 희미하게 웃었다.

"가고 싶으니까 가는 거지. 그거야말로 당연한 거 아니야?"

"히로미……."

"부탁할게."

그녀는 고헤이의 입술에 집게손가락을 대고 말을 막았다. 핸드크림의 달콤한 냄새가 아련하게 풍겼다.

"너는 아무것도 묻지 마. 어차피 대답할 수 없으니까."

고헤이의 머릿속으로 어떤 예감이 스치고 지나갔다. 그 정체를 완전히 파악할 수는 없었지만, 한마디로 불길한 예감이었다. 고헤이는 입을 꼭 다문 채 히로미의 얼굴을 보았다. 한결같은 그 눈을 아름답다고 생각했는데, 그 한결같음은 자신을 향한 것이 아니었다.

"갈래."

고헤이가 몸을 일으켰다. 그녀는 앉은 채 막지 않았다.

"고 짱 생일이 며칠 안 남았네."

그가 옷을 다 갈아입었을 때 그녀는 벽에 걸린 달력을 보고 있었다. 11월 21일이 고헤이의 생일이다. 이번 주 금요일이면 고헤이는 스물네 살이 된다.

"파티하자."

"아니, 됐어, 그런 거. 생일에 무슨 큰 의미가 있다고."

"좋잖아, 우리 둘이서 하자. 금요일에는 가게도 빨리 끝낼게."

"우리 둘이서?"

고헤이는 신발을 신으면서 속으로 한숨을 쉬었다.

'우리가 뭘 공유하고 있긴 하다는 걸까?'

물론 그 말은 하지 않았다.

7

고헤이가 마쓰키의 시신을 발견한 지 일주일이 지났다. 그가 '푸른 나무'의 3층 계산대에서 일을 보고 있는데 우에무라 형사와 그를 졸졸 따라다니는 젊은 형사가 오랜만에 나타났다.

"무슨 단서라도 찾았습니까?"

계산기 프린터에서 눈을 떼지 않은 채 고헤이가 물었다. 형사는 실내를 슬쩍 훑어보고는 비아냥거리는 미소를 띤 채 말했다.

"2층과는 달리 별로 바빠 보이지 않는군."

아닌 게 아니라 손님은 로테이션을 하고 있는 한 쌍뿐이었다.

"제게 볼일이 있는 건가요?"

"물론이지."

우에무라는 비어 있는 당구대로 다가갔다. 젊은 형사가 카드 비슷한 것을 건네자 그것을 트럼프를 섞듯이 섞은 후 당구대 위에 늘어놓았다. 명함 사이즈의 흑백 사진이었다. 전부 열두 장쯤 되는 것 같았다.

"이 가운데 본 적 있는 얼굴이 있는지 모르겠군."

우에무라가 히죽거리면서 물었다. 고헤이는 형사 옆으로 걸어가 사진들을 죽 살펴보았다. 열두 명 중에 남자가 열 명이었다. 이십 대로 보이는 남자에서 오십 대로 보이는 남자까지. 모두 양복 차림이다. 그리고 두 여자는 스무 살 전후로 보이고 둘 다 미인이었다.

"누굽니까, 이 사람들?"

고헤이가 물었다.

형사는 대답하지 않았다. 그 대신 고헤이의 속마음을 꿰뚫어 보기라도 하겠다는 듯이 그의 얼굴을 빤히 쳐다보았다. 고헤이가 그 눈길을 피하지 않자 다시 물었다.

"본 적 없는 사람들인가?"

고헤이는 슬쩍 심술이 났다. 그래서 두 형사의 얼굴을 번갈아 바라보며 되레 반문했다.

"무슨 영문인지도 모르면서 질문에만 대답하는 거 좋아하지 않습니다. 용의자가 이 중에 있다는 얘깁니까, 뭡니까?"

반응을 보인 것은 젊은 형사 쪽이었다. 그가 불쾌하다는 듯이 입술을 비틀었다.

그런데 우에무라의 표정은 변하지 않았다. 그는 이런 대화는 따분해서 못 견디겠다는 듯한 표정을 하고서 똑같은 질문을 반복했다.

"본 적 없는 사람들인가?"

고헤이는 다시 한 번 사진들을 보고는 고개를 저었다.

"없습니다."

"전혀?"

형사가 재차 확인했다. 고헤이는 고개를 끄덕였다.

"기억력에는 자신이 있습니다. 특히 사람의 얼굴은 잘 기억해서 말이죠. 형사님 얼굴도 아마 잊지 못할 겁니다."

"좋아."

우에무라가 젊은 형사에게 눈짓을 하자 그는 늘어놓은 사진을 정리했다. 열두 장의 카드는 깔끔하게 모여 파란색 양복 안주머니로 들어갔다.

우에무라는 마일드 세븐을 꺼내 우선 한 모금 피운 후 설명했다.

"그 사진에 있는 인물들, 마쓰키 씨가 전에 다녔던 회사에서 같은 부서에 있었던 사람들이야."

"센트럴 전자요?"

"그렇지. 부서의 범위를 넓히면 더 늘어나겠지만."

"그 사람들에게 뭔가 용의가 있는 겁니까?"

그렇게 묻자 우에무라는 담배를 끼운 오른손을 천천히 흔들었다.

"용의가 있다는 건 아니야. 모든 가능성을 하나하나 검토하고 있을 뿐이지."

"그래도 무슨 근거가 있을 거 아닙니까."

"근거라……."

형사는 자조적으로 웃으면서 왼손으로 눈물샘 언저리를 긁 작거렸다.

"근거라고 할 만한 것은 없어. 실은 마쓰키 씨가 회사를 그 만둔 이유에 대해서 탐문 조사를 해 봤는데, 직장을 싫어해 서 그만뒀다는 것 같더라고. 그 원인은 아직 잘 모르겠는데, 그래서 아무튼 연관을 지어 본 거야."

"회사 내에서 서로 증오하는 사람이 있었다는 말입니까?"

"글쎄, 그건 모르지. 회사원들의 세계란 우리에게는 영원한 수수께끼니까 말이야. 자네, 회사에 다닌 경험 있나?"

"없습니다."

있을 리가 없잖아, 하고 속으로 빈정거렸다.

"그럼 자네에게도 수수께끼겠군. 그것만큼은 경험해 보지 않고는 알 수 없다고 하니 말이지."

"다케미야 쪽은 어땠는데요?"

고헤이는 일부러 화제를 바꿨다. 형사의 표정이 굳어지는 것을 보고 싶었는데 별 반응이 없었다.

"찾아갔을 텐데요. 알리바이도 캐묻고."

끈질기게 물어 댔다.

"물론 그랬지. 하지만 알리바이가 있었어. 그날은 종일 연 구실에 있었다는군. 증인도 있고 말이야."

"아쉽게 됐습니다."

야유조로 말했는데 거의 묵살당하고 말았다.

그럼, 하면서 형사들은 돌아갔다.

7시에 고헤이는 가게에서 나와 '모르그'로 향했다. 안으로 들어가니 테이블석에는 벌써 몇 그룹이 진을 치고 있고 카운터 자리는 두 커플이 차지하고 있었다.

"히로미는 갔는데."

그의 얼굴을 보더니 준코가 말했다. 왠지 쌀쌀맞은 말투였다.

"몇 시쯤에요?"

고헤이가 물었다.

준코는 잔에 담긴 진피즈를 휘저으면서 벽에 걸린 동그란 시계로 시선을 옮겼다.

"얼마 안 됐어. 20분쯤 됐나? 어쩌라는 건지. 이렇게 바쁜 때에 갑자기 가겠다고 하고 말이야."

그래서 기분이 언짢은 모양이었다.

"죄송합니다. 오늘이 제 생일이라서요."

고헤이가 고개 숙이며 말했다.

어머, 하면서 준코가 고개를 들었다. 그리고 그의 발끝에서 머리끝까지를 천천히 감상한 후 미소 지으며 말한다.

"어머, 그래? 축하해."

"사과 차원에서 다음에 한턱 쏠게요."

"기대해야겠네."

"그럼."

딸랑딸랑 풍경이 울리는 문을 열고 고헤이는 캄캄한 밤거리로 나섰다.

아파트에 도착한 것은 7시 20분경이었다. 근처에 가게가 없는 탓에 어둠 속에 건물이 둥실 떠 있는 느낌이다. 길거리에서 각 방의 창문이 보이는데, 불 켜진 방이 더 적다.

고헤이가 입구로 들어가는데 관리실에 늘 있는 관리인의 모습이 보이지 않았다. 야윈 데다 가느다란 흰머리가 제멋대로 자라 왠지 없어 보이는 남자다. 그 남자는 때때로 오늘처럼 자리를 비우는 일이 있었다. 거기에 어떤 규칙성이 있는 건지 고헤이는 깊게 생각해 본 적이 없다. 있으나 없으나 별 지장이 없었기 때문이다. 유리창 달린 관리실 안에 앉아 있는, 그저 그뿐인 남자이기 때문이다.

텅 빈 관리실 앞을 지나는데 아파트 안에서 마침 한 남자가 나왔다. 고헤이는 무심히 그 남자의 얼굴을 보면서 스쳐 지나 두세 걸음 더 걷다가 갑자기 멈춰 섰다.

'그 남자인데……'

화요일 밤, 그러니까 고헤이가 마쓰키와 마지막으로 만났던 날 밤에 '모르그'에 나타났던 가죽 재킷의 사나이. 선글라스를 끼고 머플러까지 두르고 있었지만 그 음울한 얼굴은 틀림없이 본 기억이 난다.

'저 남자도 이 아파트에 사나?'

안쪽에서 1층에 도착한 엘리베이터 소리가 찌링 울렸다. 그런데도 고헤이는 멀어지는 남자의 등을 잠시 바라보고 있었다. 왠지 모르게 마음에 걸렸다. 물론 이유는 그 자신도 몰랐다.

남자의 모습이 보이지 않게 되자 고헤이는 재빨리 걸음을 옮겼다.

관리실 앞을 지나 끝까지 가서 왼쪽으로 돌면 엘리베이터 앞이다. 그런데 고헤이가 막 도착했을 때 엘리베이터의 문은 이미 닫혀 있었다. 층을 표시하는 램프를 보니 지금 막 엘리베이터가 1층에서 출발한 것 같았다. 남자의 모습을 바라보느라 놓친 것이다.

"쳇, 한발 늦었군."

고헤이는 버튼을 누르고 기다렸다.

엘리베이터가 3층에서 멈췄다. 그리고 잠시 후 다시 위로 올라가기 시작했다. 4, 5층을 통과하고 6층에서 멈췄다.

그런데 엘리베이터가 6층에서 멈춘 채 움직일 줄을 몰랐다.

'이사라도 하고 있는 건가?'

고헤이가 그렇게 생각한 것은 대형 짐을 옮길 때면 엘리베이터가 오래 멈춰 있기도 하기 때문이다.

그는 손목시계를 보면서 혀를 차고는 계단 쪽으로 걸어갔다. 히로미의 집은 3층에 있기 때문에 이런 상황에서는 걸어가는 쪽이 빠르다.

계단은 엘리베이터 바로 옆에 있다. 어두컴컴하고 희미하게 곰팡내 나는 계단이다.

3층에 도착했다. 고헤이는 복도로 들어서 히로미의 집 쪽으로 걸음을 옮겼다.

그때였다.

계단에서 젊은 여자의 비명이 들렸다. 그것도 바로 위에서 울리는 것 같았다.

고헤이는 순간적으로 엘리베이터의 표시등을 올려다보았다. 램프는 계속 6층으로 표시되어 있었다. 6층에 무슨 일이 생겼군. 고헤이는 그렇게 직감했다.

그는 계단을 뛰어 올라갔다. 두세 계단을 한꺼번에 건너뛰었다.

"무슨 일입니까?"

그러자 여자는 고헤이 쪽으로 얼굴을 돌리고 입술을 바들바들 떨면서 뭐라고 말했다. 하지만 그 말은 고헤이의 귀에 한마디도 전해지지 않았다.

여자가 손가락으로 뭔가를 가리켰다. 손가락이 향한 곳은 엘리베이터였다. 고헤이는 그쪽으로 눈을 돌렸다.

맨 먼저 빨간 꽃이 시야에 날아들었다. 일부러 흩뿌려 놓은 것처럼 빨간 꽃이 엘리베이터 앞에 널려 있었다.

그리고 꽃 속에 사람이 쓰러져 있었다. 짙은 브라운색 재킷을 입은 등에는 칠흑처럼 검은 머리칼이 흐르고 있다. 엘리베이터 문이 닫히다가 그녀의 다리에 걸려 다시 열리기를 반복하고 있었다.

고헤이는 덜퍼덕 주저앉을 것만 같은 자신을 추스르며 그녀에게 다가갔다. 무릎을 꿇고 그녀의 어깨에 손을 얹었다. 무언가가 그의 가슴속에서 부글부글 끓어올라 목을 타고 울부짖음으로 튀어나오려 했다. 그러나 그는 가까스로 자제했다.

오랜 시간, 적어도 그의 마음으로는 오랜 시간, 그는 그렇게 꼼짝하지 않고 있었다. 모든 것이 와르르 무너져 내리기를 기다리고 있는 듯한 시간이었다.

히로미의 몸은 따스했다.

믿기지 않을 정도로 따스했다.

2장

여동생, 형사, 그리고 밀실

1

고헤이가 아리무라 히로미를 만난 것은 올 8월 초순이었다.

그 무렵 고헤이는 이웃 동네의 레스토랑에서 아르바이트를 하고 있었다. 웨이터로 일한 것은 아니었다. 그의 일은 오로지 설거지와 주방 청소였다.

가게 주인은 뚱뚱하고 교활하게 생긴 남자로, 정식 요리사도 고용하지 않고 대부분의 일을 아르바이트생으로 때웠다. 고헤이보다 조금 일찍 들어온 아르바이트생은 조리를 담당했는데, 조리라고 해 봐야 냉동 피자를 전자레인지에 돌리거나 레토르트 카레를 데우는 정도였다. 그리고 그런 메뉴에 요리사의 손맛을 살린 특제 어쩌고 하는 이름을 붙여 팔았다.

그런데 신기한 것은 그럼에도 가게가 잘된다는 것이었다.

장사라는 것은 대범하게 굴어야 하는 거야. 뚱보 가게 주인은 시뻘건 얼굴로 입버릇처럼 말하곤 했다. 그러니까 너희들도 대범하게 굴라고. 그 때문에 아르바이트생을 쓰는 거니까.

고헤이는 주방 바닥을 대걸레로 닦으면서, 이곳에는 진보도 꿈도 없다고 생각했다. 겉모습은 레스토랑이지만 그 속은 역 앞에 있는 자동판매기나 다름없었다. 돈을 넣으면 음식이 나오고, 그것은 늘 똑같은 맛이었다. 자동판매기에 어떻게 진보와 꿈을 기대할 수 있을까. 기껏해야 품목을 늘리는 것과 천박한 장식으로 치장하는 정도다.

그 레스토랑은 하나에서 열까지 고헤이의 취향에 맞지 않았다. 그런데도 그가 일을 계속한 것은 고향에 있는 부모님에 대한 미안함 때문이었다. 대학원에 간다고 거짓말을 하고 취직을 하지 않은 터라 학부에 다닐 때와 마찬가지로 고향에서 생활비를 보내 주었다. 하지만 그는 도저히 그 돈에 손을 댈 수가 없었다. 대학원생이 된 아들의 모습을 상상하면서 쓴 어머니의 편지가 올 때는 더욱이 그랬다.

이 돈을 고스란히 남겨 두었다가 뭘 하면 좋을지 방향이 결정되면 그때 돌려주기로 하자, 고헤이는 그렇게 생각했다.

고헤이가 문제의 밤을 맞은 것은 그런 나날을 보내고 있을 때였다.

그 밤도 무척 더웠다. 아스팔트와 아파트 지붕으로 가차없이 쏟아지는 햇살에 밤이 되어도 펄펄 끓는 가마솥 안에 있는 듯한 상태가 계속되었다.

고헤이는 자기 방에서 한 손에 부채를 들고 오래된 항공기 잡지를 보고 있었다. 과거에 그는 파일럿이 될까 하고 생각한 적이 있었다. 그가 지금까지 동경한 단 하나의 직업이 파일럿이었다. 어렸을 때 품은 꿈은 나이가 들어서도 절대 머리에서 사라지지 않는다는 것을 그는 새삼스럽게 느꼈다.

한참을 그러고 있던 고헤이는 이마에서 흐른 땀이 잡지에 떨어진 참에 산책이나 하기로 했다. 문을 열고 뜨뜻미지근한 공기를 쐬니 갑자기 현실로 돌아온 듯한 느낌에 몹시 비참해졌다.

고헤이의 산책 코스는 대학 주변을 한 바퀴 돈 후에 뒷길을 따라 역까지 가는 것이었다. 학생이 많이 오가는 길은 되도록 피하려 했다. 그 세계에서 떠나 있고 싶었던 것이다.

그 뒷길이 구 학생가라는 것을 그 무렵의 고헤이는 알지 못했다. 신통치 않은 가게들이 줄줄이 들어서 있는데 과연 장사가 될까, 하고 어렴풋이 생각했을 뿐이었다.

뒷길을 똑바로 걸어가면 철길 건널목이 나온다. 평소에는 그 건널목 바로 앞에서 왼쪽으로 돌아 역 앞까지 가는데, 그날 밤에는 왠지 철길 너머까지 가 보고 싶은 기분이 들었다. 역 앞은 북적거릴 것 같아 망설여졌는지도 모른다.

건널목은 폭이 몹시 좁은 데다 주위가 어두컴컴했다. 반대편에서 조금 큰 차가 오기라도 하면 피차 지나갈 수 없을 정도다. 하기야 이 길에 그렇게 큰 차가 지나가는 것은 본 적이 없지만.

인기척도 별로 없는 건널목 앞에 한 여자가 서 있었다. 고헤이는 여자 뒤에 서서 차단기가 올라가기를 기다렸다.

바지를 입은 여자는 왠지 모르게 남자 같은 분위기였다. 하얀 여름 재킷의 소매도 걷어 올려져 있었다. 그런데 재킷 입은 어깨 위로 넘실거리는 머리카락이 유난히 검고 매끄러워서 옷차림과는 반대로 사뭇 여성스러운 인상을 풍겼다.

바람이 살랑 불었는지 고헤이는 떠다니는 달콤한 향을 맡았다. 두세 번 코를 킁킁거리다가 그 향이 여자의 몸에서 풍긴다는 것을 알았다.

"아, 좋은 냄새."

고헤이는 자기도 모르게 그렇게 중얼거리고 말았다. 그러나 땡땡 울리는 건널목 종소리에 소리가 묻힌 듯 여자는 뒤를 돌아보지 않았다. 그저 앞을 물끄러미 바라볼 뿐이었다.

저 멀리서 빛이 가까워졌다. 그리고 전철이 다가왔다.

여자가 한 걸음 앞으로 나아갔다.

그때 고헤이의 마음속에 한 가지 예감이 들었다.

그것은 이 여자가 어쩌면 전철에 뛰어들어 자살하려는 것은 아닐까, 하는 것이었다. 왜 그런 기분이 들었는지는 그 자신도 몰랐다. 굳이 말하자면 여자가 풍기는 분위기가 그런 에너지를 발산하고 있었다고 할까. 아무튼 고헤이는 자신의 예감에 놀라고 또 긴장했다.

전철의 불빛이 바로 코앞까지 왔을 때 여자가 갑자기 허리를 구부리더니 차단기 아래로 빠져나갔다. 거의 동시에 고혜이도 차단기를 빠져나갔다. 무의식적인 행동이었다. 그리고 일어섰을 때 빛의 소나기가 몸을 덮쳤다.

누군가 비명을 지른 듯한 느낌이 들었다. 어쩌면 자신이 지른 소리였는지도 모른다.

이것저것 생각할 여유가 없었다. 고혜이는 머릿속이 하얗게 된 채로 여자의 몸을 껴안고 빛의 소나기 속을 가로질렀다.

정신을 차렸을 때 고혜이는 침대에 누워 있었다. 약품과 방향제가 섞인 냄새가 사방에 자욱했다.

"음, 의식이 돌아온 모양이로군."

웬 남자가 그의 얼굴을 내려다보면서 말했다. 네모난 얼굴에 하얀 수염을 기른 중년 남자였다. 흰 가운을 입고 있는 것으로 보아 병원에 실려 왔나 보다고 짐작했다.

"내, 내가 어떻게 된 거죠?"

약간 흥분한 목소리로 묻자 의사가 빙그레 미소 지었다.

"가벼운 뇌진탕일 뿐입니다. 정신을 잃은 것도 잠시뿐이고요."

"왠지 둥둥 뜬 느낌인데요."

"금방 괜찮아질 겁니다. 그래도 만약을 위해 뇌파 검사는 할 거고요."

"그 여자는요?"

"여자?"

의사가 눈썹을 치켜세웠다가 이내 고개를 끄덕였다.

"여자 분은 찰과상 정도니까 걱정 말아요. 차에 치일 뻔했
는데 간발의 차로 구해 줬다고 하더군요. 쉽게 할 수 있는 일
이 아닌데."

"차?"

차가 아니라 전철이었다. 게다가 그건 자살이었다. 하지만
고헤이는 잠자코 있기로 했다. 그녀가 그렇게 말했다면 그런
것이다.

"그분은 조금 전에 돌아갔어요. 그쪽에게 고맙다는 인사를
전해 달라고 하더군요."

"인사……라고요?"

정말 고마워하는 걸까, 라고 고헤이는 생각했다. 그리고 그
녀가 건널목으로 뛰어들려 한 것을 자신이 어떻게 예견할 수
있었는지를 생각해 보았다.

다음 날 여자가 면회를 왔다. 하늘색 원피스를 입은 모습이
지난밤과는 확연히 다르게 청초한 분위기를 풍겼다. 고헤이
쪽은 이렇다 할 증세가 없었다. 그래도 오늘 하루는 안정을
취하는 것이 좋겠다고 해서 침대에 누워 있었다.

"정말 고마웠어요."

여자는 다소곳이 머리를 숙였다. 어깨에서 흘러내린 검은

머리가 그녀의 볼 위로 떨어졌다.

꽤 미인인데, 하고 고헤이는 생각했다. 갸름한 얼굴에 눈초리가 약간 치켜 올라간 커다란 눈이 인상적이었다. 하얀 피부가 싱그럽긴 하지만, 그 차분한 몸짓을 보면 자신보다 나이가 많을 거라고 생각했다.

"저, 몸은 좀······."

고헤이가 아무 말이 없자 여자가 당황스러워하면서 물었다. 그는 아아, 하면서 정신을 차렸다.

"아무렇지도 않습니다. 안정을 취해야 한다고 해서 괜히 누워 있는 겁니다."

그 말에 여자는 조금 안심하는 듯했다. 여전히 표정은 딱딱하게 굳어 있지만 조그맣게 한숨을 쉬는 소리가 들렸다.

"그보다."

고헤이가 여자의 표정을 살폈다.

"놀랐습니다."

여자가 고개를 숙이면서 다시 한 번 "고마웠어요." 하고 말했다. 그 말 속에는 자살 미수였다는 것을 고헤이가 발설하지 않은 것에 대한 감사의 마음이 담겨 있을지도 몰랐다.

여자는 명함을 내밀면서 자기소개를 했다. 전통 종이 같은 감촉의 명함에는 '스낵바 모르그. 아리무라 히로미'라고 인쇄되어 있었다. 가게 주소를 보고서 자신이 사는 아파트에서 가까운 곳이라는 사실도 알았다.

"난 쓰무라 고헤이라고 합니다. 명함은 없고요."

"학생인가요?"

"아니요. 바로 인근에 있는 대학을 올해 졸업했습니다. 지금은 레스토랑에서 접시 닦고 바닥 청소하는 아르바이트를 하고 있습니다."

"그럼 아르바이트하러 못 간 거네요."

그 순간 여자가 미안하다는 표정을 지었다.

"괜찮습니다, 하루 정도는. 나의 존재 가치를 알 수 있는 좋은 기회죠. 누가 그 많은 바퀴벌레를 박멸하고 있는지, 레스토랑 사람들도 지금쯤은 알았을 겁니다."

"저런."

입에 손을 대고서 여자가 살짝 웃음을 머금었다.

다음 날 아침, 고헤이는 퇴원했다. 맨몸으로 입원했으니만큼 퇴원할 때도 맨몸이었다. 히로미가 찾아와 퇴원 절차를 밟고 입원비를 지불해 주었다.

"의사 선생님이 이삼 일은 안정을 취하는 편이 좋겠다고 하던데요."

둘이 병원에서 나온 후 히로미가 걱정스럽게 말했다.

"의사야 그렇게 말하겠지만, 일을 며칠씩 쉴 수는 없죠."

그리고 고헤이는 다음 날부터 출근할 생각이라고 말했다.

"좋지 않아요, 그건."

히로미가 미간을 찡그렸다.

"괜찮습니다, 젊으니까요. 게다가 방에서 꼼짝 안 하고 있으면 따분하잖아요."

그렇게 말하고서 고헤이는 고개를 빙글빙글 돌렸다. 관절이 움직이는 소리가 우두둑우두둑 들렸다.

히로미는 잠시 아무 말 않고 있다가 얼굴을 들고 말했다.

"저, 식사 준비 정도는 제가 해 드릴게요."

고헤이는 깜짝 놀라 그녀의 얼굴을 보았다.

"아닙니다. 그런 건, 괜찮아요."

"그래도, 상황이 이렇게 된 건 전부 제 탓이잖아요. 그러니까 이삼 일만이라도."

그녀로서는 지금 고헤이가 괜히 무리했다가 후유증이라도 생기면 큰일이라고 생각했는지도 모른다. 하지만 그런 계산이 있었다 해도 고헤이는 솔직히 그 제안이 고마웠다.

결국 고헤이는 이틀만이라는 전제하에 그녀의 호의를 순순히 받아들였다.

히로미는 약속한 대로 다음 날 오전에 고헤이의 집으로 찾아왔다. 종이봉투 한가득 갖가지 식품을 사 들고 와 테이블 위에 늘어놓았다.

"꽤 깔끔하네요."

고헤이의 방을 보면서 그녀는 그렇게 감상을 말했다. 하지만 그가 얼마나 고생스럽게 청소했는지는 짐작도 못하는 듯했다.

그녀는 셔츠에 청바지를 입은 캐주얼한 차림이었고 얼굴에는 화장기도 거의 없었다. 가게에 나가기 전이라서 그럴 거라고 고헤이는 생각했지만, 처음 만났을 때와는 인상이 꽤나 달라 조금 당혹감을 느꼈다.

익숙한 손놀림으로 그녀가 만든 것은 야채수프와 베이컨에그, 감자 샐러드였다. 그리고 막 구운 크루아상이 접시에 담겨 있었다.

"맛이 없을지도 몰라요."

그녀는 그렇게 말했지만 전부 맛있었다. 고헤이는 엄지손가락과 집게손가락으로 동그라미를 만들어 보였다.

"아리무라 씨도 같이 먹죠."

돌아가려는 히로미에게 고헤이가 그렇게 말을 건넸다.

"혼자 먹으면 심심하잖아요."

그녀는 잠시 망설이는 듯하더니 "그럼."이라며 그와 마주 앉았다.

두 사람은 크루아상을 뜯어 먹으면서 두서없는 대화를 나눴다. 고헤이가 대학에 다니던 시절 얘기, 취직은 왜 하지 않았는지, 히로미의 가게 얘기, 짜증 나는 손님, 장사의 요령…….

이 대화 속에서 고헤이는 그녀의 나이가 서른 살이라는 것과 선로 옆에 있는 아파트에 산다는 것을 알았다.

"애인은 없습니까?"

고헤이가 물어보았다.

그녀가 잠시 쉬는 것처럼 웃음을 거두고는 무언가를 찾듯이 허공으로 눈길을 돌렸다.

"있군요."

"얼마 전까지."

그녀는 입술에 미소를 남긴 채 눈을 내리깔았다.

"하지만 지금은 혼자예요."

"그렇군요."

"고헤이 씨는 애인 있죠?"

"얼마 전까지."

고헤이도 그렇게 대답했다. 그리고 장난스럽게 웃었다.

"졸업하기 직전에 헤어졌어요. 영문과에 다니는 머리가 긴 여자였습니다."

취직을 하지 않겠다고 했을 때 그 머리 긴 애인은 당혹감과 낙담과 포기가 뒤섞인 묘한 표정을 지었다. 그리고 조그맣게 한숨을 쉬고는 "흐음." 하고 말했다. 모든 것을 말해 주는 "흐음."이었다. 결국 그 후로 한 번도 만나지 않았다.

그 밖에도 많은 얘기를 했지만, 히로미의 자살에 관한 얘기는 한 번도 화제에 오르지 않았다. 그 원인을 암시하는 듯한 말조차 없었다. 고헤이는 결국 그녀도 잊고 싶은 거라고 이해하기로 했다.

히로미는 다음 날도 와 주었다. 그리고 당연히 두 사람은 같이 밥을 먹었다. 그러고 있다 보니 고헤이는 뭐랄까, 신혼 생활을 하고 있는 듯한 기분이 들었다.

"곤란한 일이 생기면 언제든 전화하세요."

히로미는 그런 말을 남기고 고헤이의 집을 나섰다. 문이 완전히 닫혔을 때 고헤이는 왠지 기분이 울적해졌다. 8월이 갓 시작되었는데 여름이 다 끝나 버린 듯한 기분이었다.

결국 고헤이는 그다음 날도 아르바이트를 쉬었다. 머리가 아프다고 거짓말을 했는데 주인은 의외로 쉽게 믿어 주었다.

그는 이날 종일을 멍하게 지냈다. 뭘 하려고 해도 손에 잡히지 않았다. 고헤이는 자신이 아리무라 히로미에게 끌리고 있다는 것을 깨달았다. '모르그'에 가 볼까 생각하다가도 바보스러운 짓만 같아 엉덩이가 들리지 않았다.

'전화…… 그래, 전화 정도는.'

상태가 어떤지 보고하는 식으로.

아무튼 전화 정도는 폐가 되지 않을 거라고 생각했다.

집을 나서 근처에 있는 공중전화 부스에서 '모르그'로 전화를 걸었다. 그런데 전화를 받은 사람은 히로미가 아니었다.

고헤이가 이름을 말하자 상대는 바로 알아들은 듯했다. 그리고 정말 미안하다는 듯 히로미는 잠시 나갔다고 말했다.

"그녀에게 들었어요. 정말 고맙습니다. 오늘부터 일하러 나가신 건가요?"

"아니, 그게 저……."

말을 하다 말고 불쑥 장난기가 발동했다. 그래서 그렇다고 대답하고 말았다. 상대는 안심하는 눈치였다.

히로미가 찾아온 것은 그 직후였다. 문을 마구 두드리는 소리에 열어 보니 새파랗게 질린 그녀가 빨갛게 핏발이 선 눈을 하고 서 있었다.

"괜찮아요?"

그녀가 물었다. 목소리가 떨렸다.

"아…… 네."

"누워 있어야지."

히로미는 방으로 들어오자마자 멋대로 이불을 깔기 시작했다.

"레스토랑으로 전화해 봤더니 머리가 아파서 못 나왔다고 하던데……."

"아, 그거 거짓말입니다."

고헤이는 히로미의 등에 대고 대답했다. 그녀가 움직임을 뚝 멈췄다.

"거짓말?"

그녀가 돌아보았다.

"네, 그냥 내키지 않아서 꾀병을 부린 거예요."

그렇게 말한 직후 고헤이는 왼쪽 뺨에 격한 충격을 받았다. 찡하게 저리더니 그 후에는 뜨거워졌다. 그녀의 몸짓으로 보아 뺨을 얻어맞은 것 같았다.

그녀의 빨간 눈에서 눈물이 흐르고 있었다. 그녀는 분해서 견딜 수 없다는 듯 입술을 깨물었다. 그러다 입을 조금 열고는 "미안해요." 하고 중얼거렸다.

"내가 멋대로 지레짐작을 하고서…… 미안해요."

고헤이는 그 자리에 무릎을 꿇었다. 얻어맞은 것보다 그녀의 눈물이 더 충격적이었다.

"죄송합니다. 제가 잘못했습니다. 그쪽이 그렇게 지레짐작해 주면 좋을 것 같아서 가게 사람에게 거짓말했습니다. 내가 전화를 걸었다고 하면 레스토랑으로 전화를 걸지도 모른다고 생각했어요. 그러면 내가 나가지 않았다는 걸 알고 찾아와 줄지도 모른다고 생각했습니다……. 죄송합니다."

고헤이는 거듭 죄송하다고 말했다. 그리고 고개 숙인 채 두 손을 무릎에 올려놓고서 작은 목소리로 말했다.

"그쪽을…… 만나고 싶었을 뿐입니다."

그대로 잠시 시간이 흘렀다. 고헤이는 얼굴을 들 용기가 없어서 계속 그러고 있었다. 그 앞에 드리워진 그림자가 꼼짝하지 않았다. 그녀도 선 채로 고헤이를 내려다보고만 있었던 것이다.

마침내 그녀의 그림자가 움직였다. 그리고 고헤이가 알아차렸을 때 그녀의 손은 그의 어깨에 얹혀 있었다. 건널목에서 느꼈던 그 냄새가 그의 코끝을 스쳤다.

고헤이는 얼굴을 들었다. 흐르는 눈물을 닦을 생각도 하지 않은 채 히로미는 그를 바라보고 있었다. 어떤 결심을 감추고 있는 듯이 보였다.

"앞으로…… 두 번 다시 그런 거짓말 하지 말아요."

고헤이는 고함이라도 지르고 싶은 충동을 느꼈다. 무릎에서 손을 떼자 무의식적으로 히로미의 몸을 끌어안고 말았다. 그녀 입에서 아, 하는 소리가 새어 나온 듯했지만 저항은 없었다. 꼭 껴안은 채 가만히 있었다. 그녀의 손이 그의 등을 껴안는 감촉이 느껴졌다.

고헤이는 눈을 감고 그녀의 숨결과 심장이 뛰는 소리를 들었다. 양쪽 다 약간 불안정해서 마치 밀려오는 파도 소리 같았다. 그리고 그 파도에 떠밀리듯 그녀의 탄력 있는 몸이 고헤이의 팔 안에서 흔들렸다.

그는 가을 바다에 떠 있는 비치볼을 연상했다. 왜 가을 바다인지는 고헤이 자신도 몰랐다.

고헤이는 무슨 말인가 하려다가 입을 다물었다. 언제까지나 그렇게 있고 싶었다.

고헤이가 '푸른 나무'에서 일하게 된 것은 그 직후였다. 이유는 간단하다. 결근을 계속한 탓에 레스토랑에서 잘린 것이다. '푸른 나무'에는 히로미의 연줄로 채용되었다.

고헤이와 히로미의 관계는 '모르그'의 손님들 사이에는 파다하게 알려졌지만 이러쿵저러쿵하는 소리는 없었다. 연하의 남자라 너그럽게 봐주는 부분이 있는지도 몰랐다.

두 사람 사이에 동거라는 말이 등장한 적은 한 번도 없었다. 고헤이가 그런 말을 꺼내지 않은 것은 히로미에게 의지하는 따위의 짓은 하고 싶지 않아서였다. 그리고 히로미가 그런 말을 꺼내지 않는 것은 아마도 고헤이의 미래를 생각해서일 것이라고 그는 해석했다.

묘한 연인 관계가 시작되었다.

서른 살의 여자와 스물세 살의 남자는 서로의 세계를 완벽하게 이해할 수는 없다는 전제하에 미묘한 균형을 유지하면서 연애를 이어 갔다.

지금까지 고헤이가 히로미의 과거나 현재의 일부—가령 화요일의 비밀 같은—에 대해 억지로 추궁하지 않은 것도 그런 균형을 중시했기 때문이라고 할 수 있다.

그러니.

고헤이가 히로미의 모든 것을 알고 싶다고 생각하기 시작한 참에 그녀의 존재 자체가 사라져 버린 것은 실로 아이러니한 운명이라 하지 않을 수 없다.

그 상태는 망가진 천칭과 비슷했다.

2

가슴이 붉은 피로 물들어 있고, 그 중심에 나이프가 꽂혀 있었다. 그녀의 눈동자는 허공을 쳐다보고 있고, 고헤이가 아무리 불러도 대답이 없었다.

그런데도.

히로미의 몸은 따스했다.

믿을 수 없을 정도로 따스했다.

의식이 몽롱한 가운데, 누군가 고헤이의 품에서 히로미의 몸을 떼어 냈다. 그가 끌어당기려 하자 오히려 뒤에서 막았다. 엄청난 힘이었다. 그 힘의 주인이 귓가에다 뭐라고 고함을 질렀다. 뭐라고 했는지는 모른다. 다만 뇌수에 쐐기가 박힌 것처럼 머리가 지끈거릴 뿐이었다.

정신을 차렸을 때 고헤이는 의자에 앉아 있었다. 두통은 가셨지만 주변의 잡음이 불쾌했다.

"이제야 겨우 눈의 초점이 맞는 것 같군."

고헤이 앞에 앉아 있는 사람은 우에무라 형사였다. 두 사람 사이에 낡은 책상이 있고, 그 위에 놓인 재떨이에는 마치 시간의 경과를 알려 주듯 담배꽁초가 몇 개 버려져 있었다. 형사는 지금도 담배를 입에 물고 있다.

정신을 잃은 것은 아니었다. 마음과 몸이 분리되었을 뿐이다. 화면은 눈으로, 음성은 귀로 들어왔지만 그것을 인식할 수 없었다. 정신을 잃지 않았다는 증거로 고헤이는 자신이 지금 왜 여기 있는지 떠올릴 수 있었다. 6층 현장에서 계단을 지나 지금 이 1층의 관리실까지 왔다. 그 걸음걸이가 마치 몽유병자처럼 위태로웠지만.

"괜찮나?"

우에무라는 담배를 재떨이에 비벼 끄면서 말했다. 뭐가? 하고 묻는 대신 고헤이는 형사의 찡그린 얼굴을 쳐다보았다.

"피해자를 발견했을 때의 상황에 대해 묻고 싶은데. 이전처럼 말이야."

형사가 말했다.

고헤이는 잠시 생각하고서 '이전'이라는 말이 마쓰키의 시신을 발견했을 때라는 것을 깨달았다. 그러고 보니 이런 상황에 맞닥뜨린 것이 두 번째다.

그가 아무 말이 없자 형사는 또 담배를 입에 물었다. 조금 더 시간이 필요하다고 생각했는지도 모르겠다. 그럴 필요가 없다는 것을 알리기 위해 고헤이는 심호흡을 한 번 하고서 물었다.

"뭐부터 얘기하면 되죠?"

스스로도 의아할 정도로 목소리가 컸다.

형사는 입에 물었던 담배를 다시 담뱃갑에 집어넣었다.

"우선, 여기에 몇 시쯤 왔는지 알고 싶은데."

고헤이는 혼란스러운 기억을 필사적으로 정리하면서 대답했다.

"7시 20분쯤입니다."

아파트 앞에 도착했을 때 마침 시계를 보았었다.

"와서, 그다음에는?"

"와서…… 엘리베이터 버튼을 누르고 기다렸는데 좀처럼 내려오지 않아서 계단으로 올라갔습니다."

"잠깐."

고헤이가 말을 이으려는데 형사가 오른손을 내밀며 말을 끊었다.

"자네가 여기 왔을 때 엘리베이터가 몇 층에 있었지?"

세부적인 질문이로군, 하고 고헤이는 생각했다.

"아파트 입구에서 찌릉 하고 소리가 들렸으니까 1층에 막 도착했을 겁니다. 하지만 결국 그때는 타지 못했습니다."

"엘리베이터 안이 보였나?"

"아니요. 제가 갔을 때는 이미 문이 닫혀 있었습니다."

"엘리베이터가 1층에 도착했을 때 내린 사람은 없었나? 그러니까 어떤 사람과 스쳐 지났다든지, 그런 의미인데."

"엘리베이터에서……?"

가죽 재킷을 입고 있던 남자가 떠올랐다. 하지만 그 남자가 스쳐 지나간 후에 엘리베이터가 도착하는 소리를 들었다. 그러니 그 남자는 그때 내린 것이 아니다. 그 후에는 아무와도 스치지 않았다.

"아니요. 아무도 내리지 않은 것 같습니다."

고헤이는 그렇게만 대답했다. 왠지 가죽 재킷 입은 남자에 대해서는 말하고 싶지 않았다. 그렇다고 거짓말을 한 것은 아니다.

"그 후에 엘리베이터가 몇 층에 섰는지는 기억하나?"

물론 똑똑히 기억하고 있다. 층수를 표시하는 램프가 깜박거리던 광경이 지금도 눈앞에 아른거릴 정도다. 3층, 그다음에는 6층에 섰다.

"3층에 섰다고, 몇 초 정도였지?"

"몇 초라뇨…… 아주 잠깐이죠. 몇 초…… 그렇군요. 몇 초입니다."

"그리고?"

"다시 올라가기 시작했어요. 그리고 6층에 섰는데…… 도무지 내려오지 않아서 계단으로 올라갔습니다. 그리고 3층까지 올라갔을 때 비명이 들려서……."

"가 보니 시신이 있었다?"

"네……."

'시신'이라는 말이 몹시 무기적으로 들렸기 때문에 그 말과 히로미 육체의 감촉이 그의 내면에서 금방은 일치하지 않았다.

"계단에서는 마주친 사람이 없었나?"

"없었습니다. 아무도요. 6층에서 여자가 주저앉아 있는 것을 봤을 뿐입니다."

고헤이는 시신을 보고서 비명을 질렀던 여자 얘기를 했다.

그가 한 말의 어디가 마음에 들지 않는지, 우에무라 형사는 불도그처럼 입술 양 끝을 찡그리고서 볼펜 끝으로 책상을 신경질적으로 두드렸다.

한참을 그러고 있다가 생각났다는 듯이 입을 움직였다.

"계단을 올라갈 때 각 층의 복도는 보지 않았겠지. 가령 어느 층에 사람이 있었는지 없었는지, 그런 것까지는?"

기묘한 질문이었다. 고헤이는 질문의 진의를 도무지 알 수 없었지만, 아무튼 지금은 대답을 하는 것만도 힘에 부쳤기 때문에 형사가 노리는 것까지 고려할 여유가 없었다.

"어느 층에도 사람은 없었습니다. 비명을 들었을 때 6층에 무슨 일이 생겼나 보다고 생각했지만, 4층과 5층에서도 복도를 돌아보기는 했으니까요."

"그게 정말인가?"

고헤이는 몇 번이나 고개를 끄덕거렸다.

"정말입니다."

그러자 우에무라 형사는 그의 얼굴을 멀뚱멀뚱 바라보다가 흐음, 하고 낮게 꿍얼거린 후 혼잣말을 하듯이 중얼거렸다.

"그렇다면 범인은 어디로 도망을 친 걸까?"

"네?"

고헤이가 되물었다. 그런데 형사는 "아니, 됐어." 하고는 화제를 바꾸려는지 고개를 저었다.

그 후에는 오늘은 무슨 목적으로 여기 왔는가, 몇 시에 히로미의 집으로 간다고 약속했는가, 가게에서 나온 것은 몇 시였는가 등등의 질문을 했다. 그리고 마지막 질문은 이런 것이었다.

"요즘 아리무라 씨와 자네의 관계는 어땠지? 별 탈 없이 잘 지냈나?"

"왜 그런 걸 묻죠?"

고헤이가 되물었다. 경련이 난 것처럼 볼이 떨리는 것을 그 자신도 느낄 수 있었다.

"마치 나를 의심하는 듯한 말투로군요."

"아니야, 그런 건."

형사가 손바닥을 흔들었다.

"모든 가능성을 검토해 보는 게 우리의 일이라서 말이지. 뭐, 그런 거야."

형사는 기름기로 번들거리는 얼굴을 흉하게 일그러뜨리고 그 입술 끝으로 하얀 이를 드러내 보였다.

경찰에는 절대 협력하지 않겠다. 그때 고헤이는 굳게 결심했다.

범인이 잡힌다 한들 히로미는 돌아오지 않는다.

한 차례 참고인 심문이 끝나고 고헤이는 해방되었다. 그는 여전히 경찰관들로 북적거리는 아파트에서 도망치듯이 빠져나왔다.

아파트 앞 보도는 도로를 따라 나 있다. 왼쪽으로 가면 역 앞이다. 고헤이는 오른쪽으로 걸었다. 딱히 갈 곳이 있는 것은 아니었다. 번잡한 곳으로 가는 것이 왠지 두려웠을 뿐이다.

한참을 걸어가자 건널목이 나왔다. 좁고 궁상스럽고 어두컴컴한 건널목이다.

'그때 히로미는 건널목 저편의 뭘 보고 있었을까?'

그때 그녀가 스스로 목숨을 끊으려 했던 이유를 결국 고헤이는 마지막까지 듣지 못했다.

그녀는 그날 이후 두 번 다시 죽자는 생각은 하지 않았을까? 아니면 어떤 계기만 있었다면 또다시 이 건널목에 설 수도 있었을까? 어느 쪽이든 자신이라는 존재가 그녀의 인생에 미친 영향 따위는 거의 없는 것이나 다름없다고 고헤이는 생각했다.

두 번째 죽음의 위기를 막지 못한 것이 그 증거다.

고헤이는 아파트를 바라보았다. 거의 모든 창문이 환하게 밝다. 그러나 오늘 밤부터 히로미의 방에 그녀가 불을 밝히는 일은 없다.

가을 바다가 떠올랐다. 비치볼은 이미 사라지고 없다.

이제야 울 수 있을 것 같은 기분이 들었다.

3

고헤이가 히로미의 아파트로 돌아온 것은 11시가 조금 지날 무렵이었다. 경찰의 모습은 없고, 엘리베이터 앞도 마치 아무 일 없었던 것처럼 말끔하게 치워져 있었다.

고헤이는 엘리베이터는 쳐다보지도 않고 곧바로 계단으로 향했다. 사방이 닫힌 상자 속에서 히로미의 고통을 상상하고 싶지 않았다.

여전히 어두컴컴한 계단을 올라가면서 고헤이는 아까 형사가 한 말을 곱씹어 보았다. 범인은 어디로 도망쳤을까.

3층 히로미의 집 앞에 서자 고헤이는 주머니에서 보조 열쇠를 꺼내 문을 열었다. 집 안이 캄캄할 것이라고 생각했는데 어디선가 희미한 불빛이 새어 나오고 있었다. 고헤이는 이상히 여기면서 현관에서 신발을 벗었다. 발치로 시선을 떨궜을 때, 눈에 익은 여자 펌프스가 보였다. 히노 준코가 왔는지도 모르겠다고 고헤이는 생각했다.

부엌으로 들어가는 문을 여는 순간 고헤이는 소스라치게 놀라고 말았다. 테이블에 여자가 엎드려 있었다. 여자가 입고 있는 와인색 카디건에 고헤이는 한 번 더 놀랐다. 그 색감이 선혈을 연상케 한 것이다.

여자가 소리를 들었는지 후다닥 윗몸을 일으켜 그의 쪽을 돌아보았다.

고헤이는 또 한 번 충격을 받았다.

히로미가 되살아났나 싶을 정도로 여자의 얼굴이 히로미와 비슷했다. 눈에 띄게 다른 점은 히로미보다 조금 젊은 인상이라는 것뿐이었다.

낯선 사람의 갑작스러운 침입에 여자는 비명조차 나오지 않는 것 같았다. 휘둥그레진 눈으로 고헤이를 보고 있다.

"당신…… 누구지?"

고헤이가 먼저 물었다. 여자는 의자에서 일어나 몸을 추스르고서 힘이 들어간 목소리로 말했다.

"그쪽이야말로 뭐하는 사람인데 이렇게 함부로 들어오는 거야."

그리고 그의 옷에 묻은 피를 보았는지 인상을 찡그렸다.

"피잖아."

고헤이는 그제야 비로소 자신의 옷이 피로 얼룩져 있다는 사실을 알았다. 어두운 길을 걷고 있었기 때문에 몰랐던 것이다.

"찌를 때 튀었지?"

여자가 불쑥 외마디 비명을 질렀다. 그리고 테이블 반대편으로 몸을 피했다. 아무래도 무슨 오해를 하고 있는 듯하다.

"아니야. 히로미를 끌어안을 때 묻은 거야."

"거짓말!"

여자가 격하게 고개를 움직였다.

"범인은 반드시 현장에 돌아온다고 했어."

그녀가 부엌의 싱크대 쪽을 쳐다보았다. 자신을 방어하기 위해 무기를 찾고 있는 듯했다.

"제발 그만해. 나도 피곤해."

"사람을 죽였잖아. 그러니 피곤할 수밖에."

그녀는 재빠른 동작으로 오른손에 부엌칼을 쥐었다. 그리고 무슨 생각인지 왼손에는 프라이팬을 들었다. 방패와 창이라 여기는 모양이다.

"거짓말이야. 내가 속을 줄 알아!"

그녀가 숨을 씩씩거렸다. 숨을 쉴 때마다 어깨가 들먹이고 그 바람에 오른손에 든 부엌칼이 흔들리자 슬며시 겁이 났다.

"거짓말 아니야. 난 그녀의 애인이라고. 오늘 여기에서 내 생일 파티를 하려고 했어."

여자의 시선이 테이블 위를 훑었다. 거기에는 조그만 케이크와 양초가 놓여 있었다. 히로미가 준비해 두었을 것이다.

"이제야 믿는 것 같군."

고헤이는 의자를 당겨 덜퍼덕 앉았다.

"하지만…… 아무리 봐도 훨씬 젊은 것 같은데."

"오늘 이 시점에서 여섯 살 아래지. 하지만 그녀는 이제 나이를 먹지 않아."

"그런데 애인이라는 거야?"

"연하라도 애인일 수 있지. 하지만 생각해 보니 그쪽에게 믿어 달라고 할 필요는 없는 거였어."

여자가 한숨을 푹 내쉬더니 거추장스러운 무기를 제자리에 갖다 놓았다. 그리고 고헤이와 마주 앉았다.

"당신은?"

고헤이가 물었다. 여자는 잠시 망설이는 듯하더니 "여동생."이라고 대답했다.

"나는 쓰무라 고헤이."

"……난 에쓰코야."

"동생인 줄 알았어."

"어떻게?"

"꼭 닮았으니까. 히로미가 살아 돌아온 줄로 착각할 만큼."

그녀가 가지런히 자른 긴 머리를 끌어 올리며 "고마워."라고 말했다.

"언니를 닮았다고 하면 기뻤어. 옛날부터."

"미인이었으니까."

히로미에게 여동생이 있다는 얘기는 듣지 못했다. 히로미는 동생은 물론 가족에 대해서도 입 한 번 벙긋하지 않았다. 그런데 지금 에쓰코의 말을 듣고, 적어도 동생은 히로미를 좋아했다는 사실을 알자 왠지 안심이 되었다.

"슬프지 않아?"

히로미의 동생이 불쑥 물었다. 목소리의 톤이 조금 전과는 달랐다. 묘한 생물을 보는 듯한 눈초리였다.

"슬퍼."

고헤이가 대답했다.

"슬퍼하는 것처럼 보이지 않는 모양이군."

"그렇게 안 보여. 눈물 자국도 없고 아주 태연하잖아."

"그런 사건이 터졌는데 울고 있을 여유가 어디 있었겠어. 그래도 눈물을 조금 흘리기는 했지. 큰 소리로 주장할 정도는 못 되지만."

"나도 울었어, 여기서 지금까지. 그런데 그쪽 덕분에 기분이 좀 나아졌네."

그녀는 오른팔을 테이블에 괴어 거기에 턱을 올려놓고는 자신의 심리를 확인하듯 천장을 노려보았다. 커다랗고 눈가가 약간 올라간 눈이 히로미와 영락없이 닮았다.

"너, 학생이야?"

"그런 셈이지, 뭐."

대답하기 약간 껄끄럽다는 말투였다.

"그래도 학비는 전부 내 손으로 벌고 있어. 입학금만 언니에게 신세 졌어."

"부모님은?"

히로미가 죽었는데 달려온 사람이 동생뿐이라는 것은 좀 납득하기 어려웠다.

"안 계셔."

마치 원래부터 없었던 것처럼 시원스러운 대답이었다.

"언니가 말 안 했어? 엄마는 나를 낳고 얼마 후에, 그리고 아빠는 4년 전에 돌아가셨어. 두 분 다 병으로. 그 후로 우리는 단둘이 살아왔고. 많지는 않아도 유산이 있었고, 언니는 이미 일을 하고 있었으니까 생활이 어려운 건 아니었어."

그리고 에쓰코는 조그만 소리로 덧붙였다.

"하지만 말 그대로 천애 고아가 되었지."

"그런 얘기는 전혀 못 들었는데."

"꼭 얘기해야 할 만큼 중요한 거 아니야. 그쪽도 그런 건 알 필요가 없었을 테고. 게다가 누구에게든 언젠가는 부모를 저 세상으로 보내는 날이 오잖아."

"그 말은……."

왠지 자신을 위로하는 말 같아 고헤이는 묘한 느낌이 들었다.

"그런데 그쪽은 지금 어디 살고 있는데?"

"기숙사. 그쪽이 싸니까. 하지만 오늘 밤부터는 여기서 지낼 거야. 내게는 과하게 사치스럽지만."

그렇다면 안심이라고 고헤이는 생각했다. 이 방에 알지도 못하는 사람이 들어오는 것은 싫다.

그는 주머니에서 보조 열쇠를 꺼내 테이블에 올려놓았다.

"히로미가 내게 준 거야. 하지만 이제 필요 없으니까 돌려줄게."

에쓰코는 그의 얼굴과 열쇠를 잠시 바라보더니 열쇠를 고헤이 쪽으로 밀면서 말했다.

"그냥 갖고 있어. 언니가 그쪽에게 준 것을 내가 받을 수는 없어. 갖고 있어."

이번에는 고헤이가 열쇠를 바라보았다. 그리고 그는 이내 고개를 끄덕이며 열쇠를 집어 주머니에 넣었다.

"그쪽도 열쇠가 있는 거야?"

"언니에게 받았어."

에쓰코가 전화기 쪽을 턱으로 가리켰다. 빨간 산호 장식이 달린 낯익은 키홀더가 눈에 띄었다. 히로미의 하얀 손이 빨간 키홀더를 만지작거리는 모습은 언제 봐도 섹시했다.

"그쪽에 대해서 물어도 될까?"

"그래."

"언니를 어디서 처음 만났어?"

고헤이는 잠시 생각하고서 대답했다.

"건널목."

"건널목이라면, 그 건널목?"

"응, 그 건널목. 같이 건넜어."

"흐음."

히로미의 동생이 테이블에 놓인 케이크를 보면서 턱을 조금 올렸다. 건널목이라니 건널목인 거겠지, 하는 몸짓이었다.

"일은?"

"아르바이트. 당구장에서 계산대 일을 보고 있어."

그녀는 또 "흐음." 하고 내뱉었다.

"사건에 대해서는 들었어?"

고헤이가 묻자 "대충."이라며 에쓰코가 입술을 핥았다. 살짝 보인 혀의 분홍색이 고헤이의 눈 속에 남았다.

"엘리베이터 털이범일지도 모른대. 경찰이 그러더라."

"엘리베이터 털이범?"

"뉴욕 같은 데서는 다반사래. 같이 탄 사람을 덮치고 돈을 빼앗아 달아나는 거지."

"그럼 뭘 훔쳐 갔다는 거야?"

"잘은 모르겠지만, 아마 핸드백을 가져갔을 거라던데."

"핸드백……."

그런 얘기는 전혀 듣지 못했다. 어쩌면 형사는 얘기했는데, 고헤이의 귀에 남아 있지 않은 것일지도 모른다.

"핸드백은 훔쳐 갔는데 집 열쇠는 왜 남아 있었을까? 열쇠는 대개 가방 속에 들어 있잖아."

히로미 역시 그랬을 것이다.

"열쇠는 언니 옆에 떨어져 있었어. 그러니까 핸드백이 아니라 옷 주머니나 어디에 들어 있었던 거겠지."

"흠, 그렇군."

그런 상황이었다면 그렇게 생각할 수밖에 없다. 그러나.

"히로미 가슴에 칼이 꽂혀 있었지?"

자기 스웨터에 묻은 피를 보면서 고헤이가 물었다. 엄청난 양의 피가 엘리베이터 앞에 흘러 있었던 기억이 희미하게 남아 있다. 그리고……, 꽃이 흩뿌려져 있었다.

"똑바로 심장에 꽂혀 있었어."

에쓰코는 제 손으로 자기 가슴을 찌르는 흉내를 냈다.

"현장을 발견한 사람이 그런 것도 몰라?"

"정신이 없었어."

고헤이는 심장에 칼이 꽂히는 감촉을 상상했다. 자신이 지금까지 경험한 그 어떤 아픔보다 격렬한 고통이었을 거라는 결론에 도달했다. 너무 아픈 나머지 정신을 잃고 그대로 죽음에 이르렀을지도 모른다. 그렇다면 그나마 다행이라고 생각했다.

"그럼…… 이만."

"갈 거야?"

"응. 나도 사는 곳이 있어."

고헤이는 천천히 일어나 실내를 찬찬히 둘러보았다. 앞으로는 이 방을 둘러볼 일도 없을지 모른다.

"그쪽을 만나서 마음이 조금은 편해졌어."

"나도 그래. 고마워."

그렇게 말하던 고헤이의 시선이 거실 쪽에 가서 꽂혔다. 사이드 테이블 위에 눈에 익은 잡지가 놓여 있었다. 그는 똑바로 걸어가 그것을 집어 들었다.

"그 잡지는 왜?"

에쓰코도 옆으로 다가와 잡지 표지를 보았다.

"내가 왔을 때부터 여기 있었어. 언니가 이렇게 어려운 잡지를 다 읽나 싶었는데."

"흠, 이건……."

잡지는 『사이언스 논픽션』 창간호였다. 마쓰키와 마지막으로 술을 마셨을 때 그가 책방 아저씨 도키타에게 받은 것이다.

왜 그 잡지가 히로미의 집에 있는 것일까?

아니면 히로미도 우연히 같은 잡지를 산 것일까? 그러나 에쓰코 말대로 그녀가 이런 과학 잡지를 읽는다는 것은 고헤이로서도 납득이 안 가는 일이다.

"이 책, 내가 가져가도 될까?"

고헤이가 그녀를 돌아보며 물었다. 에쓰코는 고개를 약간 기울이고서 대답했다.

"괜찮지 않을까."

고헤이는 그것을 둘둘 말아 블루종 안주머니에 넣었다. 그때 옷 속에서 뭔가가 하늘하늘 떨어졌다.

"어?"

에쓰코가 주저앉아 그걸 주워 들었다. 그것은 하얗고 길쭉한 꽃잎이었다.

"히로미 옆에 흩어져 있던 꽃이잖아. 그때는 빨간 꽃인 줄 알았는데 피 때문이었군."

아마도 히로미가 생일 파티를 위해 준비한 것이리라.

"가을 크로커스네."

꽃잎을 물끄러미 바라보던 에쓰코가 말했다.

"언니가 좋아하던 꽃이라서 잘 알아."

"왜 이 꽃을 좋아했을까?"

"몰라. 꽃말은 알지만."

"뭔데?"

에쓰코는 꽃잎을 고헤이의 블루종 주머니에 넣어 주고서 그 위를 살며시 쓰다듬으면서 대답했다.

"내 인생의 가장 좋은 날은 끝났다."

4

내 인생의 가장 좋은 날은 끝났다.

그것은 히로미가 죽으면서 남긴 메시지였다.

그녀가 살해당한 날 밤, 고헤이는 10초도 눈을 감고 있지 못했다. 움직이지 않는 히로미의 몸의 감촉, 선혈로 범벅이 된 꽃잎, 그리고 꽃말……. 그런 것들 모두가 어지럽게 고헤이의 뇌리를 오갔다.

'이제 히로미를 만날 수 없다.'

그것은 몹시 비현실적인 일처럼 여겨졌다. 영화의 마지막 장면을 보거나 실없는 꿈을 꾼 기분이었다. 그녀의 죽음을 두 눈으로 확인하고 눈물까지 흘렸지만, 그 사실을 인정하지는 못하는 것이다. 문득 정신을 놓으면 그의 마음속에서 히로미가 되살아났다. 되살아나 미소 지었다.

하지만 그다음 순간에는 현실로 돌아왔다. 그럴 때마다 그는 어쩔 줄을 몰랐다.

고헤이의 인생에서 가장 고통스러운 밤이었다.

그런데도 밤이 지나가는 속도는 여느 때와 그리 다르지 않았다.

이상한 느낌에 고헤이는 눈을 떴다. 잠을 자고 싶지는 않았는데 신경이 날카롭다 못해 지친 나머지 새벽녘에 선잠이 든 모양이다. 물론 간간이 의식이 살아났으므로 푹 잠이 들었다고는 할 수 없다.

머리맡 자명종이 9시 조금 넘은 시간을 가리키고 있었다. 슬슬 일어나도 좋을 시간이었다. 그렇게 생각하면서 몸을 일으키려다 고헤이는 화들짝 놀라고 말았다. 현관 쪽에 낯선 남자가 있었기 때문이다.

"이제야 깨어난 모양이군."

남자가 굵게 울리는 목소리로 말했다. 무대에 서도 될 만큼 발음이 정확했다. 신발장으로 사용하는 컬러 박스에 걸터앉아 몸을 앞으로 약간 구부린 채 고헤이를 내려다보고 있다.

"누구야, 당신?"

심장의 쿵쿵거림이 다소 잦아들고 말을 할 수 있을 정도로 숨이 고른 후에 고헤이는 물었다.

그러나 남자는 그 물음에 대답하지 않았다. 무언가를 점검하듯 실내를 한 번 쓱 훑어보고는 고헤이의 얼굴을 또 멀뚱멀뚱 바라보았다.

"아가씨에게 이런 빈대가 붙어 있을 줄은 몰랐군."

혼잣말치고는 목소리가 컸다.

"아가씨…… 히로미를 말하는 건가?"

고헤이는 남자를 자세히 보았다. 호리호리한 몸집에 윤곽이 뚜렷한 얼굴, 눈매는 날카롭다. 어딘가 모르게 늑대 사나이를 연상케 한다. 나이는 삼십 대 중반쯤일까. 역시 본 적 없는 남자였다.

"히로미? 그렇게 부를 정도의 사이였다는 건가. 저세상에 계신 선생님을 뵐 면목이 없군."

남자는 희멀건 양복 안주머니에서 담뱃갑을 꺼내 한 개비를 입에 물었다.

"쓸데없는 소리 하지 말고,"

고헤이는 일부러 강하게 말했다.

"이름을 밝힐 수 없다면 나가 줬으면 하는데. 아니면 경찰을 부르겠어."

그러자 남자는 입을 실룩거리며 담배를 꺼냈던 주머니에서 이번에는 검은 수첩을 꺼내 고헤이에게 보였다.

고헤이는 형사라면 넌더리가 난다는 표정을 지었다.

"형사면 형사라고 진작 말을 했어야지."

"단순한 형사가 아니야."

남자가 말했다. 입에 문 담배가 날카로운 눈 아래에서 건들건들 움직였다.

"특별하다는 뜻인가?"

"그렇지."

형사가 히죽거리면서 고개를 몇 번이나 위아래로 흔들었다.

"어떻게 특별하다는 거야? 설명을 해 줘야 알지."

"자네는 알 필요 없어. 그보다 이쪽의 질문에 답해 줬으면 하는데."

"이건 무단 침입이야."

"사소한 일이야. 남자는 그렇게 사소한 일에 연연해서는 안

144

되지. 질문에 대답해 주겠나?"

"싫어."

고헤이는 이불을 머리끝까지 덮어썼다. 안 그래도 정신적인 충격이 큰데, 왜 알지도 못하는 형사를 상대해야 하는지 부아가 치밀었다.

그런데 남자가 이불 끝을 잡아당기는 바람에 고헤이의 몸이 다시 고스란히 드러나고 말았다.

"그럼 내가 말할 테니까 예스와 노로 대답만 해. 알겠나?"

남자는 수첩을 보면서 제멋대로 지껄이기 시작했다. 히로미의 시신을 발견했을 당시의 상황에 대해서였다. 어젯밤 고헤이가 우에무라 형사에게 진술한 내용이 바탕이 된 듯했다.

"진술 내용이 이런데, 틀림없나?"

다 읽고 난 후 남자가 물었다.

"예스."

고헤이는 짧게 대답했다.

"그런데 좀 이상하단 말이야."

남자가 수첩을 보면서 말했다.

"상황이 이렇다면 범인이 도주할 길이 없어."

우에무라 형사도 똑같은 말을 했다. 고헤이는 얼굴을 비비면서 말했다.

"당신들이 무슨 말을 하는 건지 의미를 모르겠군."

형사는 주머니에서 은색 라이터를 꺼내 지금까지 입에 물고만 있던 담배에 불을 붙였다.

"히로미 씨는 아파트로 돌아오기 전에 동네에 있는 꽃 가게에 들렀어. 7시가 조금 지난 시간이었지. 꽃 가게에서 산 꽃은 가을 크로커스. 꽃 가게 주인의 말이, 그녀가 주문한 꽃이라더군. 그런데 자네 말이야, 가을 크로커스란 꽃 아나?"

"어젯밤에 처음 알았어."

고헤이가 대답했다. 지금은 꽃말도 안다. 그러나 고헤이는 그보다 이 형사가 히로미를 성이 아니라 이름으로 불렀다는 것이 마음에 걸렸다.

"쓰러져 있는 그녀 주위에 가을 크로커스 꽃이 흩어져 있었지. 그러니까 그녀는 아파트로 돌아와 자기 집으로 가는 도중에 엘리베이터 안에서 살해당했다고 볼 수 있어. 시간적으로는 충분히 수긍할 수 있지."

"수긍할 수 있지."

고헤이도 같은 말을 반복했다.

"그래서 자네의 진술 말인데,"

형사는 연기를 한껏 빨아들였다가 방 안으로 뿜어냈다. 냄새가 배겠다고 고헤이는 생각했다.

"만약 자네가 아파트에 도착했을 때 범인이 그녀를 이미 살해하고 도주한 후였다면 엘리베이터에는 그녀의 시신만 남아 있었을 거야. 그런가?"

"그래."

"그런데 자네는 이렇게 말했어. 엘리베이터는 3층에 섰고 그다음에는 6층에 섰다고 말이야. 시신만 있는 엘리베이터가 어떻게 움직이고 어떻게 섰을까? 만약 누가 3층 버튼을 눌렀다면 3층에 도착했을 시점에 시신이 발견되었을 거야. 덧붙여서, 6층에서 시신을 발견한 여자도 실은 6층을 누른 게 아니었어. 그녀는 5층에서 아무리 기다려도 엘리베이터가 내려오지 않자 위층의 상황을 살피기 위해 계단으로 올라갔다는군. 그러니까 엘리베이터가 3층에 선 것도 6층에 선 것도, 전부 안에서 조작한 것이라고 추정할 수 있지."

형사의 입은 거의 NHK의 아나운서처럼 매끄럽게 움직였다. 가설을 제시하고, 분석하고, 그리고 그 반론을 펼친다. 고헤이는 그저 넋을 잃고 그의 입만 쳐다보고 있는데 형사는 고헤이에게 결론을 요구하고 있는 듯했다.

"그러니까, 내가 아파트에 도착했을 때 히로미는 아직 살아 있었다, 그런 뜻이······."

"맞아."

형사가 만족스러운 표정을 지었다.

"자네는 엘리베이터 앞에 갔을 때 막 문이 닫히면서 엘리베이터가 움직였다고 했어. 아마 히로미 씨는 거기에 타고 있었겠지. 지문을 채취할 수 있으면 조금 더 확실하게 알 수 있을 텐데 안타깝게도 그녀는 얇은 장갑을 끼고 있었어."

"그렇다면 그때 내가 조금만 서둘렀어도 그녀와 같이 탈 수 있었다는 말이로군."

불현듯 가죽 재킷을 입은 남자의 옆얼굴이 떠올랐다. 그런 남자에게 정신을 팔다가 히로미를 잃었다는 얘기다. 게다가 지금 들은 상황으로 보아 그 남자는 사건과는 아무런 관계가 없다.

"운이지. 살고 죽는 건 다 그런 거야. 모두들 나중에서야 한숨을 쉬고 식은땀을 흘리곤 하지. 10엔짜리 동전을 갖고 있지 않았던 덕분에 교통사고를 면한 사람도 있고, 마누라가 미인이라서 위암에 걸린 사람도 있어."

어쩌면 위로하려는 말인지도 몰랐다. 하지만 고헤이에게는 아무 소용이 없었다. 이 세상의 어느 누가 그 어떤 사소한 이유로 죽었다 한들 아무 상관 없다. 하지만 히로미의 죽음에는 납득할 만한 이유가 필요했다.

"계속해도 되겠나?"

잠시 고헤이를 살피고 있던 형사가 물었다.

"심정은 알지만, 이쪽은 시간이 없어."

"아……."

고헤이가 또 얼굴을 비볐다.

"그래요."

형사가 헛기침을 한 번 했다.

"히로미 씨는 자네보다 한 걸음 앞서 엘리베이터를 탔어. 자, 이제 또 생각할 거리가 생겼군. 그 엘리베이터에 탄 사람이 히로미 씨 혼자였는가 하는 점이야."

"그건 우문 아닌가. 그녀는 칼에 찔렸어. 범인이 같이 탔을 게 뻔하잖아."

고헤이가 그렇게 말하자 형사는 집게손가락을 들어 마치 자동차 와이퍼처럼 좌우로 흔들었다.

"1층에서는 혼자 탔는데 3층에서 범인이 탔다고 생각할 수도 있지."

"……그렇군."

"그랬을 경우, 타자마자 그녀를 찌르고 그대로 3층에서 내렸든지, 엘리베이터를 타고 6층까지 올라간 후에 내렸든지, 두 가지 가능성이 있는데……."

"그렇기는 하지만……."

대답하면서 고헤이는, 찌른 후 바로 3층에서 내리는 것은 무리가 아닐까 생각했다.

"그다음, 범인이 히로미 씨와 1층에서 같이 탔을 경우인데, 1층에서 3층 사이, 또는 3층에서 6층 사이, 어느 쪽에서 범행이 이뤄졌을지는 추정하기가 어렵군. 시간적으로 봐서 1층에서 3층 사이는 어렵지 않을까 싶지만, 그 이유만으로 가능성을 배제할 수는 없고 말이야. 즉, 이 시점에서 확실하게 말할 수 있는 것은 범인이 몇 층에서 엘리베이터를 탔든 내린 곳은 3층 아니면 6층밖에 없다는 거야."

이 형사와 어제 우에무라 형사가 하고 싶었던 말을 고헤이는 그제야 겨우 알 것 같았다.

"사태를 파악한 눈치로군."

조롱하는 듯한 말투였다.

"자네는 1층에서 3층까지 계단으로 올라갔다고 했어. 그 사이에 마주친 사람도 없고. 그다음 6층까지 올라갔는데 그때도 마찬가지였지. 나도 조사해 봤는데, 계단에서 복도가 훤히 보이더군. 자네가 지나가기를 기다리기 위해 숨을 곳이 없다는 말이야. 물론 그 외에 비상계단도 없어. 그렇다면 범인이 도주할 길은 없는 셈이지."

고헤이는 이불 위에 정좌하고 앉아 아랫입술을 깨물었다. 머리가 조금씩 지끈거리는 것은 수면 부족 탓만은 아니었다.

"이런 상황을 뭐라고 하는지 아나?"

형사가 물었다. 고헤이는 "밀실."이라고 대답했다. 형사는 두 볼을 일그러뜨리며 소리 없이 웃었다.

"자네, 추리 소설 읽나?"

"가끔은."

"뭘 읽었는데?"

"크리스티."

"명탐정 포와로로군. 나쁘지 않지. 하지만 『애크로이드』에 등장하는 밀실 트릭은 어린애 장난이야. 나는 역시 체스터턴. 쩍 벌어진 입이 다물리지 않지."

"못 읽어 봤어. 크리스티 말고는 포사이스를 읽었을 뿐이야."

"프레더릭 포사이스도 좋지. 『자칼의 날』도 좋고, 『오뎃사 파일』도 좋고 말이야. 하지만 밀실과는 관계없잖아."

형사는 주위를 둘러보더니 옆에 있는 쓰레기통에서 빈 캔을 꺼내 거의 재가 된 꽁초를 밀어 넣었다. 그리고 새 담배를 입에 물고는 은색 라이터로 불을 붙였다. 고급스러워 보이는 라이터에서 쉬쉭 하는 소리와 함께 불꽃이 일었다.

"그런데 말이지, 실제로 완벽한 밀실은 존재하지 않아. 이번 경우도 마찬가지. 우선, 범인이 이 아파트에 사는 사람일 가능성을 생각해 볼 수 있지. 살해한 후 자기 집으로 들어가 버리면 얘기는 간단하니까. 사는 사람은 아니더라도 그렇게 들어갈 집이 있으면 돼. 그런데 '모르그'의 마담이 이 아파트에 사는 것 같던데."

"마담을 의심하는 건가?"

"그냥 물어본 거야."

"나는 '모르그'에서 나와 아파트로 갔어. 그리고 그때 그녀는 가게에 있었고. 그녀는 히로미를 살해할 수 없어. 애당초 동기가 없잖아."

"그렇게 흥분할 거 없어."

형사는 쓴웃음을 짓고는 잇새로 연보라색 연기를 뿜어냈다.

"그 아파트에 '모르그'의 마담이 산다, 그 사실이 중요한 거니까."

고헤이는 말없이 형사를 쏘아보면서 그 말의 의미를 생각했다. 분명하게 파악할 수는 없지만 이유를 알 수 없는 불쾌감이 가슴속에 번졌다.

"범인이 그 아파트의 어느 곳으로 숨어들지 않았다면 그 자리에 있던 사람이 혐의를 받게 되지. 발견자가 곧 범인이라는 공식은 고전적이지만, 동시에 언제나 충격적이지."

"무슨 말인지 알 만하군."

고헤이가 내뱉었다.

"그 말이 하고 싶어서 여기까지 온 거였어."

"가능성을 검토하고 있을 뿐이야. 더구나 여기에 온 목적은 그런 게 아니고. 난 자네를 만나고 싶었어. 그뿐이야."

"만나고 싶었다?"

"만나고 싶었지."

형사가 다시 한 번 그렇게 말했다.

"만난 김에 자네에게도 상황을 알리는 편이 좋겠다고 생각했고. 어때, 밀실이라는 말을 듣고 생각나는 게 있을 텐데?"

"전혀."

고헤이는 고개를 저었다.

"시간이 흐르면 생각날 거야."

형사는 그제야 수첩을 안주머니 속에 넣었다.

"한 가지 물어도 될까?"

"뭐지?"

"이름."

형사는 슬며시 웃으면서 느릿느릿 컬러 박스에서 엉덩이를 들었다.

"이름 같은 건 어찌 됐든 상관없잖아. 그보다 말이야,"

형사는 바지에 묻은 먼지를 털어 내고는 현관문을 열었다. 차가운 바람이 흘러들었다. 이 바람의 감촉에 잠이 깼는지도 모르겠다고 고헤이는 생각했다.

"내가 어떻게 들어왔는지 궁금하지 않나?"

"그다지. 보나 마나 주인에게 경찰 배지를 보이고 열쇠를 빌렸겠지."

"그렇게 허튼 짓은 하지 않아."

형사가 현관문 안쪽에 있는 손잡이 한가운데 버튼을 꾹 눌렀다. 그런 상태로 닫으면 문이 잠기는 반자동식 록이다.

형사는 구두를 벗더니 그 굽으로 바깥쪽 손잡이를 두 번 정도 세게 쳤다. 고헤이가 보는 앞에서 안쪽 손잡이의 버튼이 톡 튀어나왔다. 형사가 바깥쪽 손잡이를 돌리자 스르륵 돌아갔다.

"이것 보라고."

형사는 장난꾸러기 어린애 같은 표정으로 웃었다.

"어떤 마술에도 속임수가 있는 거야. 알리바이든 밀실이든, 어차피 인간이 생각한 것이니."

"허 참, 열쇠를 바꿔야겠군."

"열쇠는 본질적인 문제가 아니지."

형사는 그렇게 말하고 구두를 신고서 밖으로 나갔다.

5

고헤이의 눈에는 학생가가 여느 때와 다르지 않게 보였다. 진득한 권태감과 무력감, 그리고 아주 미미한 기대감과 활기가 공존하고 있다.

고헤이가 '푸른 나무'에 들어서자 마스터가 낯선 인물이라도 보는 것처럼 입을 벌린 채 다물지 못했다. 사오리도 "오빠." 하고 불러 놓고는 움직이지 않았다.

"늦어서 죄송합니다."

고헤이가 가볍게 머리를 숙였다. 좀 더 차분한 목소리로 말할 생각이었는데, 역시 힘이 들어가고 말았다.

"안 나와도 괜찮은데. 우린 그렇게 알고 있었어."

배려하듯 마스터가 말했다. 그러나 고헤이는 이를 드러내고 억지로 웃으며 말했다.

"괜찮습니다. 이럴 때에는 몸을 움직이는 편이 낫죠."

그리고 경쾌한 걸음걸이로 찻집에서 나와 그대로 계단을 올라갔다.

3층에 가니 계산대 앞에 앉아 있는 사람이 보였다. 손님은 없었다. 자세히 보니 그 사람은 '허슬러 신사', 즉 이하라였다. 이하라는 변함없이 조끼까지 갖춰 입은 양복 차림으로 좁은 자리에 답답하게 앉아 고헤이가 두고 간 미스터리 미니북을 읽고 있었다.

"이하라 씨."

이름을 부르자 이하라는 깜짝 놀랐는지 책을 바닥에 떨어뜨렸다.

"쓰무라 군……."

이하라도 마스터와 똑같은 눈빛으로 고헤이를 쳐다보았다.

"이하라 씨가 계산대 일을 하고 있는 겁니까?"

"아니……. 오늘 아침 신문을 읽고서 허둥지둥 와 봤는데,

아마도 자네가 안 나올 거라고 하기에 다소나마 보탬이 될까 해서."

"감사합니다."

고헤이는 또 머리를 숙였다. 그만큼 모두가 신경을 쓰고 있다는 뜻이다.

"괜찮습니다. 여기 일은 내가 할 테니까 이하라 씨는 게임이나 즐기세요."

그런데 계산대 앞에 앉으려는 그의 가슴을 이하라가 강한 힘으로 밀었다. 그 압력에 고헤이는 약간 놀랐다.

"뭐라도 해서 마음을 추스르려는 자네 심정은 알겠는데, 오늘은 해야 할 일이 많을 것 같은데."

"그녀의 가족이 있는데요, 뭐."

"자네가 아니면 할 수 없는 일이 많을 거야. 그러니 오늘은 그만 가 봐."

'허슬러 신사'는 그렇게 말했다. 말투는 단호했지만 눈에는 봄 햇살 같은 부드러움이 넘쳤다.

고헤이는 머리를 숙였다. 눈길이 이하라의 발치에 닿았다. 신사답게 반짝거리는 구두를 신고 있었다.

"그럼 가 보겠습니다. 내가 뭘 할 수 있는지는 모르겠지만요."

그가 결심하고서 말했다.

그러는 게 좋아, 라는 듯 신사가 고개를 힘주어 끄덕였다.

1층으로 돌아가 마스터에게 이하라의 뜻을 전하자 그도 한 손을 들어 승낙해 주었다.

고헤이가 가게를 나서려는데 사오리가 옆으로 다가와 손을 꼭 잡았다.

"기운 내, 오빠. 가게는 신경 쓰지 말고."

그녀의 손은 보드랍고 살짝 촉촉했다.

"고마워."

'모르그' 앞을 지났다. 당연하지만, '준비 중'이라는 팻말이 걸려 있었다. 준코도 아직 나오지 않은 것이다. 하기야 이런 날 과연 가게 문을 열 수 있을지는 의문이었다.

어라, 저 고무나무 화분이 왜 밖에 나와 있지? 준코는 그 화분을 무척 소중하게 다룬다. 가게 문을 닫을 때면 반드시 안에 들여놓는데.

'마담이 벌써 나와 있는 건가?'

고헤이는 문을 밀어 보았다. 별 저항 없이 문이 쑥 열리면서 딸랑딸랑 풍경이 울렸다. 그 순간 알코올 냄새가 확 풍겼다. 가게 안에는 불이 켜져 있고 카운터 자리에 준코가 앉아 있었다. 그녀는 카운터에 올려놓은 두 손을 베개 삼아 잠이 들었다가 문이 열리는 소리에 깬 것 같았다.

"고헤이…… 짱."

심하게 잠긴 목소리였다. 밤새 울었는지 눈이 빨갛고 화장
도 지워져 있다.

"마담, 감기 걸리겠습니다."

고헤이는 블루종을 벗어 그녀의 어깨에 걸쳐 주려고 했다.
그런데 그녀의 손이 그것을 밀쳐냈다.

"괜찮아. 히로미가 질투하겠네."

"마담……."

그녀는 오른손에 텀블러를 쥐고 있었다. 그리고 옆에는 시
버스 리걸 빈 병이 나뒹굴고 있다.

둘러보니 바닥에 온통 유리 조각이 흩어져 있었다. 마치 지
진이라도 났던 것처럼, 카운터 위에 가지런히 놓여 있어야
할 텀블러와 브랜디 잔이 바닥에 산산이 부서져 있었다.

준코가 손에 쥔 텀블러를 바닥에 내던졌다. 깨진 파편 하나
가 문 언저리까지 날아갔다.

"고헤이 짱……."

그녀가 그의 허리에 매달렸다. 그리고 어린애처럼 소리 내
어 울었다. 고헤이는 그녀의 등에 팔을 올려놓은 채 그대로
마냥 있었다.

'모르그'의 2층에 조그만 방 하나가 있다. 술에 취해 몸을

가누지 못하는 준코를 거기에 눕히고 문을 나선 고헤이는 히로미의 아파트에 두고 온 게 있다는 생각이 떠올랐다.

아니, 두고 왔다는 말은 적절치 않다. 고헤이 자신의 물건을 두고 온 것이 아니다. 그것은 예의 '수국'이라는 제목의 소책자다.

'히로미는 화요일마다 수국 학원이라는 학교에 갔는데. 그 일이 사건과 무슨 관련이 있는 것은 아닐까⋯⋯.'

그것은 그녀의 죽음에 직면했을 때부터 그의 머릿속에 막연하게 떠다니던 생각이었다. 그런데 그동안 히로미의 여동생이나 정체 모를 형사와 만나는 등 온갖 사건이 너무 많았기 때문에 의식의 수면 위로 떠오르지 않았던 것이다.

수국 학원에 가 볼까, 하고 고헤이는 생각했다.

아파트로 가는 도중에 그는 도키타 서점 앞에서 걸음을 멈췄다. 입구는 좁지만 안쪽으로 유난히 긴 서점이다. 그 끝에 있는 조그만 책상 위로 빨간 베레모가 보였다. 고헤이는 돌돌 말아 블루종 주머니에 넣었던 『사이언스 논픽션』 창간호를 꺼내 표지를 한참 바라보다가 안으로 들어갔다.

도키타 아저씨는 고헤이의 모습을 보자 마치 눈이 부시기라도 한 것처럼 얼굴을 찡그렸다. 그리고 수염이 드문드문 돋은 턱을 비비더니 팔짱을 끼고 고헤이가 다가오기를 기다렸다.

"이런 일이 생기면 내가 책방을 하길 잘했다는 생각이 들어."

책방 아저씨의 첫마디였다.

"손님을 상대하지 않아도 되니까 말이야. 멍하니 이렇게 앉아만 있어도 되잖아."

"혼자 있다 보면 울적하지 않아요?"

"아무 생각도 안 하는데, 뭐."

가래가 목에 걸려 걸걸거리는 듯한 목소리였다.

"그런 훈련이라도 한 겁니까?"

아니, 하고 입을 벌린 상태에서 동작이 잠시 정지되었다. 입안의 금니가 보였다.

"그렇게 길이 든 거지."

설득력 있는 말이라고 고헤이는 생각했다.

도키타 뒤에 있는 책꽂이에 액자 하나가 세워져 있었다. 몇 년 전에 병으로 죽은 딸의 사진이라고 마쓰키가 일러 준 적이 있다. 고등학생 때 사진인지, 세일러복을 입고 미소 짓고 있는 모습이다. 고헤이는 이 사진을 볼 때마다 누군가를 닮았다고 생각한다. 그런데 그게 누구인지 전혀 떠오르지 않았다.

"아저씨, 이 잡지 본 적 있죠?"

고헤이가 과학 잡지를 도키타의 눈앞으로 내밀었다. 그는 눈을 찡그리고 표지를 힐금 쳐다보고서 말했다.

"책이네. 우리 책방에서 새로 팔기 시작한 거잖아. 내가 언젠가 마쓰키에게 준 것 같은데."

"이게 히로미의 방에 있었습니다."

허어, 그래, 하는 표정을 지으면서 도키타는 입을 약간 벌린 채 고개를 위아래로 움직였다.

"아, 그래. 마쓰키 그놈이 히로미에게 준 것 같았어."

"줬다고요, 왜요?"

"나야 모르지."

아저씨가 이번에는 고개를 옆으로 움직였다.

"마담에게 들었어. 그날 밤…… 그래, 마쓰키가 죽던 날 밤이야. 아마 화요일이었지. 고헤이 네놈도 같이 있었잖아. 내가 이 잡지를 보여 줬더니 마쓰키가 갖고 싶다고 했잖아. 나는 그러고서 바로 나왔는데, 그 후에 히로미 짱이 왔나 보더라고."

"네, 그랬답니다. 나도 먼저 나왔기 때문에 히로미를 만나지는 못했지만요."

"마쓰키와 히로미 짱이 한참 얘기를 나눴다고 하던데. 그러다가 마쓰키가 이 잡지를 히로미 짱에게 줬다고…… 그랬던 것 같아. 나도 자세한 건 잘 모르겠어. 마담에게 물어보면 알겠지."

"마쓰키 씨가 왜 이 과학 잡지를 히로미에게 줬을까요?"

"글쎄, 특별한 의미는 없지 않을까?"

"그 얘기, 마담에게 언제 들었죠?"

"그게 그러니까⋯⋯."

도키타는 엄지손가락과 집게손가락으로 미간을 누르고는 말했다.

"이번 주 화요일이었지."

고헤이가 감기로 가게를 쉰 날이었다. 그 말을 하자 도키타도 확실하게 기억이 나는지 왼 손바닥으로 오른 주먹을 탁 치면서 말했다.

"그래, 맞아. 자네가 없어서 나와 신사, 둘이서 '모르그'에 갔었지."

"그날, 마담도 감기 기운이 있어서 가게 문을 일찍 닫았죠?"

"마담도? 그랬어?"

"몰랐습니까?"

"내가 한발 앞서 나왔거든. 하지만 어디가 안 좋아 보이지는 않았는데."

그때 기억을 떠올리듯 도키타의 시선이 허공을 더듬었다.

듣고 보니 히로미의 아파트에 왔을 때도 그렇게 힘겨워 보이지는 않았다.

아무튼 이렇게 해서 왜 히로미의 집에 『사이언스 논픽션』

이 있었는지는 알게 된 셈이다. 물론 이 경우 '왜'는 경로를 나타낼 뿐 이유는 아니다.

"감사합니다. 일하시는데 방해해서 미안하네요."

"뭘, 괜찮아."

고헤이가 자리를 뜨려는데 도키타가 "아, 참." 하고 다시 말을 꺼냈다.

"형사가 왔었어."

"눈초리가 매서운?"

"사냥개 같더구먼."

"맞아요, 진짜 그렇던데요. 그래서요?"

고헤이가 고개를 끄덕이며 되물었다.

"모르그의 단골들을 찾아다니는 눈치였어. 그 자식, 주변 인물 중에 범인이 있다고 여기는 것 같더라고."

"뭘 물었는데요?"

"별건 없었어. 또 오겠다고 하더군. 오늘은 내 얼굴이 보고 싶어서 왔다고 뚱딴지같은 소리나 하면서 말이야."

오른손을 슬쩍 들어 보이고서 고헤이는 책방을 나왔다.

6

　히로미의 아파트에 에쓰코가 있다는 것이 고헤이로서는 다소 의외였다. 그녀 역시 그가 찾아온 것이 의외라는 눈치였다.

　"깜박 잊고 두고 간 게 있어서. 들어가도 될까?"

　"그럼."

　오늘 에쓰코는 얇은 캐시미어 스웨터를 입고 있었다. 고헤이가 그녀 옆을 지날 때, 달큰한 향수 냄새가 코끝을 스쳤다. 히로미가 쓰던 것과 똑같은 향이군, 하고 고헤이는 생각했다.

　"침실에 들어가도 괜찮아?"

　고헤이가 묻자 에쓰코는 잠시 생각하더니 잠깐 기다리라고 하고는 자기가 먼저 들어갔다. 그리고 2, 3분이 지나 "들어와." 하고 안에서 불렀다. 고헤이로서는 수도 없이 드나든 방인데 오늘은 왠지 조금 조심스러웠다.

　히로미의 침대는 깔끔하게 정리되어 있었다. 카펫 위에 먼지 한 톨 떨어져 있지 않았다. 에쓰코 성격의 한 면을 본 것 같아 고헤이는 다소나마 안심이 되었다.

　"뭘 두고 갔는데?"

　그가 화장대 서랍을 열자 등 뒤에서 그녀가 물었다.

　"응, 별거 아니야."

　그렇게 대답하면서 그는 이중 구조로 된 서랍의 아랫단에서 '수국'이라는 제목의 소책자를 꺼냈다.

에쓰코는 이중 구조의 서랍이며 거기에 들어 있는 것에 적잖이 놀란 눈치였다.

"뭐야, 그거?"

그녀가 물었다.

"나도 자세한 건 잘 몰라."

고헤이는 침실에서 나오자 어젯밤처럼 테이블에 앉았다. 그리고 히로미가 화요일마다 옆 동네에 있는 수국 학원이라는 장애우 시설에 다닌 것 같다는 얘기를 했다.

"아, 그러고 보니,"

에쓰코는 문득 생각났다는 표정으로 고개를 끄덕였다.

"오늘 아침에 웬 전화가 걸려 왔는데, 아저씨 목소리였어. 수국 학원 사람이라고 했던 것 같아."

그리고 그녀는 전화기 옆에 있는 메모지를 보면서 다시 말했다.

"그래, 호리에라는 사람."

"그 사람이 뭐라고 했는데?"

"별말은 없었어. 신문을 보고 사건을 알았다, 조의를 표한다, 그뿐이었어. 언니도 참 별 이상한 인맥이 다 있다고 생각했지."

이상해도 한참 이상하다.

"그런데 언니가 왜 그런 델 다녔을까?"

"나도 몰라. 물어봐도 안 가르쳐 주던걸."

어쩌면 어제 가르쳐 주려고 했는지도 모른다고 고헤이는 생각했다. 고헤이가 『수국』이라는 소책자를 발견한 게 화요일이다. 그 일을 계기로 이제는 가르쳐 주자고 결심하지 않았을까. 그래서 단둘이 생일 파티를 하자고 제안한 것 아닐까.

'그리고 그만 헤어지자고 할 생각이었어……'

'내 인생의 가장 좋은 날은 끝났다.' 그녀의 피로 얼룩진 가을 크로커스의 꽃말이 떠올랐다.

"그래서 어떻게 할 건데?"

"응, 이 학교에 가 볼까 하고."

고헤이는 소책자의 페이지를 팔락팔락 넘기면서 대답했다.

"언니를 살해한 범인과 무슨 관련이 있을 거라고 생각하는 거야?"

"아니, 그런 확신이 있는 건 아니야."

그는 고개를 저었다. 히로미에 관해서는 확실한 게 무엇 하나 없다.

"엘리베이터 털이범은 보통 우발적이잖아."

"그렇지, 보통은."

하지만 히로미가 그렇게 동기 없는 범행의 희생물이 되었다고는 생각하고 싶지 않았다. 그녀가 살해당한 데는 나름의 중대한 이유가 존재한다고 믿고 싶었다.

"그냥 가 보는 거야. 나는 그녀에 대해서 정말 아무것도, 너 같은 동생이 있다는 것조차 몰랐으니까 그 일부라도 보고 싶은 거지."

"그렇구나."

에쓰코가 일어나 부엌에서 커피를 끓여 주었다. 필터 속에서 구수한 커피 향이 피어오른다.

"음, 나도 같이 갈게."

커피 잔을 들고 오면서 에쓰코가 말했다.

"나도 예전부터 언니의 비밀에 관심이 있었어. 괜찮지?"

"그녀의 미모는 차치하고, 피아니스트 건에 대해서는 전에 들은 적이 있어. 손이 작아서 포기했다고 하던데."

고헤이는 자신의 눈앞에서 히로미가 손바닥을 좍 펼쳐 보이던 때를 떠올렸다.

"언니, 손 작지 않아."

고헤이가 무례한 표현이라도 한 것처럼 에쓰코의 말투가 강경했다.

"하긴 그쪽 눈에는 작아 보일지도 모르겠지만 여자 손치고 절대 작은 편이 아니야. 분명히 다른 이유가 있었을 거야."

"그럼 에쓰코도 모른다는 거야?"

"몰라. 그런데 언니가 피아노를 그만두기 전에 사소한 사건이 있기는 했어."

"어떤 사건?"

"피아노 콩쿠르가 있었어. 그것도 아주 유명한 콩쿠르. 언니도 물론 출전했고. 그런데 언니가 결국 연주를 하지 못했어."

"무슨 사고라도 있었던 거야?"

"그런 건 아니야. 언니는 연주를 하기 위해서 피아노 앞으로 갔어. 의자에 앉기도 했고 악보 세팅까지 다 했어. 연주만 하지 않은 거야."

에쓰코가 고개를 저으면서 말했다.

"어째서?"

"이유는 몰라. 나도 아빠도, 그리고 다른 청중도 모두 기다렸어. 그런데 언니가 피아노를 치려 하지 않는 거야. 그러다 청중이 웅성거리기 시작했고, 언니는 결국 그 자리를 황망히 떠났어."

"흠."

고헤이는 콩쿠르라는 걸 보러 간 적이 없었다. 그러니 어떤 상황이었는지 상상하기 어려웠다. 그래서 편의상 콘서트 도중에 가수가 사라진 상황을 상상해 보았다. 콘서트라면 가본 적이 있으니까.

"소동이 벌어졌겠군."

"그럼, 대소동이 벌어졌지. 책임이 어쩌고저쩌고 시끄러웠어. 결국 언니는 그 후로 피아노를 치지 않았고."

"왜 그런 일이 생겼을까?"

"몰라. 그러니까 비밀이라는 거지."

"그렇군······."

고헤이는 테이블 위에서 건반을 두드리는 흉내를 냈다. 그때 그녀에게 무슨 일이 있었던 것일까.

"그 후로 언니가 변했어. 뭐가 어떻게 변했다고 말하기는 어려운데, 아무튼 변했어."

에쓰코는 블랙커피를 후루룩 소리 내어 마셨다.

고헤이는 거실로 걸어가 여전히 반짝반짝 빛나게 잘 닦여 있는 피아노로 다가갔다. 그리고 그 묵직한 뚜껑을 천천히 열었다. 마른나무 냄새가 났다.

'치지 않는 피아노, 수국 학원, 건널목······.'

마치 낱말 퍼즐 같군, 고헤이는 그렇게 생각했다. 그 사이의 연결 고리를 발견하고 공백이 메워지면 전체 상도 파악할 수 있지 않을까?

건반 위에 집게손가락을 올려놓자 기품 있는 소리가 방 안에 울렸다.

왠지 아주 드라마틱한 느낌이었다.

"혹시 형사는 안 왔어?"

테이블로 돌아가 에쓰코가 끓여 준 커피를 마시면서 고혜이가 물었다.

"왔지. 일기나 앨범 같은 게 있냐고 하기에 없다고 하니까 뚱한 표정을 짓더니 돌아갔어."

그녀가 시답잖은 일이라는 듯 대답했다.

"형사의 이름은 물어봤어?"

"우에무라……라고 했나."

그녀가 고개를 약간 기울이고 중얼거렸다.

"우에무라 형사였구나."

"그런데 형사가 왜?"

"내게도 찾아왔어. 우에무라 형사보다 더 성깔 있어 보이는 사람이더라. 자기 이름도 대지 않고, 눈초리도 매섭고. 게다가 집에 멋대로 들어왔어."

"어떻게 멋대로 들어와?"

에쓰코는 약간 놀란 표정이었다.

"멋대로 문을 따고 들어왔어. 그리고…… 히로미를, 어떻게 된 건지 친한 사람이라도 되는 것처럼 '히로미 씨'라고 불렀어."

"히로미, 씨……."

에쓰코는 그 말의 의미를 곱씹듯이 되뇌더니 입을 쩍 벌렸다. 고헤이는 하품을 하는 줄 알았는데 그게 아니었다. 히로미를 꼭 닮은, 눈가가 살짝 올라간 눈도 휘둥그레져 있었다.

"고즈키 씨야."

"고즈키?"

"아빠의 제자였어. 우리 아빠가 고등학교 선생님이었다는 얘기, 언니가 안 했어? 아주 오래전에 보살펴 준 일이 있었나 봐. 그러고 보니 경찰이 되었다고 들은 것 같아."

"그렇다면 이해가 가는군."

온통 수수께끼여서 진이 빠지려 했는데 하나라도 분명하게 밝혀지니 고헤이는 기분이 조금 나아졌다.

"보답을 하려는 거군. 그래서 그렇게 힘이 들어가 있었던 거야."

"그런데,"

에쓰코가 무언가를 찾듯이 허공을 쳐다보다가 다시 고헤이 앞으로 시선을 돌렸다.

"라이벌이야."

"라이벌?"

"응. 아빠가 살아 계실 때 청혼을 하러 온 적이 있어. 물론 언니에게."

"아……."

고헤이로서는 이럴 때 무슨 말을 하면 좋을지 몰랐다.

"그리고 언니도 고즈키 씨를 좋아했던 것 같아."

"……."

"그런데 거절했어. 나나 아빠가 얼마나 놀랐는지 몰라."

"왜 그랬는데?"

"몰라. 물어봐도 대답해 주지 않았어. 그다음에 언니, 막 울었어. 내가 우연히 봤거든."

그때의 히로미 모습을 상상해 봤다. 그렇게 하면 그녀의 심리를 알 수 있을지도 모른다고 생각했다. 그러나 소용없었다. 위만 뜨끔뜨끔 아팠다.

"그 형사, 내게 별로 호의적이지 않던데, 그 이유가 분명해진 셈이군."

"어머, 그랬어?"

에쓰코는 순수하게 뜻밖이라는 눈빛이었다.

"고즈키 씨는 그런 사람이 아닌데. 호의를 표현하는 방법이 서툴지는 몰라도 말이야."

"멋대로 문을 따고 들어왔다니까."

"사소한 일이라고 생각하는지도 모르지."

고헤이는 놀라서 에쓰코의 얼굴을 다시 보았다. 그리고 조그맣게 한숨을 쉬었다.

"너 참 멋지다."

"고마워. 그렇게 말해 주는 거, 나쁘지 않네."

그녀는 콧잔등에 주름을 잡으며 미소 지었다.

"그가 밀실 얘기를 해 줬어. 좀 복잡하지만."

"나도 듣고 싶네."

고헤이는 예의 형사가 말해 준 내용을 좀 더 알아듣기 쉽게 에쓰코에게 전했다. 그녀는 두 손으로 턱을 괴고, 자장가를 듣는 고양이 같은 얼굴로 그의 얘기를 들었다.

"와, 굉장하다. 정말 밀실이잖아."

"에쓰코, 추리 소설 읽어?"

"아니."

그녀가 대답했다. 명쾌한 대답이었다.

"전혀?"

"옛날에는 조금 읽었지. 그런데 재미없었어."

"왜 그랬을까?"

"그렇잖아, 다 똑같은 얘기인데. 아니야?"

"하긴 그렇다."

고헤이는 고개를 끄덕였다.

7

지도를 살펴보니 수국 학원에 가려면 역 앞에서 버스를 타는 것이 가장 빠른 방법이었다. 고헤이는 에쓰코와 함께 칙칙한 초록색 버스에 올랐다.

버스는 텅 비어 있었다. 목적지에 도착할 때까지 고헤이는 예의 『사이언스 논픽션』을 훑어보았다.

"어려운 내용이네."

에쓰코가 옆에서 들여다보며 말했다. 부드러운 몸이 오른 팔을 짓눌러 고헤이의 신경이 그 부분에 집중되었다.

"초전도? 초전도가 뭐야?"

초전도 물질의 개발에 관한 내용이 실린 페이지를 보고서 그녀가 물었다.

"전기 저항이 전혀 없는 상태를 말하는 거야. 지금까지는 섭씨 영하 250도 이하에서나 그런 상태를 만들어 낼 수 있었는데, 다양한 물질의 개발로 꽤 높은 온도에서도 가능하게 된 모양이야. 금세기의 마지막 대발견이라며, 그 실마리를 찾아낸 박사는 노벨상 수상이 확실시되고 있다네."

"그렇게 엄청난 거야?"

"엄청나지 않으면 이렇게 기사화되지 않지."

다음 장은 '특집 컴퓨터 최신 정보'라는 제목의 기사였다. 카탈로그와 기술 소개를 겸한 기사가 이어졌다.

고헤이가 페이지를 넘겼다. '해커'라는 커다란 글자가 눈에 들어왔다.

"해커는 뭐야?"

"컴퓨터 게릴라. 다른 컴퓨터의 네트워크에 침입하는 사람이라면 이해하겠어?"

고헤이는 그렇게 설명했다.

"모르겠어."

에쓰코가 고개를 저었다.

"음, 한마디로 나쁜 거야. 남의 집에 함부로 들어가는 거나 마찬가지니까."

"흐응, 그렇구나."

페이지를 또 넘기자 'AI'라는 알파벳이 보였다.

"인공 지능을 말하는 거지?"

이번에는 에쓰코가 묻기 전에 말했다.

"이 페이지에는 인공 지능을 활용한 사례가 실려 있어. 자동번역 시스템, 지능 로봇, 자동 통역 전화……."

"자동 통역? 기계가 통역을 해 줘?"

"그런가 봐. 하지만 앞으로 가능하다는 얘기야. 그리고 AI의 대표적인 예가 엑스퍼트 시스템. 이건 전문 기술을 컴퓨터에 기억시켜서 비전문가라도 전문가처럼 일할 수 있게 하는 거야."

해커와 AI에 관한 기사 다음은 컴퓨터 통신과 신시사이저에 관한 정보였다. 기계과 출신인 고헤이로서는 별 관심이 없는 분야였다.

'마쓰키 씨는 이런 기사에 관심이 있었던 걸까?'

그 외에는 딱히 눈에 띄는 기사가 없기도 하고, 마쓰키 씨는 전에 컴퓨터 서비스 회사에 다녔다고 했으니 이런 기사에 관심을 가졌다고 보는 것이 제일 타당할 듯했다.

문제는 왜 이 잡지를 히로미에게 주었냐는 것이다. 왜 그럴 필요가 있었는지.

"저기 말이야, 히로미가 컴퓨터 회사에 다닌 일은 없지?"

혹시나 싶어 고헤이는 에쓰코에게 물었다. 그런데 그녀는 마치 외설적인 말이라도 들은 것처럼 대놓고 짜증스러운 표정을 지었다.

"어떻게 그런 일이 있을 수 있겠어. 언니는 전자계산기 하나 제대로 못 다루는 사람이었는데."

"……하긴 그렇다."

하긴 그렇다, 고 고헤이도 생각한다. 전자계산기뿐이 아니다. 카메라와 비디오, CD 플레이어도 그녀는 제대로 다루지 못했다.

잠시 히로미 생각에 잠긴 사이 버스가 목적지에 도착했다.

수국 학원은 큰 도로에서 옆길로 들어서자마자 있었다. 주위에는 중류, 혹은 어쩌면 그보다 약간 상급인 주택들이 들어서 있다. 왜 그런지 길에는 사람 하나 없고, 어느 집에서도 소음이 들려오지 않는다.

학교 건물은 때가 낀 분홍색이었고, 그 앞으로 어른이 야구

공을 던지면 곧장 울타리를 넘어 버릴 만큼 조그만 운동장이 있었다. 학교 건물에서도 아무런 소리가 들리지 않았다.

"토요일이니까 애들이 다 가 버려서 그런지도 모르겠네."

에쓰코가 말했다. 타당한 의견 같아 고헤이는 고개를 끄덕였다.

정문은 닫혀 있었다. 고헤이가 울타리 사이로 들여다보니, 운동장에 그려진 기하학적인 무늬가 보였다. 재활 활동에 사용되는 건지도 몰랐다.

"무슨 일이시죠?"

고헤이의 시야 밖에서 불쑥 목소리가 들렸다. 돌아보니 다부진 체격에 들일이라도 하는 차림새의 노인이 다가오고 있었다. 체격 좋은 노인을 별로 본 적이 없지만, 숱이 없는 흰머리에 얼굴에 새겨진 깊은 주름으로 보아 노인이 틀림없는 것 같았다.

"이 학교 분이신가요?"

고헤이가 물었다.

"그렇습니다만."

노인은 그와 에쓰코를 번갈아 보면서 물었다.

"그쪽은?"

"아리무라 에쓰코라고 해요."

에쓰코가 이름을 말했다.

"아리무라 히로미의 동생이에요."

노인의 표정에 변화가 있었다. 수상히 여기던 표정이 사라지고 온후한 미소가 흘렀다. 그러다 그의 희끗희끗한 눈썹이 아래로 처졌다. 슬퍼하는 것이다.

"그렇습니까, 그쪽이 아리무라 씨의……. 이번 일은 정말, 애도를 표합니다. 나는 여기 원장으로 있는 호리에입니다."

내빈실로 안내받은 고헤이와 에쓰코는 거기에서 다시 호리에를 만났다. 양복으로 갈아입고 나니 그 모습이 과연 원장다웠다. 서른 살쯤의 여자가 먼저 차를 들고 나타났는데, 그녀도 여기 직원이라고 했다.

"숙박 시설도 있기 때문에 늘 직원이 몇 명은 있습니다."

차를 맛있게 마신 후 노인이 말했다.

"통학하는 경우도 있습니까?"

고헤이가 물었다.

"우리 학원은 통학하는 학생이 대부분입니다. 통학용 버스를 운행하고 있습니다. 보통의 유치원이라고 생각하면 될 겁니다."

"직원은 어떤 분들이죠?"

"보건과 훈련에 관한 자격증이 있는 사람들입니다. 그리고 아이들을 좋아하는 사람."

자신도 그렇다는 것을 알리듯 호리에 원장이 눈으로 웃었다.

"그런데 히로미…… 아리무라 씨는 그런 자격증이 없었을 텐데요. 그런 그녀가 어떻게 여기에 다녔는지요?"

"아, 자원 봉사였습니다. 아리무라 씨 외에도 봉사하러 오는 이가 많아요. 복지 관련 학과의 학생도 해마다 많이 옵니다. 봉사에는 자격이나 이론이 필요 없으니까요. 애정과 마음의 여유가 있으면 누구든 할 수 있죠."

온화한 말투였지만 한 마디 한 마디에서 자신감이 묻어났다. 흔들림이 없는 것이라고 고헤이는 생각했다.

"언니가 언제부터 여기 왔어요?"

에쓰코가 물었다.

노인은 옛일을 기억해 내는 것이 힘겨운지 얼굴을 약간 찡그렸다.

"조금 있으면 아마 1년이 될 겁니다. 작년 크리스마스 무렵부터였어요."

그렇다면 매주 화요일에 '모르그'를 쉬게 된 것은 그 후라는 얘기다.

"이유를 묻지 않았습니까?"

이번에는 고헤이가 물었다.

"묻지 않았습니다."

노인이 단호하게 대답했다.

"제 설명이 부족했나 보군요. 봉사에는 이유도 필요치 않습니다."

고헤이는 마음속으로 다시 한 번 생각했다. 흔들림이 없는 것이라고.

"언니가 여기서 뭘 했는데요?"

"여러 가지 일을 했어요. 과자를 만들기도 하고, 피아노도 쳐 주고."

"피아노를요?"

고헤이와 에쓰코가 동시에 물었다. 그리고 둘은 엉겁결에 서로를 마주 보았다.

"피아노를 쳤다고요?"

고헤이가 또다시 물었다.

"그렇습니다. 굉장히 잘 치더군요. 마치 피아니스트 같았습니다. 아마 과거에 피아니스트를 지망하지 않았을까 싶습니다만."

노인이 고개를 끄덕이며 말했다.

히로미가 피아노를 쳤다. 고헤이에게는 한 번도 들려준 적 없는 피아노를 히로미가 여기서는 쳤다.

"아 참, 이거 말인데요."

고헤이가 들고 온 『수국』책자를 호리에 앞에 꺼내 놓았다.

"그녀 방에 이게 있었는데, 무슨 책입니까?"

"오호, 이건,"

노인은 책자를 집어 손에 들고는 반가운 듯이 미소 지으며 페이지를 넘겼다.

"이건 졸업식 때 배부한 것입니다. 이 학원을 떠나는 아이들을 위해 만든 것이죠. 자기 손으로 무언가를 이뤄 냈다는 증거로 아이들 한 명 한 명에게 나눠 주는 것이죠."

"이 책을 보고 아리무라 씨가 이곳에 다녔다는 것을 알았습니다. 그런데 그녀가 왜 비밀로 했는지 혹시 아십니까?"

그렇게 묻자 호리에는 팔짱을 끼고서 고개를 옆으로 기울였다.

"왜 비밀로 했는지는 저도 모르겠군요. 자랑하는 것도 좀 그렇지만, 숨길 필요는 없다고 생각하는데요."

그리고 그는 걱정스러운 표정으로 고헤이와 에쓰코를 보았다.

"혹시 아리무라 씨가 살해당한 것과 이 학원이 무슨 관계가 있습니까?"

"아니, 그건 아직 모릅니다. 그녀가 숨겼기 때문에 궁금했을 뿐입니다."

고헤이가 대답했다.

"그렇다면 안심입니다만……. 이번 사건으로 우리도 몹시 놀라고 또 슬퍼하고 있습니다. 범인을 잡는 데 필요하다면 어떤 일이든 협력하겠습니다."

노인은 눈을 깜박거리기 시작했다.

물러나기에 적당한 때다 싶어 고헤이가 엉덩이를 들려는데 아까 차를 가져왔던 여직원이 나타나 원장에게 귓속말을 했다. 원장은 고개를 끄덕이더니 약간 정색한 얼굴로 이쪽을 보았다.

"여동생 분이 찾아오셨다는 것을 어떤 분에게 알렸습니다. 여러 가지 의미에서 만나 보는 게 좋겠다는 판단이 선 터라."

원장의 말이 끝나자 거의 동시에 문을 노크하는 경직된 소리가 들렸다.

"들어오세요."

문을 열고 들어온 사람은 삼십 대 중반의 여자였다. 갸름하고 일본적인 생김에 화장기는 거의 없고, 파마한 머리를 뒤로 대충 묶은 검소한 여자였다. 고헤이는 그녀가 다소 섬세할 것 같다는 인상을 받았다.

그녀는 에쓰코를 보자 히로미의 동생이라는 것을 금방 알아보겠는지 굳은 표정으로 머리를 깊이 숙였다.

"이쪽은 사에키라고 합니다."

그녀가 의자에 앉는 것을 보고서 호리에 원장이 소개했다.

"우애 생명에서 생활 설계사로 일하고 있습니다."

호리에의 입에서 유명한 보험 회사 이름이 나왔다. 그 말을 받아 그녀가 다시 한 번 머리를 숙였다.

"사에키 요시에라고 합니다. 정말 큰일을 당하셨더군요."

조금 떨리는 목소리였다.

보험 회사의 생활 설계사가 장애우 시설과 무슨 관계가 있을까. 고헤이가 그런 생각을 하고 있는데 호리에가 설명해 주었다.

"사에키 씨는 옛날에 우리 학원에 다녔던 여학생의 어머니입니다. 그래서 간간이 여기 일을 도와주고 있죠. 그런 인연으로 우리 직원들 대부분도 보험 일이라고 하면 사에키 씨에게 신세를 지고 있어요. 저도 그렇습니다. 양로 보험, 생명 보험, 몇 가지를 들었습니다."

"무슨 말씀을요. 신세는 오히려 제가 지고 있죠."

손을 살랑살랑 흔들면서 요시에가 말했다.

"보험 일을 처음 시작할 무렵에 고객을 유치하지 못해 고생하고 있는데, 여기 분들이 많이 도와주셨어요."

"언니도 보험에 들었나요?"

에쓰코가 물었다.

"네. 올 초에 실적이 부진했을 때 계약을 했어요. 하지만 그 일이 아니더라도 히로미 씨와는 무척 친하게 지냈습니다. 정말, 정말 좋은 사람이었어요. 보험에 관해서는 따로 찾아뵐게요. 오늘은 동생 분에게 조의를 표하고 싶어서 이렇게 왔습니다."

"정말 좋은 사람을 잃었습니다. 이 세상에 참 몹쓸 사람이 있다는 뜻이겠지요."

원장이 또 눈을 깜박거리기 시작했다.

그날 밤 고헤이는 집으로 돌아온 후, 지금까지 파악한 사건의 내용을 정리해 보기로 했다. 너무도 이상한 일이 그것도 무질서하게 발생한 탓에 수습할 수 없으리만큼 머릿속이 뒤죽박죽이었기 때문이다.

소형 냉장고의 문을 열어 보니 버드와이저 캔 두 개와 살라미 소시지 세 개가 들어 있었다. 그는 그것들을 꺼내 들고, 며칠 전부터 마냥 깔려 있는 이부자리에 누웠다. 머리를 사용할 때는 최대한 몸을 편안히 하자는 것이 그의 신조다.

맨 먼저 마쓰키가 살해당했다.

'아니.'

고헤이는 머리를 흔들었다. 그것이 처음인지는 알 수 없다. 어쩌면 프로그램이 그 전에 이미 작동했는지도 모른다.

그러나 그런 생각을 하다 보면 끝이 없을 것 같아 일단 그 사건을 처음으로 간주하기로 했다. 어디까지나 편의상의 시발점이다. 얼마든지 바뀔 수 있다.

우선 마쓰키가 살해당했다.

그는 전에 센트럴 전자 주식회사에 다녔다. 그런데 1년 전쯤에 그만두고 이 거리로 왔다.

그는 살해되기 전날, 책방 아저씨 도키타에게 『사이언스 논픽션』 창간호를 얻었다. 그리고 그는 그 잡지를 히로미에게 주었다. 이유는 알 수 없다.

『사이언스 논픽션』에는 컴퓨터에 관련된 기사가 실려 있다.

다음 주 금요일, 이번에는 히로미가 살해당했다.

그녀 주위에는 가을 크로커스 꽃이 널려 있었다. 꽃말은 '내 인생의 가장 좋은 날은 끝났다'이다. 그리고 그녀 집에 『사이언스 논픽션』이 있었다.

다음 날 아침, 즉 오늘 아침, 정체불명의 형사가 나타나 현장이 밀실 상태였다는 것을 알려 주었다.

히로미가 매주 화요일 다녔던 곳은 옆 동네에 있는 수국 학원이라는 장애우 시설이다.

……이상이다.

이상이 고헤이가 알고 있는 내용이다. 그는 이 재료를 사용해 어떻게든 한 방향을 가리키는 화살표를 만들어 내려 했다. 그러나 어떤 식으로 끼워 맞춰도 방향성이 없었다. 방향을 나타내 주는 것이 전혀 보이지 않았다. 그저 머릿속이 혼란스러울 뿐이었다.

"모르겠군."

소리 내어 중얼거려 보았다. 아무것도 모른다. 그것만이 부동의 사실이었다.

8

다음 날은 일요일이어서 '푸른 나무'가 문을 열지 않는다. 고헤이는 깜박 잠이 들었다가 깨어나기를 몇 번이나 반복하면서 밤을 보냈다. 그런 탓에 머리는 마냥 무겁고 눈은 뻑뻑해서 떴다 감았다 하기도 힘들었다.

대낮이 돼서야 겨우 이불 속에서 기어 나왔는데 그것도 주인아줌마가 문을 쾅쾅 두드렸기 때문이었다. 전화가 왔다고 알려 주려는 것이었는데, 이럴 때의 아줌마 목소리는 몹시 퉁명스럽다.

에쓰코에게 걸려 온 전화였다. 장례식 때문에 의논하고 싶은 것이 있으니 아파트로 와 주었으면 한다는 내용이었다.

"난 관혼상제에 대해서 잘 몰라."

그는 수화기에 대고 말했다.

"의논 상대가 되어 줄 수 있어야 말이지. 그러지 말고 '모르그'의 마담에게 부탁하는 게 좋지 않을까?"

"물론 그녀에게도 오라고 했어. 고헤이도 와. 우리 언니의 애인이었잖아."

"그건 그렇지만."

"부탁할게."

고헤이가 뭐라고 말하려는데 전화가 끊겼다.

그가 아파트에 갔을 때는 이미 준코가 장례식장 직원과 의논을 끝낸 상태였다. 부엌 테이블 위에 갖가지 팸플릿이 펼쳐져 있었다. 갈색 양복을 입은 장례식장 직원은 견적서를 남겨 두고 사라졌다.

"꽤 많이 드네."

의자에 도로 앉은 준코가 서류를 확인하더니 말했다. '많이 든다'는 말은 장례 비용을 뜻하는 것이리라. 그녀와 마주 보고 앉은 고헤이는 고개를 쭉 내밀어 견적서의 금액란을 보았다. 거기에는 몇 달은 너끈히 먹고살 만한 액수가 적혀 있었다.

"이것저것 자꾸 부탁해서 미안하네요."

홍차 석 잔을 들고 오면서 에쓰코가 준코에게 말했다.

"별말을 다 하네. 내가 할 수 있는 일이 이 정도밖에 없는데, 뭘."

그렇게 말하고서 준코는 찻잔에 입을 대었다. 그리고 눈물이 아직 마르지 않은 눈으로 고헤이를 쳐다보았다.

"어제는 고마웠어. 내가 험한 꼴을 보였지?"

"진정이 좀 됐나요?"

"웬만큼. 고헤이 씨 덕분이야."

"천만에요. 그보다 두 사람은 전부터 아는 사이인가?"

고헤이가 어느 쪽에 묻는 것인지 애매하게 묻자 에쓰코가 고개를 끄덕이면서 그녀들의 관계를 설명했다. 옛날에 준코가 히로미의 집으로 곧잘 놀러 왔기 때문에 에쓰코도 그녀와 친하다고 한다.

"그러고 보니 히로미와 마담의 관계를 그녀가 딱 부러지게 설명해 준 적이 없는 것 같군. 하기야 내가 묻지도 않았지만."

"원래가 고등학교 동창생이야."

준코가 말했다.

"그 후 히로미는 음악 대학에 가고 나는 취직했지만, 그래도 계속 만났어."

그리고 그녀는 조그만 소리로 이렇게 덧붙였다.

"왠지 마음이 잘 맞았거든."

"모르그를 시작하기 전에는 두 사람, 뭘 했는데요?"

둘이 투자해서 '모르그'를 차렸다는 것 외에 고헤이는 전후 사정을 전혀 몰랐다.

"나는 스물세 살 때까지 섬유 회사에 다녔어. 그 후에는 어떤 사람의 소개로 조그만 스낵바에서 일하게 됐고. 히로미는 대학 졸업한 후 줄곧 회사에 다녔을 거야."

"가구 회사였어. 아빠 친구가 하는."

옆에서 에쓰코가 보충했다.

고헤이는 고개를 끄덕거렸다. 그러고 보니 히로미는 가구에 유난히 까다로웠다.

"지금 가게를 찾아낸 건 누군데요?"

"누구랄 것도 없어. 둘이 가게를 차리기로 하고 여러 군데 찾아다니다가 결정한 거니까."

"그래도 언니 쪽이 좀 더 고집했어. 장소가 마음에 든다나, 그러면서."

"장소가? 뭐가 그렇게 마음에 들었을까?"

역 앞의 큰길가라면 몰라도, 활기를 잃어 가는 구 학생가다. 새로 가게를 차릴 만한 매력 따위는 어디에도 없을 듯한 곳이다.

"히로미는 학생을 상대하는 게 마음이 편할 것 같다고 했어. 나도 그 의견에는 찬성이었지. 게다가 환경도 그만하면 좋은 편이고."

준코의 말은 그런대로 납득이 갔다. 하지만 히로미가 더 적극적이었다는 점이 마음에 걸렸다. 지금 상황에서는 그녀의 과거에 관한 모든 것이 마음에 걸리지만.

"히로미는 음악 대학을 졸업하면 피아니스트가 될 계획이었죠? 그런데 왜 포기했는지, 마담은 알아요?"

아, 하고 말을 꺼내려는 듯 준코가 입을 움직였다. 그런데 오른 팔꿈치를 테이블에 댄 채 한참을 말없이 손가락으로 귀에 달린 귀걸이만 만지작거렸다.

"지금은,"

그녀가 읊조리듯 나직하게 말했다.

"영원한 수수께끼가 되어 버렸네."

"콩쿠르 때 얘기는 고헤이에게 했어요."

에쓰코가 그렇게 말하자 준코는 한숨을 내쉬며 괴로운 듯 고개를 숙였다.

"그때 일은 나도 기억해."

"그때 준코 씨가 차로 언니를 경연장까지 데려다 주었죠. 고친 드레스가 잘 맞지 않아서 하마터면 늦을 뻔했는데 준코 씨가 데려다 준 덕분에 아슬아슬하게 도착했어."

그렇게 고생고생해 가며 달려갔는데 히로미는 피아노를 연주하지 않았다. 대체 그때 그녀에게 무슨 일이 생겼던 것일까.

"그때 말인데,"

준코가 이제야 생각났다는 듯한 표정으로 말을 꺼냈다.

"히로미는 처음부터 콩쿠르에 나갈 생각이 없었던 거 아닐까? 드레스가 잘못 고쳐진 것도 히로미가 일부러 그렇게 한 걸지도……."

"왜 그랬어야 하는데요?"

고헤이가 물었다.

"모르겠어. 그냥 그런 생각이 들었어."

준코가 머리를 이리저리 흔들면서 대답했다.

"장례식장 직원이 오기 전에 장애우 시설 얘기를 준코 씨에게 했는데, 그것도 포함해서 언니에게는 수수께끼가 너무 많아."

그렇게 말하고 에쓰코가 홍차를 호로록 마셨다.

"마담은 그 장애우 시설에 관해 뭐 짚이는 거 없습니까?"

고헤이가 묻자 준코는 어깨를 으쓱해 보였다.

"나는 그런 학교가 있는 줄도 몰랐어."

"아, 그러고 보니 어젯밤에 그 호리에 원장에게서 전화가 왔었어. 언니가 수국 학원을 비밀로 했다니 자기도 장례식에는 참석하지 않는 게 좋지 않겠냐고 하더라고. 나는 어느 쪽이든 상관없는데, 그냥 그럴지도 모르겠다고만 대답했어."

"흐음……."

그 원장도 신경이 쓰이는 사람이라고 고헤이는 생각했다. 아무것도 모른다는 표정을 하고 있지만 정말로 그런지는 알 수 없다.

"자, 잡담은 이제 그만하고,"

에쓰코가 테이블 위를 후다닥 정리하고 메모지와 볼펜을 가져왔다.

"장례를 치르려면 여기저기 연락할 데가 많잖아. 고헤이 씨는 연락처 목록 만드는 일을 해 줘."

"애인이니까?"

"그래, 애인이니까."

어쩔 수 없지, 하고서 고헤이는 볼펜을 들었다.

"준코 씨도 애인 있죠?"

에쓰코가 묻자, 턱을 괴고서 고헤이가 쓰는 내용을 보고 있던 준코가 아픈 데라도 찔린 듯한 표정을 지었다.

"없어. 왜?"

"음…… 오랜만에 만났는데 불쑥 그런 느낌이 들었어요, 참 많이 변했다고. 그래서 애인이 생겼나 보다 했는데……."

"그런 일 없어. 아무도 상대해 주지 않는데, 뭐. 그렇지, 고헤이 씨?"

이름이 불리자 고헤이가 얼굴을 조금 들었다. 그러고는 뭐라 대답하면 좋을지 망설이다가 결국 말없이 슬쩍 웃어 보이기만 했다.

준코의 손가락에서 사파이어 반지가 빛났다.

9

다음 날인 월요일, 고헤이는 오랜만에 '푸른 나무'에 나갔다. 히로미 사건 후로 첫 출근이다.

오전에 찻집에서 사오리의 일을 거들고 있는데 과자 가게를 하는 시마모토가 들어왔다. 시마모토는 이 거리 가게들의 자치회장 비슷한 일을 맡고 있는 사람이다. 과자 가게는 건널목 옆에 있는데, 역시 요즘 들어 매상이 곤두박질치고 있다고 한다.

마스터에게 볼일이 있다고 해서 사오리가 2층으로 올라가 그를 불러왔다.

"예의 트리 건 말인데, 얼추 준비가 됐어."

구석 테이블에 앉아 시마모토는 마스터에게 열을 올리며 뭔가를 설명했다. 테이블 위에 펼쳐 놓은 것은 도면처럼 보인다.

"그런데 아직 자금이 조금 모자라. 그래서 이렇게 그런대로 장사가 되는 가게를 찾아다니고 있는 거야."

"우리는 처음 기부 때도 다른 가게보다 많이 했잖아."

마스터가 언짢은 표정으로 말했다.

"게다가 우리도 장사가 잘되는 건 아니라고. 잘했으면 이런 계획에 참여할 필요도 없지 않겠어?"

"그건 알아. 하지만 '푸른 나무'에서 조금만 더 내주면 다른 가게들도 내지 않을 수 없을 거야. 조금만 더 어떻게 해 줄 수 없을까?"

시마모토는 살갑게 미소를 띠고서 마스터의 표정을 살폈다. 마스터는 여전히 떨떠름한 표정이다.

"크리스마스트리를 만든대."

사오리가 고헤이의 귓가에 대고 속삭였다.

"볼거리가 될 만큼 아주 크게."

"어디다?"

그녀는 턱으로 남쪽을 가리켰다.

"이 거리에서 남쪽으로 가면 안으로 약간 들어간 곳이 있고 거기에 아름드리 소나무가 있잖아. 그걸 트리로 삼는다는데."

고헤이는 놀라서 눈을 동그랗게 떴다. 그 나무는 알고 있다.

"하지만 그 나무는 거기 있는 대학의 몇 대째 학장이 기념수로 심은 거잖아?"

"그런가 본데 대학에서도 허락을 받았다더라고. 그 나무를 트리 모양으로 손질하고 산타 인형이랑 별이랑 꽃이랑, 그런 걸로 장식한대."

"그렇게 해서 손님을 끌어 보겠다는 거군."

"응, 그렇대. 손님이 얼마나 올지는 모르겠지만."

"거참."

추악한 볼거리가 생길 것 같은 느낌에 고헤이는 시마모토 쪽을 돌아보았다. 지난날의 활기를 되찾아 보겠다는 뜻은 알겠는데 취향이 저급하다.

결국 마스터는 떠밀리는 식으로 자금 원조를 수락한 모양이었다. 과자 가게 주인이 몇 번이나 머리를 숙였다.

도키타가 뛰어 들어온 것은 시마모토가 돌아간 직후였다. 그는 들어와서도 빨간 베레모를 손에 쥔 채 한동안 숨을 헉헉거렸다.

"아저씨, 무슨 일이세요?"

물 컵을 건네면서 사오리가 물었다. 도키타는 물을 벌컥벌컥 마시다가 사레가 들려서 몇 번이나 컥컥거리더니 말했다.

"지금 이러고 있을 때가 아니야. 다케미야가 잡혔어."

"다케미야가요?"

고헤이는 자기도 모르게 소리를 내지르고 말았다. 사오리도 얼빠진 표정으로 멀뚱멀뚱 서 있다.

"지금 우리 책방에 온 학생들이 하는 얘기를 듣고 뛰어온 거야. 갑자기 불려 나갔는데, 그대로 연행된 모양이야."

"무슨 혐의로요?"

"그야 물론 마쓰키 살해 혐의겠지. 그 외에 뭐가 있겠어."

"그게 언제 일이에요?"

"조금 전일 거야, 그 학생 말투로 봐서. 역시 그놈이 범인이었어."

"정말 한심한 인간이네."

사오리가 입을 비틀며 하이힐 굽으로 바닥을 쳤다.

"한 대 얻어맞았다고 사람을 죽이다니, 머리가 어떻게 된 게 아니면 어떻게 그럴 수가 있어."

"하지만 그 녀석에게는 알리바이가 있다고 들었는데."

도키타와 사오리는 흥분해서 야단인데 고헤이는 침착하게 말했다. 다케미야가 범인이라는 사실에 왠지 현실감이 없었다.

"자세한 건 나도 몰라. 듣자마자 헐레벌떡 뛰어오는 바람에."

"어디 가면 자세한 걸 알 수 있을까요?"

"글쎄…… 그야 경찰서에 가는 게 가장 빠르겠지만, 가르쳐 줄지 모르겠군."

"그러네요……."

고헤이가 중얼거리면서 아랫입술을 깨무는데, 언제 옆으로 왔는지 마스터가 그의 어깨를 툭 치면서 말했다.

"경찰에서 연행해 갔다는 건 뭔가 근거가 있다는 뜻이야. 내일 아침 신문에 기사가 실리겠지. 허둥댄다고 어떻게 될 것도 아니고, 느긋하게 기다려 보자고."

"하긴 그 말도 맞군. 아무튼 오늘 밤은 그 얘기를 안주 삼아 '모르그'에 가서들 한잔하자고."

"음…… 그러죠."

말을 꺼낸 도키타의 체면을 보아 고헤이도 그 한잔이 기대된다는 표정을 지었지만 사실은 가만히 기다리고만 있을 수 없는 기분이었다. 다케미야가 마쓰키를 살해했다……, 석연치 않은 부분이 있지만 가능성이 아주 없는 일도 아니다. 문제는 히로미 쪽이다. 그녀를 살해한 것도 과연 그 녀석일까?

설마, 하고 고헤이는 생각했다. 동기가 없다. 관련성도 없다.

당구장 계산대에 앉아서도 고헤이는 바늘방석에 앉아 있는 심정이었다. 손님으로 온 학생들에게 넌지시 물어보곤 했지만 자세한 상황을 아는 학생은 한 명도 없었다. 보나 마나 관계자들 사이에 함구령이 떨어졌을 것이란 생각이 들었다. 그렇다면 대학으로 가 봐야 상황을 파악하기는 어렵다.

그런데 고헤이의 이런 답답함은 저녁때쯤 해소되었다. 이하라와 오타가 나란히 나타났는데, 오타는 과연 조교수답게 꽤 자세한 정보를 갖고 있었다.

"나도 조금 전에 들었는데 말이야, 자세한 얘기는 자네와 같이 듣고 싶어서 이 사람을 데리고 온 거야."

다른 손님을 의식하면서 이하라가 말했다. 때맞춰 나타난 것은 모두에게 한시 빨리 상황을 전하려는 그의 배려였을 것이다.

조교수는 가냘픈 엉덩이를 긴 의자에 걸치자마자 일단 이렇게 전제부터 했다.

"체, 체포된 것은 아닙니다. 다만, 다케미야 군에게 좋지 않은 상황인 것은 틀림없어요. 음, 아주 좋지 않아요."

"어떻게 좋지 않다는 거지?"

답답함을 애써 억누른 말투로 이하라가 물었다.

"목격자가 있어요."

"목격자?"

고헤이가 되묻자 조교수는 고개를 까딱했다.

"마쓰키 씨가 살해되던 날 아침에 아파트 근처에서 다케미야 군을 보았다는 목격자의 증언을 확보한 모양이야. 아니, 다케미야 군을 봤다는 건 정확하지 않고, 대학 연구실에서 사용하는 작업복을 입은 남자를 봤다는 거야. 그, 그 결과 다케미야 군을 용의자로 지목하게 된 건데, 그 목격자는 이 가게의 웨, 웨이트리스인……."

"사오리 쨩."

고헤이가 조교수의 말을 거들었다.

조교수는 또 고개를 까딱했다.

"그녀를 놓고 마쓰키 씨와 싸웠다, 얻어맞기도 해, 했고, 그리고 충동적으로 살인을 저질렀다……. 타, 타당한 동기가 될 수 있지."

거기까지 말하고 오타는 왼 손등으로 입술 아래 흐른 침을 닦았다.

"하지만 그에게는 알리바이가 있잖아요."

그날 그는 종일 연구실에 있었다고 누군가가 말했다. 우에무라 형사였던 것 같다.

"그게 무, 문제야."

조교수가 얼굴을 찡그렸다.

"그날 오, 오전에 다케미야 군은 어떤 학생과 둘이 공동 실험을 했던 모양이야. 그, 그런데 실은 도중에 한 번 실험실에서 나갔다는군. 그리고 그 사실을 말하지 말라고 그, 그 학생에게 입막음을 했던 것 같아."

"위증을 부탁했다는 거군. 그런데 그 학생도 그렇지, 그런 부탁을 용케도 받아들였네."

오타와는 대조적으로 말투가 명료한 이하라가 말했다.

"학과가 달라서 자세한 건 잘 모르겠지만 다, 다케미야 군은 학생들의 신뢰가 두터운 모양이에요. 화장실에 잠깐 다녀왔는데 그것 때문에 경찰이 귀찮게 굴면 골치 아프다고 계, 계속 같이 있었던 것으로 해 달라고 부탁했던 거죠."

"그게 거짓말인 것으로 밝혀졌다는 말이죠?"

고헤이가 물었다.

"경찰은 당연히 그 학생을 조사했어. 그렇게 되면 학생으로서는 털어놓을 수밖에 없지."

"그 다케미야라는 대학원생은 뭐라고 했는데?"

이하라가 물었다.

"알리바이를 부탁한 사실은 인정했는데, 범행에 대해서는 부정했다는군."

"흐음, 그렇군."

이하라는 의지가 강해 보이는 눈으로 고헤이를 쳐다보았다.

"아직 뭐라고 말할 단계는 아니지만, 알리바이를 조작했다는 게 문제로군."

"역시 다케미야가 마쓰키 씨를 살해한 것으로 결론이 날까요?"

"가능성이 높다고 할 수 있겠지."

"그렇겠죠."

그런데 그런 얘기를 들어도 고헤이는 아무런 감흥이 없었다.

이하라가 다시 조교수 쪽으로 몸을 돌렸다.

"아파트 근처에서 다케미야 군으로 추정되는 사람의 모습이 목격된 게 몇 시쯤이지?"

조교수는 미간을 잔뜩 찡그리고, 이하라보다 한층 작은 얼굴을 기울였다.

"10시……라고 했나."

"마쓰키 씨의 옆집에 사는 학생이 무슨 소리를 들었다고 하는 시간과 일치하는데요."

"그렇다면 적어도 집에는 갔을지도 모르겠군."

이하라가 팔짱을 끼고 중얼거리듯 말했다.

그리고 이하라와 고헤이는 한참이나 입을 다물고 있었는데, 마침내 오타가 코로 숨을 내쉬는 듯한 목소리로 말했다.

"아무튼 그는 이제 끝이죠. 웨이트리스와 스캔들을 뿌리는 정도야 너그럽게 봐줄 수 있지만, 사, 살인 사건에 휘말렸다면 명예를 회복하기가 어려우니까요. 반드시 만회해야 하는 것은 그 자신의 명예가 아니라, 오히려 대, 대학 측의 명예입니다."

이날 밤, '모르그'에 관계자들이 집합했다. 모두들 다케미야가 연행되었다는 소식을 듣고 달려온 것이다. 이하라와 도키타 등 허슬러 동지들은 물론 '푸른 나무'의 마스터와 사오리까지 합세했다.

준코는 히로미가 죽은 충격에서 가까스로 헤어나 오늘부터 가게 문을 열었다. 어제는 장례 절차를 의논한 후 히로미의 물건을 정리했는데, 그녀는 팔을 걷어붙이고 척척 일을 처리해 주었다. 간혹 유일한 친구가 떠오르는지, 초점이 흐린 눈으로 멍하니 허공을 바라보는 일이 많았지만.

에쓰코는 이날 없었다. 준코가 모두에게 소개하고 싶으니 오라고 전화를 걸었지만 그쪽에서 거절했다. 도중에 에쓰코가 바꿔 달라고 해서 고헤이도 전화를 받았다.

"오늘 사에키 씨가 왔었어."

전화를 바꾸자마자 그녀가 말했다.

"사에키? 아아……"

"사에키 씨가 그러는데, 언니가 나를 수령인으로 해서 생명 보험에 들었대. 내게야 좋은 일이지만, 이상한 건 언니가 여태까지 보험에 든 적이 한 번도 없었다는 거야. 옛날에도 보험 같은 거 싫다고 여러 번 말했거든. 그런데 올해 들어 갑자기 들었다는 게 아무래도 좀 이상해."

"에쓰코를 위해서 그런 거 아닐까?"

"그야 그럴지도 모르지. 하지만……. 혹시 짚이는 거 없어?"

고헤이는 잠시 생각하고서 전혀 없다고 대답했다.

"지금 와서 될 대로 되라는 건 아니지만, 그녀는 내게 아무 것도 가르쳐 주지 않았어."

"그래……"

에쓰코는 말을 끊고 뭔가 생각하는 듯했다.

"알았어. 아무튼 염두에 두고 있으면 좋겠다."

"내게 할 말은 그거뿐이야?"

"응. 아, 그리고,"

"그리고 뭐?"

"다케미야라는 사람과 언니는 아무 관계도 없어."

"……어떻게 그렇다고 단언할 수 있지?"

"직감이야. 언니의 죽음이 그런 치정 싸움과 관계있을 리 없잖아."

"흠……."

애매하게 대꾸하면서 자신도 동감이라고 고헤이는 생각했다.

에쓰코는 냉철한 의견을 내놓은 데 반해 '모르그'에 모인 손님들은 저마다 흥분해 있었다.

"아무튼 이렇게 해서 마쓰키 건은 일단락된 것 같군."

도키타가 그렇게 말하면서 체념과 안도가 어린 한숨을 푹 내쉬었다. 그 한숨에는 진이 다 빠졌다는 느낌도 담겨 있었다.

"그런데 정말 그가 범인일까 싶군. 나는 그의 엘리트 이미지와 살인범이라는 말이 도무지 이어지지 않아."

이하라가 다른 사람의 의견을 청하듯 그 자리에 모인 면면을 죽 훑어보았다.

"사람을 죽일 타입은 아닌데 말이죠."

'푸른 나무'의 마스터도 그렇게 말했다. 술을 좋아하지 않는 그는 자신의 가게에서 가져온 피자를 먹고 있다.

"학자라는 인간은 말이야, 그런 부분이 있기 때문에 골치 아픈 거야. 전문가 바보라고 할까, 자기 분야가 아닌 일이면 상식선에도 못 미친다니까. 마담, 이거 한 잔 더 만들어 줘."

도키타에게서 텀블러를 받아 들면서 준코가 물었다.

"여러분은 다케미야 씨를 잘 알아요?"

"만난 적은 없지만 얘기는 들은 적이 있지. 마쓰키 군에게 들었어. 그를 놀려 먹는 게 재미있다고 말이야."

이하라가 말했다.

"나는 마스터에게 들었는데, 사오리를 꾀어 대는 학자가 있다고 말이야."

"그러게 말이에요."

당사자인 사오리가 도키타 쪽을 보며 대답했다. 그녀는 미성년인 주제에 버번을 온더록스로 마시고 있다. 그런데 아무도 그 사실을 미처 깨닫지 못해 주의를 주지 않는다.

"그 인간, 가게에 올 때마다 얼마나 주접을 떠는지. 마쓰키 아저씨가 죽기 전날 밤에도 그랬다니까요. 그래서 말다툼이 벌어지는 바람에 마쓰키 아저씨에게 한 대 얻어맞은 거예요. 하지만 먼저 손을 올린 건 다케미야 쪽이었어요. 그치, 고헤이 오빠?"

사오리가 동의를 구해 와서 고헤이는 고개를 끄덕일 수밖에 없었다.

"그래서 그 보복으로 찔러 죽였다는 말인가. 거참, 학자란 사람들은 역시 어딘가 좀 이상해."

"학자들이 전부 그렇다고는 할 수 없지. 내가 아는 이들 중에도 학자가 많은데, 딱히 이상한 건 아니야."

"그런가. '조교수'도 좀 이상해 보이던데."

"아니지, 그 사람은 의외로 멀쩡해. 오늘 자세한 정보를 전해 준 것도 그 사람이잖아. 지금 이 자리에 없다고 이상한 사람으로 몰아서는 안 되지. 단, 아까 말한 전문가 바보 타입은 적지 않아. 한 길만 살아왔기 때문에 옆길의 상황을 모르는 거지."

이하라가 도키타를 달래듯 말했다.

"고헤이 짱은 어떻게 생각하는데?"

카운터 안에서 준코가 그때까지 잠자코 사람들의 말만 듣고 있던 고헤이에게 물었다.

도키타와 이하라도 고헤이 쪽으로 시선을 돌렸다. 고헤이는 위스키 칵테일로 목을 약간 축이고서 말했다.

"다케미야가 범인일지도 모른다는 데에는 수긍 가는 마음이 절반, 석연치 않은 마음이 절반, 그렇습니다."

"뭐가 석연치 않은데?"

이하라가 물었다.

"히로미 건 때문이죠. 다케미야가 마쓰키를 살해했다면 히로미를 죽인 건 누굴까요? 저는 지금까지 이 두 사건에 어떤 관계가 있지 않을까, 막연히 그렇게 생각해 왔거든요."

"그건 아직 알 수 없지. 히로미 짱을 살해한 사람이 다케미야가 아니라고는 말할 수 없잖나."

그렇게 말한 사람은 도키타였다.

"하지만 동기가 없잖아요."

브랜디를 마시면서 준코가 말했다. 그러자 이하라가 끼어들었다.

"아니야, 동기야 뭐든 갖다 붙일 수 있지. 어떤 사정이 있었는지는 몰라도, 마쓰키 군을 살해한 범인을 히로미 씨가 알고 있었다. 그래서 범인은 히로미 씨까지 죽일 수밖에 없었다…… 그렇게 말이야."

"그건 너무 뻔하지 않나? 하긴 뭐, 가능성이 없다고는 할 수 없겠지만."

이하라의 의견을 조롱하듯 도키타가 입을 실쭉거렸다.

이들의 대화를 들으면서 고헤이가 그럴 수 있겠다고 납득한 것은 물론 아니었다. 두 살인 사건 외에도 여러 가지 수수께끼가 존재한다는 것을 고헤이는 알고 있었기 때문이다.

새로운 손님이 들어온 것은 이런 식으로 한바탕 논의가 끝난 후였다.

문에 달린 풍경이 딸랑거리는 소리를 듣고서 모두들 입구 쪽으로 눈을 돌렸다. 그리고 그 남자를 알아본 모두의 낯빛이 불쾌감과 긴장감으로 얼룩졌다. 모두가 어떤 형태로든 그 남자와 연관되어 있는 듯했다.

남자는 훑는 듯한 눈초리로 천천히 가게 안을 돌아보더니 그다음에는 한 명 한 명을 쏘아보면서 들어왔다.

"한창 술기운이 오른 모양이군."

아무도 대꾸하지 않았다. 다들 자리에서 꼼짝하지 않은 채 눈으로만 남자를 좇았다.

마침내 남자가 고헤이 옆에 앉아 그의 어깨에 손을 올려놓았다.

"잘 지냈나?"

물론 고헤이는 대답하지 않고 남자의 눈을 빤히 쏘아보았다. 그런데도 남자는 조금도 움찔거리는 기색이 없다. 흥미롭다는 듯이 희미한 미소를 머금고 있을 뿐이다.

남자가 고헤이 옆을 떠나 카운터에 자리를 잡았다.

"변함없이 미인이네."

"고맙군."

준코가 밋밋한 목소리로 대답했다.

"아직 독신이라면서?"

이번에는 그녀도 대꾸하지 않았다.

"형사 양반, 볼일이 뭐지?"

도키타가 말문을 열었다. 모두의 의견을 대표한 것이다.

"볼일?"

형사가 깜짝 놀란 것처럼 책방 아저씨를 보았다. 그리고 다시 "볼일?" 하면서 이번에는 빙그르 몸을 돌려 다른 사람의 반응을 살핀다. 고헤이는 오래전에 본 서부 영화의 한 장면이 떠올랐다. 제목까지는 기억나지 않는다.

"당신네들, 뭔가 착각하고 있는 거 아니야? 당신네들 쪽에 볼일이 있는 게 아니야."

형사가 말했다.

"웃기는 소리 하고 있네."

도키타가 말을 뱉었다. 이하라의 손이 그의 어깨를 눌렀다.

"다케미야라는 사람이 잡혔다고 하던데, 그 결과를 알고 싶군요."

"아하."

형사가 반가운 듯이 말했다.

"결과를 알고 싶다……, 과연 신사는 솔직해서 좋군."

그러고서 형사는 다시 한 번 모두의 얼굴을 점검하듯이 쳐다보고는 거침없이 말했다.

"당신네들이야 아쉽겠지만, 다케미야는 범인이 아니야."

"뭐라고?"

도키타가 반문하는 것과 동시에 다른 사람들도 모두 형사에게 주목했다.

고헤이도 술잔을 손에 든 채 어리둥절한 표정으로 그를 쳐다보았다.

"목격자가 있다면서요?"

짧은 치마의 자락을 잡아당기면서 사오리가 작은 소리로 말했다.

"좋은 질문이군."

형사가 만족스럽다는 표정으로 히죽 웃었다.

"다케미야가 마쓰키의 아파트에서 나오는 것을 본 사람은 있지. 하지만 죽이는 현장을 본 것은 아니야."

"그래도 아파트에 간 것만은 사실이군."

고헤이가 말했다.

"그건 확실해. 하지만 범인은 아니지."

"왜지?"

"내가 그렇게 결론을 내렸으니까."

"……."

고헤이가 입을 다물어 버리자 형사는 하하 웃었다.

"농담이야, 농담. 여기 모인 사람들에게는 다케미야가 진술한 내용을 전해 주는 게 좋겠군."

그리고 형사가 얘기한 내용은 대충 다음과 같았다.

'푸른 나무'에서 일하는 사오리를 놓고 티격태격하다 마쓰키에게 굴욕적인 펀치를 먹은 다케미야는 다음 날인 수요일 아침, 마쓰키에게 전화를 걸었다. 단둘이 만나 결론을 보자는 게 용건이었다.

마쓰키는 처음에는 귀찮아하는 눈치더니 마침내 오전 10시쯤이면 괜찮다고 대답했다. 단, 마쓰키는 자기 쪽으로 오라는 조건을 붙였다.

다케미야는 마쓰키의 말에 따라 10시 조금 전, 정확하게는 9시 50분에 연구실을 빠져나와 미나베 장으로 갔다.

그런데 거기에서 그를 기다린 것은 마쓰키의 주검이었다. 즉, 그가 마쓰키의 아파트에 갔을 때는 이미 사건이 종료된 후였다는 것이다.

그 시점에서 다케미야가 경찰에 신고하지 않고 몸을 피한 것은 골치 아픈 일에 연루되고 싶지 않았고, 웨이트리스 하나 때문에 다른 남자와 싸웠다는 사실이 교수들 사이에 알려질까 봐 겁이 났기 때문이었다. 게다가 그는 자신에게 혐의가 돌아올 것이 두려워 같이 실험한 학생에게 알리바이 증언을 부탁했다. 그 학생은 지도자 입장인 다케미야의 편의를 봐주면 앞으로 유리한 점도 있지 않을까 생각했다고 한다.

"그 사람이 하는 말을 어떻게 믿겠어."

얘기가 끝나자마자 도키타가 텀블러를 앞으로 쑥 내밀면서 딴죽을 걸었다. 텀블러 밑에 깔려 있던 종이 받침이 그의 바지 위로 떨어졌다.

"우리는 단지 감각으로 판단하는 게 아니야. 거짓말 같은 진실도 있거니와 진실 같은 엉터리 거짓말도 있는 법이니까. 우리는 증거와 자료를 가지고 판단하는 거야. 다케미야가 연구실에서 빠져나온 시간으로 봐서 그가 살인을 저지를 시간적 여유는 없다는 결론에 도달했어. 그 시간으로는 아파트와 연구실 사이를 오가기도 빠듯해."

"그렇다면 사건은, 그러니까…… 원점으로 돌아갔다는 말입니까?"

'푸른 나무'의 마스터가 물었다. 모두의 시선이 다시 형사에게 집중되었다.

"원점?"

그리고 형사는 무슨 의미라도 있다는 듯 웃었다.

"원점이라는 건 있을 수 없지. 무언가를 알게 되면 사태는 앞으로 나아가기 마련이니까."

그가 고헤이 옆으로 와서 또 어깨에 손을 올려놓았다.

"다케미야가 전화를 걸었을 때 마쓰키는 다케미야에게 이렇게 말했어. 오후에는 올 사람이 있다, 학생가에서 폼 잡고 지내고 싶으면 그 사람과 마주치지 않는 게 좋을 것이다, 그렇게."

아무도 입을 열지 않았다. 형사가 말을 이었다.

"마쓰키가 사건 당일 자기 아파트에서 누군가를 만나기로 약속했다는 뜻이지. 그렇다면 그 누군가는 마쓰키의 시신을 보지 못했을까? 만약 봤다면 왜 경찰에 신고하지 않았을까?"

"그 사람이 범인이라는 말이야?"

준코가 격한 표정으로 말했다.

형사가 그녀의 눈을 쳐다보았다.

"오후에 만나기로 약속한 인간이 오전에 나타나 마쓰키를 살해하고 도망쳤다, 그렇게 생각할 수는 있지."

"만나기로 약속을 했다면 아는 사람이라는 건데……."

도키타가 그렇게 말하자 형사는 집게손가락을 세워 보이고 다시 말을 이었다.

"그뿐이 아니지."

형사는 관객의 반응을 확인하듯 한 명 한 명의 표정을 살피면서 뒤로 걷기 시작했다. 그리고 등이 문에 부딪치자 걸음을 멈추고 마치 무언가 중대 발표를 하듯 가슴을 한껏 폈다.

"마쓰키의 말을 해석해 보면, 그날 그의 아파트에 간 사람은 이 학생가의 인간이라는 얘기가 되지. 마쓰키와 안면이 있고 이 학생가에서 생활하는 사람, 즉 당신들."

3장

크리스마스트리, 브레이크 샷,
그리고 가죽 재킷의 사나이

1

검은 리본 달린 액자 속의 히로미는 마치 꿈이라도 꾸고 있는 듯한 눈빛이었다. 살아 있을 때의 그녀는 한 번도 이런 표정을 보인 적이 없다. 고헤이는 손을 모으면서 그렇게 생각했다.

하늘은 어둡고, 구름은 마치 거리를 집어삼킬 것처럼 두껍게 끼어 있었다. 얼어붙을 듯 차가운 바람이 발치를 스치고 지나간다. 전단지 한 장이 문상객들 사이에서 휘날렸다.

히로미가 살해된 다음 주 수요일, 아주 간소한 장례식이 치러졌다. '모르그'의 단골과 아파트에서 친하게 지냈던 사람 몇, 에쓰코의 친구 셋, 그리고 사에키 요시에가 참석한 정도였다.

침묵과 흐느껴 우는 소리, 조문 인사와 속삭임. 그런 기묘한 정적 속에서 죽은 이를 저세상으로 보내는 의식은 순조롭게 진행되었다. 사람들은 마치 생기가 다 빠져나간 것처럼 흐느적흐느적 움직이는데, 그들이 토해 내는 하얀 숨은 유난히 생명력을 발산했다.

고헤이는 오늘따라 시간이 느릿하게 흐른다고 느끼면서 자신의 곁을 떠난 히로미를 생각했다. 눈을 감으면 그녀의 얼굴을 떠올릴 수 있다. 하지만 그뿐이었다. 자신의 마음 깊은 곳을 뒤흔드는 감정은 조금도 되살아나지 않았다. 당황스러웠지만 어쩔 수 없었다. 마치 모든 추억이 슬픔이라는 얼룩으로 형태가 바뀌어 그의 마음에 들러붙어 버린 것 같았다. 고헤이가 눈을 감고 그 얼룩을 바라보자 그것은 색이 바래려면 아직 한참 시간이 필요하다고 말하고 있었다.

"쓸쓸한 장례식이로군요."

사에키 요시에가 분향을 마치고 고헤이 옆으로 다가왔다. 검은 옷을 입은 그녀의 모습은 윤곽이 또렷해 보였다.

"이렇게 와 주셔서 감사합니다. 일은 어떻게 하시고……."

고헤이가 물었다.

"하루 휴가를 냈어요. 평소에 거의 쉬지 않는데, 이럴 때라도 쉬어야죠."

"힘드시겠습니다. 주부 일만도 벅차실 텐데요."

그러자 그녀가 머리를 숙이고서 작은 목소리로 말했다.

"지금은 혼자 살아요."

"하지만 따님이 있다고……."

요시에가 살며시 고개를 움직였다.

"있었죠. 하지만 지금은 없어요. 죽었어요."

고헤이는 할 말을 잃었다.

"뇌성 마비의 일종으로 손발이 불편한 아이였어요. 그래서 수국 학원에 신세를 졌는데, 결국 죽었습니다. 불행한 아이였죠. 다섯 살 때였어요."

슬픔이 묻어나지 않는 말투였다. 불행한 현실을 자기 나름으로 이겨 낸 것이리라고 고헤이는 상상했다. 자신이 이런 식으로 히로미의 죽음을 얘기할 날은 앞으로도 한참 멀었다.

"남편 분은?"

고헤이가 묻자 그녀는 후, 한숨을 내쉬었다.

"헤어졌어요. 아이가 죽은 후로 사이가 나빠졌거든요. ……사는 게 그렇죠, 뭐."

이번에야말로 고헤이는 뭐라 대꾸할 수 없었다. 차가운 바람이 또 불어왔다.

"고헤이도 같이 갈래?"

영구차에 실리는 관을 바라보고 있는데 에쓰코가 어깨에 손을 대면서 물었다. 화장터에 같이 가겠냐는 뜻인 듯했다.

히로미와 똑같은 특징을 지닌 에쓰코의 얼굴을 보면서 고헤이는 하얀 상자에 담겨 태워질 히로미의 모습을 상상했다. 그저 탄소 화합물로 변한 그녀의 몸은 아무리 온도가 높은 불길이 닿아도 고통을 느끼지 않을 것이다. 탄소 화합물이 탄소로 바뀔 뿐이다. 그런데도 고헤이의 상상 속에서 히로미는 얼굴을 찡그렸다. 덩달아 며칠 전에 본 호러 영화의 CM이 떠올랐다.

"난 됐어."

한참을 생각한 후 고헤이는 거절했다.

"그런 데를 내가 가 봐야 뭐하겠어. 작별은 심플한 게 좋지."

"그래. 그럼 준코 씨랑 다녀올게."

에쓰코는 같이 가자고 강요하지 않았다. 그녀가 장례라는 의식을 그리 중요시하지 않는다는 것을 고헤이는 장례 절차를 논의할 때 이미 감지했다.

영구차는 거기에 실린 히로미가 부끄럽게 여기지 않을까 싶을 만큼 화려하게 장식되어 있었다. 아마도 준코가 그렇게 하도록 준비했을 것이다. 에쓰코의 취향은 아니기 때문이다.

낮고 묵직한 엔진 소리를 울리면서 영구차가 서서히 움직이기 시작했다. 신성한 사자(使者)에 걸맞게 중후한 움직임이었다. 그럼에도 후미에서 뿜어내는 배기가스에서는 여느 차량과 다름없는 냄새가 났다.

영구차가 서서히 멀어지자 문상객들은 모두 깊은 한숨을 쉬면서 기진한 얼굴로 서로의 표정을 확인했다. 이럴 때 어떤 감정을 보이면 좋을지 모두가 갈피를 못 잡는 듯했다.

"그만 돌아가 볼까."

책방 아저씨 도키타가 혼자 중얼거리는 말치고는 꽤 큰 목소리로 말했다. 그 목소리가 구령이라도 되듯 그의 뒤를 따라 모두가 걸어가기 시작했다. 검은 옷을 입은 사람들이 한

무리가 되어 학생가로 향했다.

　고헤이는 장례식이 끝나고 아파트로 돌아오자 짙은 감색 양복을 벗고 청바지와 점퍼로 갈아입었다. 양복은 작년 여름에 취직 시험용으로 새로 맞춘 것이다. 입기는 오늘이 처음이다. 이런 일에 도움이 될 줄은 고헤이 자신 꿈에도 몰랐다.

　장례식에서 돌아온 후에는 집 앞에 소금을 뿌리는 풍습이 생각났지만, 그때는 이미 청바지를 입고 난 후였다. 하긴 생각이 났다 한들 실행할 리 없다.

　오전에는 장례식에 참석하고 오후에는 '푸른 나무'에 나갈 예정이었는데, 점심 먹을 시간을 고려해도 잠시 짬이 있었다. 고헤이는 방 한가운데 선 채로 생각에 골몰하다가, 테이블 위에 놓아둔 잡지로 손을 뻗었다. 예의 『사이언스 논픽션』 창간호다.

　히로미가 고헤이에게 남긴 이 기묘한 유품을 주머니에 쑤셔 넣고 그가 찾아간 곳은 대학 연구실이었다. 그러나 그 자신이 수학한 기계과 연구실이 아니라 학생 시절에도 그쪽으로는 거의 발길을 돌린 적이 없는 곳이었다. 건물 벽에는 새 팻말이 붙어 있고, 거기에 '정보공학과'라고 적혀 있다. 최첨단 학문을 연구한다는 자부심이 반짝거리는 새 팻말에서도 드러나는 듯했다.

고헤이는 그 건물의 한 방에서 학생 시절 친구를 만났다. 같은 고등학교를 다녔고, 대학에 들어가서도 학과는 달랐지만 함께 어울리곤 했던 친구다. 테니스를 잘 치는 데다 잘생기기까지 해서 여학생들에게 인기가 많았다. 미팅에서는 언제나 킹카였다.

"마침 한숨 돌리는 참이었어."

계산기에 에워싸인 자리에서 몸을 쭉 뻗으면서 그가 말했다. 그 옆에 놓인 조그만 신시사이저가 저절로 연주를 하고 있었다. 피아노와 똑같은 소리로 쇼팽이 흘렀다.

"야, 굉장하군."

고헤이가 감탄스럽게 말했다.

"연주자의 솜씨가 그저 그래서 이 정도 소리밖에 들려줄 수 없군. 가능하면 부닌(러시아 출신의 유명 피아니스트—옮긴이)쯤 데려오고 싶었는데 말이야."

친구는 볼륨을 줄이면서 말했다.

"완벽하게 복사할 수 있는 거야?"

"그럼. 완벽하게. 악보 그대로 소리를 내는 데서 끝나지 않지. 피아니스트의 키 터치까지 완벽하게 복제할 수 있어."

"그래도 개성은 가능하지 않을 텐데."

"개성도 가능해."

친구는 자신만만했다.

고혜이는 신시사이저 논의는 그만하기로 하고 들고 온 잡지를 그에게 보여 주었다. 그는 무척 흥미롭다는 듯이 죽 훑어보고는 흠, 하고 콧소리를 냈다.

"센트럴 전자라는 회사 알지?"

고혜이가 물었다.

"응, 알지."

"그 회사에 다니던 사람이 여기 실린 기사에 관심을 가졌던 것 같은데, 어떤 기사일 것 같아?"

친구는 미간을 찡그리고서 고혜이를 올려다보았다.

"질문이 좀 애매하다."

"그래. 내 생각도 그런데, 아무튼 알고 싶어서."

친구는 다시 한 번 기사를 죽 훑어본 후 차례를 찬찬히 보고서 얼굴을 들었다.

"결론부터 말해서, 어느 기사라고 특정하기 어렵겠는데. 컴퓨터 회사 사람이었다면 컴퓨터 관련 기사 전부에 관심이 있었을 테니까 말이야."

"어느 하나를 지목하기 힘든 거야?"

"그래도 가능성이 높은 기사는,"

친구가 손가락으로 차례를 더듬었다.

"역시 인공 지능 쪽 아닐까? 자동 번역 시스템, 엑스퍼트 시스템, 지능 로봇, 자동 통역 전화, 이런 거 말이야. 새로운 시장으로 전 세계의 기대를 모으고 있는 분야인 데다 아직 개발되지 않은 부분도 많으니까."

"센트럴 전자도 이 분야에 주력하고 있어?"

"그야 물론이지. 컴퓨터 회사니까. 하지만 타사에 비하면 그렇게 특별한 부분은 없어. 그냥 보통 정도랄까."

"그럼 그 기사들 중에서 좀 이상하다거나 의문스러운 기사는 없어?"

친구는 다시 페이지를 넘기면서 좀 더 꼼꼼하게 기사를 읽었다. 그러고서도 역시 그는 고개를 저었다.

"별다른 거 없는데. 그냥 흔한 소스들뿐이야. 과학 잡지의 창간호치고는 좀 시시해."

그렇게 말하면서 친구는 잡지를 고헤이에게 돌려주었다.

컴퓨터 전문가가 그렇게 말하니 틀림없을 거라고 고헤이는 생각했다. 마쓰키가 이 잡지에 관심을 보인 것은 단순히 컴퓨터 관련 기사가 실려 있기 때문이었을지도 모른다. 그리고 히로미에게 보여 준 것도 단순히 충동적이었는지도 모른다.

'이것 좀 봐. 재미있는 컴퓨터 기사가 실려 있네. 내가 옛날에 이런 일을 했거든.'

고헤이는 마쓰키가 그런 식으로 히로미에게 잡지를 보여 주는 장면을 상상해 보았다. 그쪽이 오히려 현실적일 듯한 기분이 들었다.

"그런데 왜 그런 걸 묻는 거지?"

친구가 껌을 입에 톡 던져 넣으면서 물었다.

"아니야, 그냥……."

고헤이는 말끝을 흐렸다. 친구도 "그렇구나."라고만 했다. 꼬치꼬치 캐려 들지 않는 것이 그 친구의 장점이었다. 아마 관심도 없을 것이다.

"그런데 적성에 맞는 직업은 찾았냐?"

친구가 물었다.

"아직. 여러 가지로 망설이고 있어."

"제조 회사에 다니는 건 싫다고 했지?"

"싫다기보다 그쪽으로 한정할 이유가 없을 뿐이야. 그쪽 일을 하겠다는 결의가 있어서 학과를 선택한 것도 아니었으니까."

고헤이는 손으로 턱을 비비면서 말했다. 친구는 껌을 짝짝 씹으면서 웃었다.

"그런 결의를 하고 대학에 들어가는 인간이 몇 퍼센트나 되겠냐. 저기 길 가는 학생들에게 물어봐라, 대학에 들어가서 뭘 하고 싶은지. 테니스, 스키, 스쿠버 다이빙, 그리고 해외여행. 대학에 들어가서는 또 아무런 지식도 터득하지 않은 채 사회인이라는 가면만 쓰고 취직들을 하지. 그들이 회사를 어떤 조건으로 선택하는지 알아? 쉬는 날이 얼마나 많은지, 놀기 좋은 곳이 가까운지, 그런 거라니까."

"그래서 나더러도 취직하라는 거야?"

"그 반대. 그런 썩어 빠진 인생을 선택하지 않길 천만다행
이라는 거야. 그런 인간은 회사에 들어가 봐야 제대로 된 일
은 못해. 기껏해야 하라는 일이나 충실하게 하는 정도지. 지
금은 그런 정도만 되어도 살아갈 수 있을지 모르지만, 그래
서는 못 버티는 시대가 올 거야. 지시받은 일을 충실하게 하
는 정도는 컴퓨터 한 대만 있으면 그만일 테니까. 그뿐인 줄
알아? 무지한 일반인들은 기계가 육체노동이나 대신할 수 있
다고 믿고 있지만, 가까운 미래에 컴퓨터가 지적 노동 분야
에도 진출할 거야. 판단, 추리, 상상, 무엇이든 할 수 있을 거
라고. 게다가 그들은 지치지도 않고, 불만이 있다고 투덜거
리지도 않고, 게으름을 피우지도 않지. 의욕 없는 인간은 방
해만 될 뿐이야."

고헤이는 등이 서늘해지는 것을 느꼈다.

"미래에는 기계만 있으면 무슨 일이든 할 수 있다는 거야?"

친구는 웃으면서 고개를 저었다.

"그래도 기계를 만드는 건 인간이야. 기계 이하의 인간은
필요 없어진다는 거지. 우수한 인간과 우수한 컴퓨터가 사회
를 이끌어 가게 될 거야."

"컴퓨터가 대신할 수 없는 일을 찾도록 노력할게."

그런 고헤이의 말에 친구는 얼굴을 약간 찡그리더니 천천히 입을 열었다.

"일의 내용이 아니라, 제아무리 우수한 컴퓨터가 등장해도 나는 문제없다고 자신할 수 있는 길을 택해야 하지 않을까."

"자신⋯⋯이란 말이지."

"그래, 자신."

고헤이는 친구의 얼굴을 보았다. 자신감에 넘치는 표정이라고 생각했다.

2

대학에서 나온 고헤이는 '푸른 나무'에 가서 전처럼 당구장 계산대 일을 보았다. 이 일의 내용만큼은 히로미가 죽기 전이나 죽은 후나 조금도 달라지지 않았다.

손님은 여전히 엉터리 룰로 로테이션을 하는 학생들이 대부분이었다. 간혹 당구대 밖으로 공이 튀어나오기도 하는데, 요즘은 그런 경우에도 별 주의를 주지 않는다.

고헤이는 계산기가 놓인 책상 앞에 앉아 대학 노트를 펼쳤다. 노트에는 낙서도 메모도 아닌 그림과 글자가 어지럽게 적혀 있다. 히로미가 살해된 현장의 이해할 수 없는 상황, 즉 밀실에 대해 생각나는 대로 메모해 놓은 것이다. 고헤이는 틈만 나면 이 수수께끼들에 도전했다.

그날 상황을 정리하면 다음과 같다.

고헤이가 아파트 입구에 도착한 직후에 엘리베이터가 1층에 도착하는 소리가 들렸다. 그래서 서둘러 갔지만 엘리베이터는 막 출발한 후였다. 그 후 엘리베이터는 3층과 6층에 섰고, 고헤이는 계단으로 3층까지 올라갔다. 고헤이가 3층의 복도로 들어서려 할 때 위에서 비명이 들렸다. 그는 계단으로 6층까지 뛰어 올라갔고, 히로미의 시신을 발견했다. 엘리베이터는 그대로 6층에 서 있었다.

'고즈키 형사 말대로 그때 위로 올라갔던 엘리베이터에 히로미가 타고 있었다면……'

범인이 취할 수 있는 행동은 두 가지라고 볼 수 있다. 그녀와 함께 1층에서 탔든지, 3층에서 불쑥 탔든지. 히로미는 3층에 있는 자기 집으로 갈 생각이었을 테니 6층까지 갈 일은 없다. 따라서 범인이 6층에서 탔을 가능성은 없다.

'혹시 무슨 사정이 있어서 히로미가 엘리베이터를 탄 곳이 3층이었다면 어떻게 되지?'

엘리베이터는 1층과 3층, 그리고 6층에서 섰으니까 그녀는 3층에서 6층으로 가려 했다는 얘기가 된다.

그 경우 범인은 3층이나 6층에서 탔다고 봐야 한다. 하나 그 경우에도 마찬가지다. 범인의 도주로는 고헤이 때문에 차단될 수밖에 없다.

'계단으로 올라갈 때 각 층의 복도가 훤히 보였지만 아무도 숨어 있지 않았다. 물론 올라가는 중에 스친 사람도 없다.'

무언가 중대한 점을 놓치고 있다고밖에 생각되지 않았다. 그리고 그것은 물리적인 요소가 아니라 심리적인 부분이다.

'오늘은 여기까지로군.'

고헤이는 노트를 덮고 기지개를 켰다. 오늘은 여기까지. 어제도 그제도 똑같은 심정으로 끝냈다.

그는 창가로 걸어가 길거리를 내려다보았다. 마쓰키가 늘 그랬던 것처럼. 세련된 카페처럼 새 단장을 한 건너편 이발소는 외장 공사가 거의 끝나 개점할 날만 기다리는 느낌이었다.

마쓰키는 이 거리가 싫다고 했다. 이 거리는 숨을 쉬지 않는다면서.

문득 그런 그가 왜 이 거리로 왔을까 하는 의문이 들었다. 고헤이가 아는 한, 그래 봐야 마쓰키에 대해서는 거의 아는 게 없지만, 그가 이 거리로 와야 할 특별한 이유 따위는 전혀 없다.

'푸른 나무'에서 일하고 싶어서? 그가 당구장에서 일하고 싶었다면 가능성이 없지는 않다.

"아니지."

얼떨결에 말이 튀어나왔다.

그럴 리가 없다. 고헤이는 마쓰키가 나타났을 당시의 상황을 마스터에게 들어서 알고 있다. 그는 벽에 붙여 놓은 구인 광고지를 떼어 들고 왔다고 한다. 그렇다면 그는 이 거리에 온 후에 '푸른 나무'에서 일하기로 했다는 얘기다.

그는 왜 이 거리로 왔을까?

지금까지 생각이 미치지 못한 의문이었다. 마쓰키가 다니던 회사를 왜 그만두었는지도 의문이지만 그가 제2의 인생의 무대로 선택한 곳이 왜 이 거리였는지, 그쪽이 더 불가사의했다.

'어쩌면 바로 그 점에 열쇠가 숨어 있는지도 모르지.'

고헤이는 유리창에 숨을 불어 하얗게 흐려진 부분에 손가락으로 의문 부호를 그렸다.

그날 일이 끝날 즈음 사오리가 3층으로 올라왔다. 그녀가 당구장으로 오는 것은 흔치 않은 일이어서 고헤이는 웬일인가 싶었다. 무슨 일이 있는 경우에는 보통 전용 인터폰을 사용한다.

"부탁이 있어."

계산을 하고 있는 고헤이의 손을 바라보면서 그녀가 말했다. 검은 스웨터를 입고 있는 것은 오늘 장례식이 있었기 때문이다. 짧은 치마도 검은색, 게다가 검은 스타킹까지 신고 있다.

"뭔데?"

고헤이가 얼굴을 들고 물었다.

"집에 갈 때 같이 가 줬으면 해서."

사오리의 핑크색 입술 사이로 혀가 보였다.

"그거야 별로 어려운 일이 아니지만, 왜?"

"응, 좀⋯⋯."

그녀에게 아직도 할 말이 남은 느낌이 들어서 기다렸지만 결국 뒷말은 이어지지 않았다.

"좀?"

"응, 좀."

그녀가 웃어 보였다. 여자들은 웃음 하나면 모든 게 잘 풀린다고 믿는 것일까.

"알았어. 밑에서 기다려."

고헤이는 볼펜으로 아래쪽을 가리키며 말했다.

가게를 나설 때쯤에는 비가 내리고 있었다. 어째 장례식 때부터 하늘이 어둡더라니, 하고 고헤이는 생각했다. 어쩌면 벌써부터 내렸는지도 모른다. 빗소리가 들리지 않을 정도로 빗발이 가는 부슬비였다.

혹시 사오리가 우산을 가져오지 않아서 데려다 달라고 했나 싶었다. 그러나 이내 착각이라는 것을 알았다. 그녀는 가

방에 들어가는 조그만 우산을 들고 있었다. 우산을 펼치자 장미 그림이 그려져 있다. 초등학생에게나 어울릴 법한 작은 우산이다. 고헤이와 사오리는 옹색한 자세로 우산을 같이 쓰고서 어둡고 축축한 길을 걷기 시작했다. 우산이 없는 쪽은 오히려 고헤이였다.

사오리의 집은 학생가를 똑바로 남쪽으로 걸어가다가 건널목을 건너서 좀 더 남쪽으로 가야 했다. 고헤이는 조그만 우산을 오른손으로 들고 있어서 건널목을 건널 때쯤에는 왼쪽 어깨가 흠뻑 젖어 있었다. 그리고 이럴 때면 꼭 차단기가 내려져 있다.

"고헤이 오빠, 앞으로 어떻게 할 거야?"

전철이 지나가기를 기다리는 동안 사오리가 물었다. 그녀가 내쉬는 숨에서 페퍼민트 향이 은은하게 풍긴다. 아마 껌을 씹고 있기 때문일 것이다.

"어떻게 할 거냐니?"

"그러니까,"

그녀가 앞머리를 끌어 올렸다.

"이제 히로미 씨가 없으니까 이 거리를 떠날 거냐고."

고헤이가 피식 웃었다.

"그런 건 아직 못 정했어."

"하지만 언제까지 '푸른 나무'에서 일할 수는 없잖아. 나와는 다른걸, 뭐."

"다를 게 뭐 있어."

"달라."

그녀가 말할 때 눈앞으로 전철이 지나갔다. 고헤이의 뇌리에 예의 장면이 떠오를 듯했지만 오늘은 거부하기로 했다.

"다르지."

건널목을 다 건넜을 때 사오리가 다시 말했다.

"오빠는 대학도 나왔고."

"대학 나왔다고 별건가."

"그렇지 않아. 마쓰키 씨도 그러던걸. 오빠는 마음만 먹으면 엘리트가 될 수 있는데 지금은 멋으로 이런 거리에서 살고 있는 거라고."

"멋이라……."

고헤이가 중얼거렸다.

"마쓰키 씨와 그런 얘기도 했어?"

"가끔가다. 그런데 그 사람, 입버릇처럼 하던 말이 두 가지 있었어."

"뭔데?"

"한 가지는, 빨리 좋은 남자 만나서 자리를 잡는 게 좋다."

아하하, 하고 고헤이가 웃었다. 들어 본 적이 있는 것 같다.

"또 한 가지는, 나는 어차피 이 거리를 떠날 몸이다."

"알아."

고헤이의 표정이 다시 진지해졌다.

"그건 나도 알아."

"툭하면 그런 말을 했어. 그래서 내가 그럼 떠나면 되지 않느냐, 빨리 떠나라고 말하면 아직 이르다느니, 조금 더 기다려야 한다느니 그랬어. 뭘 기다렸는지는 모르겠지만."

"흠……."

마쓰키는 뭔가를 기다리고 있었다, 그렇게 생각할 수도 있겠다 싶었다. 그리고 그 때문에 이 거리에 올 필요가 있었다. 만약 그렇다면 그가 기다린 것은 그에게 상당히 유익한 무엇이었을 것이다. 어쩌면 그 때문에 회사를 그만두었을 수도 있다.

그런데 이 거리에서, 그가 '숨을 쉬지 않는다'고 표현한 이거리에서 대체 어떤 희망을 보았다는 걸까.

내게는 도무지 보이지 않는데.

사오리의 집이 가까워 오자 길은 한층 더 어두워졌다. 고헤이는 거의 와 본 적 없는 장소였다. 개인 주택보다 창고와 소규모 공장 같은 건물이 더 많이 눈에 띄었다. 저 멀리 볼링공 모양의 간판이 보였다.

"이런 길을 늘 다니는 거야? 무섭겠다."

"익숙해지면 괜찮아."

사오리는 정말 괜찮다는 듯이 말했다.

그때 그녀가 갑자기 걸음을 멈췄다. 고개를 숙이고 걷고 있던 고헤이는 미처 알아차리지 못하고 한 걸음 앞으로 나갔다가 그녀가 비를 맞지 않도록 우산을 쥔 손을 재빨리 쭉 뻗었다.

"왜 그래?"

고헤이가 돌아보면서 물었다.

사오리의 얼굴색이 조금 전과는 완전히 달랐다. 어두운 표정으로 똑바로 앞을 보고 있었다. 그래서 고헤이도 그녀의 시선이 닿는 곳으로 얼굴을 돌렸다.

다케미야가 전신주에 기댄 자세로 서 있었다.

왜 그가 이런 곳에 있는지 고헤이는 이해할 수 없었다. 하지만 잠시 후, 사오리가 이래서 데려다 달라고 했구나 하고 머리가 돌아갔다.

다케미야는 휘청거리면서 둘에게 다가왔다. 어디서 넘어졌는지, 바지 무릎에 흙이 묻어 있었다.

그가 고헤이 앞까지 와서 걸음을 멈추더니 멱살을 잡았다. 술 냄새가 코를 찌르는 바람에 고헤이는 자기도 모르게 고개를 돌렸다.

"이 새끼야."

다케미야가 고헤이의 멱살을 잡은 손을 이리저리 흔들었

다. 술기운 때문인지 아주 완만한 동작이었다.

"이거 놓지그래."

고헤이는 침착한 목소리로 말했다. 그런데도 다케미야는
멱살을 놓지 않았다. 고헤이는 어쩔 수 없이 그의 손을 밀쳐
내고 다리를 걸었다. 마치 인형이 넘어지듯 그의 몸이 스르
륵 바닥으로 쓰러졌다.

"씨팔."

그가 이번에는 사오리의 발목을 잡았다.

"너 때문에 내 인생이 다 물거품이 돼 버렸어."

"무슨 소리야, 나랑 무슨 상관이라고."

사오리가 잡힌 발을 마구 흔들었다. 그녀의 스니커 앞코가
다케미야의 이마를 치자 결국 그는 버티지 못하고 손을 놓
았다.

"가자, 고헤이 오빠."

사오리가 고헤이의 팔을 꼭 잡았다. 다케미야는 비에 젖은
길 위에서 버둥거렸다.

"그래, 가자."

고헤이도 걸음을 내디디려는데 등 뒤로 다케미야가 일어나
는 기척이 느껴졌다. 돌아보면서 이제 그만하라고 고함을 지
르려던 고헤이가 동작을 멈췄다. 그의 오른손에서 번쩍거리
는 금속을 보았기 때문이다.

그것은 얇은 커터 나이프였다. 아마도 연필 깎을 때 사용하는 것일 터였다. 그리고 그의 눈에도 나이프처럼 날카로운 빛이 번들거리고 있었다.

뭐라는 건지 알아들을 수 없는 소리를 내지르면서 그가 이쪽을 덮쳤다. 두 다리는 휘청거리는데, 칼끝의 움직임은 상당히 예리하고 또 정확했다. 자신과 사오리, 어느 쪽을 노리는 것인지 판단하는 시간만큼 고헤이의 방어가 늦었다. 다케미야의 몸을 밀쳐내기 직전에 나이프가 사오리의 오른쪽 팔꿈치 위를 스쳤다.

"아."

얼굴을 찡그리면서 사오리가 주저앉았다. 고헤이가 그녀의 어깨를 잡았다.

"괜찮아?"

"응, 별거 아니야."

아플 텐데 목소리는 기운찼다. 고헤이는 다케미야 쪽을 보았다. 나가떨어져서 다시 도로에 널브러진 그는 또 한 번 느릿느릿 일어나더니 뭐라고 고함을 지르면서 고헤이와는 반대편으로 뛰어갔다.

"경찰에 신고할래?"

"아니, 그럴 필요 없어. 살짝 스친 건데, 뭐. 일을 크게 벌이고 싶지 않아."

"그럼 병원은?"

사오리는 고개를 저었다.

"그것도 패스. 이제 거의 다 왔으니까 집까지만 데려다 줘."

"……알았다."

고헤이는 그녀를 안아 일으키고는 다케미야가 사라진 쪽을 힐끗 쳐다본 후 천천히 걷기 시작했다.

"어제도 그랬어. 기다리고 있다가 저렇게 구질구질하게 굴 더라고. 그래도 어제는 술을 안 마신 것 같았는데."

"왜 사오리를 원망하는 거지?"

"몰라. 어제 얘기로는 대학에서 왕따를 당하고 있다는 것 같던데."

"왕따를 당해? ……아, 교수들이 찬밥 취급을 한다는 거구 나. 하기야 여자를 놓고 치고받고 싸우다 못해 경찰 소동까 지 벌였으니 그럴 만도 하지."

"나 때문이라는 거야. 마쓰키 씨랑 자기 사이에서 양다리를 걸쳐서 그랬다고."

"흠."

"나는 양다리 걸치고 그런 거 아니야. 마쓰키 씨와 잔 적도 있고, 다케미야에게 B선까지는 허락해 줬지만, 양쪽 다 애인 이 아니었는걸, 뭐."

"그런 문제가 아니야. 다케미야는 누가 됐든 미워할 상대가 필요한 거지."

"그래도 그 사람, 공부 많이 했잖아. 이런 정도의 일로 엘리트 코스 실격인 거야?"

"……."

"그런 거야?"

"아마도."

두 사람은 침묵했다.

잠시 후 사오리의 집 앞에 도착했다. 케케묵은 초등학교 건물이 연상되는 목조 건물이었다.

"들어가지 않을래? 녹차 정도는 끓여 줄 수 있는데. 좀 있으면 비도 그칠 테고."

사오리가 말했다.

"차는 됐고, 상처는 어때?"

"괜찮아. 그렇지만 고헤이 오빠가 임시로 치료해 주면 기분 짱이겠지."

그녀가 고헤이의 등을 밀면서 말했다.

사오리의 방은 세 평짜리 단칸방이었지만 깔끔하게 정리되어 있어서 나름 살기 편할 것 같았다. 가구나 텔레비전도 여자답게 밝은 색이라 낡은 목조 건물의 칙칙함이 상쇄되었다. 또 방 구석구석에 달콤한 냄새가 배어 있는지, 고헤이는 앉아만 있는데도 기분이 좋아졌다.

그녀가 들고 온 조그만 구급상자에서 소독약과 솜과 거즈와 붕대를 꺼내 사오리의 상처를 간단히 손보았다. 물론 큰 상처는 아니었다. 그런데도 피가 꽤 많이 흘러서 더럭 겁이 났다. 붕대를 감으면서 고헤이는 상처의 깊이와 출혈량은 별 관계가 없는 모양이라고 생각했다.

그때 왠지 이상한 느낌이 들었다. 어금니에 뭐가 낀 것 같은 기분이었다.

"왜 그러는데?"

사오리가 그의 얼굴을 들여다보며 물었다.

"아니야, 아무것도."

그러다 그 이상한 느낌은 어느새 사라지고 말았다. 이런 일이 자주 있다.

"치, 이상하네."

그녀가 웃었다.

"실베스터 스탤론 좋아해?"

기분 전환을 할 생각으로 벽에 붙어 있는 포스터를 보며 고헤이가 물었다. 스탤론은 글러브를 낀 두 주먹을 올리고 이쪽을 노려보고 있다.

"사람보다 록키 팬이야."

스웨터와 치마를 벗고 편한 옷으로 갈아입으면서 사오리가 대답했다.

"오빠는 좋아하는 스타 있어?"

"글쎄……."

생각하다가 오카베 마리, 하고 대답했다.

"그게 누군데? 여배우?"

"몰라. 비디오 프로그램을 소개하는 여자야. 나는 텔레비전을 거의 보지 않으니까 그녀 외에는 떠오르는 사람이 없어."

"흠, 그렇구나."

그녀는 별 관심 없는 목소리로 말했다.

녹차 정도라더니 사오리는 술 마실 준비를 시작했다. 조그만 책꽂이에는 순정 만화가 빽빽하게 꽂혀 있다. 그 일부를 꺼내자 뒤에서 올드 파 한 병이 나왔다. 그 깜찍한 장치에도 감탄했지만, 그녀가 올드 파를 마신다는 사실에도 고헤이는 내심 놀랐다. 금전적인 이유 때문이 아니다. 이미지가 전혀 맞지 않는다.

고헤이가 순정 만화를 읽고 있는 동안 사오리는 위스키와 물을 섞고, '아주 매운맛'이라는 감자 칩을 접시에 담았다.

잔 하나를 고헤이에게 건넨 그녀는 "건배." 하면서 자기 잔을 들었다. 고헤이도 "건배." 하고 답했다.

다케미야의 신음 소리가 들린 듯한 기분이 들었다.

"부모님은 시골에 있어."

두 번째 섹스를 끝낸 후 사오리가 고헤이의 턱 밑에서 말했다. 꾸벅꾸벅 선잠이 들었던 고헤이는 그 말에 눈을 떴다. 발끝이 냉장고에 닿은 감촉이 느껴졌다.

"신발 가게를 하고 있는데, 오빠가 뒤를 이을 거야."

고헤이는 시골에 있는 신발 가게를 떠올리려 했다. 그러나 이미지가 잘 떠오르지 않았다.

"내가 고등학교를 그만두겠다고 했을 때 아빠는 불같이 화를 냈어. 왜 그렇게 화를 냈는지 지금도 잘 모르겠어."

"기대를 해서 그랬을 거야, 보나마나."

"하지만 나는 고등학교에 아무런 기대도 없었는걸. 전혀 의미가 없다고 생각했어."

"대단하군. 그때 벌써 그런 걸 깨닫다니."

"그렇다고 하고 싶은 게 있는 것도 아니었어. 딱히 웨이트리스가 되고 싶었던 것도 아니고."

"음……."

"생각할 시간이 없잖아. 금방 뭐든 해답이 나오지 않으면 안 되니까. 그래서 아무튼 웨이트리스라도 할까 싶어서 시작했는데 이제는 아무것도 바꿀 용기가 안 나."

"……."

"고헤이 오빠."

"듣고 있어."

"미안해."

"미안하긴."

사오리는 고헤이의 엄지손가락을 꼭 쥐고 잠이 든 것 같았다.

3

이상을 알아차린 것은 이튿날 아침 둘이 방을 나설 때였다. 고헤이는 문손잡이를 잡는 순간 손바닥에 위화감을 느꼈다.

"손잡이가 쑥 들어가 있는데."

고헤이가 손가락으로 만져 보고 나서 말했다. 손잡이를 잡았을 때 엄지손가락이 닿는 부분에 1센티미터 정도 움푹 파인 자국이 있었다.

"아, 그거, 최근에 그렇게 됐어. 왜 이런 장난질을 하는지 정말 모르겠다니까."

"그러네."

고헤이는 아무래도 미심쩍어서 그것을 쓱 만져 본 후 문 안쪽을 보았다. 반자동식 록이었다.

"역시."

그가 한숨을 쉬었다.

"왜 그러는데?"

"형사가 왔었지?"

"형사?"

"눈초리가 매서운 형사 말이야. 전에 '모르그'에도 나타났던 남자."

"아, 안 왔는데."

그녀도 기억이 난 것 같은데 대답은 고헤이 생각과 달랐다.

"이상하네. 내 방에는 이런 방식으로 손잡이를 망가뜨리고 멋대로 들어왔는데."

"이런 방식?"

"반자동 록은 바깥 손잡이를 힘껏 치면 열리는 경우가 있거든."

"흐음, 겁나네."

말과는 달리 사오리는 조금도 불안해하는 기색이 아니었는데, 어느 순간 얼굴이 점점 하얗게 질려 갔다.

"맞다……."

"뭐가?"

"그러고 보니까 누가 방에 들어온 것 같다는 의심이 들었던 적이 있었어. 손잡이에 파인 자국이 났을 때랑 거의 비슷한 시기였을 거야."

"그게 언제쯤인데?"

고헤이가 다급하게 물었다. 사오리는 고개를 숙이고 잠시 생각에 골몰했다.

"마쓰키 아저씨가 죽은 바로 다음이야. 그래, 아저씨는 수요일에 살해당했는데, 오빠가 발견한 건 금요일이었잖아? 아마 그 사이였던 것 같아."

"방으로 들어가자."

고헤이는 문을 열고 다시 사오리의 방으로 들어갔다.

"없어진 건 없었어?"

"없었어. 그리고 정말 도둑이 들었는지도 분명하지 않아. 왠지 좀 이상하다는 정도였지. 이런 느낌, 이해하겠어?"

"이해하지. 그러니까 없어진 건 없다는 말이지?"

고헤이가 말했다.

"책꽂이가 좀 이상했어. 한 권 한 권 빼 본 것 같았고……. 그래도 없어진 건 없었어. 그리고 서랍 속의 편지도 흐트러져 있었고."

"그런데도 없어진 건 없단 말이야?"

"응. 이 방에 훔쳐 갈 게 뭐가 있겠어."

그것도 맞는 말이다. 여자용 카세트 라디오를 들고 가 본들 대단한 벌이도 못 된다.

"속옷도 살펴봤는데 전부 다 있었어."

"그걸 다 기억해?"

"그럼. 무늬나 색으로 기억하지. 금방 알 수 있어."

"대단한데."

고헤이가 어깨를 으쓱했다.

'푸른 나무'에 출근한 고헤이는 손님을 상대로 로테이션 게임을 하면서 이런저런 생각을 했다.

'어떤 자가 사오리의 방에 들어갔다.'

그것은 아무래도 틀림없는 사실인 듯했다. 그녀가 말한 날짜가 틀림없다면 예의 고즈키라는 형사의 짓도 아닌 것 같다. 게다가 아무리 그 형사라도 한창나이의 아가씨 방에 함부로 침입한다는 것은 생각할 수 없는 일이다.

대체 누가, 왜 사오리의 방에 몰래 숨어들었을까?

물론 무언가를 찾기 위해서였을 것이다. '찾는다'는 말에서 고헤이는 또 한 가지 연상되는 것이 있었다.

마쓰키의 방도 누군가가 뒤졌다는 것이다.

범인은 그의 방에서도 무언가를 찾으려 했다. 그러나 결국 그 '무언가'는 발견되지 않았던 게 아닐까. 그래서 사오리의 방에 침입한 것이다.

왜 범인은 사오리의 방에 '무언가'가 있을 것이라고 생각했을까?

아마도 마쓰키와 사오리가 친하게 지냈기 때문일 것이다. 그렇다면 둘의 관계를 아는 사람이 범인이라는 얘기다.

똑같다고 고헤이는 생각했다. 고즈키라는 형사도 다케미야의 진술을 바탕으로 범인은 주변 인물이라고 단언했다. 그 경우와 똑같은 논법이다.

'그럴 리가 없어. 뭔가 잘못된 거야.'

고헤이는 자신의 생각을 떨쳐 내려는 듯이 힘껏 큐를 휘둘렀다.

4

그 건물은 호숫가에 있었다. 7층이고, 멀리서 보면 마치 두랄루민이나 그와 유사한 소재로 만든 것처럼 빛이 난다. 곡선을 모두 배제한 구조는 그것만으로도 보는 이에게 근미래적인 인상을 주었다.

시가지에서도 떨어져 있다. 교통도 그리 편리하지 않다. 아마 자기 차로 통근하는 사원도 적지 않을 것이다. 건물 옆에는 그렇다는 것을 말해 주듯 광활한 주차창이 있었다.

그중 내빈 주차장으로 차 한 대가 들어왔다. 하얀 승용차였다. 차에서 내린 사람은 흰 양복 차림의 키 큰 남자다. 남자는 중후한 소리를 내며 문을 닫고는 차창에 자신의 얼굴을 비춰 보며 머리를 살짝 매만졌다. 그리고 양복 주머니 속에 든 자잘한 것들을 점검한 후 만족스럽다는 듯 고개를 끄덕이고는 걸음을 내디뎠다.

남자는 걸으면서 시선을 위로 향했다. 회색 구름이 끼어 있지만 날씨를 걱정하는 것은 아니다. 건물 옥상에 설치된 간판을 본 것이다.

JAPAN CENTRAL ELECTRON Co.

일본 센트럴 전자 주식회사. 그것이 그 회사의 정식 명칭이었다.

내빈 주차장과 구내 사이에 조그만 문이 있다. 그곳에서 출입 허가증을 받은 남자는 건물 정면을 향했다. 자동 유리문을 두 차례 지나자 붉은색 카펫이 깔린 로비가 나왔다. 그 오른쪽에 안내 카운터가 있고, 거기에 안내원 둘이 앉아 있다. 남자가 다가가자 머리가 긴 쪽이 미소를 지으면서 일어섰다.

남자가 찾는 사람의 이름을 말하자 안내원은 구내전화를 걸어 상대에게 남자의 방문을 알렸다. 약속을 미리 하고 찾아온 것이니 거절당할 우려는 없었다.

수화기를 내려놓은 안내원이 공손한 말투로 남자에게 응접실 위치를 알려 주었다. 거기서 기다리라고 한다. 남자는 두 안내원에게 고루 웃음을 던지면서 인사하고는 그 자리를 떠났다.

그가 부연 유리창 하나로 공간이 나뉜 응접실에서 기다리고 있자니 5분쯤 지나 노크 소리가 들렸다. 그리고 들어온 사람은 양복을 말쑥하게 차려입은 서른 전후의 남자였다. 호리호리한 몸집에 피부가 하얗고, 왼편으로 가르마를 낸 머리도 청결했다.

"바쁘실 텐데 죄송합니다. 수사 1과의 고즈키라고 합니다."

고즈키는 명함을 건넸다. 상대 남자도 머리를 숙이면서 명함을 내밀었다.

"아이자와입니다."

아이자와의 명함에는 '일본 센트럴 전자 주식회사 기술 본부 시스템 개발부 설계과 아이자와 다카아키'라고 가로로 인쇄되어 있었다. 뒷면에도 똑같은 내용이 영문으로 쓰여 있다.

"개발과 사람들도 만나셨죠?"

앉자마자 아이자와가 먼저 질문했다.

"스기모토는 그쪽 사람이었으니까요."

고즈키는 수첩을 꺼내면서 대답했다.

"나는 아니고, 아마 관할 서의 수사원이 조사차 만났을 겁니다. 그런데 그게 왜요?"

"아니, 뭐……."

아이자와는 무슨 의미라도 있는 듯 손가락으로 코 밑을 비볐다.

"무슨 얘기를 들었나 싶어서요."

고즈키가 아이자와의 얼굴을 보면서 자세를 고쳐 앉고는 되물었다.

"무슨 얘기를 들었을 것 같습니까?"

아이자와가 당황한 표정을 지었다.

"제가 어떻게 알겠습니까."

"상상을 해 보시죠. 수사원이 어떤 질문을 했을지는 뻔하잖습니까. 스기모토 준야라는 사람은 어떤 사람이었는지, 살인 사건과 관련해 짚이는 인물은 없는지 등 말입니다. 별다른 질문을 하는 게 아니죠."

"그렇지만…… 대답하는 사람에 따라서 다를 수도 있으니까요. 상사였던 사람과 동료였던 사람은 당연히 보는 시각이 달랐을 테고요."

"양쪽을 다 상정해 보시죠. 상사는 고미야 과장이죠. 동료 대표로는 쓰쿠미라는 사람에게 얘기를 들었다고 하던데요. 이 두 참고인의 진술을 상상해 보면 될 겁니다."

재촉하듯이 형사가 턱을 치켜들었다. 아이자와는 난감한 듯이 머리를 긁적이고는 얼굴을 들었다.

"고미야 과장은 아마도 스기모토를 거의 기억도 못한다고 하지 않았을까 싶군요. 수많은 연구원, 그래 봐야 열 명 남짓 한 인원이지만, 그중의 한 명이었을 뿐 특별한 인상은 받지 못했다는 식으로 말이죠. 그러니 당연히 사건에 대해서는 아는 바가 없다고 했겠죠. 그리고 쓰쿠미 씨의 경우는 '하라는 대로 일을 잘하는 사람이었다', 그 정도로 얘기하지 않았을까요. 담당 연구원과 조수 사이였으니까요."

그의 말을 듣고서 고즈키는 뜻밖이라는 듯이 고개를 좌우로 두세 번 움직였다.

"놀랍군요. 딱 그대로입니다. 다만 한 가지를 덧붙이자면, 스기모토 씨가 퇴사한 후로는 전혀 만난 적이 없으니 사건과 자신들은 무관하다고 고미야 과장이 재삼 강조했다더군요. 그러나 기본적으로는 똑같습니다."

"누구든 그 정도는 파악하고 있었겠죠."

"그 말씀은, 누가 봐도 스기모토 씨의 인상은 그랬다는 뜻인가요? 즉, 그다지 눈에 띄는 존재가 아니라 명령에 따라 묵묵히 일하는 타입이라는."

"어려운 질문이군요."

아이자와가 여운이 남는 말투로 말하고는 팔짱을 꼈다.

"물론 조수였으니 간부층의 기억에 남을 만한 존재는 아니었습니다. 간부들이 참석하는 중요한 회의에는 고미야 과장이나 쓰쿠미가 참석했을 테니까요. 그런 의미에서는 눈에 띄지 않았다고 할 수 있겠군요. 다만, 다른 부서에도 스기모토를 아는 사람은 많았습니다. 나처럼 단순히 친구여서가 아니라 기술자로서의 그의 이름을 들어서 알고 있는 것이죠. 컴

퓨터 소프트웨어에 관한 그의 감각은 거의 천재적이었다고
하니까요."

"그런데도 조수였습니까?"

"담당 연구원이 쓰쿠미였으니까요."

아이자와가 무슨 이유인지 목소리의 톤을 낮췄다.

"쓰쿠미와 스기모토는 한 팀이었습니다. 보통 조수가 어느
정도 실력을 쌓고 나면 일을 맡기는데, 스기모토는 끝까지
홀로 서기를 할 수 없었죠. 물론 괜한 억측일지 모르겠지만,
다른 사람들 눈에는 쓰쿠미가 스기모토를 놓아주지 않는 것
처럼 보이기도 했습니다."

"그렇다면 본인은 상당히 불만이 많았겠습니다."

"글쎄요, 불만이 없지는 않았겠죠. 개인적인 이유로 회사를
그만뒀다고 하지만, 그런 불만이 폭발한 게 아닐까요."

"폭발할 만한 계기가 있었습니까?"

형사가 몸을 약간 앞으로 기울였다. 그러나 아이자와는 고
개를 옆으로 비틀었다.

"그건 잘 모르겠습니다. 그가 그만둔다는 소식을 들었을 때
동료들 사이에서 여러 가지로 말이 많았지만, 구체적인 결론
은 없었어요."

"퇴직에 대해서 스기모토 씨가 아이자와 씨에게 의논한 적
은 없습니까?"

"없습니다. 친하게 지내기는 했지만 그 사람, 고민거리를 털어놓고 의논하는 타입이 아니었거든요. 한마디로 정신력이 무척 강한 사람입니다."

고즈키는 뭔가 생각을 정리하는 듯이 수첩을 볼펜으로 톡톡 두드렸다.

"스기모토 씨가 가명을 쓰고 있었는데, 알고 있었나요?"

"그런 것 같더군요. 참 뜻밖입니다. 마쓰키……라고 했다던데요."

"가명을 쓰는 것은 신분을 감추고 싶을 때라고 생각하는데, 스기모토 씨에게 그럴 필요가 있었는지요?"

"저는 잘 모르겠습니다."

아이자와가 딱 잘라 부정했다.

"약간 외골수 같은 면이 있었지만 도망치거나 숨을 놈은 아니었어요."

"그렇군요."

형사는 또 잠시 생각에 잠겼다가 얼굴을 들었다.

"당시 스기모토 씨는 어떤 일을 하셨습니까?"

화제를 바꾼 탓인지 형사는 말투까지 달라졌다.

아이자와는 잠시 생각한 후에 대답했다.

"그 무렵에 이미 인공 지능 개발 팀에 속해 있었을 겁니다."

"인공 지능…… AI로군요."

아이자와가 놀란 표정을 지었다.

"잘 아시는군요. Artificial Intelligence, 줄여서 AI입니다."

"이름만 알 뿐입니다. 그런데 구체적으로는 어떤 일을 했습니까?"

"구체적으로는,"

아이자와는 그렇게 말을 꺼냈다가 입을 다물고 말았다. 그리고 눈을 치켜뜨고서 형사를 보았다.

"제 입으로 말씀드릴 수는 없습니다. 누가 어떤 연구를 했는지, 그건 회사 방침상 발설해서는 안 됩니다."

"아이자와 씨,"

고즈키는 낮고 온화한 목소리로 불쑥 그의 이름을 불렀다.

"지금 전 살인 사건을 수사하는 중입니다. 기업 비밀이라는 건 이해하지만, 어떻게든 협력해 주실 수 없겠습니까? 개발과에서도 끝내 이 부분에 대한 얘기는 듣지 못했다고 합니다."

아이자와의 얼굴에 그렇겠지, 하는 표정이 나타났다.

"나중에 누가 말을 했느니 어쨌느니 수군덕거릴 텐데, 그게 싫어서 말이죠."

"물론 아이자와라는 이름은 비밀에 부치겠습니다. 약속드리죠."

흠, 하면서 고개를 끄덕이더니 아이자와는 잠시 눈을 감고 있다가 말문을 열었다.

"그럼 그렇게 하죠. 기밀 사항을 누설하지 않는 선에서요."

형사가 고개를 숙였다.

"스기모토가 담당한 분야는 엑스퍼트 시스템 개발입니다. 엑스퍼트 시스템이란,"

"설명을 좀 해 주시죠."

형사가 가볍게 고개를 숙였다.

아이자와는 입술을 한 번 핥고서 숨을 고르는 몸짓을 보였다.

"한마디로 전문가의 지식을 소유한 컴퓨터 시스템이라고 할 수 있습니다. 조금 더 엄밀하게 말하면, 어떤 특정 분야의 원리나 법칙과, 그 분야의 전문가가 가진 노하우를 컴퓨터에 기억시켜서, 그 지식을 바탕으로 추론하고 판단해서 문제 해결을 꾀하는 시스템이라 할 수 있습니다."

"컴퓨터가 판단을 한다는 말입니까?"

"그렇죠."

"예를 들면 어떤 식으로요?"

"아, 그러니까……."

아이자와가 앞머리를 쓸어 올리면서 천장을 힐금 올려다보았다.

"일본의 경우는 고장 진단이나 실내 레이아웃, 설계, 경영 등의 분야에서 현재 시도하고 있습니다."

"그 분야에 관한 전문 지식을 컴퓨터가 갖고 있다는 뜻입니까?"

"지식을 갖고 있는 것은 물론 판단도 하죠."

아이자와가 형사의 의견을 보충했다.

"그렇다면 궁극적으로는 전문가가 필요 없어진다는 말인가요?"

"표면적으로야 그런 방향으로 가는 것처럼 보일 수도 있겠지만……,"

아이자와는 잠시 머뭇거리다가 말을 이었다.

"컴퓨터가 인간을 대신한다는 뜻은 아닙니다. 어디까지나 인간의 의사 결정이나 행동을 지원하는 보조적인 도구라고 보면 되겠죠."

"인간을 돕는 것이로군요."

"그렇죠. 예를 들어, 지금 주목받고 있는 의료 진단 엑스퍼트 시스템은 각 개인의 증상을 가지고 병명이나 치료법을 제안하고 있는데, 그 제안이 곧 의사에게 떨어진 지시는 아닙니다. 엑스퍼트 시스템은 추론의 결과를 '이렇게 생각하는데 어떻습니까?' 하는 자세로 의사에게 전할 뿐입니다. 고도의 시스템일수록 의사와의 협동 작업을 요구하고, 또 최종 결론은 의사에게 위임하는 태도를 보입니다. 즉 의료 진단 엑스퍼트 시스템은 의사의 전문성을 보완하는 것이지 의사를 부정할 만큼의 권위는 없습니다. 따라서 아무리 AI가 발달해도 의사는 AI에 끌려 다니지 않도록 늘 자신을 연마해야 하는 것이죠."

"아하, 그렇군요."

유려한 설명을 잘 이해했다는 듯이 형사는 몇 번이나 고개를 끄덕거렸다.

"컴퓨터가 모든 진단을 내린다면 환자로서는 불안하기도 할 테고 말입니다."

"그런 감정적인 부분도 앞으로는 반드시 고려해야겠지요."

자신의 의견도 그런지 아이자와의 말투에 힘이 들어가 있었다.

"다만 전문가가 부족한 현 상황에서 그 대체 도구로 엑스퍼트 시스템을 활용하는 케이스도 늘어나고 있습니다. 가령 공업국에서 개발도상국으로 제품을 수출할 때, 엑스퍼트 시스템을 첨부하면 그 제품이 현지에 원활하게 적응할 수도 있는 것이죠. GE 사의 '기관차 고장 진단 엑스퍼트 시스템'이 그 한 예인데요, 이 경우에도 인간의 보조 도구로 인식해야지 시스템이 있으니 기초 기술은 없어도 된다고 생각해서는 안 되는 것이죠."

"사용하되 사용되지 말라, 그런 뜻이군요. 잘 알겠습니다. 그런데 스기모토 씨는 어떤 내용의 일을 하셨습니까?"

"일의 내용 말인가요……."

아이자와는 주저하는 듯 잠시 머뭇거리다가 스스로를 이해시키듯 중얼거렸다.

"비밀을 지켜 주신다니 말씀드리죠. 게다가 스기모토는 이미 죽었으니 별문제가 안 될지도 모르겠습니다. 그걸 설명하기에 앞서, KE라는 사람들에 대해 먼저 설명하는 편이 좋겠군요. KE라는 건 Knowledge Engineer의 약자인데요, 엑스퍼트 시스템에서 없어서는 안 되는 존재입니다. 왜냐하면 엑스퍼트 시스템을 구축하기 위해서는 전문가의 지식을 컴퓨터가 다룰 수 있는 형태로 전환하고, 그 지식을 어떤 식으로 활용하면 좋을지 검토해야 하는데, 그 일을 담당하는 사람이 KE이기 때문이죠."

"즉, KE라 불리는 사람들은 전문가와 컴퓨터를 중개하는 역할을 담당하는 셈인가요?"

형사가 손가락으로 관자놀이를 꾹 누르고서 물었다.

"그렇습니다."

"그리고 스기모토 씨가 바로 그 KE였다?"

아이자와가 손바닥을 약간 벌려 보였다.

"바로 그렇습니다. 엄밀하게 말하면 조수……였지만요."

"그렇다면 시스템 구축을 의뢰받았을 경우 그 KE라 불리는 사람들이 고객의 회사를 방문해서 그쪽에서 제시한 전문가의 지식을 컴퓨터에 집어넣는 겁니까?"

"그렇죠. 더 자세하게 말하면, 지식을 집어넣을 뿐만 아니라 효율적으로 판단할 수 있도록 하죠."

"아하, 참 복잡하고 어려운 일이겠습니다."

형사는 크게 숨을 내쉬면서 다소 표정을 누그러뜨렸다.

"스기모토가 한 일에 대해서 얘기할 수 있는 부분은 여기까지입니다. 더는 저도 잘 모르고요."

"아닙니다. 이것으로 충분합니다. 협력해 주셔서 감사합니다."

형사는 수첩을 덮고 자리에서 일어났다.

"마지막으로 한 가지만 더 묻겠는데요, 아이자와 씨는 이번 사건에서 어떤 인상을 받았습니까? 그러니까 스기모토 씨가 살해당한 일에 대해서……."

그러자 아이자와는 팔짱을 끼고 "흠." 하고 웅얼거린 후 형사를 올려다보았다.

"솔직히 좀 의외였습니다. 살해당했다는 것도 그렇지만, 그보다 그 사람이 그런 거리에서 소박하게 살았다는 사실이 말이죠. 언제든 일확천금을 노릴 수 있는 사람이었으니까요."

하얀 승용차를 타고 센트럴 전자에서 본부로 돌아오는 도중에 고즈키는 예의 학생가에 들렀다. 시계를 얼핏 보니 5시가 좀 지나 있었다.

대학 앞길로 들어서자 정문에서 학생들이 쏟아져 나왔다. 그들 대부분이 역을 향해 곧바로 걸어간다. 즉 이 거리가 신학생가인 것이다.

'모르그' 앞에서 차를 세운 그는 내려서 가게로 걸어갔다. '준비 중'이라는 팻말이 걸려 있었지만 그는 아랑곳하지 않고 문을 열었다.

준코가 카운터에 혼자 앉아 담배를 피우고 있었다. 고즈키의 모습을 보자 그녀가 어색하게 동작을 멈췄다가 이내 오므린 입으로 연기를 뿜어냈다.

"여어." 하면서 고즈키는 가게 안으로 들어가 그녀 옆에 앉았다.

"무슨 일이지?"

준코가 억양 없는 목소리로 물었다.

고즈키는 입술 끝에 쓴웃음을 머금었다.

"그렇게 딱딱하게 굴지 마. 할 얘기가 있어서 잠시 들른 것뿐이니까."

"뭐 마실래?"

"글쎄다."

형사는 잠시 생각하고서 "녹차."라고 대답했다.

준코가 차를 끓이는 동안 그는 가게 안을 휘돌아보고는 담배에 불을 붙였다.

"수사는 어떻게 돼 가고 있어?"

"뭐, 조금씩 알아보고 있지."

형사가 담뱃재를 떨었다. 그리고 그녀가 쟁반에 담아 들고 온 찻잔 두 개 중에서 하나를 들고 말했다.

"고마워."

준코가 고즈키 옆에 다시 앉았다. 한동안은 둘 다 말이 없었다. 두 사람 앞에 놓인 찻잔에서 하얀 김이 피어올랐다.

"그녀가,"

고즈키가 다시 한 번 실내를 돌아보면서 말했다.

"여기서 일했다는 게 왠지 묘하군."

준코는 똑바로 앞을 바라본 채 차를 한 모금 마시고 물었다.

"왜?"

"잘 모르겠어. 아마 그녀를 어렸을 때부터 잘 알기 때문이겠지. 처음 만났을 때 그녀는 중학생이었으니까."

"피아노를 치고 그림을 그리고, 그런 이미지가 있는 거네."

"그런 것도 아닌데…… 언제부터인가 그녀를 잘 모르겠더라고."

"프러포즈를 했는데 거절당한 것도 포함해서?"

준코가 그렇게 물었지만 고즈키는 대답 대신 다른 얘기를 했다.

"그녀와 알고 지낸 지 십이삼 년쯤 됐지? 용케 그렇게 오래

붙어 지냈어."

"묘한 인연이지. 고등학생 때 처음 만났는데, 나와는 완전히 대조적이라고 생각했어. 매력적이고 공부도 잘하고 집도 유복해 보였으니까. 저런 애랑 친구가 될 수 있다면 좋겠다고 생각했지. 아마 선망 같은 거였겠지."

"그렇게 해서 친구가 된 거군."

"기대한 이상으로 마음이 잘 맞았어. 패션 감각도, 좋아하는 음악도, 남자 취향도 자매처럼 똑같았지. 다른 점이 있다면 그녀는 역시 엄친딸에 나는 별 볼일 없는 여학생이었다는 정도."

"그런데도 같이 가게를 차리고 같이 술주정뱅이들을 상대해 왔다……, 과연 묘한 인연이군."

준코가 희미하게 웃고는 싸늘한 손에 온기를 더하려는 듯 찻잔을 손바닥으로 감쌌다.

"옛날에는 내가 그저 들러리였어. 너도 그랬지만 우리 주위에 있는 남자들, 하나같이 히로미만 좋아했잖아. 그런데 그녀와 오래 사귀다 보니까 점차 내게도 미인이라고 말하는 사람이 생겼어. 좋은 쪽으로 영향을 받은 거지."

"무슨 소리야. 나는 너를 처음 봤을 때부터 굉장히 미인이라고 생각했는데."

그가 정색하고 말하자 우스웠는지 준코가 후훗 소리 나게 웃었다. 하지만 이내 웃음은 사라지고 또다시 암울한 표정으로 돌아왔다.

"그런데 결국, 우리가 이렇게 같이 뭔가를 하게 된 거, 잘못이었나 봐."

"어째서?"

그녀는 손바닥으로 찻잔을 굴리다가 한숨을 쉬듯이 말했다.

"그녀는 언제까지나 엄친딸이었는걸, 뭐. 정말…… 답답할 정도로 착하고……."

5

안 그래도 볼품없는 소나무의 가지를 치고 거의 잡동사니나 다름없는 장식을 달아 거대한 크리스마스트리를 만들자는 계획은 고헤이와 주변 인물들의 예상을 뒤엎고 본격적으로 시작되었다.

히로미의 장례를 치르고 이틀이 지난 날 밤, 고헤이는 사오리와 몇몇을 불러 그 형편없는 계획을 구경하러 갔다.

"기사회생의 역전 만루 홈런이 되어 주면 좋겠는데 말이야."

빨간 베레모를 눌러쓰고 점퍼 깃 속으로 목을 움츠린 도키타가 너덜너덜하게 장식물을 단 소나무를 올려다보며 중얼거렸다.

"추악함 그 자체가 될 것 같은데요."

고헤이가 도키타의 옆얼굴에 대고 말했지만, 그는 전혀 반응을 보이지 않았다.

"추악하든 어떻든 손님이 모여들면 되는 거야. 품위만 따져서야 장사판에서 어떻게 살아남겠어. 너도 네 두 손으로 돈을 벌게 되면 알 거야."

되받을 말이 없어 고헤이는 잠자코 있었다.

"전깃줄이 엄청나게 많네."

사오리가 나뭇가지 끝 쪽을 들여다보면서 말했다. 대량의 전깃줄이 백 인분의 스파게티처럼 다발로 묶여 있었다.

"이 전구들에 불을 밝히면 굉장히 멋있을 거야."

크리스마스트리를 만들자고 제안한 과자 가게 시마모토가 고헤이 옆으로 다가와 말했다.

"그런데 말이야, 내내 켜 놓으면 그리 멋있을 것 같지 않아. 단순히 밝기만 해서야 크리스마스가 오기도 전에 싫증 나지 않겠냐고."

도키타가 걱정스러운 듯이 말했다.

"그 점에 대해서는 생각하고 있어. 6시부터 두 시간 간격으로 불을 밝힐 거야. 그러면 그 시간에 맞춰 손님들이 모여들겠지. 그리고 기다리는 동안 이 언저리의 가게에서 돈을 쓰게 한다는 계산이야."

"흐음, 머리를 쓰기는 했군."

도키타가 만면에 미소를 지었다.

"불 밝힌 광경을 한 번 보고 싶군."

"나중에 시험 삼아 켜 볼 거야. 타이머 상태도 확인해야 하니까 말이야."

"몇 시쯤에 켤 건데요?"

사오리가 물었다.

"너무 이른 시간이면 구경꾼들이 몰려들어서 말이 많을 테니까 자정쯤이 알맞을 것 같은데. 한밤중에 켜는 게 멋 아니겠어."

한참 동안 구경한 후 고헤이는 사오리와 도키타 등과 함께 '모르그'로 향했다. 히로미의 장례도 끝났고, 준코 혼자 가게를 운영하는 것도 어언 궤도에 올랐다. 도키타와 그 주변 인물들은 거의 매일 들른다고 한다.

가게 문을 열자 준코가 영업용이 아닌 미소로 그들을 반겨 주었다.

"트리 구경하고 왔어요. 12시쯤에 시험적으로 불을 켠다고 하니까 언니도 같이 구경하러 가요."

"그래. 그럼 일찌감치 문을 닫아야겠네."

"그럴 것까지 뭐 있나. 불을 켜면 내가 부르러 오든지 하면 되지."

들뜬 모습을 감추려는 듯 도키타는 인상을 찡그리며 말했다.

고헤이도 사오리와 나란히 카운터 자리에 앉았다. 가게에는 그들 외에 손님이 세 명 있었다. 그중 젊은 커플은 구석 테이블에 있다. 그리고 나머지 한 명은 카운터 자리에 앉아 있었다. 그 남자의 옆얼굴을 본 고헤이가 약간 긴장했다.

예의 가죽 재킷 사나이였다.

고헤이가 곁눈으로 그의 모습을 살피고 있는데, 그는 시끌시끌하게 몰려 들어온 사람들이 성가신지 주머니에서 지갑을 꺼내면서 준코에게 물었다.

"얼마지?"

그리고 언짢은 몸짓으로 계산을 치르고는 목도리를 목에 감고 나가 버렸다. 고헤이는 문에 달린 풍경 소리가 멎을 때까지 입구 쪽을 쳐다보고 있었다.

"저 사람, 자주 옵니까?"

고헤이가 준코에게 물었다.

그녀는 뜻밖의 질문이라는 표정으로 얼굴을 들었다.

"저 사람?"

"방금 나간 사람 말이에요. 가죽 재킷을 입은 남자. 전에도 본 적이 있는데."

"아아. 간혹 와."

준코가 웃는 얼굴로 대답했다.

"저 사람, 아마 병원에 있지?"

그렇게 말한 것은 도키타였다. 고헤이가 도키타 쪽을 보면서 물었다.

"병원이라면 의사인가요?"

"그건 잘 모르겠지만, 저기 선로 변에 있는 병원에서 본 적이 있어서 말이야. 그런데 이 가게에서 본 적은 없는데."

도키타가 고개를 갸우뚱했다.

"의사예요. 늘 늦은 시간에 오는데 한잔하고는 바로 가 버리기 때문에 도키타 씨와는 얼굴을 마주칠 일이 없었죠."

"그랬군. 하긴 나야 이른 시간에 오니까."

도키타는 납득하는 투였다.

"저 사람, 히로미와 마담과 같은 아파트에 삽니까?"

위스키 칵테일을 찔끔 마시면서 고헤이가 물었다.

"그건 왜?"

"본 적이 있거든요, 히로미네 집에 가는 길에."

"그랬어?"

준코는 시선을 떨어뜨리고 잠시 생각하는 듯하더니 다시 웃는 얼굴로 대답했다.

"아마 아닐 거야."

그리고 잠시 후, 크리스마스트리에 장식물을 달던 남자들이 들어와 갑자기 시끌벅적해졌다. 화제는 그 트리가 손님을 얼마나 끌어모을 수 있을까에 집중되었다. 특히 과자 가게 시마모토의 목소리가 컸다.

"여, 이거 어쩐 일이야들. 오늘 밤은 유난히 북적거리는데."

도중에 이하라가 오타를 데리고 왔는데, 다들 모여 시끌시끌한 것을 보고는 눈이 휘둥그레졌다.

마침내 시곗바늘이 11시 30분을 지났다.

타이머 상태 때문에 점등 시간이 다소 유동적이라고 하기에 슬슬 가게를 나서 트리 쪽으로 가 보기로 했다.

"오호, 크리스마스트리라. 그거 재미있겠군."

"야, 이거 마치 축제 분위기 같은데."

이하라와 오타가 일어서자 고헤이도 가게를 나섰다.

트리 앞은 캄캄했다. 원래 아무것도 없는 장소였던 탓에 가로등 하나 서 있지 않다. 게다가 건물 사이에 있어서 골바람이 휭휭 불어 댔다.

"아직은 좀 이른 것 같은데."

누군가가 말했다. 다들 그 의견에 고개를 끄덕거렸다.

11시 55분.

트리 맨 아래쪽에 걸린 오르골이 울리기 시작했다. 〈화이트 크리스마스〉의 선율이었다. 그것을 신호로 맨 꼭대기에 있는 별이 빛났다. 그리고 주위의 알전구들이 위에서 아래로 차례차례 반짝이기 시작했다.

구경꾼들 사이에서 환성과 박수 소리가 일었다. 휘파람을 휘휘 부는 이도 있었다.

"예쁘다."

사오리도 흥분해서 조잘댔다.

구 학생가 가게 주인들의 희망을 모은 빛의 잔치는 그 후 약 5분간 이어졌다. 도키타가 부르러 다녀왔는지, 준코도 고헤이 곁에 와서 산타클로스 인형과 꽃 모양 전구가 빛나는 것을 바라보았다.

"몸이 꽁꽁 얼었겠다. 우리 가게에 들렀다 가."

집으로 돌아가려는 고헤이와 사오리에게 준코가 뒤에서 말을 건넸다.

"따끈한 위스키라도 한잔 하면서 몸 좀 녹이고 가."

"가게 문 벌써 닫았잖아요."

'모르그'는 늦어도 12시에는 문을 닫는다.

"괜찮아. 실은 내가 마시고 싶어서 그래."

고헤이는 사오리와 얼굴을 마주 보고서 잠깐 들렀다 가기로 하고 다시 '모르그'로 향했다.

카운터를 끼고 마주하자 준코는 산토리 올드 새 병을 꺼내 수건으로 깨끗이 닦은 후에 뚜껑을 땄다. 플라스틱 껍질을 뜯어내는 소리가 경쾌하게 울렸다.

"트리 덕분에 손님이 좀 오려나."

위스키를 따끈한 물에 섞으면서 준코가 말했다.

"조금은 모여들겠죠. 하지만 과도기적인 거니까 이 일을 어떻게 인식하느냐가 중요할 겁니다."

고헤이가 말했다.

"학생들은 어떤 일에든 금방 싫증을 낸다니까."

사오리가 잔 받침을 빙글빙글 돌리면서 말했다.

고헤이는 만약 마쓰키가 이 자리에 있다면 크리스마스트리에 대해 뭐라고 말할까 생각해 보았다. 박수갈채를 보낼 것인지, 아니면 콧방귀를 뀔 것인지.

역시 그는 무시하겠지, 하고 생각한다. 아무리 향을 피워 봐야 죽은 사람은 돌아오지 않아. 그렇게 말할지도 모르겠다.

이제야 몸이 좀 녹았나 싶을 즈음 도키타가 몸을 잔뜩 웅크리고 쏜살같이 들어왔다.

"오, 역시 열려 있었군. 그럴 줄 알았어. 자네들도 같이 있었나."

그는 카운터 자리에 앉자마자 허벅지를 열심히 비벼 댔다.

"마담, 나도 한 잔 줘."

"전기 장식 상태가 좋은 것 같던데요."

고헤이가 말했다.

"그렇지? 뭐, 불만이 전혀 없는 건 아니지만, 그래도 그 정도면 괜찮아."

도키타는 만족스럽다는 듯이 턱을 몇 번이나 비볐다.

새벽 1시쯤이 되어서야 네 사람은 자리에서 일어났다. 마쓰키나 히로미 얘기를 하지 않고 이렇게 오랜 시간을 보내기는 오랜만이었다.

고헤이의 집은 나머지 사람들과 반대 방향이었지만 결국 오늘도 사오리를 데려다 주게 되어 일행은 구 학생가를 남쪽으로 걸어갔다.

도중에 네 사람은 크리스마스트리 앞에서 걸음을 멈췄다.

"이런 걸 용케 만들었단 말이야."

도키타가 남 일처럼 말하고는 하얀 숨을 내쉬었다.

"상점가에서 회비를 추렴해 만들었잖아요. 그야말로 배수진을 친 거죠."

고헤이가 그렇게 말하자 "그런 셈이지." 하며 도키타가 웃었다.

그때였다.

무슨 소리가 나는가 싶더니 갑자기 트리 맨 꼭대기에 붙어 있는 별 장식이 빛나기 시작했다. 산타클로스 인형도 반짝이기 시작한다.

고헤이는 어리둥절한 채 그 광경을 잠시 보고만 있었다. 나머지 세 사람도 마찬가지인지 아무도 말이 없었다.

"불이 왜 켜지는 거지?"

사오리가 입을 뗐다. 그때는 트리 전체에 불이 다 켜져 있었다. 〈화이트 크리스마스〉의 선율이 여기까지 들렸다.

"어떻게 된 거야."

도키타가 트리를 향해 거의 뛰다시피 걸어갔다. 고헤이도 그 뒤를 따랐다. 그러다 도키타도 고헤이도, 그리고 사오리와 준코도 그 자리에서 걸음을 뚝 멈추고 말았다. 아니, 얼어붙은 것처럼 움직이지 못했다.

트리 밑에 남자가 서 있었다.

아니, 정확하게는 트리에 기대어 있다고 해야 할 것이다.

남자는 초점이 맞지 않는 눈을 허공으로 향한 채 입을 쩍 벌리고 있었다. 알록달록한 전구의 빛에 그의 얼굴색이 시시각각 변했다.

남자는 〈화이트 크리스마스〉를 듣고 있는 흉측한 인형처럼 보였다. 그러나 인형이 아니다. 그 가슴에 나이프가 꽂혀 있고 검붉은 피가 양복을 적시고 있다.

몇 초 후, 사오리의 비명이 학생가에 메아리쳤다.

6

경찰이 도착했을 때, 학생가는 완전히 북새통이었다. 비명

소리를 듣고 달려 나온 동네 사람들은 처형대로 변한 크리스마스트리를 보고서 얼이 빠졌고, 그 소동에 또 구경꾼들이 몰려들었다.

고헤이 일행은 구경꾼들을 피하기 위해 다시 '모르그'로 향하는 꼴이 되었다. 단, 이번에는 두 형사도 함께였다.

나이가 좀 많은 형사는 씨름 선수처럼 뚱뚱하고 인상이 좋았다. 체구에 걸맞게 얼굴과 이목구비도 유난히 컸다. 젊은 쪽은 체구도 작고 안색도 좋지 않은 남자였다. 근시인지, 때로 눈을 찡그리고 고헤이 일행의 얼굴을 쳐다보았다.

고헤이 일행이 테이블에 앉자 뚱뚱한 형사가 카운터 의자에 앉아 참고인 조사를 시작했다. 젊은 형사는 옆에 서서 수첩을 들고 대기했다.

전원을 대표해서 도키타가 시신 발견 당시의 상황을 설명했다. 평소의 허풍스러운 말투는 온데간데없이 사라지고 불필요한 존댓말이 몇 번이나 튀어나왔다.

"크리스마스트리를 만들었는데 말씀입니다."

그래도 얘기는 논리 정연해서 옆에서 듣고 있는 고헤이 일행이 답답함을 느끼는 일은 없었다.

얘기를 다 듣고 난 뚱보 형사가 후, 하고 깊은 한숨을 내쉬며 말했다.

"이상한 사건이군."

그리고 네 사람을 돌아보았다.

"이 학생가에서 피해자가 세 명이나 나왔으니, 거참."

형사의 빈정거리는 듯한 말투에 반발하듯이 도키타가 말을 받았다.

"그 남자는 본 적 없는 사람입니다."

"여러분도 그렇습니까?"

형사가 부리부리한 눈으로 고헤이를 비롯한 네 명의 인물을 쳐다보았다.

"모르는 사람이에요."

준코가 대답했다. 고헤이와 사오리도 고개를 끄덕여 동의를 표했다.

"음."

뚱보 형사가 짧은 목을 옆으로 기울이고 왼손으로 오른쪽 어깨를 주물렀다. 그러고는 다시 도키타를 쳐다본다.

"처음 크리스마스트리에 불이 켜진 시각이 12시였다는 말이죠?"

"정확하게는 11시 55분이었습니다만."

책방 아저씨가 대답했다.

"그런데 두 번째로 빛난 것이 새벽 1시?"

"새벽 1시요."

도키타가 따라서 반복했다.

"그렇다면 12시에서 1시 사이에 범행을 저질렀다는 애긴데."

형사가 옆에 선 젊은 형사 쪽을 돌아보며 말했다.

"그렇겠죠."

젊은 형사가 가는 목소리로 대꾸했다.

"12시에서 1시 사이에 범인은 남자를 칼로 찌른 후,"

뚱뚱한 형사가 샤프펜슬로 찌르는 흉내를 냈다.

"그다음 크리스마스트리에 기대어 놓았다, 그런 거군."

이번에도 손으로 흉내를 냈다.

"찔러 죽인 후에 기대어 놓았겠죠."

젊은 형사가 고개를 끄덕이며 같은 말을 반복했다.

뚱보 형사는 얼굴을 빙그르 돌려 다시 고헤이 일행을 보았다.

"그사이에 이상한 점은 없었습니까? 가령 무슨 소리가 들렸다든지."

글쎄요, 하고 확인하듯이 준코가 고헤이와 사오리를 번갈아 보았다.

"별거 없었습니다."

고헤이가 대답하자 사오리도 그렇다고 말했다.

"알겠습니다."

형사가 수첩에 뭐라고 끄적거리더니 얼굴을 들었다.

"새벽 1시에 트리가 점등될 것을 여러분은 사전에 몰랐다는 말씀이죠?"

"전혀 몰랐습니다."

도키타가 손을 흔들었다.

"그런데 실제로 그런 예정이 있었던 건 아닙니까, 여러분이 몰랐을 뿐?"

"아닙니다. 과자 가게 시마모토에게 물어봤는데, 그런 예정은 전혀 없었다고 했어요."

소식을 듣고서 시마모토도 현장으로 뛰어왔다. 가장 놀란 사람은 아마 그일지도 모른다고 고헤이는 생각했다.

"그렇다면 왜 갑자기 점등이 되었을까요?"

형사가 물었다.

"누가 타이머를 그 시간에 맞춰 조작했겠죠."

"타이머는 간단히 조작할 수 있는 겁니까?"

"나무 둥치 부분에 타이머가 숨겨져 있는데, 마음만 먹으면 금방 찾아낼 수 있습니다. 다루기도 그리 어렵지 않고요. 누가 장난질을 하면 안 되니까 열쇠를 달자는 얘기도 나왔는데 설마 이런 일이 벌어질 줄이야."

"그렇군요. 그러니까 조작은 간단……하다."

형사는 그 사항을 메모하고, 자신이 쓴 글자를 확인하듯 수첩을 다시 보고는 아까 했던 말을 또다시 중얼거렸다.

"거참, 이상한 사건이라니까."

"뭐가 이상한데요?"

고헤이가 묻자 형사는 고개를 수첩 쪽으로 숙인 채 눈만 그를 향했다.

"범인의 의도를 모르겠어요. 대체 뭘 위해서 그렇게 화려한 연출을 했는지 도무지 모르겠습니다. 아니면 산타클로스가 서둘러 보낸 선물인 건지."

사오리가 자고 가라고 했지만 고헤이는 고개를 저었다.

"그럴 기분이 아니야. 그리고 혼자 생각할 일도 있고."

"그래, 그럼."

그녀가 집 안으로 들어가는 것을 확인한 후 고헤이는 몸을 돌렸다. 실제로 그의 뇌가 다 수용할 수 없을 만큼 생각할 일이 많았다.

제3의 사건.

그것은 전혀 예상치 못한 형태로 고헤이 앞에 나타났다.

'설마 그가 살해당할 줄은…….'

현시점에서 고헤이의 뇌를 지배하고 있는 가장 큰 수수께끼는 그것이었다. 그 영향으로 일시적이나마 다른 수수께끼의 존재감이 옅어졌다.

형사에게 거짓말을 했다. 고헤이는 그 남자를 알고 있었다.

죽어서 크리스마스트리에 장식된 남자를.

'왜 그가 죽어야 했지?'

고헤이는 밤하늘을 올려다보았다. 별이 예의 크리스마스트리를 밝힌 전구처럼 빛나 보인다. 그 별들처럼, 사건에 관한 수수께끼가 고헤이의 뇌리 여기저기에 산재했다.

'왜 그 사람이······.'

남자의 얼굴이 되살아나서 고헤이는 한밤중의 학생가에서 그만 우뚝 서고 말았다.

남자는 수국 학원의 원장 호리에였다.

7

문을 쾅쾅 두드리는 소리가 들렸다. 노크가 아니라 거의 문을 때려 부술 기세였다. 이불을 둘둘 말고 자던 고헤이는 현관으로 기다시피 가서 팔을 뻗고 잠금 쇠를 풀었다.

문을 연 사람은 꼴이 말이 아닌 에쓰코였다. 커다란 눈망울에는 핏발이 서 있고, 입은 한일자로 굳게 다물려 있다. 고헤이가 자기도 모르게 긴장했을 정도다.

"텔레비전 봤지?"

굳게 다물었던 입을 열고 그녀가 물었다. 따지는 듯한 말투였다.

"아니, 지금 막 일어났어."

"벌써 9시야. 일어나서 텔레비전 좀 봐."

"잠깐만."

고헤이는 이불을 개서 벽장에 집어넣었다. 그사이에 에쓰코가 방으로 들어와 텔레비전을 켜면서 쓴소리를 했다.

"아유, 냄새. 청소는 하고 사는 거야?"

"옷 갈아입고 싶은데."

"갈아입어. 나 신경 쓰지 말고."

에쓰코가 채널을 이리저리 바꾸면서 말했다. 고헤이는 한숨을 쉬고서 잠옷을 벗기 시작했다.

"아이, 뉴스 안 하잖아."

채널을 다시 돌리면서 그녀가 꿍얼거렸다. 지금 화면에는 요리 프로그램이 비치고 있다. 앞치마를 두른 여자가 호박 수프를 만들고 있는 듯하다.

"저 말이야, 혹시,"

고헤이가 에쓰코 옆에 앉아 사회자가 맛을 보는 장면을 바라보면서 말했다.

"어젯밤에 학생가에서 있었던 사건을 말하는 거야?"

그녀가 순간적으로 멈칫했다. 그리고 그 큰 눈을 더 동그랗게 뜨고서 고헤이를 보았다.

"알고 있어?"

"시신을 봤어. 그리고 첫 발견자이기도 하고. 세 피해자의 시신을 연속으로 발견한 사람이 되고 말았네. 살인 사건이 이렇게 계속되는 거, 솔직히 기분 안 좋다."

"그럼 누가 죽었는지도 아는 거야?"

그녀가 고헤이의 소맷자락을 잡았다.

"너도 아는가 보구나."

"뉴스를 봤어. 얼마나 놀랐는지. 그래서 이렇게 달려온 거야. 경찰에 언니와의 관계를 말했어?"

"아니, 안 했어."

에쓰코가 후, 하고 코로 숨을 내쉬고는 입술을 일그러뜨리며 고헤이를 노려보았다.

"너도 참 고집불통이다. 사람의 힘에는 한계가 있다는 걸 알아야지."

"내가 어제 히로미와의 관계를 밝혔다면 아마 얘기가 뒤죽박죽돼서 수습이 불가능했을 거야."

기가 막힌다는 듯이 그녀는 두 손바닥을 위를 향해 펼쳤다.

"그래서 어떻게 생각하는데, 이번 사건에 대해서?"

"도무지 모르겠어. 지난 사건에 대해서도 전혀 해결된 게 없는데, 이제 완전히 모르겠어."

"그래도 언니와 호리에 원장의 관계가 있잖아. 어쩌면 원장은 뭔가 알고 있었는지도 모르지."

"뭘?"

"가령 언니를 살해한 범인이라든지."

그렇게 말해 놓고서 그녀는 자신의 추론이 아주 마음에 드는지 가슴을 쫙 폈다.

"그래, 알고 있었을 거야. 언니가 마쓰키 씨를 죽인 범인을 알고 있었는데 그걸 호리에 원장에게 말했을 수도 있잖아. 언니도 원장도 그래서 살해당한 건지도 몰라."

"그렇다면 히로미가 왜 원장에게 말했을까?"

"글쎄, 고민거리 같은 걸 그 원장에게는 털어놓고 의논해 온 거 아닐까?"

에쓰코가 어깨를 으쓱하고는 말했다.

고헤이는 자리에서 일어나 주전자에 물을 받아 가스레인지에 올려놓았다. 싱크대에는 흉물스러울 만치 설거지 거리가 많이 쌓여 있었다. 그 식기 대부분이 히로미가 가져온 것이다.

"왜 내게는 털어놓지 못했을까……."

고헤이가 중얼거렸다.

"그건,"

말을 꺼내 놓고서 에쓰코가 입을 다물어 버렸다.

"그건?"

"그건…… 범인의 이름을 고헤이에게는 말하고 싶지 않아서였을 거야."

"내 주변 인물이 범인이란 말이야?"

"추리일 뿐이야."

"그래, 상상은 자유니까."

침묵의 시간이 한참 흘렀다. 고헤이는 에쓰코에게 반론할 재료가 하나도 없었다. 그가 갖고 있는 것이라고는 현실과 동떨어진 기대감과 존재 가치가 없는 감상뿐이었다.

주전자에서 김이 오르자 고헤이가 다시 일어섰다.

"홍차 마실래?"

"응, 고마워."

"만약 네가 상상한 대로라면,"

컵 두 개에 홍차 팩을 담그면서 고헤이가 말했다.

"호리에 원장은 어젯밤에 범인을 만나러 왔다는 뜻이 되나?"

"아마 그렇겠지."

에쓰코가 작은 소리로 대답했다.

"그런데 왜?"

고헤이가 또다시 의문을 제기했다.

"범인을 알면 경찰에 신고하면 될 텐데."

"증거가 없었는지도 모르지. 그래서 범인과 대결할 작정으로 온 게 아닐까."

"대결……이라."

고헤이는 호리에의 온후한 얼굴을 떠올렸다. 한 번밖에 만나지 않았지만 그때의 인상과 '대결'이라는 말이 도무지 어울리질 않았다.

"호리에 원장과 히로미는 어떤 관계였을까."

혼잣말을 하듯 고헤이가 중얼거렸다. 에쓰코는 아무 반응을 보이지 않았다.

가까운 시일 내로 수국 학원에 가 보자는 약속을 하고서 에쓰코와 헤어진 고헤이는 '푸른 나무'로 갔다. 1층 찻집에 웬일로 손님이 많아서 사오리 혼자 분주하게 오가고 있었다. 손님 대부분이 학생 그룹인데 간혹 사오리를 세워 놓고 뭐라고 말을 걸었다. 보나 마나 데이트 신청이겠거니 했는데 들어 보니 그렇지 않은 것 같았다.

"인기의 비밀이 크리스마스트리인 것 같아."

커피를 끓이면서 사오리가 말했다.

"뉴스에서 사건을 본 학생들이 여기까지 왔나 봐. 아직 시신이 거기 있다고 여기는 건지."

"사오리에게 뭔가 묻는 것 같던데?"

"응, 트리 점등 시간을 물었어. 오늘 밤에는 몇 시쯤 켜지냐고. 나도 모르는데 말이지."

"아무튼 손님을 끌겠다는 목적은 충분히 달성된 거군."

"그러게. 과자 가게 아저씨, 사건이 터져서 오히려 반가워하는 거 아냐."

사오리가 그렇게 말하고서 혀를 쏙 내밀었다.

오전에는 당구장에 손님이 없었다. 고헤이는 주문을 받고 음료를 준비해 손님 테이블로 나르는 등 사오리를 도왔다. 그러다 보니 손님들이 하는 얘기가 자연히 귀에 들어왔는데, 그들은 아닌 게 아니라 크리스마스트리의 그 이상한 장식물을 화제로 열을 올렸다.

오후부터는 3층 계산대 앞에 앉아 있었지만 손님은 한 명도 없었다. 연말이 다가오면서 학생들의 숫자가 점차 줄어드는 건 어쩔 수 없지만 일반 손님도 오늘은 통 오지 않는다. 오늘은 도키타를 비롯한 상점가 사람들이 당구나 치고 있을 때가 아닌가 보다.

고헤이는 하는 수 없이 서랍에서 미스터리 소설책을 꺼내 읽기 시작했다. 애거사 크리스티의 작품인데, 이따금씩 읽는 탓에 스토리를 떠올리려면 두세 페이지 앞으로 돌아가야 한다.

유리문을 두드리는 소리가 난 것은 소설 속에서 두 번째 피해자가 발생했을 때였다. 아무렇게나 대답을 하고서 얼굴을 든 고헤이는 입술을 꾹 다물고 말았다.

"꽤 춥군."

남자가 뒤로 유리문을 닫으면서 말했다. 계절에 어울리지 않게 허여멀건 양복에 오늘은 회색 목도리를 두르고 있다.

"손님이 하나도 없으니 왠지 썰렁하군."

남자는 큐를 세워 놓은 벽 앞으로 다가가 한가운데에 있는 큐 하나를 꺼냈다. 그리고 그것으로 공을 치는 흉내를 내더니 "그런대로 괜찮은데."라고 말했다.

"하우스 큐치고는 꽤 괜찮아. 나라도 합격점을 주겠어."

"고맙군요."

대꾸하면서 고헤이는 '나라도'라는 말의 의미를 생각했다.

"앞뒤로 휘지도 않았고, 밸런스 포인트도 좋고 말이지."

"고맙군요."

고헤이는 다시 한 번 말했다.

"팁의 상태도."

남자는 한쪽 눈을 감고 큐 끝의 가죽 부분을 살폈다.

"상당히 좋고 말이야."

"틈만 나면 줄로 손질을 하니까요."

"좋은 자세로군."

남자는 테이블 레일에 놓여 있던 초크를 집어 팁에 비비듯 발랐다. 초크는 미끄럼 방지를 위한 것이다.

"고즈키 형사님."

고헤이가 남자의 이름을 불렀다.

남자는 손동작을 멈추고 날카로운 눈초리로 고헤이 쪽을 향했다.

"에쓰코 씨에게서 내 이름을 들은 모양이군."

고헤이는 허리에 두 손을 얹고 그를 되쏘아 보았다.

"제게 무슨 볼일이 있는 겁니까? 아니면 당구가 치고 싶은 겁니까?"

남자는 한쪽 볼을 씰룩거리며 웃었다.

"어느 쪽이든 나야 좋지."

"농담할 기분 아닙니다. 하고 싶은 말이 있으면 빨리……."

고헤이의 말이 끝나기도 전에 남자가 손에 든 큐를 그를 향해 쭉 뻗었다. 마치 목을 노리는 듯한 행동이었다. 고헤이는 엉겁결에 몸을 뒤로 젖히다 벽에 등을 부딪치고 말았다.

남자는 펜싱 선수처럼 큐를 고헤이의 목에 들이댄 채 멈추더니 예의 사냥개 같은 눈으로 사냥감을 노려보았다. 고헤이의 눈 바로 아래 큐 끝이 있었다. 팁에는 파란 초크가 엷게, 빈틈없이 발려 있다.

"뭘 알고 있는 거지?"

남자가 물었다. 눈빛과는 달리 차분한 말투였다. 숨소리도 거칠지 않다.

"난 아무것도……."

고헤이의 목소리가 불안정했다.

"아무것도 모릅니다."

"거짓말은 좋지 않아."

남자는 천천히 큐를 들어 올리다가 고헤이의 이마 한가운데서 우뚝 멈췄다.

"뭘 알고 있는지 다 얘기해 봐. 그러는 게 자네를 위해서도 좋을 거야."

고헤이는 입을 열지 않았다. 그는 두 주먹을 꼭 쥐고 남자의 눈을 쏘아보았다. 겨드랑이에서 흐르는 한 줄기 식은땀의 감촉이 느껴졌다.

몇 초 동안 둘은 그렇게 서로를 노려보았다.

침묵을 깬 것은 고즈키 쪽이었다. 후훗 웃으면서 마침내 큐를 내렸다. 고헤이는 후, 하고 길게 숨을 내쉬었다.

"에쓰코 씨가 그러더군. 고집이 세다고 말이야."

"대체 무슨 짓인지 모르겠군요."

입안에 고인 침을 삼키고서 고헤이가 고즈키에게 말했다.

"내가 아는 건 에쓰코 씨도 거의 알고 있는데 왜 그녀에게 묻지 않는 거지요?"

"자네에게 듣고 싶어서."

형사는 기대가 된다는 듯 말하고는 옆에 있는 당구대에서 커버를 벗겨 냈다.

"어때, 나와 한판 붙어 보는 거. 종목은 자네 좋을 대로 하고."

"그래서요?"

"내가 이기면 질문에 대답하는 거야. 정직하게, 하나도 빠짐없이. 물론 나도 자네의 질문에 조금은 대답해 줄 수 있지."

"내가 이기면요?"

"뭐든 좋아."

"내가 이기면 조금으로는 안 되죠. 그쪽이 뭘 알고 있는지 다 털어놓는 겁니다. 그런 조건이라면……"

형사는 큐의 끝을 비비면서 잠시 생각하더니 고개를 끄덕이며 대답했다.

"그렇게 하지, 뭐. 게임비는?"

"진 쪽이 내기로 하죠."

"좋아."

형사가 반색을 했다.

게임은 콜 샷 룰에 따른 로테이션을 하기로 했다.

로테이션 게임은 한 개의 수구(手球)와 ①에서 ⑮까지 번호가 적힌 표적구를 사용하는 게임이다. 플레이어가 수구로 표적구를 명중시켜서 당구대 끝에 있는 여섯 개의 구멍에 들어

가면 그 표적구의 번호가 그대로 플레이어의 득점이 된다.

단, 반드시 수구는 ①부터 번호순으로 표적구를 명중시켜야 한다. 또 플레이는 기본적으로는 교대로 진행되지만 득점한 사람은 플레이를 계속할 수 있다.

콜 샷 룰은 이렇다. 플레이어가 샷을 하기 전에 표적구와 포켓을 지정하고, 지정한 대로 되지 않으면 득점하지 못한다. 따라서 우연히 득점하게 되는 경우는 극히 드물다.

평소 놀이 삼아 게임을 할 때에는 엄격하게 룰을 적용하지 않는다. 논 콜 샷 룰을 적용해 우연히든 뭐든 득점을 인정한다. 콜 샷 룰을 적용하는 경우는 공식 경기 정도다.

그리고 120점을 먼저 얻는 쪽이 승자가 된다.

고헤이가 큐를 고르자 게임이 시작되었다. 그가 늘 사용하는 손에 익은 큐다. 그만큼 그에게는 유리할 것이다.

"플레이 순서는요?"

고헤이가 물었다.

"뱅킹. 본격적인 뱅킹으로 가자고."

형사는 주저 없이 대답했다.

"본격적……이라고요……."

고헤이는 하얀 수구와 노란색 ①번 공을 집어 당구대에 올려놓았다.

뱅킹이란 플레이의 순서를 정하는 것이다. 당구대 위에 공을 두 개 놓고 두 사람이 나란히 동시에 친다. 공이 맞은편 쿠션을 치고 다시 돌아와 멈춘 위치가 플레이어와 가까운 쪽이 승자다. 통상 뱅킹에서 이긴 쪽이 게임을 먼저 시작한다.

뱅킹의 결과 고즈키가 먼저 시작하게 되었다. 근소한 차이였지만 팔을 완전히 뻗지 못한 것이 고헤이의 패인이었다. 그는 자신이 상당히 긴장해 있다는 것을 깨달았다.

열다섯 개의 표적구를 삼각형으로 늘어놓고 ①번을 표적구로 노리는 오프닝 브레이크 샷이 시작되었다. 고즈키는 오픈 스탠스로 다소 자세를 낮추고, 왼손의 집게손가락과 엄지손가락으로 브리지를 만들었다.

꽤 멋진 샷을 날렸다. 큐가 좌우로 흔들리는 일 없이 일직선으로 뻗어 나가 정확하게 하얀 수구를 쳤다. 그리고 하얀 수구는 ①번 표적구의 거의 중앙에 맞아 격렬한 소리와 함께 삼각형을 완벽하게 파괴했다.

표적구는 ①에서 ⑮번까지니까 전부 포켓에 들어가면 120점이 된다. 그러나 120 대 0인 경우는 거의 없기 때문에 표적구를 두 번 이상 세팅해야 한다. 세팅된 표적구의 상태를 랙이라고 한다.

게임은 두 번째 랙까지 진행되었다. 첫 번째 랙에서는 근소한 차이로 고헤이가 리드했지만 내용은 절대 낙관적이지 않았다. 고즈키가 전반에 사소한 실수를 하는 바람에 고헤이가 연속적으로 점수를 얻었을 뿐이다. 그리고 후반에는 득점을 노리기보다는 상대에게 불리하도록 공의 위치를 만들어 나가는 고즈키의 노련한 방어 전략, 즉 세이프티 플레이에 휘말려 고헤이 역시 세이프티 플레이로 모면하려고 했지만 결국 공이 쿠션이 닿지 않아 파울을 범하고 말았다. 세이프티 플레이에서는 반드시 어느 공이 쿠션에 닿아야 하기 때문이다. 결국 그 때문에 상대에게 점수를 바짝 치고 올라올 기회를 주고 말았다.

두 번째 랙에서는 ⑤번 공까지 별다른 파란 없이 진행되었다. 피차 브레이크 상태가 그다지 좋지 않아서 포켓에 이어 다음 표적구를 노릴 수 있는 좋은 포지션이 별로 없었기 때문이다. 그렇게 되면 양쪽 다 신중하게 상대방이 어떻게 나오는지를 살피면서 플레이를 하게 된다. 예를 들어 고즈키는 ④번 공을 손쉽게 포켓에 넣을 수 있었는데도 "세이프티"를 부른 후에 포켓에 집어넣었다. 그 경우, 세이프티 플레이이기 때문에 득점으로 이어지지 않고, ④번 공은 다시 테이블의 풋 스폿이라는 위치로 돌려지게 된다. 목전의 득점보다는 긴 안목으로 정세를 고려한 고도의 테크닉이라 할 수 있다.

고헤이의 차례에서 ⑥번 공이 표적구가 되었을 때 분기점이 왔다.

⑥번 공은 코너 포켓 바로 앞에 있었다. 수구의 위치로 보아 포켓에 떨어뜨리는 것은 무난해 보였다. 문제는 그다음 ⑦번 공의 위치였다.

⑦번 공은 사이드 포켓 앞에 있다. 따라서 ⑥번 공이 포켓으로 떨어진 후 수구가 그 언저리에 정지하도록 치면 그다음 샷이 유리해진다. 다만 포켓 반대쪽에 ⑭번 공이 있다는 점이 좀 걸렸다. 수구가 정지하는 지점에 따라 ⑭번 공이 방해가 돼서 ⑦번 공을 노리기가 힘들어질 수도 있다.

'⑥번 공에 맞고 튀어나온 수구가 ⑭번까지 쳐 주면 ⑦번 공을 노리기가 쉬워지고, 그다음 장면에도 유리할 텐데.'

고헤이가 힐금 고즈키 쪽을 보았다. 형사는 팁에 초크를 바르면서 각 공의 위치를 노려보고 있었다. 고헤이와 눈길이 마주치자 두고 보겠다는 듯이 히죽 웃었다.

솜씨 한번 볼까, 그렇게 말하는 것처럼 보였다.

"⑥번을 우측 코너."

고헤이가 큐를 잡았다. 수구가 표적구를 친 후 빠른 속도로 되돌아오게 하려면 공에 역회전을 주는 드로우 샷을 쳐야 한다.

그런데.

그의 마음에 망설임이 생기는 동시에 큐가 앞으로 치고 나갔다. 수구는 ⑥번 공을 포켓에 떨어뜨리고 예각을 만들며 돌아왔다. 그런데 속도가 없었다. 스핀이 부족했던 것이다.

'큰일 났군.'

수구가 미처 ⑭번 공에 닿지 못했다. 게다가 수구와 ⑦번 공이 ⑭번 공을 사이에 끼고 일직선을 그리는 최악의 위치가 되고 말았다. 수구를 치는 순간 고헤이가 우려했던 결과가 된 것이다.

결국 그는 다음 샷에서 실수를 범했다. 쿠션을 사용해 ⑦번을 노렸지만 실패한 것이다.

"좋았어."

형사가 날카롭고 짧게 외쳤다.

"⑦번을 자네가 놓친 코너에."

형사는 별 어려움 없이 ⑦번 공을 코너 포켓에 밀어 넣고 수구를 최상의 포지션으로 가져왔다.

"⑧번을 이쪽 코너에."

수구는 ⑧번을 공략한 후 쿠션을 치고 테이블 한가운데로 돌아왔다.

"돌아왔군."

그가 중얼거렸다. 고헤이는 당연히 수구를 말하는 것이라고 생각했다. 그런데 다른 의미라는 것을 ⑨번 공을 포켓에 넣은 후에야 알았다. 그때도 형사가 "그래그래, 잘 돌아왔어." 하고 중얼거렸기 때문이다. 그때의 샷은 수구가 돌아오지 않는 팔로 샷이었다.

감각이 돌아왔다는 뜻으로 한 말 같았다.

고즈키는 마지막으로 ⑮번 공을 완벽한 샷으로 포켓에 집
어넣자 그 여운을 음미하듯이 2, 3초 동안 그 자세 그대로 유
지했다. 승부는 이미 나 있었다. 고헤이는 ⑦번 공의 실수를
마지막으로 큐를 잡지 못했다.

"1년 만이었어."

형사가 큐 끝을 점검하면서 말했다.

"공백이라는 거, 별로 좋지 않군. 특히 스포츠는 말이야. 도
장을 서랍 속에 넣어 두고서 까맣게 잊어버리는 것과 마찬가
지야. 그 도장 찾느라고 애먹었네."

"프로인 줄 몰랐습니다."

"프로는 무슨. 이렇게 엉터리 프로가 어디 있겠어."

그가 피식 웃었다. 고헤이는 할 말이 없어서 잠자코 테이블
위를 바라보았다.

"그런데 자네도 실력이 만만치 않던걸. 실은 핸디를 줘도
괜찮겠다고 생각했는데, 그러지 않기를 잘했어."

"완패입니다."

고헤이가 겨우 입을 열었다.

"별로 져 본 적이 없는데 말이죠."

"운이야. 아까 자네가 조금만 더 세게 쳤더라면 지금 내가
완패 선언을 했겠지. 한쪽이 이기면 한쪽이 지게 돼 있잖아."

"잠시 망설였습니다."

"그래, 그랬군."

"당구는 언제부터 쳤습니까?"

"잊어버렸어. 정식으로 배운 것도 아니고 내 멋대로 하다 보니 실력도 안 붙고 공백 기간도 길었어."

"그래도 상당하던데요. 폴 뉴먼을 보는 기분이었습니다."

"고맙다고 해 두지."

고헤이는 형사에게 큐를 받아 들고 자신의 큐와 함께 큐 랙에 진열했다. 그리고 인터폰으로 사오리를 불러 커피 두 잔을 주문했다. 그녀는 마침 1층에 손님이 없으니 직접 들고 오겠다고 대답했다.

고헤이는 벽에 기대어 팔짱을 낀 채 고즈키에게 물었다.

"질문은?"

"태도가 상당히 의연하군."

고즈키는 양복 윗도리를 입으면서 옆에 있는 의자에 걸터앉았다.

"우선 컴퓨터에 대해서 묻지. 마쓰키는 전에 컴퓨터 회사를 다녔어. 그런데 자네는 그 부분의 전후 사정에 관심이 많더군. 그래서 대학에 있는 친구를 찾아가 알아보기도 했지? 그 이유를 알고 싶은데."

고헤이는 약간 놀랐다. 정보공학과에 있는 친구를 만나러 갔다는 것을 알고 있다니. 아무래도 자신이 모르는 사이에 감시가 붙은 모양이다.

"확실한 근거가 있는 건 아닙니다. 혹시나 해서요. 사건과 무관할지도 모르죠."

"그렇다 치고."

고헤이는 『사이언스 논픽션』이라는 잡지와, 히로미 방에서 그 잡지를 발견하게 된 경위에 대해 설명했다. 그리고 기사의 내용도.

형사는 흥미롭다는 듯이 몸을 앞으로 불쑥 들이밀었다.

"마쓰키와 히로미 씨를 연결하는 고리일지도 모르겠군."

"그런 셈이죠."

고헤이가 대답했다.

"그 잡지, 지금도 갖고 있나?"

고헤이는 점퍼 주머니에서 반으로 접은 잡지를 꺼냈다. 형사는 만족스럽다는 듯 잡지를 받아서는 아무 말 없이 양복 안주머니에 집어넣었다.

"다음 질문."

고즈키가 그렇게 말했을 때 사오리가 커피를 들고 올라왔다. 그녀는 두 사람 사이에 감도는 묘한 분위기를 감지했는지 머뭇거리며 다가와 계산대 위에 살며시 쟁반을 내려놓았다. 그리고 무슨 질문이라도 하려는 표정으로 고헤이 쪽을 보았다.

"고마워."

고헤이가 미소를 머금고 말하자 그녀는 눈을 내리깔고 고즈키 쪽을 힐금 쳐다보고는 유리문을 열고 곧장 나가 버렸다.

계단을 내려가는 그녀의 발소리를 들으면서 고즈키가 담배에 불을 붙였다. 그리고 한 모금 빨고는 물었다.

"그녀와 잤나?"

밋밋하고 가벼운 말투였다.

"그랬죠."

고헤이도 질세라 가볍게 대답했다.

"그런 건 왜 묻죠?"

"나를 노려보니까 그렇지."

그러고서 재미있다는 듯이 웃었다. 웃음과 함께 잇새로 하얀 연기가 새어 나왔다.

웃음기를 거둔 형사가 다시 한 번 말했다.

"그다음 질문."

고헤이도 질문에 답할 자세를 취했다.

"히로미 씨와 수국 학원에 대해서 아는 걸 전부 얘기해 봐. 자네와 에쓰코 씨가 거기에 찾아갔다는 건 이미 확인했으니까 숨겨 봐야 소용없어."

"숨길 마음 없습니다. 아는 것도 별로 없으니까요."

고헤이가 대답했다. 그리고 『수국』이라는 소책자에 대한 애기와 그녀가 매주 화요일 그 학교에 갔다는 애기를 했다.

"호리에 원장과는 무슨 얘기를 했지?"

"별 얘기 없었어요."

고헤이는 그렇게 서두를 꺼낸 후, 그와 나눈 대화를 거짓 없이 얘기했다. 형사는 만족스러운 눈치는 아니었지만 고헤이가 거짓말을 한다고 생각지는 않는 듯했다.

"앞으로도 지금처럼 협력해 주면 좋겠군."

커피를 한 모금 마시면서 형사가 말했다.

"매번 게임을 하기도 피곤하잖아. 그리고 매번 이긴다는 보장도 없고 말이야."

"생각해 보죠."

고헤이도 커피를 마셨다.

"제 질문에도 조금은 대답해 주겠다고 했죠?"

형사가 커피 잔을 입술에 댄 채 고개를 위아래로 움직였다. 그리고 어서 하라는 듯이 손짓을 했다. 고헤이는 숨을 들이 쉬고 첫 질문을 꺼냈다.

"우선 마쓰키 씨의 과거에 대해서 어느 정도 파악하고 있는 지 알고 싶습니다."

"오호, 그렇군."

형사가 커피 잔을 내려놓았다.

"듣자 하니 센트럴 전자에서 프로그래머로 일했다더군. 눈에 띄는 존재도 아니었고 딱히 기억에 남을 만한 일도 없었다는데. 자네, 엑스퍼트 시스템이라고 아나?"

"그 잡지에 실려 있었습니다."

고헤이가 형사의 안주머니를 가리키자 형사의 얼굴에 다소 긴장감이 어리고 대꾸하는 목소리도 왠지 긴박하게 들렸다.

"알겠어. 다른 질문은?"

고헤이는 잠시 생각하다가 말했다.

"밀실에 대해서 듣고 싶습니다. 전에 말했던 밀실, 히로미를 살해한 범인의 도주로는 파악이 됐습니까?"

"현재 수사본부에서는,"

그답지 않게 묵직한 말투였다.

"발견자의 착각이었다고 보는 견해가 지배적이야."

"착각이라니요?"

"그러니까 자네가 놓쳤다는 뜻이야. 범인이 어느 층엔가 숨어 있었는데, 정신없이 계단을 뛰어 올라가느라 자네가 미처 보지 못했다는 거지."

"그렇지 않습니다. 믿지 않아도 상관없지만요."

형사는 소리 내지 않고 입술만 약간 움직였다. 고헤이 눈에는 '알고 있어.'라는 모양으로 보였는데, 그것이야말로 착각인지도 몰랐다.

아무튼 밀실에 대한 수수께끼에 아무런 진전이 없는 것만은 분명했다.

"질문은 그뿐인가?"

고즈키가 물었다. 고헤이는 바닥을 톡톡 치면서 잠시 생각하다가 얼굴을 들었다.

"왜 히로미가 당신의 청혼을 거절했죠?"

과연 그 질문에는 형사도 당황했는지 눈을 희번덕거리며 숨을 삼켰다.

"내 입으로 그 대답을 하게 하면 안 되지."

"당신이 형사라서인가요?"

"그렇지는 않을 거야. 나라는 남자가 싫어서 그런 것 아니었을까."

"그녀가 그렇게 말했나요?"

"그녀는 아무 말도 하지 않았어. 거절하겠다, 그 말밖에는. 나도 이유를 묻지 않았고."

"에쓰코 씨 말로는 히로미도 당신을 좋아했다고 하던데요."

고즈키는 대답하지 않은 채 왼쪽 귀에 집게손가락을 쑤셔 넣고 갉작갉작 긁어 댔다. 질문은 이제 끝이라는 뜻인 듯했다.

"커피, 맛있게 마셨어. 미니스커트의 그녀에게도 그렇게 전해 주고."

회색 목도리를 목에 두르고 형사는 유리문 밖으로 나갔다.

크리스마스트리 살인 사건이 발생한 후 사흘이 지났다. 경찰에서는 호리에의 행적을 상당히 면밀하게 조사하고 있는 듯했다. '푸른 나무'에 커피를 마시러 오거나 당구를 치러 오는 가게 주인들 중에도 수사관이 다녀갔다는 사람이 꽤 많았다.

그중에서도 역 앞에서 라면 가게를 하는 고다마라는 중년 남자의 진술이 중요했다. 고다마는 그날 밤 호리에와 대화를 나눈 마지막 사람이었다.

"아마 그 소동이 벌어지기 30분 전쯤일 거야. 라면을 먹으러 왔더라고. 다 먹고 나더니 대학에는 어떻게 가면 되냐고 물었어. 이 앞길을 똑바로 걸어가면 대학 정문이 나온다고 가르쳐 줬지. 좀 이상한 손님이었어. 그 밤에 대학엘 가다니 말이야."

서툰 솜씨로 공을 치면서 고다마는 고개를 갸웃했다.

"그런데 형사에게 그 얘기를 했더니 눈빛이 달라지더라고. 어쩌면 내가 그를 마지막 본 사람일지도 모르겠어."

달리 호리에를 보았다는 사람이 없으니 고다마의 말이 맞을지도 몰랐다.

'원장이 대학에 볼일이 있는 건 아니었을 것이다. 아마 대학은 표지였겠지. 그렇다면 역시 누군가를 만나러 왔다는 뜻

인데······.'

또 과자 가게 시마모토는 찻집에 와서 사오리에게 이런 얘기를 했다고 한다.

"경찰은 크리스마스트리 바로 옆에서 범행이 이뤄졌을 것으로 보고 있다는군. 아무리 밤이라 해도 시신을 메고 학생가를 걸을 수는 없으니까 말이야. 그런데 흉기가 발견되지 않아서 초조해하고 있는 모양이야."

호리에는 가슴에 나이프가 찔린 채로 죽어 있었다. 그런데 사오리가 말한 '흉기'는 그 나이프가 아니었다. 사건 이틀 후 신문에 실린 기사를 보니 호리에가 후두부를 둔기로 얻어맞은 흔적이 있고 절명한 직접적인 원인은 그것인 듯했다. 그런 후에 나이프로 다시 가슴을 찔린 것이다. '흉기'란 그 둔기를 말하는 것이었다.

호리에는 크리스마스트리 앞에서 누군가와 만나기로 했고, 그 누군가는 호리에의 등 뒤에서 후두부에 타격을 가한 후 다시 나이프로 가슴을 찔렀다, 그렇게 보는 것이 타당할 듯했다.

"거참, 묘한 사건이란 말이야."

회사에서 돌아오는 길에 들른 이하라가 커피를 마시다가 고개를 기울이고 말했다. 마쓰키가 죽은 후로 그는 당구를 치는 대신 찻집에서 커피를 마시고 돌아가는 일이 잦았다.

"마쓰키 군에 이어서 히로미 씨, 그리고 이번 남자. 대체 뭐가 어떻게 연결되는 건지 모르겠군."

"역시 이 세 사건이 이어져 있는 걸까요?"

사오리가 중얼거렸다.

"당연하지. 적어도 범인은 동일 인물일 거야. 나이프로 찌른 것도 똑같잖아. 우연치고는 너무 완벽하지."

이하라가 인상을 찡그리면서 말했다.

"문제는 동기죠."

고헤이가 말했다.

"그래. 그걸 알아내기 위해서는 세 사람의 관련성을 밝혀야 하는데 말이야."

"예를 들어서, 범인은 애당초 한 사람만 죽일 생각이었는데 모종의 계기로 범인을 알게 된 두 사람도 죽이지 않을 수 없었다, 그렇게 생각할 수도 있을까요?"

에쓰코의 추리를 고헤이가 말하자 이하라가 두세 번 고개를 끄덕였다.

"그런 추리도 충분히 가능하겠지. 그래도 범인은 어떤 형태로든 세 사람과 면식이 있는 사람일 것 같은데."

고헤이 역시 같은 생각이었다.

"그런데 이하라 씨는 엑스퍼트 시스템이라는 거 알아요?"

고헤이가 묻자 갑자기 화제가 바뀐 탓인지 그가 당황하는 눈빛을 보였다.

"그건 또 갑자기 왜?"

"엑스퍼트 시스템을 아세요?"

"이름이야 들어 봤지. 컴퓨터에게 전문가를 대신하게 하는 거잖아. 그게 어쨌다는 건데?"

"마쓰키 씨가 전에 다니던 회사에서 그것과 관련된 일을 한 모양입니다. 게다가 이번 사건과도 연관이 있는 것 같고요."

"허……."

이하라는 커피 잔을 내려놓고 의자에서 몸을 뒤로 젖히면서 고헤이의 얼굴을 새삼 쳐다보았다. 고헤이는 『사이언스 논픽션』이라는 잡지와 그 잡지에 엑스퍼트 시스템에 관한 기사가 실려 있었다는 것, 그리고 마쓰키가 그런 일을 했다는 것 등을 차례대로 설명했다. 이하라는 커피는 제쳐 두고 그의 얘기에 집중했다. 신사의 관심이 얼마나 컸는지는 그의 귓밥이 점차 붉어지는 것만 봐도 알 수 있었다.

"쓰무라의 얘기가 아주 흥미로운데."

다소 흥분한 기색으로 그가 말했다.

"그런 얘기는 문외한인 나보다 전문가를 불러서 듣는 게 좋 겠군. 지금 바로 전화를 걸어서 나오라고 하지."

이하라는 자리에서 일어나더니 계산대 옆에 있는 공중전화 의 수화기를 들었다. 그가 전화를 건 상대는 대학에 있는 '조교수' 였다. 야간 직통 번호를 알고 있는 모양이었다.

"……아무튼 자세한 얘기는 여기 와서 하자고. 자네는 바로 오기만 하면 돼. 알겠지?"

상당히 강압적인 말투로 그를 불러낸 후 이하라는 손바닥을 비비면서 테이블로 돌아왔다.

"금방 올 거야. 그라면 재미있는 얘기를 해 주겠지."

그의 말에 고헤이도 고개를 끄덕였다.

말라깽이 조교수 오타는 20분쯤 지나서 나타났다. 헐렁헐렁한 트렌치코트 허리를 벨트로 꽉 졸라맨 차림이다.

그가 코트를 벗고 커피 잔에 입을 댈 때까지 이하라는 고헤이에게 들은 얘기를 반복했다. 깡마른 조교수는 불안정한 눈빛으로 이하라와 고헤이의 얼굴을 번갈아 보다가 그의 얘기가 다 끝나자 조는 닭처럼 고개를 끄덕거렸다.

"에, 엑스퍼트 시스템이라면 조금은 알고 있지."

그가 얄팍한 가슴을 폈다.

"요즘 붐이니까 말이야. 붐의 계기가 된 것은 스리마일 섬 원전 사고였어. 그 사고의 원인은 사고 발생 초기에 기사가 베테랑이었는데도 동요한 나머지 기기를 잘못 조작한 것이었어. 마, 만약 사고 발생 당시 컴퓨터가 냉정하게 원인을 판단하고 그 판단에 따랐다면 더 큰 사고를 미연에 방지했을 수도 있었다는 거지."

"엑스퍼트 시스템이나 그와 관련된 얘기를 마쓰키 군과 나눈 적이 있나?"

이하라가 묻자 오타는 고개를 저었다.

"없어. 나는 그가 그런 일을 했다는 것도 금시초문이야."

가명을 썼을 정도이니 당연한 일인지도 모르겠다고 고헤이는 생각했다.

"그 일이 이번 사건과 모종의 관련이 있다고는 생각지 않나?"

오타가 코를 고는 듯한 소리를 냈다. 혼자 웅얼거린 것이다. 그러다 마침내 고개를 저었다.

"글쎄, 전혀 모르겠는데."

"가령 말이야,"

이하라가 목소리를 낮췄다.

"그 일을 하다가 우연히 어떤 인물에 관한 리스트를 훔쳐보게 되었다, 그런 상상도 가능하지 않을까?"

"이, 인물에 관한 리스트?"

"그래. 개인의 과거나 약력 자료 말이야. 만약 그런 걸 볼 수 있는 기회가 있었다면, 과거를 알리고 싶지 않은 사람의 자료를 봤을 수도 있잖아. 그렇다면 그자가 목숨을 노릴 가능성도 있지 않을까?"

"만약 그렇다면……,"

고헤이가 마쓰키의 옆얼굴을 떠올리면서 말했다.

"마쓰키 씨가 그 인간을 협박했거나 궁지로 몰았다는 얘기가 되겠죠."

"직접적으로 협박이라는 표현을 써도 좋을지는 의문이지만, 만약 그러한 경우라면 마쓰키 군이 그 인물에게 접근했다고 보는 게 타당하겠지."

그러자 오타가 얼굴을 찡그리며 "가능성은, 있지."라고 말했다.

"가령 회, 회사에는 인재 배치 시스템이라는 게 있는데, 거기에는 개인 정보가 다 들어 있어. 경우에 따라서는 과거에 대한 상세한 정보를 보관하는 곳도 있고. 다만, 그런 과거가 있는 자가 정상적인 회사에 오래 머물 수 있을지는 의문이지만."

아닌 게 아니라 사람을 죽이면서까지 감추고 싶은 과거가 컴퓨터에 입력돼 있으리라고는 생각되지 않았다. 그런 사원이 있다면 당장 해고를 당할 테니까.

그런데 이하라는 다르게 말했다.

"자료 그 자체를 협박의 근거로 삼았다고만은 할 수 없지. 이렇게도 생각해 볼 수 있잖아. 마쓰키 군이 자신이 아는 어떤 사람의 개인 정보를 보게 되었다고 치자고. 그런데 거기기록된 과거가 실제와는 달랐다, 그 사람에게는 거짓 정보를 기록해야 할 절대적인 이유가 있었다, 그런데 마쓰키 군이 그 상황을 조사해서 협박했다, 그렇게 말이야."

"대, 대단하군."

조교수가 감탄스럽다는 듯 이하라의 얼굴을 올려다보았다.

"마치 추리 소설가 같아."

신사는 피식 웃고는 관자놀이께를 긁적거렸다.

"놀리지 마. 이런 식으로 생각하다 보면 그 외에 다른 협박
거리가 생각날 수도 있잖아."

"그, 그렇군."

그리고 커피를 홀짝홀짝 마시면서 머리를 굴리는 표정을 짓
던 조교수는 뭔가 좋은 생각이 났는지 퍼뜩 고개를 들었다.

"그 연장선에서, 경리를 취급하는 엑스퍼트 시스템이 있다
면 얘기가 재미있어지겠는데."

"오호, 그래서 공금을 횡령한 사실을 알아냈다면 협박거리
가 되겠군."

이하라가 말했다.

"하지만 우리 주위에는 그렇게 협박의 대상이 될 만한 사람
이 없잖아요."

고헤이가 끼어들었다.

"그러게 말이야."

이하라가 팔짱을 끼고 꿍얼거렸다.

"구, 굳이 꼽자면 자네가 있겠군."

조교수가 입가에 웃음을 흘리면서 이하라를 쳐다보았다.

"회사에 다니는 사람은 자네뿐이니까."

"이 사람이! 지금 농담할 때가 아니잖아. 우리 회사는 센트럴 전자에 일을 의뢰한 적이 없어. 게다가 나는 경리부도 아니고, 회사가 개인 정보를 수집해 간 기억도 없어."

"굳이 꼽자면 그렇다고 마, 말한 것뿐이야."

조교수가 여전히 히죽거리면서 말했다.

"아무튼 우리로서는 이게 한계인 것 같아요."

고헤이가 그렇게 말하자 이하라도 답답하다는 표정으로 고개를 끄덕였다.

"그렇겠지. 그다음 일은 경찰에 맡기는 수밖에."

형사들은 고헤이와 그 주변 인물들보다 마쓰키에 관한 정보를 훨씬 많이 갖고 있다. 지금 여기서 오가는 논의를 수사본부 쪽에서는 이미 하고도 남았을 것이다.

그런데.

이하라와 오타의 얘기도 꽤 흥미로웠지만, 고헤이는 여전히 뭔가 석연치 않은 기분이었다. 어떤 식으로 해석해도 히로미가 마쓰키의 암약과 모종의 관계가 있었으리란 생각이 들지 않는다. 그렇다면 그녀는 단순히 잘못 연루되어 살해당한 것일까.

에쓰코에게서 전화가 걸려 온 것은 그 직후였다. 그녀는 몹시 서두르는 눈치였다. 평소에는 그토록 부드럽던 목소리가 오늘 밤에는 귀에서 짜랑짜랑 울렸다.

용건은 곧장 나오라는 것이었다. 가게 문을 닫으려면 아직 두 시간은 있어야 한다. 상황을 말하자 "그럼 나 혼자 갈게." 라는 대답이 돌아왔다.

"아니, 잠깐. 어딜 간다는 건데?"

"어디긴 어디야, 수국 학원이지. 같이 가기로 약속했잖아."

"이렇게 갑자기 얘기하면 어떡해."

"저쪽 사정을 우선시한 거야. 어떻게 할래?"

"밥도 아직 못 먹었는데."

"샌드위치 정도는 준비할 수 있어. 먹을 시간은 있을 거야."

"알았어. 어떻게 해 볼게."

전화를 끊은 고헤이는 마스터와 사오리에게 사정을 얘기하고 보내 달라고 부탁했다. 시큰둥한 표정을 짓는 마스터에게 사오리가 "짠돌이." 하고 한마디 던진 덕분에 결국 허락을 받아낼 수 있었다.

"새로운 정보가 있으면 꼭 알려 줘."

진지한 얼굴로 말하는 이하라에게 고개를 끄덕여 보인 후 고헤이는 가게를 나와 곧바로 에쓰코의 아파트로 향했다.

집 안에 들어서니 에쓰코는 귀여운 앞치마를 두른 모습으로 큰 접시 하나 가득 샌드위치를 만들어 놓고 있었다.

"먹으면서 들어."

분주하게 홍차를 끓인 다음 에쓰코는 앞치마를 두른 채로 의자에 앉았다. 앞치마에는 우산을 든 부인이 하늘을 나는 그림이 수놓여 있었다.

"이건 경찰의 조사 결과인데, 언니가 어떤 계기로 수국 학원에 다니게 됐는지는 아직 확실치 않아. 아마 호리에 원장은 알고 있었겠지만 다른 직원들은 모른대. 그리고 마쓰키라는 사람과 수국 학원의 관련성은 아직까지 드러난 게 전혀 없대."

고헤이가 햄 샌드위치를 손에 들고 입으로 가져가려다 말고 물었다.

"그거, 고즈키 형사에게 들은 거야?"

"응. 왜, 불만이야?"

아니, 하고 고개를 저으면서 고헤이는 샌드위치를 한 입 먹었다. 빵은 부드럽고 머스터드 맛이 적당히 살아 있다. 편의점에서 파는 팩에 든 것과는 차원이 달랐다.

"그리고 호리에 원장 말인데, 선의로 똘똘 뭉친 사람이었대. 그러니까 살인의 동기가 될 만한 거리가 전혀 없었다는 거지. 원장을 나쁘게 말하는 사람도 없고."

"그런 인상이기는 했어."

"여기까지가 지금까지의 새로운 정보야. 이걸 바탕으로 거기 가서 뭘 물어볼지 생각해 봐."

"이 약속도 고즈키 형사가 주선한 건가?"

"아니. 꽤나 신경 쓰네. 그 사람이 그렇게 싫어?"

그러자 고헤이는 샌드위치를 꿀꺽 삼키고 말했다.

"처음에는 그랬어. 그런데 지금은 그렇지도 않아. 이 문제는 나 스스로 해결한다, 그렇게 생각할 뿐이지. 살짝 폼 나게 말해도 될까?"

"그러시든지."

"다른 사람이 해결한 것만 가지고는 내 안에서 사건이 종결되지 않아. 에쓰코는 수학 잘했어?"

"그런대로."

"나도 아주 잘했거든. 공부하다가 도저히 모르는 문제가 생겼을 때, 누가 그 해결 방법을 설명해 주면 그 자리에서는 아는 것 같아도 금세 잊어버리더라고. 자기 것으로 소화가 안 된 거지. 하지만 시간을 들여서 고민고민하다가 해결한 문제는 절대 잊어버리지 않아. 그런 거랑 비슷해."

"알 것 같기도 하다."

그렇게 말한 후 에쓰코는 고개를 약간 기울이고 혀로 아랫입술을 핥았다.

"그런데 내 생각과는 조금 다르네. 뭐라 설명은 잘 못하겠

310

지만."

"다른 게 당연하지. 사람 수만큼 자기주장도 존재하니까."

고헤이는 또 샌드위치를 베어 물었다. 이번에는 오이와 치즈가 들어 있었다.

"고즈키 씨도 언니를 사랑했어. 그리고 그 사람, 고헤이에 대해서도 좋은 남자라고 했어."

"그와 나는 아무 관계 없어. 히로미는 접착제가 아니야."

에쓰코도 포기했다는 듯 웃고는 샌드위치를 집었다.

친구에게 빌렸다는 소아라 쿠페를 타고 둘은 '수국 학원'을 향했다. 에쓰코의 운전이 거칠어서 조수석에 앉은 고헤이는 몇 번이나 발에 힘을 주어야 했다. 그런데 당사자인 에쓰코는 전혀 신경 쓰지 않는 듯 스테레오에서 흘러나오는 듀란듀란의 음악에 맞춰 왼발로 리듬을 탔다.

학교 주변에 있는 집들의 창문에는 불이 환하게 켜져 있는데 정작 학교는 딱 한 곳에서만 희미하게 불빛이 새어 나왔다. 에쓰코는 학교에서 그런 지시를 받았다며 문 옆의 조그만 출입구를 통해 안으로 들어갔다. 고헤이도 뒤따랐다. 현관에 발을 들여놓으니 왼쪽에 안내 창구가 있었다. 고헤이가 들여다보자 안경 낀 여자가 그들을 알아보고는 가볍게 인사하며 다가왔다.

"늦은 시간에 죄송합니다."

에쓰코가 그렇게 말하자 여자는 미소를 머금고 다시 한 번 고개를 숙인 후 내빈실에서 기다려 달라고 했다. 전에 호리에 원장과 만난 곳이었다.

내빈실에는 조그만 테이블이 있고, 그 위에 찻잔이 두 개 놓여 있었다. 바닥에 연녹색 액체가 조금 남아 있다. 고헤이와 에쓰코가 오기 전에 다른 손님이 있었던 모양이다.

기다리고 있자니 5분쯤 지나 아까 그 여자가 차를 들고 나타났다. 그 모습을 보니 전에 원장과 얘기를 나눌 때에도 그녀가 차를 들고 온 기억이 났다.

"이런, 실례를 했네요."

그녀가 테이블 위에 놓여 있는 찻잔을 보고 미안하다는 듯 말하더니 얼른 그것을 치우고 두 사람 앞에 새 찻잔을 내려놓았다. 찻잔에서 하얀 김이 오른다.

"조금 전에 갑자기 손님이 오셨어요."

그녀가 앉더니 괜한 변명을 늘어놓았다.

"사에키 씨라고 아시죠? 그분이 오셨어요."

"우애 생명의 생활 설계사 말씀이죠?"

고헤이가 묻자 그녀가 고개를 힘주어 끄덕거렸다.

"원장님이 돌아가신 일로 오셨는데, 몹시 슬퍼하셨어요."

"그렇겠죠."

고헤이도 안타까운 일이라는 듯 대답했다.

그 후에 우선 서로를 소개했다. 그녀는 다나베 스미코라고 하며, 이 학원에서 가장 오래 근무한 사람이라고 자신을 소개했다.

"원장님이 왜 그 거리에 가셨는지 저희도 잘 모르겠어요."

심각한 표정으로 그녀는 그렇게 얘기를 꺼냈다.

"그날은 늦게까지 학원에 남아 계셨는데 말이죠."

"누구를 만난다는 얘기도 없었나요?"

고헤이가 물었다.

"없었어요. 그런데 지금 생각해 보면 그날 왠지 안절부절못하셨던 것 같기도 해요."

"어디서 전화가 걸려 오지도 않았고요?"

에쓰코가 물었다. 스미코는 잠시 생각한 후 고개를 저었다.

"왔을지도 모르죠. 하지만 원장실에도 전화가 있으니까 우리도 거기까지는 알 수 없어요."

"그렇군요."

에쓰코가 맥없는 소리로 대답했다.

"도움이 될 만한 대답을 못 드려 죄송하네요."

스미코는 앉은 채로 허리를 약간 굽혔다.

"실은 지금 두 분이 하신 질문을 조금 전에 사에키 씨도 하셨어요. 그때도 만족스러운 대답을 하지 못했는데."

"사에키 씨도……."

무슨 일이지, 하고 고헤이는 생각했다. 그녀도 범인을 찾고 있다는 말인가?

"그런데 우리 언니가 살해당했다는 것도 알고 계시죠?"

에쓰코가 물었다. 스미코는 천천히 고개를 끄덕였다.

"좋은 분이었어요. 경찰에서 그분에 대해서도 이것저것 묻더군요."

"히로미 씨가 원장님에게 뭔가 의논을 했다거나, 그런 일은 없었나요?"

스미코는 잠시 생각하더니 "그런 기억은 없어요."라고 대답했다.

"전에 호리에 원장님이 학생가에 대해서 말씀하신 적도 없었고요?"

에쓰코가 물었다. 하지만 스미코의 대답은 비슷했다.

고헤이는 무의식적으로 에쓰코와 마주 보았다. 이래서야 실마리가 될 만한 걸 찾을 수 없다. 뭐라도 힌트가 있으면 그것을 실마리로 거슬러 추리할 작정이었는데, 이래서는 질문의 내용도 확대할 수 없었다.

"여기 있을 때 언니는 어땠어요?"

에쓰코가 전혀 방향이 다른 질문을 했다.

"봉사로 일을 거들기만 했나요, 아니면 즐거워 보였나요?"

"히로미 씨는 정말 즐겁게 일을 거들어 주셨어요."

스미코는 강조하듯 힘주어 말했다.

"물론 일의 성격상 봉사라는 마음이 있었겠죠. 하지만 그분 자신도 즐겁게 아이들을 대했어요. 그렇지 않으면 아이들이 마음을 열지 않거든요."

그러더니 스미코는 손뼉을 짝 치고서 자리에서 일어났다.

"두 분께 그걸 보여 드려야겠네요."

그리고 2, 3분쯤 지나 커다란 앨범을 들고 왔다.

"가끔 사진을 찍거든요."

그녀가 펼친 곳에는 수십 명의 원생과 함께 히로미의 모습이 있었다. 사진 한가운데 있는 히로미는 '모르그'에 있을 때와는 전혀 다른 사람인 것처럼 활동적인 차림으로 체조 비슷한 것을 하고 또 노래를 부르고 있었다.

"아, 피아노."

사진 하나를 가리키며 에쓰코가 말했다. 사진 속에서 히로미는 피아노를 치고 있었다. 그 표정에 넘쳐흐르는 생기발랄함이라니. 고헤이에게는 한 번도 보인 적 없는 표정이었다. 이것이야말로 그녀의 진정한 모습이라고 고헤이는 생각했다.

"왜 이렇게 좋은 분이 죽어야 했을까요."

사진을 보고 있자니 감정이 북받쳐 오르는지 스미코가 눈가를 누르면서 말했다. 목소리도 약간 떨렸다.

히로미가 찍힌 사진은 그리 많지 않았다. 역시 직원 중심인 듯했다. 체험 학습, 게임, 종이 인형극.

그러다가 고헤이의 눈길이 어느 한 곳에 고정되었다. 눈에 익은 얼굴을 발견했기 때문이다. 마음속에서 무언가를 경고하듯 종이 울리는 느낌이었다. 머리로 피가 솟구쳤다.

원생들의 건강 검진 때 찍은 사진인 듯했다. 병원에서 출장 나온 의사 둘의 모습이 담겨 있었다. 그중 한쪽이…… 가죽 재킷의 사나이였다.

사진에서 남자는 재킷이 아닌 하얀 가운을 입고 담소하고 있었다.

"이 사람은…… 우, 우리 동네 근처에 있는 종합 병원 의사 아닌가요?"

고헤이가 자기도 모르게 말을 더듬었다. 에쓰코가 옆에서 의아하게 여기는 게 느껴졌다.

"아, 네. 그 병원이 우리 학원 지정 병원이에요. 이분은 사이토 선생님이라고, 젊었을 때부터 와 주셨죠."

"사이토……."

"저, 이분이 왜요?"

"아닙니다. 얼핏 본 적이 있는 것 같아서……. 최근에는 언제 여기 오셨죠?"

스미코는 고개를 갸웃하고 잠시 생각하더니 대답했다.

"그러고 보니 최근에는 안 오셨네요. 다른 선생님이 주로

…… 마지막 오신 게 아마 지난봄쯤이었을 거예요."

"봄쯤이라고요?"

고헤이도 고개를 갸웃했다.

"정말 좋은 분이세요. 아이들을 위해서 누구보다 열심이시죠. 치료가 생각대로 잘되지 않으면 자신의 책임이라고 하시면서……."

"그런가요."

고헤이는 다시 한 번 사진을 보았다. 사진 속의 남자는 웃고 있었지만 그 눈은 빈틈없는 의사의 눈이었다.

학교에서 나와 소아라 쿠페에 올라탄 순간 에쓰코가 고헤이의 팔꿈치를 꼬집었다.

"아야야."

"털어봐, 그 남자 누구야?"

"아직 몰라. 정체불명의 사나이. 알았어. 얘기할 테니까 이거 좀 놔."

에쓰코가 손을 뗀 후에도 꼬집힌 자리가 따끔따끔 아팠다.

"네 언니는 이러지 않았다고."

그렇게 투덜거리면서 고헤이는 가죽 재킷의 사나이에 대해 설명했다. '모르그'의 숨은 단골이며 히로미가 살해되던 날밤 아파트에서 나왔던 사람이라는 것 등등을.

"무슨 관계가 있을까?"

키를 돌리면서 에쓰코가 중얼거렸다. 전자 제어식 연료 분사 장치를 갖춘 엔진이 힘차게 움직이기 시작했다.

"아직은 잘 몰라. 앞으로 조사해 보려고."

"어떻게 조사할 건데? 본인을 직접 만나서 물어볼 거야, 사건과 관계가 있느냐고?"

"그럴 수야 없지. 하지만 수국 학원과 히로미의 얘기를 하면서 반응을 살피는 방법이 있잖아."

"무슨 드라마도 아니고, 그게 잘될까?"

그렇게 말하더니 에쓰코가 액셀을 꾹 밟았다. 타이어가 끼긱거리고 고헤이의 몸이 등받이로 쏠렸다.

"아무튼 한번은 얘기를 해 볼 필요가 있겠지. 의심하거나 수상하게 여기는 건 그다음이라도 되잖아. 내일이라도 만나 볼게."

"나도 같이 갈래."

"그건 좋은데, 그 형사에게도 말할 거야?"

에쓰코는 잠시 말이 없더니 "당분간은 안 할게."라고 대답했다.

"딱히 경찰과 대립할 마음은 없지만, 고헤이 쪽에 걸어 보는 것도 나쁘지 않을 것 같네. 왠지 재미있을 것 같아."

"재미있을 것 같다……."

"고즈키 씨에게 맡기는 게 확실하기는 한데 재미가 없잖아.

자료를 보고 냉정하게 처리하고 정확한 답을 추출하는 거."

"기계처럼?"

"응, 기계처럼. 형사가 되기 위해서 태어난 사람이야. 폴리스 머신."

"만약 가까운 미래에 완벽한 수사 능력을 지닌 컴퓨터가 생겨나면,"

그렇게 말하면서 고헤이는 앞 유리창에 'computer'라고 썼다.

"그 사람은 어떻게 될까?"

"어떻게 되기는. 무능한 인간보다는 도움이 되겠지. 그리고 사이좋게 지내 보자고 컴퓨터와 인사하지 않을까."

"흠, 그렇군. 이제 알겠다."

"뭘?"

"내기 당구를 쳤거든. 도저히 못 이기겠더라."

에쓰코는 잠시 생각하는 표정을 짓더니 후후후 웃었다.

9

지하철 계단을 내려오면 바로 앞에 7층짜리 건물이 있고, 그 3층에 문제의 가게가 있었다.

고즈키와 젊은 형사는 빌딩 앞에 섰다.

번화가인 메인 스트리트에서 약간 비켜난 곳이다. 시간은 아직 6시 전. 그런데도 회사원인 듯한 남자들이 어디선가 나타나 근처에 있는 가게로 사라지는 것은 망년회 시즌이기 때문일 것이다.

'컬러 볼'이라는 가게가 지금 가려는 곳이다. 두 사람은 빌딩 안으로 들어가 엘리베이터 버튼을 눌렀다.

"이런 데도 드나든 건가, 마쓰키가."

엘리베이터를 기다리는 동안 고즈키가 후배 형사 다도코로에게 말했다. 다도코로는 키가 크고 정갈한 인상의 젊은이였다. 일류 대학의 법학부를 나온 사람이다.

"회사원 시절에 열심히 드나들었다고 합니다. 대개 혼자였다는군요."

"혼자서 당구를 치러 왔단 말이군."

"그렇죠."

엘리베이터가 도착했다. 그들은 엘리베이터에 올라탄 뒤 3층 버튼을 눌렀다.

"과장님이 그러던데요. 고즈키 선배의 실력은 인정하지만 다소 오버하는 듯하다고 말이죠."

"평판이 좋지 않은 거야?"

"그렇지는 않습니다. 내심 만만치 않은 상대라 여기는 거겠죠. 그리고 이번 사건에 대해서는 오기를 부리는 것처럼 보일 겁니다. 실은 저도 그렇게 생각하고요."

"오기는 중요한 거야."

고즈키가 그렇게 말하고 히죽 웃었을 때 엘리베이터가 3층에 도착했다.

'컬러 볼'의 문을 열었다. 실내가 의외로 넓었다. 파란색 천을 씌운 당구대가 네 대 놓여 있다. 포켓 테이블이 세 대, 캐럼 테이블이 한 대다. 그리고 그것들을 둘러싸듯 테이블과 카운터가 있고 사람들이 술을 마시면서 타인의 게임을 구경하거나 순서를 기다린다.

고즈키 일행이 들어섰을 때 당구대 네 곳은 전부 게임 중이었고 순서를 기다리는 사람도 있었다. 손님의 절반 이상이 젊은 여자인 것을 보고서 고즈키는 무슨 새로운 발견이라도 한 듯한 기분이 들었다.

턱수염을 기른 땅딸막한 남자가 둘에게 다가왔다. 하얀 셔츠에 검은 조끼를 입고 있다.

"지난번에 했던 얘기를 좀 더 자세히 듣고 싶어서 말이죠."

다도코로의 말에 땅딸막한 남자는 눈을 약간 치떴다. 그리고 카운터 구석 쪽으로 형사들을 안내했다.

"장사가 아주 잘되는군요."

고즈키가 말했다.

"덕분에요."

"이 남자, 아시죠?"

고즈키가 안주머니에서 사진 한 장을 꺼내 남자에게 보여주었다. 마쓰키의 상반신이 찍힌 사진이었다.

남자는 사진을 보고는 젊은 형사 쪽을 쳐다본 후 고개를 끄덕거렸다.

"스기모토 씨로군요."

"여기 자주 왔던 것 같은데."

"작년까지는 그랬죠."

"그런데 그 후에는 오지 않았다, 이유를 압니까?"

"글쎄요."

남자가 고개를 비틀었다.

"그런 손님이 간혹 있습니다. 하루가 멀다 하고 오다가 갑자기 발길을 끊곤 하죠."

"이 사람에게 들었는데, 사진 속의 남자가 그쪽에게 묘한 의논을 했다던데요. 대학 관계자를 소개해 달라고 말이죠."

고즈키가 옆에 서 있는 젊은 형사 쪽으로 약간 고개를 돌리고 말했다.

"소개? 아아……."

남자는 무슨 소린가 했다는 듯이 피식 웃었다.

"단골손님 중에는 이런저런 사람이 많잖습니까. 세무사나

부동산업자를 소개해 달라는 부탁을 종종 받습니다. 그런데 대학 관계자를 소개해 달라는 건 그때가 처음이었습니다."

"단순히 대학에 있는 사람을 부탁했나요?"

"아니죠. 컴퓨터를 연구하는 학자라고 했던 것 같습니다."

남자가 턱수염을 움찔거리며 말했다.

"호……."

고즈키와 후배 형사가 얼굴을 마주 보았다. 그리고 다시 남자 쪽으로 시선을 돌렸다.

"이유는 묻지 않았습니까?"

"물었던 것 같은데, 분명한 대답은 하지 않았을 겁니다. 그게 아주 오래전 일이라서…… 기억이 잘 안 나는군요."

"아주 오래전이라면 구체적으로 언제쯤입니까?"

"아, 그러니까 4년 전쯤인가……."

"4년……."

"스기모토 씨가 여기에 드나들기 시작했을 무렵입니다."

"그래서 소개를 했습니까?"

"아닙니다. 대학교수가 몇 명 드나들긴 했지만 컴퓨터와 관련된 사람이 없었어요."

"그 후에는 그런 부탁을 한 적이 없습니까?"

"저한테는 없었는데……, 맞아요, 지로가 뭔가 알고 있을지도 모르겠습니다."

"지로?"

"작년에 스기모토 씨와 게임을 자주 하던 친구입니다."

그렇게 말하고 남자는 구석에 있는 포켓 테이블로 다가가 여대생인 듯한 두 명에게 코치를 하고 있는 젊은 점원에게 귀띔을 했다. 지로는 단정한 생김새의 미남이었다.

"스기모토 씨는 기억하지만 누구를 소개해 달라고 부탁했던 기억은 없는데요."

지로는 볼 언저리를 갉작갉작 긁으면서 말했다.

"제가 인맥이 그리 넓은 것도 아니고, 좋은 여자를 소개해 달라는 부탁은 많아도……."

"마쓰키 씨가 달리 친하게 지내던 사람은 없나? 여기 종업원이 아니더라도 말이야."

"글쎄요."

지로는 귀찮은 것처럼 얼굴을 찡그렸지만, 그래도 진지하게 기억을 더듬는 듯했다.

이윽고 그가 고즈키를 향했다.

"그러고 보니 한 사람 있었던 것 같네요. 학생인지는 몰라도 꽤 젊은 사람이었어요. 작년 여름쯤에 스기모토 씨와 자주 게임을 했습니다. 당구 솜씨는 영 엉망이었지만요."

"젊은 사람?"

고즈키의 뇌리에 쓰무라 고헤이의 얼굴이 떠올랐다.

"키가 작고 좀 투실투실한 남자였어요."

그렇다면 쓰무라 고헤이는 아니다.

"누군지는 모르고?"

"이름은 모르겠어요. 하지만 아마 이 부근에서 아르바이트를 하고 있을 겁니다. 한번은 전자 제품 대리점 작업복을 입고 온 것 같은데요."

"전자 제품 대리점에서 아르바이트를 하고 있단 말이지."

고즈키의 머리에 어떤 울림이 퍼졌다. 사진을 주머니에 넣고 만족스러운 표정으로 지로의 어깨를 툭 친다.

"고마워. 참고가 될 거야."

"저…… 그 사람에게 무슨 일이 있는 건가요?"

지로가 형사의 안주머니를 가리켰다.

고즈키는 한숨을 내쉬고서 대답했다.

"살해당했어."

10

수국 학원에 다녀온 다음 날 낮, 에쓰코가 또 고헤이에게 전화를 걸었다.

"점심때 시간 좀 있어?"

그녀가 다짜고짜 물었다.

"있기는 한데, 자리를 비울 수는 없어."

고헤이가 그렇게 대답했는데도 그녀는 그 말을 못 들었다는 듯 장난기 많은 어린애 같은 목소리로 말했다.

"예의 의사를 만날 수 있는 절호의 기회야. 병원에 가서 넌지시 확인해 봤는데, 그 사람 어젯밤에 야근해서 점심때 되면 집에 돌아갈 거래. 내가 미행해서 직접 집에 찾아가 보려고."

수화기에서 웅성거리는 소리가 흘러나왔다. 아마도 병원 근처 공중전화에서 거는 듯했다.

고헤이는 한숨이 나왔다.

"왜 그런 소리를 늘 그렇게 갑자기 하는 거야. 내 사정도 생각해 줘야지."

"미안해. 그럴 여유가 없었어."

그녀는 곧바로 사과했지만 조금도 미안해하는 말투가 아니었다.

"그래서 어떻게 할 건데?"

"어떻게 해 볼게. 어딘지나 가르쳐 줘."

에쓰코는 얼른 자신이 있는 위치를 말했다. 병원 대합실이다. 잠복인 셈이다.

"20분이면 도착할 수 있을 거야."

"15분 내로 와."

"노력할게."

고헤이는 수화기를 내려놓았다가 다시 들고 같은 아파트에 사는 낙제생에게 전화를 걸었다. 하도 낙제를 여러 번 해서 부모님이 생활비까지 줄인 녀석이다. 그런 주제에 강의에도 제대로 들어가지 않고 늘 집에서 뒹군다.

낙제생이 전화를 받자 고헤이가 제안했다.

"두 시간만 일해도 돈이 되는 아르바이트가 있는데 할 마음 있어?"

고헤이가 병원 대합실에 들어서자 눈이 휘둥그레질 만큼 많은 사람이 자기 이름을 불러 주기를 기다리고 있었다. 대부분이 중년 아니면 노인이다. 학생가라고 일컬어지는 이 지역 어디에 이렇게 많은 중년층과 노인들이 살고 있는지 어리둥절할 정도였다. 하도 붐비는 통에 에쓰코를 찾기가 쉽지 않았다.

그녀는 맨 구석에 있는 의자에서 주간지를 읽고 있었다. 그녀가 고헤이를 알아보고는 손을 흔들어 신호를 보낸다.

"공기가 너무 나쁘다."

에쓰코가 그렇게 말하면서 미간을 찡그렸다.

"다들 기침을 해. 혹시 이 병원에서 병자를 양산하는 거 아냐?"

"가죽 재킷의 사나이는 아직이야?"

고헤이가 그녀 옆에 앉아서 물었다.

그녀가 손목시계를 얼핏 보면서 대답한다.

"이제 슬슬 나올 시간이야."

그녀가 다시 주간지를 보기 시작하자 고헤이는 어쩔 수 없이 맞은편 의자에 앉아 있는 다섯 살쯤 된 사내아이를 보게 되었다. 아이는 열이라도 있는지 축 늘어져서 엄마인 듯한 뚱뚱한 여자의 몸에 기대고 있었다. 점퍼에 목도리, 그리고 털모자까지, 옷을 지나치게 많이 입어서 더욱 힘들어하는 것처럼 보였다. 아이가 몸을 조금 움직이자 엄마가 깡통을 두드리는 듯한 목소리로 혼을 냈다.

"얌전히 있으라니까."

그러고는 다시 연예 잡지를 본다.

이 병원은 손님을 오래 기다리게 하기로 유명한 곳이다.

"저기."

에쓰코가 느닷없이 옆구리를 찔렀다. 고헤이는 화들짝 놀라 얼굴을 들었다. 그러나 남자의 모습은 보이지 않는다.

"없잖아."

"그게 아니라 저 여자."

"응?"

그녀의 시선이 가리키는 쪽을 보니 출입구로 걸어가는 한

328

여자가 있었다. 아무렇게나 묶은 머리가 낯익다.

"아, 사에키 씨잖아."

생명 보험 회사에서 생활 설계사로 일한다는 사에키 요시에였다. 수국 학원에서 히로미와도 친하게 지냈다는 여자.

"왜 저 여자가 여기 있는 거지?"

"모르겠어. 어디가 아파서 온 것 같지는 않아."

"보험 권유하러 온 건가."

"그럴지도 모르겠네. 하지만 병원에 와서 생명 보험 들라고 권하는 것도 좀 이상하잖아."

둘이 그런 대화를 나누는 동안 요시에는 밖으로 나갔다. 그 뒷모습을 계속 쳐다보고 있는데 에쓰코가 다시 낮은 소리로 말했다.

"아, 왔어. 저 사람 맞지?"

그는 긴장한 것처럼 몸이 굳어 있었다. 틀림없는 가죽 재킷의 사나이였다.

그는 양복 위에 검은 모직 코트를 걸치고 짙은 색 선글라스까지 긴 모습으로 재빨리 병원을 빠져나가고 있다.

"가자."

고헤이가 의자에서 일어섰다.

남자는 고헤이와 에쓰코로부터 20미터 정도 앞까지 가 있었다. 이쪽의 미행을 눈치챈 기미는 없다. 만약 그가 사건과 무관하다면 미행당할 염려도 하지 않을 것이다.

고헤이는 자신이 마치 형사 같은 행동까지 취해 가면서 왜 이렇게 골치 아픈 짓을 하고 있는지 생각했다. 불러 놓고 얘기하면 금방 끝날 일이다. 그의 집을 찾아낼 필요 따위는 없다.

그런데 그 남자에게 뭔가 석연치 않은 구석이 있는 것은 사실이었다. 히로미의 아파트에서 본 것도 그렇지만, 남자 자신이 뭔가 마음에 걸려 죽겠다는 분위기를 풍긴다. 그 정체를 알 수 없어서 고헤이는 속으로 답답해하고 있었다.

"아파트 쪽이야."

연인으로 가장하려는 속셈인지 고헤이의 팔을 끼고 있던 에쓰코가 귓가에 속삭였다.

"역시 그 아파트에 사는 거 아냐?"

"글쎄……."

그 아파트 앞까지 왔다. 남자는 걷는 속도를 약간 늦추더니 뒤를 넌지시 살폈다. 그러기 직전에 낌새를 챈 고헤이와 에쓰코가 주차되어 있는 봉고차 뒤에 얼른 몸을 숨겼다.

남자는 가운뎃손가락으로 선글라스를 밀어 올리더니 재빠른 동작으로 아파트로 들어갔다. 고헤이와 에쓰코도 봉고차 뒤에서 뛰어나왔다.

"역시."

"빨리 가자."

둘은 뛰었다.

현관으로 들어서자마자 두 사람은 엘리베이터 앞으로 갔다. 몇 층에서 내리는지 확인하기 위해서였다. 그런데 엘리베이터는 1층에 그대로 서 있었다.

"계단이야."

에쓰코가 말하는 것과 동시에 고헤이는 계단으로 뛰어 올라갔다. 바로 뒤에서 에쓰코도 따라왔다.

3층까지 올라갔을 때 머리 위에서 발소리가 들렸다. 딱딱하고 리드미컬한 소리였다. 남자의 걸음걸이를 떠올렸다. 그의 발소리가 틀림없다고 고헤이는 확신했다.

남자의 발소리는 6층까지 계속되었다. 둘은 조심조심 복도로 얼굴을 내밀었다. 바로 앞에 남자의 뒷모습이 보여서 순간적으로 뒤로 물러섰다.

고헤이가 다시 얼굴을 내밀어 그가 몇 호로 들어가는지 확인했다. 남자는 발소리를 울리면서 복도를 걸어가 어느 문 앞에서 걸음을 멈추더니 벽에 붙은 벨을 눌렀다.

"어, 저기는."

고헤이 옆에서 에쓰코가 중얼거리는 찰나 남자 앞에 있는 문이 열렸다.

"어!"

고헤이의 입에서 그런 소리가 흘러나왔다. 그 소리에 문을 연 여자도 그들이 있다는 것을 알았다.

"고헤이…… 짱."

"마담, 어떻게……."

그곳은 준코의 집이었다.

선글라스 낀 남자가 불쑥 나타난 두 남녀와 준코의 얼굴을 무슨 일이냐는 표정으로 바라보았다. 어색한 침묵이 세 사람을 감쌌다.

집 안에서 블루스가 흘러나왔다.

4장

수수께끼 풀이, 대결, 그리고 역전

1

블루스는 부엌에 놓인 소형 더블 카세트 라디오에서 흘러나오고 있었다. 그것이 준코의 유일한 음향 기기다. 덕분에 거실은 소파 세트가 놓여 있음에도 여유가 있었다. 유리 테이블 양옆으로 긴 소파가 두 개나 놓여 있는데도.

고헤이와 에쓰코가 그 한쪽 소파에 나란히 앉고, 그들을 마주 보는 자리에 의사가 앉았다. 준코는 다소 불안한 기색으로 부엌에서 차를 준비하고 있다.

세 사람이 마주 앉았을 때 벽에 걸린 나무무늬 시계는 12시 35분을 가리키고 있었다. 그리고 초바늘이 두어 바퀴를 도는 동안 아무도 입을 열지 않았다. 서로가 상대의 모습을 살피다가 눈길이 마주치면 피하는 식의 행동이 몇 번 반복되었다.

남자는 윗도리 주머니에서 켄트 갑을 꺼내 한 개비를 입에 물었다. 그리고 라이터로 불을 붙이려다 멈칫하며 치켜뜬 눈으로 고헤이 쪽을 바라보았다.

"피워도 될까?"

그가 물었다. 정적을 깬 첫 목소리였다.

"그러시죠. 마담이 상관없다면야. 여기는 그녀의 집이니까요."

고헤이가 대답했다.

차를 따르는 준코의 손이 순간적으로 멈칫하는 것을 고헤이는 놓치지 않았다.

남자는 담배 연기를 시간을 들여 오래 빨아들였다가 그것을 다시 공기 중으로 내뿜었다. 에쓰코가 고헤이 옆에서 으흠, 하고 조그맣게 헛기침을 했다.

"그래서,"

남자가 소파에 기댄 자세로 젊은 남녀의 얼굴을 번갈아 바라보았다.

"무슨 일이지? 미행을 했다는 건 내게 용건이 있다는 뜻일 텐데."

낮지만 낭랑하게 울리는 음성이다.

고헤이는 천천히 침을 삼키고 마음을 진정시킨 후 물었다.

"수국 학원이라고, 아시죠?"

남자가 미간을 찡그린 채 아주 천천히 고헤이 쪽으로 얼굴을 돌렸다. 질문의 의미를 생각하는 표정이다.

"사진을 봤습니다. 그 학교 직원이 히로미가 일하던 모습을 보여 주려고 앨범을 가져왔는데, 사진 속에 우연히 당신의 얼굴이 나와 있었죠. 종합 병원의 사이토 선생님이라고 직원이 알려 줬습니다."

"그래서, 그게 어떻다는 거지? 나는 일 때문에 거기 갔을 뿐 개인적으로는 아무 관계도 없어. 적어도 자네들에게 미행 당할 이유는 될 수 없다고 생각하는데."

감정이 드러나지 않는 밋밋한 말투였다. 환자를 대할 때도 이런 식일까, 고헤이는 문득 그런 생각을 했다.

대화가 끊기는 틈을 타 준코가 차를 가져왔다. 동그랗고 얕은 찻잔에서 호지차의 향긋한 향이 피어올랐다. 고헤이는 차를 한 모금 마시고 다시 물었다.

"히로미가 수국 학원에 다녔다는 것도 아시죠?"

사이토는 담뱃재를 재떨이에 떨고서 언짢은 표정으로 한숨을 쉬었다.

"알지."

"그러니까 당신은 호리에 원장과도, 히로미와도 관계가 있는 셈이군요."

"그야 그렇지."

그가 아랫입술을 쑥 내밀었다.

"하지만 살인 사건과는 아무 관계가 없어. 조금 전에도 말했지만 나와 수국 학원의 관련성은 의사와 환자 사이라는 것밖에 없다고."

"하지만 그걸 증명할 수는 없죠?"

옆에서 에쓰코가 말을 꺼냈다. 사이토는 다소 허를 찔린 듯한 표정이었지만 이내 정색하고 말을 되받았다.

"부정할 근거도 없을 텐데. 게다가 그 원장이 살해당하던 날 밤 나는 병원에서 동료와 함께 있었어."

잠시 또 침묵이 흘렀다. 준코는 사이토 옆에 앉아 손에 든 찻잔을 물끄러미 내려다보고 있었다. 고헤이의 눈에는 그녀가 일이 어떻게 돌아가는지 지켜보는 것처럼 보였다.

"상상을 하나 해 봤는데요, 그대로 말해도 될까요?"

"그러지."

"당신과 마담은 연인 사이입니다. 그런데 어떤 사정이 있어서 그 사실을 공표하지 못하고 있죠. 그래서 그저 가게 마담과 손님이라는 형태로 만나고 있습니다. 아파트에 올 때도 사람 눈을 피해서 오죠."

사이토는 옆에 앉은 준코를 힐금 쳐다보고는 포기한 듯이 헛헛하게 웃었다.

"그래. 이런 현장을 봤으니 부정하기는 힘들겠군. 하지만 이 일과 자네들과는 아무 관계도 없지 않나."

"왜 두 사람의 관계를 숨기는 거죠?"

"그걸 설명해야 할 의무는 없을 텐데."

사이토의 말투에서는 여전히 그 어떤 동요도 감지되지 않았다. 느긋하게 소파에 몸을 맡기고 있을 뿐이다. 오히려 옆에 있는 준코가 무슨 말인가 하고 싶은 표정으로 고헤이를 보았다. 고헤이와 눈이 마주치자 그녀가 입을 열었다.

"내 사정 때문이야. 내 사정 때문에 우리 사이를 숨긴 거였어. 그런 가게를 하고 있는 사람이 애인이 있다고 알리는 건 좋지 않다고 생각했어."

"히로미는 나와의 관계를 숨기지 않았잖아요."

"상황이 다르지."

성숙한 여자답게 차분한 목소리였다.

고헤이는 잠시 또 입을 다물었다가 다시 준코의 얼굴을 보았다.

"마담도 매주 화요일에 히로미가 수국 학원에 간다는 사실을 알고 있었던 거죠?"

그래, 라고 하듯이 그녀가 입술을 움직였다.

"그럼 왜 가르쳐 주지 않은 거죠? 몇 번을 물어봐도 마담은 모른다는 대답밖에 하지 않았어요."

"전에도 말했잖아. 무엇이든 다 알려고 하지 말라고. 그녀가 비밀로 하고 싶어 하는 일을 내가 멋대로 떠벌릴 수는 없었어. 더구나 나도 그녀가 왜 장애우 시설에 다녔는지는 몰라."

"궁금하지 않았어요?"

"물론 궁금했지. 한번은 물어본 적도 있었어. 그런데 말해 주지 않았어. 그 후로는 나도 그 일에 대해서 언급하지 않으려 했고."

"누구에게든 숨기고 싶은 일은 있는 법이지. 나이가 들면 더욱이 많아지고."

옆에서 사이토가 끼어들었다. 그 목소리에, 미행을 한 데다 이것저것 질문하는 고헤이를 비아냥거리는 듯한 울림이 담겨 있었다.

"저도 질문이 있는데요."

고헤이가 잠시 주춤한 틈을 타서 에쓰코가 입을 열었다. 준코와 사이토의 눈길이 에쓰코에게 옮겨 갔다.

"두 분이 어떻게 만났는지 들려주세요. 우리 언니와 준코 언니는 친구 사이고 같은 가게를 운영하는 경영자, 언니와 사이토 씨는 같은 장애우 시설에 다니면서 얼굴을 익히게 된 사이, 그리고 사이토 씨와 준코 언니는 연인 사이. 그렇다면 언니와 두 분의 사이가 상당히 밀접했을 것 같은데요."

좋은 질문이다, 라고 고헤이는 생각했다.

준코와 사이토는 당황한 표정으로 잠시 서로를 쳐다봤다. 잠시 후 사이토가 고개를 끄덕이며 입을 열었다.

"그건 내가 얘기하지."

상대가 히로미의 동생인 만큼 괜한 간섭이라며 무시하기는 어려웠던 모양이다.

그는 담배를 재떨이에 비벼 끈 후 두 손을 마주 잡고 무릎에 올려놓았다.

"수국 학원에서 히로미 씨를 알게 된 게 계기였어. 집이 가까워서 친해졌지. 그녀 쪽에서 가게로 꼭 한번 놀러 오라고 하더군. 물론 학교 얘기는 비밀로 한다는 약속하에 말이야."

"그래서 가게에 갔다가 준코 언니를 만난 건가요?"

에쓰코가 묻자 사이토가 고개를 살살 끄덕거렸다.

"다만, 금세 사귀게 된 건 아니었어. 우리가 만난 건 지난봄이었지만 지금의 사이로 발전한 건 여름이 지나서였지."

"두 분 사이에 대해서는 언니도 알고 있었나요?"

"당연히 알고 있었지."

에쓰코가 고헤이의 얼굴을 보았다. 그 표정이, 이런 대답이 나오면 득이 없다고 말하고 있었다.

"너희들,"

준코가 입을 열었다.

"우리를 의심하고 있는 거야? 우리가 히로미를 죽인 범인이라고?"

그녀의 말투는 부드러웠지만 눈빛은 명백하게 고헤이와 에쓰코를 비난하고 있었다. 고헤이는 얼른 고개를 저었다.

"그런 건 아니에요."

"그럼 왜 계속 그런 질문을 하지?"

"뭔가 힌트라도 얻을 수 있지 않을까 싶었어요. 마담이 범인일 거라는 생각은 추호도 없어요. 그리고 히로미가 죽던 날 밤, 마담이 가게에 있었다는 건 내가 잘 알잖아요. 게다가 마담은 히로미를 죽일 만한 동기가 없어요."

"그런데도 내게 관심을 보인 걸 보면 특별한 근거가 있는 모양이군. 이렇게 미행까지 하고 말이야. 히로미 씨가 그 학교에 다녔다는 점과 이 거리에 사는 사람이란 점이 그 근거라면 좀 과한 행동 같은데."

"불쾌하게 한 점에 대해서는 사과드립니다. 물론 당신에게 관심을 가진 이유는 따로 있지만요."

고헤이가 머리를 숙이고 말했다. 그리고 히로미의 시신을 발견하던 날 아파트 입구 부근에서 사이토와 스쳐 지났다는 사실을 얘기했다.

"그랬나."

사이토는 고헤이와 마주친 기억이 전혀 없는지 고개를 약간 기울이고 그렇게 반응했을 뿐이다.

"그렇습니다. 그날은 가죽 재킷 차림이었지만."

다시 한 번 그랬었나, 라며 그는 소파에서 자세를 고쳐 앉았다.

"흐음, 그래서 나를 범인으로 의심했던 것이군."

"아니요, 의심한 건 아닙니다. 사건을 전후해서 몇 번이나 '모르그'에서 봤거든요. 그래서 좀 신경이 쓰였을 뿐입니다.

게다가 사이토 씨는 범인이 될 수 없죠."

"어째서?"

그가 오히려 의아하다는 표정이었다.

"제가 사이토 씨와 스쳐 지난 후에 엘리베이터가 1층에 도착했어요. 히로미는 아마 그때 엘리베이터를 탔을 테니 사이토 씨는 범인이 될 수 없죠."

그런데 사이토는 고헤이가 한 말의 의미가 이해되지 않는다는 표정이었다. 그가 다시 물었다.

"왜 그녀가 1층에서 탔다고 생각하지?"

"여러 가지 상황을 봐서요. 이건 경찰에서도 확신하고 있는 사항입니다. 설명하려면 길지만요."

"그럴 리 없는데. 그녀는 1층에서 타지 않았어."

"……."

고헤이는 숨을 삼키고 그의 얼굴을 새삼스럽게 바라보았다. 너무도 자신만만한 표정이라 되받을 말이 떠오르지 않았다.

"그날 나는 여기 두고 간 게 있어서 가지러 왔다가 금방 도로 나갔어. 그리고 자네들도 이미 알겠지만 난 이 아파트에 드나들 때는 계단을 이용해. 최대한 다른 주민들 눈에 띄지 않으려고 조심하는 거지. 물론 그날 밤에도 그랬고."

고헤이와 에쓰코는 고개를 끄덕거렸다.

"그런데 1층까지 내려갔다가 또 생각난 게 있어서 다시 올라오려고 했어. 그때는 걸어 올라가자니 귀찮아서 1층에서 엘리베이터 버튼을 눌렀지. 엘리베이터를 기다리다가 관두자 싶어서 그대로 돌아섰어. 자네와 스쳐 지났던 건 그때겠지. 아무튼 내가 1층에서 기다릴 때는 나 말고 아무도 없었어. 그러니까 히로미 씨가 거기 있었다면 기억을 못할 리 없지. 그래서 히로미 씨가 1층에서 타지 않았다는 거야."

2

'컬러 볼'의 지로가 스기모토, 즉 마쓰키가 친하게 지냈다고 한 학생 분위기의 남자, 그 정체를 고즈키가 추적해 낸 것은 그로부터 사흘째 되는 날이었다. '컬러 볼' 주변에 있는 전자 제품 대리점을 일일이 방문한 결과, 작년 여름에 아르바이트를 했던 학생 분위기의 남자를 세 명 찾아냈다. 그중의 한 명은 지금도 그 가게에서 일하고 있지만 당구는 쳐 본 적이 없다고 했다. 다른 한 명에게는 전화를 걸어 확인했더니, '컬러 볼'이라는 이름조차 몰랐다.

마침내 오키타 전자 제품 대리점이라는 가게에서 일했던 하세베라는 남자 하나만 남았다. 가게 주인의 말을 들어 보니 체형이며 지로가 묘사했던 분위기와 일치했다.

"이력서 비슷한 걸 받기는 했지만 작년에 죄다 버렸는데 어쩌나. 그래도 연락처 정도는 찾으면 나올 거야."

결국 가게 주인은 전화번호와 주소를 찾아 주었다. 하세베 겐이치가 그의 이름이었다.

다도코로 형사가 공중전화 부스에서 하세베에게 연락을 취하는 동안 고즈키는 근처에 있는 책방에 들렀다. 책방 앞에 온갖 종류의 과학 잡지가 진열돼 있었다. 그중 한 권을 집어 들고서 마쓰키가 왜 컴퓨터 관련 학자에게 접근하려 했을지 다시 생각해 보았다.

뭔가를 팔아넘기려고 한 것 아닐까. 지난 사흘 동안 궁리 끝에 내린 결론은 그랬다. 가령 센트럴 전자에서 획기적인 개발이나 발명을 했고 그 정보를 팔 계획은 아니었을까. 그리고 판다면 역시 컴퓨터 기업을 상대로 하는 편이 상책이지 않았을까. 그런데 한마디로 컴퓨터 관련 연구라고는 하지만 대학과 기업은 그 자세와 목적이 판이하게 다르다고 한다.

'역시 엉뚱한 가정일까……'

고즈키가 이런저런 생각에 빠져 있을 때 다도코로가 통화를 끝내고 돌아왔다.

"이 번호는 현재 사용하지 않는다는데요. 전화국에서 확인해 봤는데, 지난달 말에 해약했다고 합니다."

"해약……이라면 이사를 간 건 아니군."

"가 보시렵니까?"

다도코로가 메모지를 내밀었다. 거기에 적힌 주소를 보는 고즈키의 눈초리가 매서워졌다.

"이 주소는…… 학생가 근처인데."

학생가 근처이기는 해도 전철로는 두 정거장이나 떨어져 있었다. 역 앞에 둥그런 화단을 중심으로 로터리가 있고 그 로터리 주변으로 조그만 가게들이 들어서 있었다. 정면으로는 넓고 곧바른 도로가 있는데, 그 끝 부분에는 교통량이 꽤 많아 보였다.

가게 사이사이로는 또 좁은 길이 방사형으로 나 있고, 각각의 길에도 소규모 상점가가 형성되어 있었다. 고즈키와 다도코로는 그중 한 길로 들어섰다.

한참을 걸어가자 가게가 없는 곳에 3층짜리 아파트가 서 있었다. 다도코로는 그 앞에 서서 메모지의 주소와 대조하고는 말했다.

"여기인 것 같은데요."

새 건물인지 콘크리트 외벽의 색이 하얬다. 마쓰키가 살았던 아파트처럼 벽에 금이 나 있지도 않았다.

하세베 겐이치의 방은 3층 맨 끝에 있었다. 문패는 없다. 현관 벨을 눌렀지만 반응이 없었다.

"역시 이사를 갔나 봅니다. 학생이라면 졸업했을 가능성도 높고요."

그렇게 말하면서 다도코로가 옆집 벨을 눌렀다. 인기척에 이어 도어 록이 풀리는 소리가 났다.

도어체인 너머로 빼꼼 내민 얼굴은 스무 살 정도에 짧은 머리를 한 여자였다. 예쁘장하게 화장은 했지만 졸려 죽겠다는 눈이다.

"누구세요?"

목소리도 약간 쉬어 있었다.

"경찰에서 나왔습니다."

다도코로가 그렇게 말하자 여자의 눈빛이 약간 또렷해졌다.

"옆집에 사는 분에 대해서 물어볼 게 있는데요."

"옆집요? 지금 아무도 안 사는데요."

그녀는 어리둥절한 표정으로 눈살을 찌푸렸다.

"하세베라는 사람이 살았을 텐데요."

"전에는 그랬죠. 하지만 지금은 안 살아요."

"이사를 했습니까?"

"아니요."

"그럼 어디로?"

"죽었어요."

"네에?"

다도코로가 고즈키를 돌아보았다. 그의 표정에서 웃음기가 싹 사라지고 없었다. 이번에는 고즈키가 질문했다.

"그게 언제 일입니까?"

젊은 여자는 머리칼을 마구 헤집으면서 "두 달쯤 됐나." 하고 대답했다.

"왜 죽었습니까?"

"잘 몰라요."

그녀가 여전히 나른한 목소리로 대답했다.

"별로 교류가 없었어요. 사고였다고 들은 것 같은데……아무튼 잘 모르겠네요."

이제 됐죠, 라는 표정을 짓더니 여자가 문을 닫았다. 고즈키와 다도코로는 그 자리에 멀거니 선 채 한동안 그 문을 바라보았다.

하세베 겐이치의 사인에 대해서는 관할 서에서 간단히 조사할 수 있었다. 술에 취해 근처 운하로 떨어져 익사했다. 다리 위에서 소변을 봤는지 바지 지퍼가 열린 채였다고 한다.

"가족 얘기로는 수영을 잘 못했답니다. 게다가 혈액에서 상당량의 알코올이 검출되었죠. 무엇보다 깊은 밤이었고 말입니다. 동네 사람들도 전혀 몰랐다고 합니다."

당시 사건 담당이었던 수사원이 설명해 주었다. 가무잡잡하게 탄 얼굴에 약간 뼈가 불거진 젊은 형사였다.

"다리까지는 어떻게 갔는지, 행적은 확인됐습니까?"

고즈키가 물었다.

"네, 대충은. 그날 동창회가 있어서 대학 근처 가게에서 늦게까지 마셨던 모양입니다. 그런데 전철이 끊기는 바람에 걸어서 돌아가다가 운하에 떨어진 거죠."

"그렇다면 하세베 겐이치가 그 대학 학생이었다는 말이군요?"

"네."

고즈키는 다도코로와 눈을 맞추었다. 이 일과 마쓰키가 학생가로 온 것에 어떤 연관이 있을지도 몰랐다.

"재학 중이었습니까?"

"아니요, 아마 올해 졸업했을 겁니다. 그런데 취직하기가 싫어서 아르바이트를 하면서 학생 같은 생활을 했다고 합니다."

고즈키는 쓰무라 고헤이를 떠올리면서 비슷한 상황이라고 생각했다.

"타살 의혹은 없었나요?"

"물론 그쪽으로도 조사해 봤습니다. 그런데 현장에서는 그럴 만한 증거가 나오지 않았고 동기도 발견되지 않았어요. 동창회에 참석한 사람들의 알리바이도 조사했는데, 모두들 분명한 알리바이가 있었고요."

"그랬군요."

고즈키는 말은 그렇게 했지만 속으로는 딴생각을 하고 있었다.

"동창회에 어떤 사람들이 참석했는지 압니까?"

"물론이죠."

관할 서 형사는 기록을 살펴보면서 대답했다.

"연구실 동기라고 되어 있는데요. 구체적으로는 음……, 전기공학과의 오타, 이 사람은 연구실 동기생입니다……."

3

싸늘하고 건조한 바람이 쉴 새 없이 불어 댔다. 바람이 불어오는 쪽을 향해 서면 눈을 제대로 뜨기가 힘들 정도였다. 그 바람에 밀려났는지 밤이 되자 하늘에는 구름 한 점 남아 있지 않았다.

일을 끝내고 가게에서 나온 고헤이는 느릿한 걸음으로 아파트를 향했다. 에쓰코와 만나기로 약속한 것이다.

도중에 '모르그' 앞을 지났다. 나무 문 안쪽에서 남자 여럿이 웃는 소리가 들렸다. 도키타가 있을지도 모르고, 예의 가죽 재킷 사나이가 와 있을지도 모른다.

어차피 오늘 밤에는 이 가게에 볼일이 없다. 고헤이는 그 앞을 그냥 지나쳤다.

여전히 세차게 몰아치던 바람이 구 학생가를 빠져나갈 즈음에는 그 소리가 낮고 불길하게 바뀌었다. 고헤이의 귀에는 그것이 늙은 어릿광대가 단체로 한숨을 쉬는 듯한 소리로 들렸다.

그도 한숨을 쉬었다. 그것은 하얀 덩어리가 되어 뒤쪽으로 사라졌다.

고헤이는 생각의 갈피를 잡을 수가 없어서 머릿속이 혼란스러웠다. 히로미의 죽음을 둘러싸고 수많은 의문을 품었고 또 다양한 진실을 알아내기도 했다. 그러나 그중에 대체 무엇이 사건의 열쇠이며 무엇이 불필요한 것인지 전혀 가늠할 수 없었다. 어쩌면 모든 것이 헛수고였는지도 몰랐다. 그 생각을 부정할 만한 근거가 없었다.

특히 그를 혼란스럽게 한 것은 오늘 낮에 사이토에게 들은 얘기다. 히로미는 1층에서 엘리베이터를 타지 않았다고 그는 말했다.

히로미는 1층에서 타지 않았다.

그렇다면 몇 층에서 탄 것일까. 그녀는 아파트로 돌아가기 전에 꽃집에 들렀고, 가을 크로커스를 샀다. 그리고 꽃다발을 안은 채 엘리베이터 안에서 살해당했다.

'히로미가 3층에서 일단 내렸다가 다시 6층으로 올라갔다는 것일까? 만약 그렇다면 왜?'

그런 생각을 하면서 걷고 있던 그가 예의 크리스마스트리 앞에서 걸음을 멈췄다. 트리 바로 옆에서 그가 아는 인물을 발견했기 때문이다.

엷은 베이지색 레인코트를 걸치고 우두커니 서 있는 사람은 생활 설계사 사에키 요시에였다.

'그녀가 왜 이 시간에……'

거대한 나무 옆에 선 가냘픈 체구의 그녀는 뭐라 말할 수 없는 수심과 무력감에 싸여 있었다. 소나무가 천박하게 장식된 것이 아쉬울 정도였다. 그렇지만 않았어도 20세기 초반의 화가 다케히사 유메지급의 그림이 될 텐데, 하고 고헤이는 생각했다.

고헤이가 다가가 말을 걸려는데 그녀가 먼저 그를 알아보았다. 어, 하는 것처럼 입이 벌어지더니 차분하게 고개를 숙인다.

"이런 시간까지 일을 하나요?"

고헤이가 물었다.

"이 근처에 일이 있어서 왔다가요."

그녀가 우아하게 웃으면서 대답했다. 질문에 대한 대답은 아니었지만 고헤이는 같은 질문을 반복하지는 않았다.

"왜 이 트리에……"

그가 소나무를 올려다보자 그녀도 똑같이 얼굴을 위로 향했다.

"원장님이 여기서 돌아가셨다죠?"

"네. 저희가 처음 발견했습니다. 이상한 사건이죠."

"원장님이,"

그렇게 말을 꺼내 놓고서 그녀는 말을 고르려는 듯 잠시 생각에 잠겼다.

"그 밤에 왜 이런 곳에 오셨을까요?"

"모르죠. 그걸 알면 아마 사건이 해결되지 않았을까요."

고헤이도 고개를 갸웃거리며 대답했다.

그런데 그녀는 그의 말을 듣고 있지 않은 듯했다. 두 손을 레인코트 주머니에 넣은 채 말없이 트리만 올려다보고 있다.

고헤이는 지금 눈앞에 있는 그녀가 수국 학원에서 처음 만났을 때나 히로미의 장례식에 참석했을 때와는 전혀 다르다는 것을 깨달았다. 물론 그 차이를 명확하게 표현하는 것은 불가능하지만.

"사건에 관심이 있는 거군요?"

고헤이가 물어보았다. 그러자 그녀가 초점이 흐릿한 눈을 그에게 돌리면서 "관심?" 하고 되물었다.

"아닌가요?"

그녀는 트리를 다시 한 번 올려다보고는 대답했다.

"글쎄요, 나도 잘 모르겠네요."

고헤이가 대꾸할 말을 찾고 있는데 요시에는 오른손을 주머니에서 빼더니 어깨에 메고 있던 숄더백을 새삼스레 고쳐 멨다.

"그럼 저는 이만."

그리고 그녀는 타박타박 걸어갔다. 레인코트의 희붐한 색이 흔들리면서 어둠에 녹아들었다. 그 광경이 기묘하게 고헤이의 마음에 남았다.

벨을 누르자마자 바로 문이 열리면서 에쓰코가 나타났다. 언젠가 보았던 메리 포핀스 앞치마를 두르고 있다.

"배 안 고파?"

그녀가 다짜고짜 물었다.

"조금. 저녁 먹은 지 두 시간이 지났으니까."

"마침 잘됐네. 지금 먹으려던 참이었는데."

"지금? 어디 다녀왔어?"

"응, 잠시."

그녀가 눈을 찡긋했다.

부엌으로 들어가니 스파게티를 삶는 냄새가 났다. 싱크대에 토마토소스 빈 캔이 있고 바지락 껍질도 수북하게 쌓여 있다.

"밀실 수수께끼는 풀렸어?"

등을 이쪽으로 향한 채 그녀가 물었다.

"아직. 그때부터 계속 생각하고 있는데 전혀 진전이 없어. 사이토 씨의 증언 때문에 문제가 더 복잡해진 것 같아."

"고헤이는 이공계잖아. 그런 문제쯤 뚝딱 아니야?"

"나를 과대평가하지 마."

테이블 위에 놓인 대학 노트를 휘리릭 넘기면서 고헤이가 말했다.

"우선 첫 번째 의문은 언니가 몇 층에서 엘리베이터를 탔냐 는 거야."

에쓰코가 이쪽을 향하더니 집게손가락을 입술에 대고 고개 를 옆으로 살짝 기울였다.

"3층에서 탔을까?"

"그때 범인도 같이 탔고, 6층에 도착하는 동안 범행을 저질 렀던 거지. 지금은 그렇게밖에 생각할 수 없는데, 그렇다 해 도 여전히 범인의 도주로가 불분명하단 말이야. 5층에서는 그 여자가 엘리베이터를 기다리고 있었으니까 계단으로 내 려왔다면 그 여자 눈에 띄었을 테고."

"6층에 범인의 집이 있으면 되잖아."

태연한 목소리로 에쓰코가 말했다. 고헤이가 퍼뜩 얼굴을 들었다.

"마담과 사이토 씨는 범인이 될 수 없어. 알리바이가 있잖아. 증인이 바로 나라니까."

"집이 있으면 된다는 말밖에 안 했어, 난."

그녀는 콧노래를 흥얼거리면서 요리를 계속했다. 냄비 속에서 스파게티 한 가닥을 꺼내 입에 넣고 있다.

고헤이는 다시 대학 노트로 눈길을 돌렸다.

"있지, 에쓰코에게 한번은 물어보려고 했는데, 요즘 학교에는 나가는 거야?"

자신의 콧노래 소리에 맞춰 흔들리고 있던 그녀의 탱글탱글한 엉덩이가 움직임을 멈췄다.

"그런 건 왜 물어?"

"왜는, 넌 학생이잖아. 그런데 학교에 가는 걸 본 적이 없으니까 그렇지."

"그래, 그렇겠지. 가지 않으니까. 안 가기로 했어."

그녀가 소스 맛을 보면서 말했다.

"그래도 되는 거야?"

"뭘?"

"그러니까…… 졸업 시험도 있을 테고 취직 활동도 해야 하잖아. 단기 대학 2학년이라며."

그렇게 말하자 그녀는 별 시시한 소리도 다 한다는 듯 슬리퍼 신은 발로 바닥을 쿵 찼다.

"취직 같은 거 안 할 거야. 졸업은 못해도 상관없고. 그런 목적으로 학교에 들어간 게 아니니까."

"그럼 뭐가 목적이었는데?"

"대학이 어떤 곳인지 알고 싶었을 뿐이야. 일종의 체험 여행. 잘 알았으니까 이제 안 가는 거지. 시간 낭비야."

시간 낭비라는 표현이 고헤이의 마음 깊은 곳을 자극했다. 결국 그랬을지도 모르겠다고 생각한다.

"일은?"

"글쎄. 하고 싶은 일이 생기면 할 거야. 하지만 서두를 건 없어. 지금은 다양한 인생의 메뉴를 수집하는 단계. 시간은 넉넉해. 고헤이도 그런 마음으로 취직 안 한 거잖아?"

"조금 다르지. 난 솔직히 하루빨리 자신의 길을 찾아야 한다고는 생각해. 내가 가장 하고 싶어 하는 게 뭔지, 그걸 찾아서 말이야. 그러지 못하는 내가 한심해. 답답하기도 하고."

"야, 마치 수도승처럼 말하네."

에쓰코가 웃었다. 진짜 우습다는 투였다.

"그러다 지쳐. 괴로워하려고 사는 인생도 아닌데 너무 어깨에 힘주지 마."

고헤이가 목을 돌렸다. 정말 어깨 근육이 뻐근하게 뭉쳐 있는 듯한 기분이 들었다.

"너 참 대단하다. 그리고 멋있어."

"고마워. 전에도 그렇게 말하더니."

에쓰코는 신이 난 표정을 하고서 다시 가스레인지를 향하더니 다 삶은 스파게티를 재빨리 접시에 담았다. 그리고 소스를 끼얹는다.

"냄새가 좋은데. 히로미는 스파게티를 잘 안 먹었는데."

"언니는 스파게티를 별로 좋아하지 않았어. 그리고 다이어트도 하고 있었을걸."

그렇게 말하면서 에쓰코는 손을 쭉 뻗어 조그만 병을 집더니 녹색 가루를 스파게티 위에 뿌렸다. 고헤이가 신기하게 바라보자 "파슬리야." 하고 가르쳐 주었다.

"처음 보나 보네."

"이렇게 잘게 썬 파슬리를 병에 담아서 파는 줄은 몰랐어."

고헤이가 놀랍다는 듯이 말했다.

"난 아는 게 없구나, 결국. 히로미가 무슨 고민을 했는지도 모르지, 마쓰키 씨가 왜 학생가에 왔는지도 모르지, 파슬리를 이렇게 판다는 것도 모르지."

"스파게티 좋아해?"

"응, 좋아하지. 그런데 왜 그런지 몇 년 동안이나 먹지 못한 기분이다."

"진짜 맛있는 스파게티를 못 먹었으니까 그렇지."

자, 먹어 봐, 하고 권하듯이 그녀가 접시 하나를 고헤이 앞으로 내밀었다. 토마토 색으로 물든 파스타 사이사이로 엷은 갈색 바지락이 보인다. 파슬리를 적당히 뿌려서 색감도 좋다.

그리고 맛도 최고였다. 씹히는 맛도 그만이다. 고헤이는 입을 우물거리면서 엄지손가락을 세워 보였다.

"고마워."

그녀가 히죽 웃었다.

"우리는 마음이 잘 맞을 것 같아. 그치?"

"샌드위치도 맛있었고 말이지."

"사건이 해결되면 같이 여행 갈래? 호주 같은 데 멋질 텐데."

고헤이는 깜짝 놀랐다.

"나랑?"

"응."

그녀가 아무렇지도 않은 표정으로 말했다.

"복잡하게 생각할 필요 없어. 나는 혼자라도 상관없는데, 둘이 가는 편이 훨씬 재미있을 것 같아서 제안한 거니까. 그리고 고헤이를 싫어하는 것도 아니고."

"그래도 남자와 여자잖아."

"참 바보다, 자기."

그녀가 어이없다는 듯 말했다.

"그러니까 좋은 거지. 같은 여자끼리는 아무런 가능성도 없잖아."

어이쿠야, 하는 소리 대신 고헤이는 스파게티를 한입 가득 우물거리면서 고개를 저었다.

"혹시 그 웨이트리스가 화내려나?"

에쓰코가 의미 있는 눈빛으로 그를 보았다. 고헤이는 우물거리다 말고 물을 꿀꺽 마셨다.

"그 형사에게서 들은 거야?"

"그렇게 예민할 거 없잖아, 나쁜 일도 아닌데. 누구와 자든 네 자유고 나도 신경 안 써. 그녀와 연인인 건 아니잖아?"

"데려다 달라고 했는데, 그날 밤에 잤어."

"흔히 있는 일이네, 뭐."

"그녀 주위를 맴도는 남자가 있는데, 집에 가는 길에 기다리고 있었어. 나이프를 들고 덮쳤는데 그녀가 팔꿈치에 상처를 입었지."

"혹시 마쓰키 씨 살인 혐의로 경찰에 붙잡혀 갔던 그 대학원생?"

스파게티를 포크로 돌돌 말다 말고 에쓰코가 물었다. 고헤이가 고개를 끄덕이자 조그맣게 한숨을 쉰다.

"복수극이군. 그건 그런데, 대학원에서 사람 죽이는 법까지 가르치는 건 아니겠지."

그녀가 무슨 의도로 그런 말을 하는지 몰라서 고헤이는 접시에서 얼굴을 들고 되물었다.

"사람 죽이는 법?"

"나이프 사용법. 죽이려면 그으면 안 되지. 이번 사건처럼 찔러 죽이는 방법이 가장 확실하잖아. 찰과상은 별거 아니니까. 피가 흐르니까 화려하기는 하지만. 자상은 피가 별로 나오지 않는 대신 치명적이고."

"그것도 고즈키 형사에게 들은 거야?"

"이 정도는 상식이야, 상식."

"자상은 피가 나오지 않는다……."

"하기야 손목이나 경동맥은 그냥 긋기만 해도 치명적이겠지만. 어, 근데 왜 그래?"

고헤이의 오른손에서 포크가 떨어졌다. 한 점을 노려보고 있던 그의 눈이 천천히 위로 올라가 에쓰코의 눈을 똑바로 쳐다보았다.

"왜 그러는 거야?"

그녀가 재차 물었다.

"알았어. 밀실 수수께끼를 풀었어."

4

고헤이가 밀실 수수께끼를 풀었을 즈음 고즈키는 센트럴 전자 근처에 있는 찻집에서 아이자와 다카아키를 만나고 있었다. 아이자와는 마쓰키가 센트럴 전자에 다니던 시절의 동료로 고즈키와는 전에도 만난 적이 있다.

"오늘은 좀 불쾌한 질문을 해야겠는데요."

고즈키가 그렇게 서두를 꺼냈다. 아이자와는 등을 쭉 펴고 걱정스러운 눈빛으로 두 형사를 바라보았다.

"사건의 원인이 그 녀석이 회사에 다니던 시절과 관계있는 겁니까?"

"아직 뭐라 단정할 단계는 아닙니다. 그래서 이렇게 찾아뵌 거죠."

고즈키의 말에 아이자와가 다시 한 번 눈동자를 좌우로 움직이고서 말했다.

"알겠습니다. 대답할 수 있는 한도 내에서 대답하죠."

"좋습니다. 우선 4년 전의 마쓰키, 아니 스기모토 씨의 행동에 대해서 말씀드리죠."

그리고 고즈키는 '컬러 볼'에서 보인 마쓰키의 언동에 대해 아이자와에게 전했다. 즉, 컴퓨터 학자를 소개해 달라고 점장에게 부탁한 적이 있다는 내용이다.

아이자와는 얘기를 다 듣고 난 후, 일단 물을 한 모금 마시더니 식은 레몬 티를 입으로 가져갔다. 뭔가 생각을 하고 있는 눈치여서 고즈키는 시나몬 스틱으로 차를 휘저으며 잠자코 기다렸다.

"그러니까,"

기술자가 천천히 입을 열었다.

"스기모토가 어느 대학의 연구실과 접촉하려 했다는……."

"그렇습니다."

고즈키가 대답하자 아이자와는 또 입을 다물더니 차를 마셨다.

"우리는,"

고즈키가 상대의 눈을 똑바로 쳐다보고 말했다.

"스기모토 씨가 당시의 연구 자료, 혹은 그 밖의 뭔가를 다른 연구 기관에 빼돌리려고 하지 않았나 의심하고 있습니다."

"무엇 때문에요?"

"그건 모르죠. 나름의 대가를 기대했는지도 모르고요."

아이자와는 찻잔을 내려놓고 등받이에 몸을 기댔다. 그리고 천천히 고개를 저었다.

"그건 말이 안 됩니다. 그런 짓을 했다가 회사에 발각되면 그야말로 파멸, 그럴 가능성이 아주 높은데요."

"그렇다면 스기모토 씨의 행동을 어떻게 설명할 수 있을까요? 뭐 때문에 다른 연구 기관 사람과 접촉을 시도했는지……."

아이자와는 형사의 눈초리를 피하고는 집게손가락으로 자신의 관자놀이를 눌렀다. 그리고 잠시 후 눈을 치켜뜨고 물었다.

"4년 전……이라고 했죠?"

"네. 뭔가 생각나는 게 있습니까?"

그러나 아이자와는 아무 대꾸를 않은 채 두 손으로 머리칼을 쓸어 올렸다. 그러고는 정말 난감하다는 듯이 눈썹을 찡그렸다. 그의 입에서 작은 웅얼거림이 흘러나왔다. 고즈키는 한동안 그의 모습을 바라보다가 입을 열었다.

"아이자와 씨."

고즈키는 차분하게 그의 이름을 불렀다.

"생각나는 게 있다면 꼭 얘기해 주셨으면 합니다. 물론 아이자와 씨에게 들었다는 건 절대 발설하지 않겠습니다."

눈을 살짝 감고 있던 아이자와가 눈을 떴다. 곤란하다는 듯이 입술을 일그러뜨렸지만, 내심 형사가 그렇게 말해 주기를 기다린 눈치였다.

"부탁합니다."

"네?"

"그러니까…… 꼭 비밀로 해 달라는 말입니다."

"아, 물론입니다."

고즈키가 옆으로 눈길을 돌리자 젊은 형사도 고개를 끄덕거렸다.

아이자와는 물을 마신 후 몸을 약간 앞으로 기울였다.

"4년 전이라면 아마 스기모토가 모 대학과의 협동 연구에 참여했을 때일 겁니다."

"협동 연구?"

"음성 인식 연구였죠. 간단하게 말해서, 인간의 언어를 이해하는 인공 지능 연구입니다. 사람이 한 말을 기계가 듣고 그것을 문자로 전환하죠."

"그런 워드 프로세서를 텔레비전에서 본 적이 있어요."

다도코로가 메모를 적다 말고 말했다.

그 말을 듣자 아이자와는 반가운 듯이 고개를 끄덕거렸다.

"연구 면에서도 가치가 있지만 실용화되면 상당히 유용하기 때문에 대학과 연대해서 연구하게 된 겁니다. 지금도 연구는 계속되고 있는데, 스기모토는 3년 전에 KE 훈련을 받게 될 때까지 그 연구에 참가했죠."

"그런데 그 연구에 무슨 문제가 있었나요?"

어떤 예감을 품고서 고즈키가 물었다.

"아마 4년 전쯤일 겁니다. 상당한 성과를 올린 적이 있었어요. 솔직하게 말하면 대학 쪽에서 새로운 발명을 한 건데, 그

때 그가 이런 말을 했거든요. 만약 내가 발명한 거라면 이걸 손에 들고 어느 대학에 기어들 텐데, 라고요. 물론 농담처럼 했지만 이상하게 마음에 걸렸던 기억이 있습니다."

"어느 대학에 기어든다……."

"자신의 학력에 별로 자신감이 없는 사람이었습니다. 지금 이대로 잘해 나갈 수 있을지 불안해하는 구석도 있었고요. 그래서 자기도 모르게 그런 말이 튀어 나왔나 보다고 생각했어요."

"그러니까 즉,"

고즈키는 손가락 끝으로 테이블을 톡톡 두드렸다.

"그 연구 성과를 어느 대학에 유출해서 그걸 미끼로 자기를 영입하게 하려 했다, 그런……."

"그가 그런 생각을 했을 가능성이 있다는 겁니다."

아이자와가 신중하게 말했다.

"하지만 현실적으로는 불가능한 일입니다. 그렇게 위험한 거래에 응할 대학도 없으려니와, 연구하는 사람의 도덕성으로 봐서도 그렇죠. 게다가 당시 비공식적이나마 연구 성과를 이른 시기에 발표했기 때문에 다른 대학과 접촉할 여유 따위는 거의 없었을 겁니다."

"실제로 접촉하는 것은 무리였다는 말씀이군요. 덕분에 그가 어떤 이유로 그렇게 행동했는지는 알게 되었군요."

"그랬을 가능성이 있다는 것뿐입니다."

압니다, 하는 뜻으로 두 형사는 고개를 끄덕거렸다.

"그럼 다시 질문하겠는데요."

고즈키가 그렇게 말하자 아이자와의 눈빛이 불만스러운 듯이 일그러졌다.

"아직도 뭐가 남았나요?"

"이제부터가 중요합니다. 실은 바로 얼마 전에 스기모토 씨가 어떤 대학과 접촉한 사실이 있습니다."

고즈키의 눈초리가 다시 날카로워졌다.

"녀석이? 설마……."

"사실입니다. 그래서 스기모토 씨가 4년 전에도 유사한 행위를 하지 않았을까 추측한 것이죠. 그리고 4년 전에는 미수로 끝났는데 이번에는 실현되었지요."

터무니없다는 듯 기술자가 고개를 저었다.

"말도 안 됩니다."

"접촉한 사실이 있습니다."

그리고 학생 한 명이 죽었다. 고즈키는 거기에 대해서는 언급하지 않았다.

"말이 안 됩니다."

아이자와는 고통스럽게 일그러진 얼굴로 같은 말을 반복했다.

"애당초 그가 한 일은 일종의 프로그래밍이지 연구가 아니었어요. 대학에서 딱히 관심을 나타낼 만한 것이 아니었단 말입니다. 엑스퍼트 시스템은 인공 지능의 실용화라는 점에서는 첨단을 달리고 있지만 학회에서는 경시되는 경향이 있을 정도입니다."

"하지만 그의 정보를 필요로 하는 대학이 혹시 있을 수도 있지 않을까요?"

"절대 없습니다."

아이자와가 딱 잘라 대답했다.

"엑스퍼트 시스템도 그렇지만, 우리 기업들이 연구하는 내용은 하나같이 대학에서는 관심을 갖지 않는 것들뿐입니다. 우리는 실용화를 최우선으로 생각하지만 그들은 10년, 아니 20년 앞을 내다보고 연구하거든요."

"그렇다면 스기모토 씨가 이번에 또 대학 관계자를 접촉했다는 사실에 대해서는 어떻게 생각하시죠?"

아이자와는 넌더리가 난다는 듯이 고개를 저었다.

"일이나 연구와는 무관할 겁니다. 거듭 말하지만, 4년 전의 일도 그가 그런 식으로 기도했을 가능성이 있다는 것뿐입니다. 그리고 연구자들의 도덕성은 그런 암약을 절대 용인하지 않아요."

아이자와와 헤어진 두 형사는 하얀 승용차를 타고 밤길을 달렸다. 그러다 도중에 도로 정체에 걸려 그들의 지금 상황처럼 앞으로도 뒤로도 가지 못하는 지경에 놓였다. 운전대를 잡은 다도코로는 몇 번이나 혀를 찼고, 조수석에 앉은 고즈키는 포기한 채 바깥 풍경을 바라보았다.

"오타는…… 혐의가 없다."

중얼거리듯 고즈키가 말했다.

"센트럴 전자의 연구 성과를 유출하고 그 입막음을 위해 마쓰키를 죽이지 않았을까, 그렇게 생각했는데 다소 무리가 있는 듯하군."

"아직도 잘 모르겠다니까요. 전혀 가능성이 없는 건 아니잖아요. 무엇보다 마쓰키가 하세베 겐이치와 친하게 지냈다는 사실이 있고, 그 하세베는 오타와 같은 연구실에 있었습니다. 이건 우연이 아니라고요."

"그게 말이지,"

고즈키가 불분명한 소리로 말했다.

"만약 하세베가 사고로 죽은 게 아니라 살해당한 거라면, 범인의 동기는 무엇일까?"

"그야 뻔하죠. 입막음 아니겠어요? 마쓰키와 관련이 있다는 것을 떠벌리지 못하도록 선수를 친 거죠."

"하지만 우리는 하세베의 죽음에 의문을 품고 그 연장선에서 오타를 의심했어. 그런데 만약 오타가 범인이라면 좀 더 신중하게 행동하지 않았을까."

"달리 손쓸 방법이 없었을 수도 있죠."

"글쎄, 과연 그럴까."

길은 여전히 뚫릴 줄을 몰랐다. 앞에 트럭이 가로막고 있어서 길이 어디까지 정체돼 있는지도 알 수 없었다. 풍경은 아까부터 조금도 변하지 않는다. 앞뒤의 차는 물론 옆 차선 차들도 엉금엉금 기기는 마찬가지다.

하세베가 사고로 죽은 것이 아니라 살해당했을 것이라는 추리에 대해서 고즈키는 거의 확신하고 있었다. 시신이나 현장 상황으로 봐서는 타살의 가능성이 전혀 없어 보인다. 그런데 가령 범인이 하세베가 동창회에 참석했다는 사실을 알고 문제의 다리에서 그가 나타나기를 기다리고 있었다면 얘기는 달라진다. 술 취한 남자 하나를 다리 밑으로 떨어뜨리는 것쯤 일도 아니다. 만약 실제로 하세베가 다리 위에서 소변을 보았다면 상황은 더없이 유리하다. 뒤에서 살짝 밀기만 하면 된다. 아무런 증거도 남지 않는다.

고즈키가 오타를 의심한 이유가 바로 거기에 있었다. 즉 그라면 당연히 동창회 건을 알았을 것이기 때문이다.

'잘못 생각하고 있는 건가?'

고즈키는 뒷좌석에 던져 놓은 잡지를 집어 페이지를 팔락

팔락 넘겼다. 쓰무라 고헤이에게 빌린 과학 잡지다.

"엑스퍼트 시스템……이라."

잡지에는 각 분야의 전문가를 컴퓨터가 대신할 경우의 효율성에 대해 언급돼 있었다. 정확, 객관적, 고속.

"비인간적이라는 항목도 덧붙이는 편이 좋겠군."

혼자 중얼거렸는데 다도코로의 귀에는 들리지 않은 듯했다.

실시 사례, M사의 IC 설계 엑스퍼트 시스템, S사의 생산 기술 엑스퍼트 시스템, D사의 회사 경영 엑스퍼트 시스템 등등.

"이상하군."

이번에는 다도코로에게도 들린 모양이다.

"뭐가요?"

"다른 기술의 실시 사례는 말이야, 예를 들어 지능 로봇 같은 경우 회사 이름 전체가 기재되어 있는데 엑스퍼트 시스템만 약자로군. 왜 그럴까?"

"하아……."

앞 트럭이 앞으로 조금 나아가자 다도코로도 살짝 액셀러레이터를 밟았다가 다시 브레이크를 밟았다.

"특별한 의미는 없지 않을까요?"

"아니야, 아닐 거야. 의미가 있을 거야."

고즈키는 잡지를 손가락으로 탁 쳤다.

"어이, 유턴해. 센트럴 전자에 다시 가 봐야겠어."

"이렇게 정체가 심한데 그건 무리죠."

"무리든 뭐든 유턴하라고."

재미있어졌다. 고즈키는 과학 잡지를 움켜쥐었다.

5

'모르그'의 문을 천천히 열자 경첩 부근에서 끼익, 하고 기분 나쁜 소리가 났다. 그런 소리가 나는 게 이상해서 고헤이는 가게로 들어선 후에도 소리가 난 부분을 한참이나 쳐다보았다.

"왜 그래?"

뒤에서 준코가 물었다. 그는 카운터 안에서 무슨 일이냐는 듯이 쳐다보는 그녀를 돌아보고는 "아닙니다, 아무것도." 하고 대답했다.

"춥네요."

"그럼 따끈한 거 줄까?"

"아니요. 맥주가 좋겠어요."

카운터 끝자리에 사이토가 앉아 있었다. 사이토는 안경을 슬쩍 밀어 올리고는 한쪽 손을 약간 들어 보였다.

"또 보는군."

"안녕하세요."

고헤이는 그렇게 대답하며 그의 옆에 앉았다. 다른 손님은 학생인 듯한 남자가 둘 있을 뿐이었다.

사이토는 위스키 잔을 한 손에 들고 단행본을 읽고 있었다. 고헤이가 곁눈으로 들여다보니 경제학 책인 듯하다. 왜 의사가 경제학 공부를 하는지는 알 수 없지만, 아무튼 글자를 더듬는 사이토의 눈빛으로 보아 열심인 듯했다.

가게 안에 난방이 잘돼 있어 시원한 맥주가 한결 맛있었다. 고헤이는 우선 한 잔을 말없이 꿀꺽 비우고 두 번째 잔을 따르면서 의사의 옆얼굴을 쳐다보았다.

"요즘 자주 만나게 되는군요."

"그런가."

사이토는 책에서 눈을 떼지 않고 말했다. 그러고는 또 안경을 만지작거린다.

"서로 알기 전과 후는 느낌이 꽤나 다른 법이지."

"그럴지도 모르겠습니다."

고헤이는 굳이 반론하지 않고서 두 번째 잔을 들이켰다. 세 번째 잔을 따르는데 이번에는 거품이 조금 많이 나온다.

"마담, 궁금한 게 있는데요."

고헤이가 카운터 안쪽에 있는 준코에게 말을 걸었다.

"뭔데?"

"히로미 집의 보조 열쇠 말이에요."

"보조 열쇠?"

"네."

고헤이가 고개를 끄덕였다. 옆에 앉은 사이토도 책에서 눈을 들고 그의 얘기에 귀 기울이는 기색이다.

"그때가 언제였는지 잘 모르겠는데, 내가 감기에 걸려서 히로미 방에서 자고 있을 때 마담이 갑자기 들어온 적 있었잖아요? 그때 마담은 현관문이 잠겨 있지 않았다고 했는데, 사실은 보조 열쇠로 문을 열고 들어온 거 아니었나요?"

준코는 잠시 대답을 주저하는 듯이 눈을 내리깔고는 입가에 어색한 미소를 머금었다.

"왜 그런 걸 묻는 거야?"

"필요해서요."

"그렇구나."

그녀가 또 눈을 내리깔고 망설이는 표정으로 생각에 잠겼다.

"보조 열쇠가 있다는 말은 누구한테 들은 거야?"

"누구에게 들은 게 아니라,"

고헤이가 고개를 저었다.

"여러 가지로 생각해 본 끝에 그런 결론에 도달했습니다."

"그래……."

준코는 시선을 아래로 떨어뜨린 채 왼 손등으로 오른손을 비비고 있다가 마침내 기어 들어가는 목소리로 대답했다.

"고헤이 짱 말이 맞아."

"보조 열쇠는 마담이 갖고 있나요?"

"지금은. 하지만 그때는 아니었어. 히로미 집의 문패 뒤에 틈이 있는데 거기 숨겨져 있었어. 보조 열쇠가 있으면 편리하잖아. 나도 자유롭게 드나들 수 있고, 또 히로미는 툭하면 열쇠를 잃어버리는 사람이었으니까. 그런데 사람들에게 얘기하면 성가시니까 히로미와 나만의 비밀로 했던 거야."

"그렇다고 내게 숨길 필요는 없잖아요. 거짓말을 하면서까지 말이에요."

"……응, 그건 그런데,"

그리고 그녀는 카운터에 놓인 브랜디 잔을 만지작거리면서 얼굴을 들었다.

"히로미가 부탁했어. 고헤이 짱에게는 말하지 말라고. 괜한 오해는 사고 싶지 않다면서."

"흥."

고헤이는 코웃음을 치고는 고개를 약간 비틀었다.

"그래요? 그래서 지금은 마담이 갖고 있다는 말이죠?"

"응. 그것 때문에 경찰에서 뭐라고 하면 귀찮잖아. 지금 내 방에 있어."

"보조 열쇠가 어디 있었는지를 아는 사람, 마담 외에는 없어요?"

"없을 거야. 나랑 히로미만 알고 있지."

"다른 사람에게 얘기한 적도 없고요?"

준코는 잠시 생각하고서 대답했다.

"없을 거야. 적어도 내 기억에는 없어. 그런데 왜? 뭐가 잘 못됐어?"

"네, 조금요."

고헤이는 잔을 꽉 쥐고 그 안의 하얀 거품을 뚫어져라 쳐다 보았다. 그러면서 자신의 생각이 틀림없다는 것을 확인했다. 생각이란 즉 밀실 수수께끼다.

"이상한 걸 다 묻는군."

사이토가 불쑥 끼어들었다. 그가 그런 반응을 보이리라는 걸 은연중에 예상하고 있던 고헤이는 별로 놀라지 않았다.

"그 이상한 질문이 내가 전에 한 말과 관계가 있는 건가? 그러니까 히로미 씨가 1층에서 엘리베이터를 타지 않았다는 말 말이야."

그 얘기를 들었을 때 고헤이의 놀란 표정이 사이토의 인상 에 남아 있었던 모양이다.

"뭐, 그런 셈이죠. 그 얘기가 큰 도움이 되었습니다. 그걸 몰랐더라면 수수께끼를 영원히 풀지 못했겠죠."

고헤이는 그렇게 대답했다.

"수수께끼라니 무슨 수수께끼?"

사이토가 다시 물었다.

고헤이는 밀실에 대해 사이토에게 말을 해야 하나 말아야 하나 망설이다가 결국 이 자리에서는 그 화제를 꺼내지 않기로 했다. 말을 꺼내면 장황하게 설명해야 할 것이다. 그리고 지금 고헤이는 도저히 그럴 수 있는 심경이 아니었다.

"히로미 살해 사건에 관한 수수께끼입니다. 범인의 행동 일부가 밝혀졌다고 할 수 있겠죠."

"애매한 표현이군."

사이토는 고헤이의 속마음을 꿰뚫어 보듯 말하고서 입술 끝을 약간 올렸다.

"아무튼 그건 그렇고, 뭐라도 알게 되면 우리에게도 얘기해 줄 수 있겠나?"

"네, 그러죠. 물론 얘기하겠습니다."

부탁하지, 하고 의사는 경제학 책으로 시선을 돌렸다. 그런데 무슨 생각이 났는지 다시 얼굴을 들더니 다소 정색한 말투로 물었다.

"혹시 자네는 히로미 씨와 결혼할 작정이었나?"

고헤이는 놀라서 사이토의 얼굴을 보았다. 사이토는 진지한 표정이었다.

고헤이는 다시 맥주를 주문하고 잠시 생각한 후 고개를 저었다.

"모르겠습니다. 별로 생각해 본 적이 없어서요."

"아직 젊어서?"

"그럴지도 모르죠. 그런 걸 왜 묻는 거죠?"

"아니……."

사이토가 희미하게 웃은 듯했다. 이 남자에게는 어울리지 않는 표정이라 고헤이로서는 어떤 의미의 웃음인지 알 수 없었다.

잠시 후 평소 얼굴로 돌아온 사이토가 경제학 책을 덮더니 위스키 칵테일을 한 모금 마시고 기침을 한 번 했다.

"학교에서의 그녀의 모습을 알고 있어서 말이야. 무척 헌신적인 부인이 되었을 것이라고 내 멋대로 상상해 봤어."

고헤이는 그 말에 대꾸하지 않았다. 하지만 만약 결혼을 했다면 사이토의 말대로였으리라. 그 헌신이 어디에서 오는 것일지 또한 수수께끼지만.

"학교에서는 사이토 씨도 아이들에게 열심이라고 하던데요. 직원인 다나베 씨에게 들었습니다."

"뭘 그리 대단한 일을 하고 있다고. 그 정도는 누구나 할 수 있어. 다른 사람 눈에는 그렇게 보일지 몰라도."

"그래도 불쌍한 아이들을 위해 애쓰고 계시잖아요."

"의학은 무력하기 짝이 없어. 그리고 그렇다는 걸 명심하지 않으면 의사 노릇을 해 먹을 수 없지. 어떤 병에 걸리든 고치는 건 환자 당사자니까."

"자신이 있는 거군요. 자신이 있으니까 그런 말도 할 수 있는 거겠죠. 여유만만하게요."

"자신 같은 거 없어."

내뱉듯 그렇게 말한 사이토는 잔을 비우고 나서 다시 위스키를 따라 물을 섞어 마셨다.

"그런 게 있을 리 없지. 뭘 하든 겁이 나서 벌벌 떠는 주제에. 내가 생각해도 한심할 지경이야."

뭐라고 대답하면 좋을지 몰라 고헤이는 얼버무리듯 맥주를 마셨다. 사이토는 담배에 불을 붙이고 천천히 연기를 빨아들였다. 희뿌연 연기가 눈앞을 지나 카운터 안에서 멍하게 서 있는 준코 있는 데까지 흘러간다.

"자네는 어떤데?"

고헤이가 연기가 흐르는 방향을 보고 있는데 사이토가 불쑥 물었다.

"스스로에게 자신이 있나?"

"전혀요. 손에 쥔 게 아무것도 없는데 자신이 있을 리 없잖아요."

그런데 의사는 그가 말하는 중에 벌써 고개를 젓고 있었다.

"자네가 뭘 오해하고 있는 거야."

"오해요?"

"응. 자네는 아직 얻은 것도 없지만 잃은 것도 없잖나. 그러니 자신감을 잃을 필요가 전혀 없지."

의사의 말투에는 위로하는 느낌이 3분의 1, 비난이 3분의 1, 부러워하는 듯한 울림이 3분의 1 담겨 있었다. 고헤이는 잔 속에 남은 하얀 거품을 바라보며 그가 한 말의 의미를 되새겨 봤다. 만약 그의 말이 사실이라면 자신이 잃었다고 오해하는 것은 무엇일까?

"옛날에 말이지,"

"네?"

고헤이가 되물었다. 생각에 빠져 있느라 말을 놓친 것이다.

"옛날에,"

그가 거기서 말을 끊고 위스키를 한 모금 마셨다. 그리고 잔을 흔들면서 조그맣게 한숨을 쉬었다. 짜랑짜랑, 얼음이 부딪치는 소리가 났다.

그가 마침내 무언가 결심한 것처럼 무겁게 입을 열었다.

"옛날이라고 해야 불과 몇 년 전이지만, 내가 한 여자아이를 치료하고 있었지. 사고로 뇌에 손상을 입어 손발을 마음대로 움직일 수 없는 아이였어."

고헤이는 잠자코 고개만 끄덕였다. 손발이 불편한 여자아이라는 이미지가 왠지 그의 상상력에 신성함을 더해 주었다.

"우리는 오랜 시간을 들여서 함께 치료에 임했어. 치료와 훈련이라는 두 가지 방법을 활용해서 어떻게든 그 아이를 본래의 모습으로 되돌려 놓으려 했지. 본인이 열심히 하기도 해서, 시간이 흘러 소녀의 육체 기능이 상당히 회복된 것처럼 보였어. 나는 우쭐했지. 가엾은 한 소녀를 구했다고 자만에 빠졌던 거야."

사이토는 거기까지 담담하게 말하고는 안경을 벗어 조심스레 접은 후 웃옷 주머니에 넣었다. 그리고 코 위쪽을 손가락으로 잡아 가볍게 비비고서 다시 한 번 한숨을 쉬었다.

"그런데 2년째 되던 해,"

그가 다시 말을 이었다. 약간 잠긴 목소리였다.

"그해 봄에 연락이 왔어. 소녀가 잠든 채로 눈을 뜨지 않는다고. 당황한 우리는 어떻게 해서든 소녀의 의식을 되돌리려 했어. 최신의 모든 의학 기술과 지식을 동원했지. 그러나 끝내 소녀는 눈을 뜨지 못했어. 불꽃놀이의 불꽃이 사라지듯 뇌파가 홀연 움직임을 멈췄던 거지. 우리는 그 모습을 속수무책으로 지켜봤을 뿐이야."

"갑작스러운 일이었나요? 아무런 사전 증상도 없이요?"

"그래, 정말 갑자기. 사전 증상도 전혀 없었어. 하지만 어떤 증상이 있었다고 해도 속수무책이었을 거야. 그래서 나는 생각했지. 의사라는 게 참 무력하다고 말이야. 세상에는 사람의 힘으로 할 수 있는 일과 그렇지 못한 일이 있어. 인간의 생사 문제는 그렇지 못한 문제에 속하지."

"그래서 자신감을 잃은 겁니까?"

"자신하지 말자고 결심한 거야."

"사이토 씨가 그 여자아이를 예뻐했나 봅니다."

고헤이가 그렇게 말하자 사이토는 눈길을 아래로 떨어뜨리고 두 팔꿈치를 카운터에 대고서 턱을 괴었다.

"조금 건강을 되찾았을 때, 그 아이가 내게 선물을 주더군. 빨간 색종이로 접은 풍차였어. 그 불편한 손으로 어떻게 그런 걸 접었는지……. 그 아이의 마음이 그대로 전해졌어. 그래서 반드시 원래 모습으로 돌려놓겠다고 다짐했던 기억은 있지."

그리고 그는 희미한 웃음을 흘렸다.

"내가 말이 많았군. 남의 옛날 애기, 들어 봐야 별 재미도 없을 텐데 말이야."

"아닙니다. 참고가 될 거예요."

사이토는 잔에 남은 위스키를 비웠다. 그리고 옆 의자에 놓인 코트를 들고 경제학 책을 옆구리에 끼었다.

"히로미 씨 일 말인데, 내가 도울 일이 있으면 말해 줘. 할 수 있는 일이라면 할 테니까."

그가 고헤이의 어깨에 손을 얹고 말했다.

"꼭 그러죠."

고헤이가 대답했다. 사이토가 카운터 옆을 지날 때, 지금까지 잠자코 둘의 얘기를 듣고만 있던 준코가 그에게 물었다.

"오늘 밤은?"

오늘 밤 그녀의 아파트에 올 거냐는 뜻인 듯했다. 사이토는 경제학 책을 옆구리에 낀 채 잠시 생각하더니 천천히 고개를 저었다.

"오늘은 그냥 집에 가야겠어."

"그래요⋯⋯."

"음, 내키지가 않는군."

그녀가 "그래요." 하고 다시 한 번 말했다. 이번에는 아주 조그만 목소리였다.

사이토가 가게를 떠난 후에도 고헤이는 한참이나 말없이 맥주만 마셨다. 어느 틈엔가 다른 손님은 다 가고 없었다. 준코는 패션 잡지를 들여다보면서 담배를 피우고 있는데, 그 끝이 사삭사삭 타들어 가는 소리가 들릴 만큼 고요한 밤이었다.

고헤이는 빨간 풍차를 떠올렸다. 바람에 빙글빙글 돌아가는 풍차는 왠지 무척이나 행복한 풍경으로 느껴졌다.

맥주만 마시고 취하는 일은 별로 없는데, 아파트로 돌아가는 고헤이의 발걸음이 약간 휘청거렸다. 몸이 화끈거리기도 했다.

문을 여니 빵 냄새와 땀 냄새가 났다. 마냥 깔려 있는 이부자리가 어둠 속에 떠올랐다. 그것은 마치 거대한 쓰레기 더미처럼 보였다.

형광등을 켜고 옷을 입은 채 이불 위에 몸을 뻗은 고헤이는 시간을 들여 천천히 숨을 내쉬었다. 하얀 숨이 고헤이 얼굴 위로 퍼졌다가 이내 사라졌다.

한동안 그렇게 있다가 고헤이는 윗몸을 일으켜 저녁 신문을 집으려 했다. 그때 싱크대 밑에 떨어져 있는 찻주전자가 눈에 들어왔다.

'왜 저게 저런 데 있는 거지?'

그렇게 생각하는 순간 고헤이는 움찔했다. 누가 이 집에 들어왔던 것은 아닐까 하는 생각이 들었기 때문이다. 누가 무단으로 침입해 무언가를 찾은 것 아닐까.

그러다 그는 금세 긴장을 풀었다. 오늘 아침에 찻주전자를 떨어뜨렸던 기억이 난 것이다. 요사이 그는 떨어진 찻주전자를 주워 올리는 것조차 귀찮을 정도로 생활이 엉망이었다.

새삼스럽게 둘러보니 집 안 풍경이 요즘의 생활상을 그대로 보여 주는 것 같았다. 잡지와 책은 지진에 떨어진 기왓장처럼 여기저기 아무렇게나 널려 있고, 꺼내 놓은 그릇들은 먼지가 앉아 있다. 옷가지도 빨래를 한 것인지 해야 하는 것인지 구별조차 되지 않았다. 하기야 요즘은 빨래를 거의 하지 않는다.

'이래서야 누가 숨어들었어도 알아차릴 방법이 없겠군.'

자조적으로 웃으면서 고헤이는 저녁 신문을 펼쳤다. 그러나 그는 바로 신문을 옆으로 던져 버렸다.

'그래, 그래서 범인이……'

이제야 알겠군, 하고 고헤이는 마음속으로 외쳤다.

6

신니치 전기 주식회사의 중앙 연구소에 가기 위해 전철을 탄 고즈키는 현 경계선을 넘자 첫 번째 역에서 내렸다. 플랫폼에 내려선 고즈키는 시계를 보면서 약속 시간까지 아직 여유가 있다는 것을 확인하고 만족스러운 듯 고개를 끄덕였다.

조그만 역 주변에는 규모가 작은 가게들이 줄지어 있었다. 분주하게 오가는 사람들의 흐름에 섞여 그는 올 한 해도 다 저물어 가고 있다고 느꼈다.

역에서 조금 떨어진 장소에서 택시를 탔다. 신니치 전기 중앙 연구소라고 하자 운전사는 금방 알아들었다.

센트럴 전자에 엑스퍼트 시스템 제작을 의뢰한 곳이 신니치 전기라는 것은 조사 과정에서 의외로 쉽게 밝혀졌다. 『사이언스 논픽션』에 실시 사례로 실린 세 개의 회사, 즉 M사(IC 설계 엑스퍼트 시스템), S사(생산 기술 엑스퍼트 시스템), D사(회사 경영 엑스퍼트 시스템)의 실명은 출판사로부터 알아냈고, 각 회사가 어느 컴퓨터 회사의 시스템을 사용하고 있는지는 해당 회사에 직접 문의해서 알아냈다.

물론 이는 범죄 수사라는 명분이 있기에 가능한 일이었다. 엑스퍼트 시스템 제작을 의뢰한 회사는 관련 정보를 밖으로 유출하지 않는다는 확약을 해야 하기 때문이다. 고즈키가 예상했던 대로 엑스퍼트 시스템을 사용하고 있는 회사 측은 그 사실을 극력 감추려 했다. 그러니 잡지에도 이니셜밖에 싣지 않은 것이다.

조사 과정에서 'S사'란 대형 전기 회사인 신니치 전기이며 최근에 사용하기 시작한 생산 기술 엑스퍼트 시스템에 센트럴 전자가 관여했다는 것이 드러났다.

택시가 신니치 전기 중앙 연구소 앞에 도착했다. 사방을 빙 둘러싼 담 안쪽으로 하얀 건물이 보였다. 고즈키가 예상했던 것보다는 작은 4층짜리 건물이었다.

안내 창구에서 이름과 신분을 밝히자 십 대로 보이는 안내원이 약간 긴장한 표정으로 고즈키를 보았다. 아마 그녀로서는 입사 후로 처음 보는 유형의 손님일 것이다.

만날 상대는 이미 정해져 있었다. 회사의 기밀에 관한 질문을 하게 될 테니 엑스퍼트 시스템에 관한 정보를 정확하게 파악하고 있는 사람이어야 했다. 신니치 전기 측에서도 아마 사람을 신중하게 선택했을 것이다.

창문으로 운동장과 야트막한 언덕이 바라다보이는 응접실에서 고즈키는 상대를 기다렸다. 고급 가죽 소파는 씨름 선수라도 앉을 수 있을 만큼 넉넉했고 지나치게 푹신하지도 않았다.

약속한 인물이 금세 나타났다. 마흔쯤으로 보이는 남자로, 머리는 벗어지기 시작했지만 혈색이 좋고 몸도 건장했다.

남자는 자신의 이름을 야마노라고 밝혔다.

"경찰까지 그 시스템에 관해 조사하러 올 줄은 몰랐습니다."

명함을 교환한 후 야마노는 건장한 체구를 흔들며 웃었다.

"시스템에 관해 물어보는 사람이 많습니까?"

고즈키가 물었다.

"많죠. 회사로서는 엑스퍼트 시스템을 사용하고 있다는 것 자체를 비밀에 부칠 생각이었는데, 간부 사원 하나가 어떤 모임에서 그만 흘리는 바람에……. 지위가 높은 인간 중에도 얼간이가 있다는 뜻이겠죠. 그 후로 문의가 쇄도하고 있습니다. 어떤 추론 방식을 사용하느냐고 묻는 경우도 있고…… 아, 이거 전문 용어가 나오고 말았군요."

"조금은 압니다. 하지만 결국 그 내용은 비밀이라면서요?"

형사가 물었다. 야마노는 고개를 크게 끄덕였다.

"극비 사항입니다."

"그런데 저처럼 완전히 무관한 사람에게도 비밀을 지켜야 할 필요가 있는 건가요?"

"예외를 만들지 않는 것, 바로 그것이 비밀을 지키는 가장 간단한 방법 아니겠습니까. 뭐, 우리가 개발한 시스템에 대해 형사가 알아 봐야 좋을 일도 나쁠 일도 없는 건 사실이지만 말입니다."

"그렇다면 어떤 사람들에게 알려지면 곤란한 겁니까?"

형사가 다른 각도에서 질문했다.

"그야 물론 동업자죠. 미래를 위해서 우리는 다양한 소프트웨어를 독자적으로 개발했습니다. 그런데 엑스퍼트 시스템을 다루는 사람들이 그것을 훔쳐 간다면 큰일 아니겠습니까."

"엑스퍼트 시스템을 다루는 사람들, 그러니까 컴퓨터 관련 회사라는 뜻입니까?"

"컴퓨터 관련 회사가 다는 아니죠. 이번에 우리가 실용화에 성공한 소프트웨어는 생산 기술 엑스퍼트 시스템이라는 것인데, 거기에 담긴 지식 자체도 우리 회사에는 귀중한 재산입니다. 그러니 같은 가전 메이커에 유출된다면 상당한 손실이 되겠죠."

"잠깐."

고즈키는 샤프펜슬을 쥔 손을 들어 야마노의 얘기를 중단시켰다.

"생산 기술 엑스퍼트 시스템이라는 것에 대해 좀 더 설명을 해 주시면 좋겠는데요."

야마노는 몇 초 동안 형사의 얼굴을 바라보다가 알겠다는 듯 고개를 위아래로 움직였다.

"생산 기술 엑스퍼트 시스템이란 간단하게 말해서 컴퓨터가 설계자에게 생산 방법에 관한 조언을 하는 겁니다."

"예를 들자면요?"

"예를 들어서, 어떤 설계자가 새로운 모터를 설계하려고 하는데, 소형화와 경량화를 위해 신소재를 사용할 필요가 생겼다고 해 보죠. 이 경우, 소재를 어느 선까지 가공할 수 있을지, 용접은 가능한지, 열에 의한 변형은 어느 정도인지 등 생산에 앞서 다양한 의문이 발생합니다. 그래서 설계자는 무수한 자료와 다양한 사례를 참고로 설계를 하게 되는데, 실제로는 그렇게 교과서적인 매뉴얼만 가지고 대처할 수 없는 문제도 여러 가지 생깁니다. 그런 경우 종래에는 설계자가 각 분야의 전문가에게 문의해서 설계에 참고했는데, 시간적인 손실과 허점이 많았지요."

"그래서 각 분야의 전문가를 컴퓨터로 대체했다는 말입니까?"

"그렇습니다."

야마노는 기계인형 같은 움직임으로 끄떡, 고개를 숙였다.

"앞으로는 다품종 소량 생산의 시대가 올 겁니다. 신속하게 설계해서 재빨리 제품화하고, 또다시 신제품 설계에 들어가는 것이죠. 그렇게 일을 신속하고 원활하게 돌아가도록 하기 위해 설계자 자신이 생산 기술 엑스퍼트가 되는 셈이죠. 인공 지능은 그걸 가능하게 합니다. 뛰어난 생산 기술자가 퇴직을 하더라도 그의 지식과 노하우는 완벽하게 회사에 보존되기 때문에 차세대에 전수하는 것도 아주 쉽습니다."

"그런 식으로 하다 보면 언젠가는 생산 기술 전문가가 불필요해지지 않을까요?"

형사가 묻자 절대 그렇지 않다는 듯이 야마노가 눈에 힘을 주며 고개를 저었다.

"지식이나 노하우는 상한선이 없어요. 그렇기 때문에 앞으로도 지속적으로 시스템에 새로운 자료를 입력해야 합니다. 앞을 내다보고 연구하는 사람은 언제나 필요합니다. 반대로 기존의 지식만 기억하는 창조적이지 못한 인간은 가치가 없어지겠죠. 요즘 신입 사원 중에도 그런 타입이 적지 않지만 말입니다."

"그렇군요."

고즈키는 센트럴 전자의 기술자도 야마노와 비슷한 말을

했던 기억이 떠올랐다. 그는 엑스퍼트 시스템을 도입했다 해도 의사가 시스템의 지시에 따라서는 안 되며 시스템을 이용하는 전문성을 터득해야 한다고 했다.

"잘 알겠습니다. 즉 귀사의 기술의 정수이니 절대 타사에는 보여 줄 수 없다는 말이군요."

"그렇습니다. 생산 기술 엑스퍼트 시스템을 유출한다는 것은 우리 회사의 생산 기술에 관한 노하우를 고스란히 도난당하는 것이나 다름없다고 보면 됩니다. 뿐만 아니라 설계자의 질문에 대해 얼마나 효율적이고 적확한 판단을 내릴 수 있느냐 하는, 엑스퍼트 시스템 자체에 관한 기술도 도난당하는 것이라 할 수 있죠."

"그렇다면 기밀 유지를 위해서 상당한 노력을 기울이시겠습니다."

"물론입니다. 이용자는 자신의 등록 번호를 입력하지 않으면 시스템을 사용할 수 없게 돼 있죠. 외부에서 네트워크를 통해 침입하는 해커에 대비해서도 이중 삼중으로 방어벽이 구축돼 있습니다."

"가령 말이죠,"

형사가 소파에서 몸을 앞으로 조금 내밀면서 사뭇 정중하게 말했다.

"그 시스템의 전모를 아는 사람, 예를 들어서 시스템 제작에 참가했던 사람이 그 정보를 타사에 유출할 가능성은 없을까요?"

야마노의 얼굴에서 온화한 미소가 사라졌다. 대신 그는 매서운 눈초리로 고즈키를 쳐다보았다.

"그런 가능성이 전혀 없다고는 단언할 수 없겠죠. 하지만 그런 우려는 이 시스템뿐만 아니라 모든 기업의 기밀 사항 또한 마찬가지입니다. 내부에 스파이가 있다면 어쩔 도리가 없습니다. 늘 주의하는 수밖에 없죠."

매우 신중한 말투였다.

"그렇군요."

형사는 수긍이 간다는 듯 고개를 끄덕거렸다.

"다음으로, 시스템 제작의 수순에 대해 질문하고 싶은데요."

"그러시죠."

"엑스퍼트 시스템 제작에 즈음해서 그 지원을 센트럴 전자에 의뢰했다고 알고 있습니다만, 의뢰한 내용이 구체적으로 어떤 것이었습니까?"

단어 하나하나를 신중하게 고르며 고즈키가 물었다. 오늘의 참고인 심문에서 가장 중요한 부분이라 할 수 있기 때문이다.

야마노가 입술을 핥았다.

"우선은 개발 지원 툴과 워크스테이션 등 엑스퍼트 시스템

구축을 위한 도구를 센트럴 전자에서 구입했습니다. 그리고 그 도구들을 가지고 센트럴의 기술자와 우리 회사의 기술자가 협력해서 작업을 진행했죠."

"그 협력 작업의 내용을 알 수 있을까요? 전문적인 설명은 생략하고, 작업을 어떤 식으로 분담했는지 정도만 알려 주시면 됩니다."

"그러죠."

야마노는 식은 녹차를 단숨에 마셨다.

"한마디로 말해, 우리 회사 생산 기술자가 정보가 될 지식을 제출하면 그것을 센트럴 측의 기술자가 컴퓨터에 저장하는 형식이었습니다. 센트럴 측의 기술자는 날리지 엔지니어의 약칭인 KE로 불리는 사람인데, 이른바 인간과 기계를 잇는 중개자 역이죠."

고즈키는 머릿속으로 마쓰키가 KE였지, 하고 생각했다. 야마노가 말을 이었다.

"구체적으로는 우선 KE가 생산 기술 전문가를 인터뷰하고, 그 내용을 통해서 KE는 전문가가 어떤 과정을 거쳐서 지식을 전개하고 문제를 해결하는지를 분석해 냅니다. 인간의 사고 시스템을 질서 정연한 프로그램으로 바꾼다고 표현하는 편이 좋을지도 모르겠군요."

"그렇게 해서 프로그램이 완성되면 컴퓨터에 장착한다는

말씀이죠?"

"그렇기는 합니다만, 말처럼 간단한 일이 아닙니다. 때로는 전문가의 잠재적인 심리를 알아야 할 필요도 있으니까요. 어떤 의미에서는 철학이며 심리학이라고 할 수도 있습니다. 그리고 그렇게 인내가 필요한 작업을 끈질기게 해 나가야 하는데, 생산 기술은 절삭, 프레스, 용접 등의 가공 기술과 금속, 수지 등 재료에 관한 기술 등 범위가 아주 넓고 또 각 분야에 전문가가 따로 있죠. 이번 작업에서도 KE가 인터뷰한 전문가가 열 명 이상은 될 겁니다."

"시간이 상당히 걸리는 작업이었겠군요?"

고즈키가 물었다. 야마노는 허공으로 시선을 돌린 후에 대답했다.

"아마 1년 넘게 걸렸을 겁니다."

"그런 작업이 1년 넘게 진행되었다면 KE, 그러니까 센트럴 전자 측의 기술자가 귀사의 기밀에 접근하게 될 텐데요."

"생각하기에 따라서는 그들이 가장 자세히 알고 있다고도 할 수 있죠."

좀 아이러니한 말이지만, 이라고 야마노는 덧붙였다.

"그렇다면 센트럴 전자 쪽에서 정보를 유출할 가능성은 없습니까? 예를 들어, 타사에서도 비슷한 엑스퍼트 시스템 제작을 의뢰받은 경우, 귀사에서의 실적을 응용할 수도 있지 않냐는 겁니다."

"그 점은 우리도 몹시 우려하는 문제입니다."

야마노가 진지한 눈빛으로 형사를 쳐다보았다.

"사람의 기억에 자물쇠를 채울 수는 없으니까요. 결국은 우리 회사와 센트럴 전자가 서로 믿는 길밖에 없죠. 기밀 유지에 관한 계약만 해도 몇 페이지에 달할 겁니다."

"그렇게 해서 완벽을 기할 수 있습니까?"

형사가 그렇게 묻자 야마노는 표정을 약간 누그러뜨리면서 천천히 고개를 저었다.

"완벽이랄 수는 없겠죠. 하지만 만약 정보가 유출되고 그 원인이 센트럴 전자 측에 있다는 게 밝혀지면 센트럴 전자는 존속하기 어려울 겁니다. 우리 쪽에서도 막대한 손해 배상 청구 소송을 제기하겠지만, 컴퓨터 서비스 회사의 생명은 신용을 잃으면 끝장입니다. 그러니 그들이 그런 어리석은 짓을 할 리 없죠."

"음, 그렇군요."

고즈키는 샤프펜슬로 테이블을 톡톡 쳤다.

"당시 센트럴 전자 측의 기술자, 즉 KE의 이름을 혹시 알 수 있을까요?"

"물론입니다. 지금 당장 필요하신가요?"

"죄송하지만, 그렇습니다."

형사가 머리를 숙였다.

야마노는 잠시 생각하더니 좀 기다려 달라면서 소파에서 일어났다.

10분 정도 지나자 그가 다시 고즈키 앞에 나타났다. 손에 검은 파일을 들고 있었다.

"KE는 세 명이었는데요."

그가 파일을 보면서 말했다.

"저도 좀 볼 수 있을까요?"

형사가 말하자 야마노는 잠시 머뭇거린 후 "극비입니다." 라면서 펼친 파일을 테이블에 올려놓았다.

거기에는 A4 사이즈의 이력서 비슷한 서류가 담겨 있었다. 서류 왼쪽 상단에는 명함 크기의 사진이 붙어 있었다. 엑스 퍼트 시스템 제작에 관여한 KE의 상반신 사진이다.

세 번째 서류를 보았을 때 고즈키의 눈이 커졌다. 거기서 스기모토 준야라는 이름을 발견했기 때문이다.

"역시."

그가 그렇게 중얼거리자 야마노가 뭐가 잘못됐느냐는 듯이 그를 봤다.

"이 사람, 기억합니까?"

"물론입니다. 1년 이상이나 얼굴을 보고 지냈으니까요. 단, 보조적인 역할을 맡았던 것으로 기억합니다. 담당 연구원이

따로 있었는데, 주로 그 사람 일을 도왔죠. 이 사람에게 무슨 일이 있습니까?"

"살해당했습니다. 나이프로, 단칼에."

야마노의 눈이 휘둥그레졌다.

7

월요일.

애거사 크리스티의 단편집을 다 읽은 고헤이는 한껏 기지개를 켠 후 목을 전후좌우로 돌렸다. 잔가지가 부러지는 듯한 소리가 들리면서 동시에 어깨가 좀 가뿐해졌다.

그는 눈가를 누르며 조그맣게 한숨을 쉬고는 지금 막 읽은 소설의 내용을 되새김했다. 소설에 등장하는 트릭에 다소 의문이 있었지만 큰 문제는 아니었다.

소설의 내용을 한 차례 반추한 고헤이는 이번에는 현실의 사건을 생각하기로 했다. 지금까지의 추리에 빈틈이 있지는 않은지, 놓친 부분은 없는지.

없다. 지금까지의 결론은 그렇다. 추리에 빈틈은 없다. 이제 남은 것은 확인뿐이다.

문제는 확인의 수단이었다.

경찰도 탐정도 아닌 고헤이는 자신의 추리를 확인할 방법이 전혀 없었다. 고즈키에게 연락해서 확인하는 것이 가장 확실한 방법이었지만 가장 취하고 싶지 않은 방법이기도 했다.

그런 그렇고.

수수께끼를 거의 풀었다는 확신은 있는데 마음이 무거웠다. 이렇게 기분이 쓸쓸하기는 오랜만이었다. 부모님에게 대학원에 진학한다고 거짓말을 했을 때보다 훨씬 불쾌했다.

목이 칼칼하게 말랐다. 고헤이는 입안에 억지로 침을 모아 꿀꺽 삼켰다.

뜨뜻미지근하고, 납 같은 맛이 났다.

저녁때가 되어 오랜만에 도키타가 당구장에 나타났다. 점퍼에 두 손을 푹 쑤셔 넣고, 트레이드 마크인 빨간 베레모를 비스듬히 쓰고 있었다.

"고헤이, 상대 좀 해 줘."

도키타가 테이블 하나를 턱으로 가리키며 말했다. 고헤이는 평소 즐겨 사용하는 큐를 수납대에서 꺼냈다.

"자네, 또 내게 뭘 숨겼더군!"

위세 당당하게 브레이크 샷을 치고 난 도키타가 시비조로 말했다.

"숨기다니, 내가 뭘요?"

고헤이는 1번 공을 노리고 큐를 밀었다. 그러나 공은 포켓으로 들어가지 않았다.

"시치미 떼기는."

도키타가 큐를 잡았다.

"마담이 사이토라는 의사와 그렇고 그런 사이라는 거, 알고 있었잖아."

"아, 그 남자요."

고헤이는 그제야 무슨 말인지 이해가 갔다.

"저도 최근에 알았어요. 언제 얘기할 틈이 있었어야죠."

"별 상관이야 없지만."

도키타가 수구를 쳤다. 튕겨 나간 1번 공이 멋들어지게 포켓으로 들어갔다.

"결혼을 한다지, 아마."

덤덤한 목소리였다. 고헤이는 놀라서 그의 옆얼굴을 쳐다보았다.

"마담이 그러던가요?"

도키타는 고개를 끄덕이면서 다음 표적구를 노렸다.

"그렇구나…… 결혼하는구나."

두 사람 사이를 고헤이가 알게 되는 바람에 오히려 마음을 굳혔을 수도 있겠다고 그는 생각했다. 참담한 일만 계속되다 보니 준코도 누군가에게 의지하고 싶어졌을 것이다.

"아저씨가 차였네요."

최대한 농담처럼 들리도록 고헤이는 말했다.

"무슨 소리야."

도키타가 큐로 고헤이의 엉덩이를 쿡 찔렀다.

"난 그저 그녀의 일개 팬이었을 뿐이라고. 시답잖은 소리 하지 말고 빨리 치기나 해. 자네 차례야."

말은 그렇게 해도 심란해하는 목소리로 들렸다.

"아저씨에게 한 가지 묻고 싶은 게 있는데요."

2번 공을 포켓에 떨어뜨리고서 고헤이가 말했다.

"히로미가 집 보조 열쇠를 어딘가에 숨겨 뒀다는 얘기, 혹시 들은 적 있어요? 왜 흔히들 그러잖아요. 우유 받는 통이나 가스 검침기 박스 속에 열쇠를 넣어 두잖아요."

"보조 열쇠? 모르겠는데. 그렇게 중요한 걸 개나 소나 다 알 리 없잖아."

도키타가 눈썹을 찡그리며 말했다.

"얼핏 지나가는 말로라도 들은 적 없어요?"

"없어. 어서 쳐."

도키타의 채근에 고헤이는 수구를 적당히 쳤다. 결과는 파울이었다.

"그런 건 왜 묻는 거야?"

수구를 헤드라인 안으로 이동시키고 거기에서 표적구를 노리면서 도키타가 물었다. 상대가 파울을 범한 경우 수구든 표적구든 어느 한쪽을 움직일 수 있다. 표적구를 움직일 경우에는 풋 스팟이나 센터 스팟에 놓는다.

"누군지는 몰라도 히로미 집에 무단으로 들어갔어요. 그런데 당연히 문은 잠겨 있었을 테니 보조 열쇠 없이는 들어갈 수 없죠."

"그래서, 그자가 범인이라는 거야?"

격렬하게 부딪치는 소리가 나면서 공 두 개가 모두 포켓으로 들어갔다. 도키타는 휘파람을 불고는 코 아래를 비볐다.

"단언할 수는 없지만 가능성이 높아요."

"보조 열쇠 같은 거 몰라서 다행이군."

책방 아저씨는 헛기침을 한 번 하고서 다시 큐를 쥐더니 자세를 잡았다.

"한 가지 더 물어봐도 돼요?"

아저씨가 자세를 풀었다.

"뭔데?"

"히로미가 살해당하던 밤, 아저씨는 어디 있었어요?"

고헤이의 질문에 도키타는 볼을 약간 실룩거리고는 허리를 펴고 그와 마주 섰다. 숨까지 씩씩거린다.

"나를 의심하는 거야?"

"미안합니다. 하지만 아저씨만 예외로 칠 수는 없잖아요."

고헤이가 목소리를 쥐어 짜냈다.

순간적으로 도키타의 표정이 일그러졌다. 그리고 점퍼 주머니에서 마일드 세븐을 꺼내더니 한 개비를 입에 물었다. 백엔 라이터로 불을 붙이고 씁쓸한 표정으로 짙은 연기를 뱉어냈다.

"있잖아, 고헤이."

그가 미열이라도 있는 것처럼 나른하게 말했다.

"이제 그만해도 되잖아? 그만하자고. 어차피 다 끝난 일이야."

"난 안 끝났어요."

"끝났어."

책방 아저씨는 말했다.

"다 끝났다고. 이제 와서 파헤쳐 본들 죽은 사람은 돌아오지 않아. 산 사람이 불쾌해질 뿐이지."

"아저씨는 범인을 알고 있군요."

"그런 뜻이 아니야."

"그럼 왜 갑자기 그런 말을 하는데요?"

"자네를 위해서야. 자네는 우리와 달라. 언젠가는 이 썩어빠진 거리를 버리고 떠날 사람이잖아. 그러니 여기서 생긴 일은 다 잊고 내일 일을 생각해."

"상관하지 마세요. 제 일은 제가 생각합니다. 그보다 지금은 질문에 대답해 주셨으면 하는데요."

도키타가 후, 숨을 내쉬었다. 절반쯤 피운 담배를 재떨이에 비벼 끄고 몸을 내던지듯 덜퍼덕 소파에 앉았다.

"나는 그 밤 내내 책방에 있었어."

고헤이가 예상한 대답이었다.

"죄송합니다. 그 한마디를 듣고 싶었어요."

"이제 다시 해도 되겠나?"

도키타가 테이블을 턱으로 가리켰다. 그러시죠, 하는 뜻으로 고헤이는 손바닥으로 테이블을 가리켰다.

다른 손님의 주문으로 커피와 홍차를 가지러 1층에 다녀오니 이하라가 도키타를 상대하고 있었다. 그가 당구장에 모습을 보인 것도 아주 오랜만인 듯하다.

"뭐, 새로운 정보 없나?"

고헤이의 얼굴을 보자마자 그가 물었다. 대답은 도키타 쪽이 했다.

"히로미 씨 집에 무단 침입한 사람이 있다는군."

"호오."

입을 '오' 자 모양으로 오므린 채 이하라가 고헤이의 얼굴을 다시 보았다.

"그냥 해 본 얘기예요."

고헤이는 그렇게 대답했다. 그리고 화제를 다른 것으로 바꾸려 했다.

마침 그때 창가에 있던 손님들 사이에서 환성이 터져 나왔다.
눈이 내리기 시작한 것이다.

도키타와 이하라는 문 닫을 시간이 다 될 때까지 큐를 놓지
않았다. 그들의 오늘 밤 대전 성적은 7 대 3으로 도키타가 우
세했다.

고헤이는 창가에 서서 내리는 눈을 바라보며 마지막 15번
공이 포켓에 들어가기를 기다렸다. 유리창에 두 사람의 모습
이 비치고, 그 너머에서 싸락눈이 흩날렸다.

결국 마지막 볼도 도키타가 포켓에 넣고 게임은 끝났다.

"오늘은 보기 좋게 당했군."

허슬러 신사가 한숨을 쉬었다.

"이하라, 자네 오늘 어디 아프기라도 한 거야? 영 상태가
안 좋던데."

"이럴 때도 있는 거지, 뭐. 안 그래, 고헤이?"

동의를 구하기에 "그렇죠." 하고 고헤이는 웃으면서 대답
했다.

"같이 나가지."

고헤이와 도키타, 그리고 이하라가 '푸른 나무'에서 나올
즈음에는 눈이 조금 그쳐 있었다. 보도에 눈이 엷게 쌓여 있

어 세 사람이 걸음을 옮기기 시작하자 각자의 발자국이 선명하게 남았다.

"저길 좀 봐. 발자국이 손가락으로 꼽을 정도밖에 없군. 아무리 늦은 시간이어도 그렇지, 여기가 대학 옆 거리라고는 여겨지지 않을 정도야. 역 앞 길은 눈이 쌓일 새도 없을 텐데."

이하라는 아무런 대꾸 없이 걸음을 옮기고 있다. 고헤이도 잠자코 말이 없었다.

세 사람은 '모르그' 앞에서 걸음을 멈췄다.

"왜, 오늘은 한잔 안 걸칠 거야?"

도키타가 불만스럽다는 듯이 고헤이를 보았다.

"오늘은 술 마실 기분이 아니라서요. 그래도 들어가기는 할 겁니다. 마담에게 볼일이 있어서요."

"그럼 나도 고헤이 군을 따라 들어만 가야겠군. 오늘은 늦게 들어가기가 좀 뭐해서 말이야."

"아니, 자네까지? 거참, 의리 없기는."

도키타가 툴툴거렸다.

세 사람이 가게로 들어서자 준코가 접대용 미소를 어색하게 짓더니 마지못한 듯 인사를 건넸다.

"오랜만이네, 세 사람이 이렇게 나란히 들어오는 거."

그렇게 말하는 목소리도 약간 격앙돼 있다.

손님은 둘. 하나는 과자 가게 시마모토이고 다른 하나는 의사 사이토였다. 사이토는 오늘도 카운터 끝자리에 앉아 눈에 뜨이지 않게 술을 마시고 있다. 준코의 태도가 침착하지 못한 것은 아마도 그가 있기 때문일 것이라고 고헤이는 생각했다.

"애인도 같이 있는 건가."

사이토 쪽을 보면서 도키타가 말했다. 준코는 고개를 숙이고, 사이토는 그 말을 못 들은 척했다.

"그런 소리는 왜 해."

시마모토가 도키타에게 의자를 권하면서 말했다.

"마담도 행복해질 권리가 있잖아. 도키타 자네는 나이 차가 너무 나고 말이야."

"내가 무슨 말을 했다고 그래."

도키타가 입을 쑥 내밀었다.

"나도 마담이 행복해지기를 바라고 있어. 사이토 씨라고 했나? 우리 마담 잘 부탁해요. 언제든 힘이 되어 줄 테니까."

말하는 도중에 그가 사이토 쪽을 향해 주절거렸다.

잘 부탁한다고 할 때는 빨간 베레모를 벗기까지 했다. 그때까지 아무 말이 없던 사이토도 하얀 이를 내보이며 그에 답하듯 고개를 살짝 숙였다.

준코는 다소 안도한 듯한 표정이었지만, 고헤이가 계속 서 있다는 것을 깨닫자 의아한 표정을 지었다.

"안 앉아?"

"네."

고헤이가 고개를 약간 숙였다가 들고는 말했다.

"실은 물어보고 싶은 게 있어서요."

8

고즈키와 젊은 형사가 그 회사 문을 나섰을 때 하얀 눈송이가 또 흩날리기 시작했다. 젊은 형사는 코트 깃을 세우고 중얼거렸다.

"참 잘도 내립니다. 이제 어떻게 할 겁니까?"

"글쎄."

고즈키는 헤드라이트를 켠 차가 지나가기를 기다렸다가 후배에게 지시했다.

"먼저 서로 돌아가 있어."

"선배는 어쩌시려고요?"

"난 잠깐 들를 데가 있어."

"학생가요?"

후배 형사가 물었다.

"……그렇지, 뭐."

"범인의 동태를 살피러 가는 겁니까?"

그 말에 고즈키가 후배 형사를 쏘아보고는 천천히 고개를 저었다.

"아직 범인이라고 단정할 수 있는 단계가 아니잖나."

후배 형사는 고즈키가 쏘아보는데도 지금 자신들이 나온 회사 쪽을 돌아보며 말했다.

"하지만 동기가 확실해졌잖습니까."

"동기 가지고는 부족해. 증거가 필요하다고, 증거가."

"마쓰키와의 연계성 쪽으로 밀어붙이면 어떨까요. 깨끗이 털어놓을 것 같은데요."

"그렇게 잘 풀리지 않을 거야. 아무튼 여기서 헤어지자고."

고즈키는 젊은 형사 곁을 떠나면서 오른손을 슬쩍 들었다. 때마침 지나가던 택시가 도로 옆에 섰다. 와이퍼가 움직이면서 눈을 쳐 내고 있다.

"과장님께는 제가 설명할까요?"

고즈키는 택시에 올라타면서 고개를 끄덕였다.

"조심하십시오."

후배가 오늘따라 공손하게 머리를 숙인다.

고즈키가 행선지를 말하자 운전사는 백미러로 그의 얼굴을 바라보았다.

"거기, 최근에 살인 사건 있었던 데 맞죠?"

"그런가요."

고즈키는 시치미를 뗐다.

"그렇다니까요. 크리스마스트리에 시신을 매달았다고 해서 볼거리가 된걸요."

운전사는 머리가 긴 젊은 남자였다. 라디오에서는 말러의 곡이 흘러나왔다. 어딘가 모르게 동양적인 멜로디가 창밖으로 보이는 설경과 묘하게 잘 어울린다.

"살해당한 사람이 한 명입니까?"

문득 생각난 게 있어 고즈키가 물어보았다. 운전사의 얼굴이 좌우로 한 번 움직였다.

"그럴 겁니다. 자세한 내용은 잘 모르지만요."

고즈키는 창밖으로 시선을 돌렸다. 사람의 죽음이란 이런 것이라고 새삼스럽게 생각한다. 크리스마스트리 사건은 기억해도 마쓰키와 히로미의 죽음 따위는 벌써 잊었다. 이 세 사건에 어떤 관련성이 있으리라고는 아무도 생각지 않는다. 제삼자에게는 어떻든 상관없는 일이니까.

라디오에서 천박한 토크 프로그램이 흐르기 시작할 때 운전사가 차의 속도를 늦췄다.

"이 부근이면 됩니까?"

운전사가 물었다. 그곳은 대학의 정문 앞길, 즉 신 학생가였다.

"이쪽이 아니라 옛날 학생가 쪽으로 부탁합니다."

고즈키가 그렇게 말하자 운전사는 어리둥절한 표정으로 잠시 생각하더니 혼자 고개를 끄덕이며 말했다.

"아, 뒷길 말이군요. 거기에도 아직 상가가 있습니까?"

"몇 군데 남아 있죠."

택시에서 내린 곳은 '모르그' 앞이었다. 가게 앞길에도 눈이 쌓여 있고 발자국이 여러 개 어지럽게 찍혀 있었다. 하지만 거기에도 방향성은 분명히 있었다.

그 외에는 길에 사람이 없었다. 눈이 모든 소리를 흡수해 버린 것처럼 고요함이 거리 전체를 뒤덮고 있었다. 그 정적을 일부러 깨듯 고즈키는 헛기침을 했다. 무언가가 찢어지는 듯한 소리가 났다.

그가 가게 문을 열자 준코의 미소가 순간적으로 문 쪽을 향했다. 그러나 그 미소는 이내 딱딱하게 굳어 버렸다.

"여전히 손님이 별로 없군."

가게 안을 휘휘 돌아보며 그가 말했다. 카운터에 남자가 셋 앉아 있을 뿐이다. 그중 두 사람은 본 적이 있다. 도키타라는 책방 아저씨와, 거대한 크리스마스트리 제작이라는 얼토당토않은 이벤트를 기획한 과자 가게 주인, 시마모토라는 작자다. 두 남자가 적의를 품은 눈초리로 고즈키를 쳐다보았다.

"주문은?"

자못 사무적인 말투로 준코가 물었다.

"확인하고 싶은 게 있는데."

형사가 말했다.

"『사이언스 논픽션』이라는 과학 잡지 알지?"

그러자 준코는 약간 거북한 기색으로 카운터 앞에 앉은 손님들을 쳐다보고는 다시 형사에게로 눈길을 돌렸다.

"알면, 왜요?"

"마쓰키가 그걸 히로미에게 건넸다면서?"

"……그게 뭐 어쨌다는 건데?"

"그때 잡지 외에 다른 것도 건네지 않았어?"

형사는 똑바로 준코를 쳐다보았다. 그 날카로운 시선을 피하려는 듯 준코는 고개를 숙이더니 입술에 미소를 머금고 잔을 닦기 시작했다.

"기억이 안 나는데."

"잘 생각해 봐. 분명히 뭔가를 건넸을 테니까."

"그게 무슨 단서라도 된다는 말이오?"

옆에서 불쑥 도키타가 끼어들었다. 그는 갑자기 나타난 형사를 노려봤다. 고즈키가 씩 웃었다.

"그쪽과는 관계없는 일입니다. 미안하지만, 좀 잠자코 계세요."

"그야 나는 관계가 없지만, 이상한 얘기를 하고 있으니 신경이 쓰이지 않을 수 있나. 다들 술 한잔 마시지 않고 이상한 질문만 해 대니, 원."

"다들?"

형사가 무슨 뜻이냐는 표정을 지었다.

"아까도 질문만 하고 가 버린 놈들이 있었거든."

과자 가게 시마모토가 고즈키에게 말했다.

"게다가 지금 형사가 한 질문과 똑같은 질문이었어. 그렇지, 마담?"

도키타가 동의를 구하자 어쩔 수 없다는 듯이 준코가 고개를 끄덕였다. 고즈키는 카운터 너머로 몸을 들이밀고 물었다.

"누가 왔던 거야?"

준코는 천천히 얼굴을 들고서 깨끗하게 닦은 유리잔을 거꾸로 세워 놓았다.

"고헤이 짱."

"허, 그렇군. 그도 서서히 진실에 다가가고 있다는 뜻이군. 하기야 고헤이 군 쪽이 훨씬 먼저 시작했으니 당연한 일이지만."

형사는 수긍이 간다는 투였다.

"고헤이 짱에게도 기억이 잘 안 난다고 말했어."

"그럼 생각나면 연락해 줘."

그는 뒤돌아 문을 열고 밖으로 나섰다. 눈 위에 꽤 선명하게 발자국이 남아 있었다. 그것을 본 고즈키가 헉 숨을 삼켰다.

그는 재빨리 몸을 돌려 다시 문을 열고 가게 안에 있는 사람들을 매서운 눈초리로 쳐다보았다.

"놈들이라고 했지?"

정확하게 누구를 향한 질문은 아니었다.

"질문만 하고 간 놈들이라고 말이야."

"그랬는데."

시마모토가 대답했다.

"쓰무라 고헤이와 또 누구지?"

"신사, 허슬러 신사."

도키타가 내뱉듯이 말했다.

"당신도 알 텐데. 언제나 조끼까지 갖춰 입고 당구장에 오는 사람 말이야."

"언제 온 거야?"

"조금 전이라고 말하지 않았나."

"어디로 갔어?"

"그거야 모르지."

형사가 사냥개처럼 가게를 뛰쳐나갔다.

이하라와 함께 '모르그'에서 나온 고헤이는 다시 흩날리기 시작한 눈발 속을 천천히 걸어갔다. 12월에 이렇게 눈이 많이 오는 것은 흔치 않은 일이다. 간간이 지나가는 자동차의 운전자들도 조심조심 핸들을 잡고 있다.

"참 고요한 밤이군."

커다란 검정 우산을 받쳐 든 이하라가 평온한 말투로 말했다. 내쉬는 숨이 유난히 하얘서 그대로 얼어 버릴 것만 같다.

"그러네요."

"괜찮으면 우리 집에 들렀다 가지그래?"

이하라가 말했다.

"따뜻한 거라도 먹고 가."

"아닙니다."

점퍼 깃 안으로 잔뜩 움츠린 목을 움직이며 고헤이가 대답했다.

"오늘 밤에는 사양하겠습니다. 들를 데도 있고요."

"그래."

이하라가 희미하게 고개를 끄덕이고는 너그러운 미소를 머금고 다시 앞을 향했다. 쌓인 눈을 밟는 가죽 구두 소리가 리드미컬하게 들렸다.

건널목 근처까지 가자 모퉁이에 있는 양복점에서 징글벨이 흐르고 있었다. 쇼윈도 유리가 늘 뿌예서 마치 가게 자체가 잠이 덜 깬 듯한 모습이다. 고헤이는 걸음을 천천히 옮기면서 음악에 귀를 기울였다. 그런데 갑자기 울리는 요란스러운 소리에 그 소리가 지워졌다. 건널목에서 종이 울린 것이다.

"히로미네 아파트에 가는 겁니다."

자신에게 보조를 맞춰 역시 걸음을 늦춘 이하라에게 고헤이가 말했다.

"확인하고 싶은 게 있어서요."

"그게 사건과 무슨 관계가 있는 건가? 히로미 씨가 살해당한 상황에 대한 거라든지 말이야."

신사가 코 옆을 긁적거리며 물었다.

"네, 그렇습니다. 히로미가 살해당한 상황, 바로 그거요. 실은 그 상황이 일종의 밀실이었어요."

고헤이는 신사의 눈을 쳐다보면서 대답했다.

"밀실?"

"네. 범인의 도주로가 없습니다. 그러니까 히로미를 살해한 후 도망칠 수 없었다는 거죠."

"그거 재미있군. 아니, 재미있다고 하면 실례겠지만……, 꼭 듣고 싶은데."

다소 흥분한 목소리였다.

"그럼 조금 더 같이 가실래요?"

고헤이가 묻자 신사는 우산 아래에서 고개를 주억거렸다.

"그럴까. 사정이 사정이니만큼 귀가가 좀 늦어져도 어쩔 수 없지."

"그러면 걸으면서 설명하겠습니다."

두 사람은 아파트를 향해 다시 걸음을 내디뎠다. 고헤이는 상황이 왜 밀실인지 이하라에게 설명했다. 이하라가 때로 감탄스럽다는 듯이 고개를 끄덕거렸다. 때로는 놀랍다는 듯 웅얼거리기도 했다. 그럴 때 신사의 얼굴은 순수한 소년처럼 보였다.

"하아, 듣고 보니 과연 밀실이군. 아니, 이런 추리 소설 같은 일이 실제로 일어나다니. 그런데 자네는 그 수수께끼를 풀었나?"

"어느 정도는요."

고헤이가 대답했다.

"아, 그래서 그 추리를 확인하러 가는 거로군. 그래서 말인데, 나도 지금 막 생각난 게 있어."

"수수께끼에 대해서 말입니까?"

고헤이는 동요를 감추면서 물었다.

"물론이지."

신사는 신사다운 말투로 대답했다.

"자네 추리와 같을지도 모르겠는데, 아무튼 번뜩 떠올랐어."

"그럼 이하라 씨의 추리도 들어 보죠."

"그래. 그럼 우리 추리 경합을 하는 걸로."

신사는 정말 신이 난 것처럼 보였다.

고헤이는 이하라와 함께 아파트로 들어가서 엘리베이터를 타고 6층까지 올라갔다. 그리고 히로미가 쓰러져 있던 부근에 서서 서로를 마주 보았다.

"히로미 씨는 여기에 쓰러져 있었어. 그런데 범인의 모습은 온데간데없었다…… 그런 거지?"

재차 확인하듯이 이하라가 물었다. 고헤이는 턱으로 대답했다.

"그런데 말이야, 한 가지 놓친 게 있는 것 아닐까? 범인이 아래층으로 도망쳤으리란 보장은 없잖아."

"옥상으로 도주했다는 말입니까?"

고헤이가 시선을 위로 향했다. 엘리베이터는 6층까지만 운행되지만 계단으로는 옥상으로 올라갈 수 있다.

"상황이 잠잠해질 때까지 숨어 있을 수 있잖아."

"하지만 경찰이 거기도 조사했을 겁니다."

"아무튼 가 보자고."

이하라가 고헤이의 어깨를 툭 치더니 먼저 계단으로 올라갔다.

계단을 올라가니 조그만 층계참이 있고 문은 바깥쪽에서 잠겨 있었다. 만약 누군가가 밖으로 나갔다면 그 당시 문이 열려 있어야 하는데, 히로미가 살해된 시각에 어땠는지는 알 수 없다.

이 아파트의 옥상에 올라와 보는 것은 처음이었다. 불빛은 없고 하얗게 쌓인 눈만 보였다. 발을 내디딜 때, 마치 깊은 밤에 산속 오두막을 나서는 듯한 불안감이 가슴을 스쳤다.

눈은 여전히 내리고 있었다. 사방은 그 한 송이 한 송이가 떨어지는 소리까지 들릴 것처럼 고요한 어둠에 갇혀 있다. 멀리서 자동차 경적 소리가 들렸다가 사라졌다.

"범인이 여기 숨어 있었다고 생각할 수는 없을까?"

앞서 걸어가던 이하라가 불쑥 돌아보며 물었다. 고헤이는 걸음을 멈추고 몸 전체를 흔들듯이 고개를 저었다.

"그럴 가능성은 없습니다."

"어째서지?"

"경찰이 다 조사했어요. 층계참의 문이 잠겨 있지 않았다면 모를 리 없죠. 게다가 이런 장소에 숨어 있어 봐야 범인에게는 아무런 이득이 없습니다. 그 시점에서는 어떻게든 한시 빨리 도망치는 것이 중요했을 테니까요. 이런 데 있다가 발각되면 끝장이잖아요."

"하긴 그렇군."

이하라는 빙그르 몸을 돌렸다.

"즉, 내 추리는 실격인 셈이군."

"아쉽지만 그렇습니다. 범인은 그런 행동을 취하지 않았을 겁니다."

"음."

이하라가 조금 더 앞으로 걸어갔다. 눈을 밟는 소리가 났다.

"그럼 이번에는 자네의 추리를 들어 볼까."

고헤이는 신사의 넓은 등에서 반짝이게 닦인 가죽 구두, 그리고 그 구두 자국이 선명하게 찍힌 눈으로 시선을 옮겼다.

"가장 중요한 것은,"

고헤이는 얼굴을 아래로 향한 채 말을 꺼냈다.

"히로미가 대체 어디서 살해됐나 하는 겁니다."

"어디서……라고?"

이하라의 굵은 목소리가 쌓인 눈 위로 울렸다.

"모르겠군. 왜 그게 중요하다는 거지? 그녀는 엘리베이터 안에서 살해당한 게 아니었나?"

"시신이 엘리베이터 안에 있었을 뿐이죠."

고헤이의 말투는 매우 침착했다.

"그렇다면 범인이 시신을 옮겼다는 뜻인데, 그렇다 해도 범인은 어떤 방법으로든 탈출을 해야 하잖나."

"아니죠."

고헤이가 가슴을 쫙 펴고 숨을 들이쉬었다. 차가운 공기가 목구멍을 지나 폐를 자극했다.

"범인이 옮긴 게 아닙니다."

"그럼 누가 옮겼다는 말이지?"

이하라가 돌아보았다. 바람에 흩날리는 눈발 속에서 두 사람은 서로를 마주 보는 꼴이 되었다.

"몇 가지 의문점이 있습니다."

고헤이가 말했다.

"우선 히로미와 범인은 1층에서 엘리베이터를 타지 않았다는 점, 그리고 마지막에 히로미가 집 열쇠를 핸드백에 넣지 않았다는 점."

"열쇠? 열쇠가 어쨌다는 거지?"

이하라는 무슨 소린지 모르겠다는 표정이었다.

"히로미는 집 열쇠를 언제나 핸드백에 넣고 다녔을 겁니다. 그런데 핸드백은 없고 열쇠만 그녀 옆에 떨어져 있었어요."

그 열쇠는 지금 에쓰코가 갖고 있다.

"하고 싶은 말이 뭔지 잘 모르겠군."

이하라의 목소리에서 답답함이 묻어났다.

"모르겠습니까? 그녀는 핸드백에서 열쇠를 꺼낼 필요가 있었죠. 왜? 이유는 단 한 가지, 자기 집에 들어가기 위해서입니다. 즉 그녀는 열쇠를 꺼내 문을 열고 자기 집에 들어가려던 순간 찔린 겁니다. 아마 열쇠를 손에 쥔 채였겠죠. 그리고 범인은 그녀를 그대로 둔 채 도주했습니다. 물론 내가 아파트 앞에 도착하기 전에요."

"그렇다면 시신이 집 안에 있어야 하잖나."

"그 자리에서 바로 죽었다면 그랬겠죠."

역광 때문에 이하라의 표정은 알 수 없었다. 다만 순간적으로 입가가 일그러지는 것이 고헤이의 눈에 들어왔다. 고헤이가 말을 계속했다.

"그대로 죽었다면 그녀는 집 안쪽에 쓰러져 있었을 겁니다. 그런데 그녀가 마지막 힘을 다해 일어섰던 거죠. 범인이 사라진 후 복도로 나와 엘리베이터를 탔습니다. 내가 1층에 있을 때 올라가던 엘리베이터가 3층에 선 것은 그녀가 버튼을 눌렀기 때문이죠. 그녀가 향한 곳은 물론 6층입니다. 그래서 엘리베이터는 6층에서 다시 섰죠."

"왜, 뭐 때문에? 그녀가 왜 6층으로 가려 했다는 거지?"

이하라가 물었다.

"물론 도움을 청하기 위해서죠. 6층에는 '모르그'의 마담이 삽니다. 그때 마담은 가게에 있었으니까 집에 없었지만, 의식이 몽롱했던 히로미는 거기까지 가면 살 수 있을 거라고 착각했던 거죠."

"그렇다면 피를 흘렸을 거 아닌가."

"자상의 경우, 특히 칼이 꽂힌 상태에서는 피가 거의 흐르지 않습니다. 하지만 그녀의 생명은 거기까지였죠. 6층에 도착하기 전에 엘리베이터 안에서 숨이 끊어지고 만 겁니다. 그래서 문이 열리는 순간 그녀는 쓰러진 거고요. 그 바람에 칼에 힘이 더해져 상처에서 피가 많이 흘러나온 겁니다."

에쓰코와 얘기를 나눌 때 고헤이는 그녀가 무심코 한 말에서 이 힌트를 얻었다.

그녀가 꽃다발을 안고 있었고 코트를 입은 채였다는 것, 그 모두가 칼에 찔린 후 무의식적으로 행동했다는 것을 말해 준다.

"오호, 그렇군."

이하라는 고헤이에게 또 등을 보이고 조심조심 걷기 시작했다. 고헤이도 그 뒤를 따랐다.

"그러니까 범인이 도주한 후에 히로미 씨는 엘리베이터를 타고 이동했다는 거군. 그래, 그렇다면 앞뒤가 맞아."

"그런데,"

고헤이가 그의 등을 향해 말했다.

"문제는 그게 아니죠. 중요한 것은 범인이 왜 히로미의 집에 있었느냐 하는 겁니다."

"호오, 왜였을까?"

이하라의 말투는 조금 전과 다르지 않았다.

"그 전에, 이 일련의 사건을 정리할 필요가 있겠군요. 우선 마쓰키 씨가 살해당한 사건 말인데요, 그의 집을 누군가가 뒤진 흔적이 있었습니다."

"그래, 그랬다지."

"무언가를 찾기 위해서였다고 할 수 있죠. 그리고 얼마 후, 이번에는 '푸른 나무'의 사오리 집에도 누군가가 들어간 흔적이 있었습니다."

이하라가 다소 의외라는 표정을 지었다. 무엇을 의외라고 여겼는지는 알 수 없었다.

"그건 몰랐는데."

"범인은 마쓰키 씨를 죽이고 무언가를 빼앗으려고 했는데 찾지 못했습니다. 그래서 그와 친하게 지냈던 사오리의 집에 숨어든 거겠죠. 그렇게 생각하면 왜 범인이 히로미의 집에 있었는지도 분명해집니다."

"그 '뭔가'를 찾기 위해서였다는 말인가?"

고헤이가 고개를 끄덕였다.

"나는 지금까지 히로미가 엘리베이터에서 살해당했다고만 생각했어요. 그래서 범인이 그녀를 죽여야 하는 동기에만 혈안이 돼 있었죠. 그런데 그 전에 집에 숨어들었다고 하면 얘기가 전혀 달라집니다. 범인은 히로미에게 발각되었기 때문에 어쩔 수 없이 그녀를 살해한 겁니다."

"범인이 사오리의 집을 뒤졌다는 것까지는 알겠는데, 왜 히로미 씨 집에까지 몰래 들어갈 필요가 있었다는 거지? 마쓰키 씨와 그녀는 별 관계가 없었을 텐데."

"없죠. 그 설명은 나중에 하겠습니다. 아무튼 범인이 그녀의 집에 있었던 이유는 그렇습니다. 다만 아직도 알 수 없는 것은 히로미의 집 어디를 봐도 제삼자가 뒤진 흔적이 없다는 겁니다. 사오리 쨩의 경우와 달리 집이 넓어서 그리 쉽게 찾을 수 없었을 겁니다. 그렇다면 생각할 수 있는 가능성은 한 가지, 범인은 그 '뭔가'가 어디 있는지 미리 알고 있었다는 얘기가 되죠."

"……."

이하라가 뭐라고 중얼거린 듯한데 고헤이의 귀에까지는 소리가 닿지 않았다.

"아니, '어디'라는 표현은 적절하지 않군요. 그 '뭔가'를 찾기 위한 표지를 알고 있었다는 편이 좋을지도 모르겠습니다. 그렇다면 그 표지는 무엇이었을까요. 사건 당일 밤, 히로미의 방에 있었던 예의 『사이언스 논픽션』 창간호, 바로 그거였습니다."

고헤이는 무릎을 바들바들 떨고 있었지만 얼굴은 붉게 달아올라 있었다. 눈은 언제부터인가 그쳐 있었다. 걸음을 멈춘 이하라가 물끄러미 밤거리를 내려다보았다.

고헤이는 심호흡을 하고서 다시 얘기를 시작했다.

"그 잡지가 표지라는 걸 범인이 어떻게 알고 있었는지는 나도 모릅니다. 하지만 이 추리에 따르면 히로미에게 그 잡지가 있다는 것을 알고 있던 사람이 범인이라는 얘기가 되죠. 그렇다면 그 범인은 누구인가? 여러 가지 상황을 고려해 볼 때 세 사람밖에 없다는 결론이 나옵니다. 우선은 마쓰키 씨가 히로미에게 잡지를 건네는 장면을 목격한 '모르그'의 마담."

"그리고 나머지는 그 얘기를 들은 도키타와 나라는 얘기로군?"

"그렇습니다."

고헤이가 몸을 곧추세웠다.

"마담에게 알리바이가 있다는 건 내가 잘 압니다. 그리고 도키타 아저씨도 알리바이가 있죠."

"그렇다면 내가 범인이라는 뜻이군."

바스락, 하고 눈 위로 무언가 떨어지는 소리가 났다. 고헤이가 눈을 부릅뜨고 보니 이하라의 발치에 검은 우산이 떨어져 있었다. 뭔가 준비를 시작한 듯이 보였다.

"동기가 뭔지, 아저씨가 뭘 찾고 있었는지, 그런 건 전혀 모르지만 범인은 아저씨가 틀림없습니다. 이건 나의 상상인데, 아마 마쓰키 씨가 예전에 했던 일과 어떤 관계가 있는 거겠죠."

그러나 이하라는 아무 대답도 하지 않은 채 멀리 네온사인이 반짝이는 역 앞을 바라보고만 있었다. 마치 그 경치를 정말 즐기고 있는 것처럼 보였다.

한참을 그렇게 시간을 보낸 후 이하라가 기침을 했다. 움찔 놀란 고헤이의 몸이 굳었다.

"마쓰키 군과는 말이지,"

고헤이에게 등을 보인 자세로 이하라가 천천히 말을 꺼냈다.

"그 당구장에서 처음 알았어. 술도 파는 조그만 가게였는데, 벽에 걸린 텔레비전은 언제나 〈허슬러〉라는 영화만 보여 줬지."

"'푸른 나무'에서 처음 안 게 아니었군요."

고헤이는 침을 삼키려 했다. 하지만 입안에는 한 방울의 타액도 고여 있지 않았다.

"그가 이 거리에 오기 전 얘기야. 그때 난 회사에서 아주 난처한 입장에 있었어. 어떻게든 하루빨리 눈에 띄는 일을 해서 내 위치를 되찾고 싶었지. 그럴 때 오타 교수의 연구실에 있던 학생이 마쓰키 군을 소개해 준 거야. 그래서 만나 얘기를 해 보고, 그가 하는 일의 내용이 내게 아주 유익한 정보라는 걸 알았지. 난 그와 손을 잡기로 했어."

"산업 스파이 같은 일을 말하는 겁니까?"

고헤이가 그렇게 묻자 보일 듯 말 듯 희미하게 웃었다.

"자네는 머리가 정말 잘 돌아가는군. 그 능력을 다른 곳에서 살렸어야 했어."

"그래서 마쓰키 씨가 회사를 그만둔 거였군요."

"정보를 유출했다는 것을 감추기 위해서도 적당한 공백이 필요했지. 그는 자신을 숨길 장소로 이 학생가를 택했어. 이 학생가라면 우리 집도 가깝고 당구장을 핑계로 언제든 만나 얘기할 수 있었으니까."

그가 왜 이런 거리로 왔는지 그제야 이해가 갔다. 그리고 그가 종종 내뱉었던 '탈출'이라는 말의 의미도.

"정보를 건네는 대가는 무엇이었습니까?"

"일단은 파격적인 대우로 우리 회사에 영입하겠다는 조건을 내세웠지. 그런데 정작 그가 노린 것은 그 정보를 무기로 나와 회사를 협박하는 거였어."

"그래서 죽인 겁니까?"

"그러지 않을 수 없었다고 해야겠지."

이하라가 고헤이 쪽으로 몸을 돌렸다. 역 앞의 불빛을 받아 그의 눈이 빛났다. 그런데도 얼굴은 가면처럼 무표정했다.

"그럼 아저씨가 찾은 것은 그 계약의 증거물이었군요."

"그래, 맞아. 각서라고 하는 건데, 그걸 되찾기 위해서 그날 마쓰키와 만나기로 약속했어."

이하라가 정면으로 고헤이와 마주하고 섰다. 오른손이 천천히 코트 주머니에서 빠져나왔다. 그 손에 나이프가 쥐여 있었다.

"그런데 마쓰키 씨는 그 각서를 자기 집에 두는 허튼짓은 하지 않았죠. 아저씨를 만나기 직전에 제삼자에게 건넸어요."

고헤이가 천천히 뒷걸음질쳤다. 스니커 바닥이 눈에 미끄러지는 소리가 났다. 고헤이가 큰 동작을 보이면 그 순간 바로 덮칠 듯한 긴박감이 이하라에게 넘쳤다.

"누구에게 건넸을까, 나로서는 그 점이 두려웠어. 빨리 회수하지 않으면 뒷수습이 불가능할 테니까. 맨 먼저 떠오른 사람은 사오리였지. 하지만 그녀의 집에는 없었어."

"그럴 때 과학 잡지 얘기를 들은 거군요."

이하라가 데스마스크 같은 얼굴을 위아래로 흔들었다.

"마쓰키가 그런 잡지를 술집 여자에게 건넬 이유가 없었지. 그래서 금방 알아챘어. 그 잡지 속에 각서가 끼여 있을 거라고 말이지. 그다음은 언제 어떻게 숨어들어서 꺼내 오느냐 하는 게 문제였어."

"히로미네 집의 보조 열쇠에 대해서 알고 있었군요."

"그런 거지. 준코 씨는 기억이 없을지 모르지만, 그녀가 몸이 안 좋다면서 가게 문을 일찍 닫던 날 히로미 씨 집에 들렀다 간다고 하더군. 내가 '히로미 씨는 집에 없을 텐데.' 하고 말했더니 그녀가 집에 없어도 들어가는 방법이 있다고 하는 거야. 당연히 나는 그녀의 뒤를 밟았지. 그리하여 보조 열쇠가 있는 곳을 알아낸 거야."

고헤이가 감기 때문에 히로미 집에서 잤던 날 준코가 불쑥 들어왔다. 그때 그 아파트에 왔던 사람이 한 명 더 있었던 것이다.

"한시 빨리 각서를 회수하는 일만 남았지. 만전을 기하기 위해서 금요일에 몰래 들어가기로 했어."

"금요일?"

고헤이가 되물었다.

"몰랐나? 그 아파트 관리인이 금요일에는 항상 자리를 비우거든. 만에 하나 얼굴을 보게 되면 일이 어떻게 꼬일지 모르니까 말이지."

그랬군. 고헤이는 그제야 납득이 갔다. 관리인이 있다는 것은 알고 있었지만 지금까지 신경 써 본 적이 없었다.

"몰래 들어가기만 하고 죽일 마음은 없었던 건가요?"

고헤이가 물었다.

"회수가 우선이었어. 결국 죽이고 말았지만."

이하라가 대답했다.

"지금 나처럼 말이죠?"

"그래, 지금의 자네처럼."

이하라가 음침한 웃음을 흘리며 말했다.

"한 가지 물어봐도 될까요?"

"뭘?"

"언제나 그렇게 나이프를 지니고 다닙니까?"

후후후, 이하라가 웃었다. 코에서 하얀 숨이 나온다. 웃으면서 이쪽으로 걸음을 내디뎠다. 한 치의 빈틈도 없는, 그리고 군더더기 없는 행동이다.

"늘 그런 건 아니지. 그런데 이제 슬슬 필요할 때가 온 것 아닐까 하는 느낌이 있었거든. 아까 '모르그'에서 자네가 마담에게 질문을 했었지? 마쓰키가 히로미에게 과학 잡지 외에 다른 것도 전하지 않았냐고 말이야. 그 질문을 들었을 때, 나이프를 준비해 오기를 잘했다고 생각했지. 게다가 밀실 얘기도 내게 압박을 가했고."

"그 모든 건 아저씨를 자극하기 위한 수단이었습니다."

"그렇겠지. 자네는 범인이 누구인지 짐작하고 있었으니까 말이야. 자네는 목숨을 걸고 나와 대결하는 길을 택했어. 그런 자네를 무모하다고 해야겠지. 왜냐하면, 조커를 쥐고 있는 사람은 나거든. 자네 손에는 아무것도 없어."

그가 교묘하게 밀고 들어오는 바람에 고헤이는 옥상 난간에 몸을 기댄 꼴이 되었다. 나이프를 거머쥔 손이 조금씩 다가왔다.

"자네만 없으면 아무도 나를 의심하지 않겠지. 그런 의미에서는 정말 운이 좋았어. 자네의 추리를 한 가지 보충해야겠군. 히로미는 칼에 찔린 후 집에서 나갈 때 문을 잠그지 않았더라고. 하기야 의식이 오락가락하는데 문단속할 여유 따위가 있을 리 없겠지. 만약 그때 문이 그대로 열려 있었다면 경찰이나 자네나 사건의 진상을 좀 더 빨리 알아차렸겠지. 그런데 말이야, 그때 난 그녀의 집으로 다시 돌아갔어. 보조 열쇠를 제자리에 돌려놓는 걸 깜박했거든. 간 김에 현관문을 잠갔지. 시간상으로는 자네가 여자의 비명을 듣고 계단을 뛰어 올라갈 때였을 거야. 그 틈에 나는 도주했으니까 아무도 내 모습을 보지 못했던 거지."

"행운에는 한계가 있는 법이죠."

"내게는 해당되지 않아."

나이프가 날카로운 움직임으로 고헤이를 찌르려 했다. 둔중해 보이는 이하라의 체구로는 도저히 상상할 수 없는 속도였다. 고헤이는 간신히 그 칼날은 피했지만 이하라의 왼손에 멱살을 잡히고 말았다.

"한 가지 더 가르쳐 주지. 이래 봬도 내가 유도를 했거든. 힘으로 대결하면 절대 지지 않을 거라고 생각했는지 모르겠지만 그건 자네의 오산이야. 마쓰키 역시 그런 우를 범했지."

소리 지를 새도 없이 고헤이의 몸이 눈 위로 나동그라졌다. 그러나 멱살을 잡힌 채로는 도망칠 수 없었다. 이하라가 나이프를 쳐들었다. 고헤이는 정신없이 그 손을 잡았다. 칼날이 스친 손등에서 흐른 피가 그의 가슴으로 떨어졌다.

온 체중을 나이프에 실은 이하라의 힘은 막강했다. 움츠러드는 팔을 겨우겨우 버티면서 고헤이는 왼발로 이하라의 배를 힘껏 걷어찼다. 신음 소리와 함께 그의 몸이 떨어져 나갔다.

고헤이가 일어서자 적도 태세를 가다듬었다. 나이프를 고쳐 쥐고 이하라는 두 번째 공격을 가하려 했다. 그때였다.

"이제 그만하지."

고헤이의 등 뒤에서 목소리가 들렸다. 돌아보니 고즈키가 서 있었다.

"어? 이제 그만하라고. 누구에게도 득 될 게 없잖아. 게다가 이런 눈밭에서 뒹굴어 봐야 별 재미도 없을 텐데."

형사가 천천히 두 사람에게 다가왔다. 그리고 고헤이 옆에 서더니 한숨을 쉬며 이하라를 바라보았다.

"당신도 별로 얻을 게 없잖아. 이미 사람을 여럿 죽였지만 그렇다고 돈을 번 것도 아니고."

"당신들은 몰라."

차분한 말투였다. 조금 전까지 그렇게 격렬하게 움직였는데 숨소리는 하나도 흐트러지지 않았다.

"우리가 어떤 고생을 하고 있는지, 그런 걸 알 리 없지. 발밑을 좀 봐."

고헤이가 자신도 모르게 시선을 발치로 떨어뜨렸다.

"당신들이 서 있는 그 발밑을, 그 토대를 누가 지탱하고 있는지 알기나 해? 세계에 자랑할 만한 제품을 지속적으로 생산해 낸 제조업계 인간들이 온 힘을 다해 지탱해 온 거야. 당신들은 우리가 받치고 있는 그 토대 위에서 제멋대로 떠들고 있을 뿐이야. 뭐가 자유롭게 살고 싶고, 뭐가 제조업이 싫다는 거야. 그렇게 유치한 인간들이 우리들의 그 피비린내 나는 전쟁을 알 리 없지."

고헤이는 고개를 들 수 없어서 구둣발에 뭉개진 눈만 내려다보고 있었다.

"어찌 되었든 이리 와서 두 손을 내밀지그래. 나이프는 내버리고 말이야. 그러면 내 공훈이 하나 늘어날 텐데."

고즈키가 그렇게 말하자 이하라는 예의 후후후, 하는 묘한 웃음소리를 냈다.

"그런 말투가 싫지는 않지만 말이야, 순순히 잡힐 수는 없지."

정말 순식간의 일이었다. 고헤이가 뭐라고 말할 틈도 없었다. 이하라가 순간적으로 옥상 난간을 넘었다. 그의 몸이 공중에 둥실 떴다. 그리고 고헤이와 고즈키가 보는 앞에서 빙그르 회전하더니 그대로 어둠 속으로 사라졌다.

눈 위에는 발자국만 남아 있었다.

경찰이 이하라의 시신을 수습하는 동안 고헤이는 히로미의 집에서 에쓰코와 마주하고 있었다. 텔레비전에서는 찰리 채플린의 오래된 비디오가 흐르고 있었지만 둘 다 그쪽은 쳐다보지도 않고 있었다. 특유의 BGM이 넓은 거실 안을 울렸다.

"정말 무모하다, 고헤이."

화이트 와인을 벌컥벌컥 마시면서 에쓰코가 말했다.

"범인이 누구인지 알았으면 맨 먼저 내게 가르쳐 줬어야지. 고헤이 혼자만의 사건이 아니잖아."

"미안해. 사과할게."

텁수룩한 수염을 만지작거리면서 고헤이는 머리를 숙였다. 턱수염이 눈물에 젖어 있었다.

"아무튼 난 스탠드 플레이는 용서 못해. 게다가 범인은 죽어 버렸고, 너도 하마터면 죽을 뻔했잖아."

"증거가 하나도 없었어. 그래서 그를 궁지로 몰아서 자멸하게 만드는 길을 선택할 수밖에 없었던 거야. 그러기 위해서는 오늘 밤이 절호의 기회였고."

"눈까지 내려서 분위기도 그럴싸했고 말이지."

"그래, 눈도 내렸고."

고헤이가 진지한 표정으로 고개를 끄덕거렸다.

"기가 막혀서."

에쓰코가 와인 잔을 한껏 기울이자 엷은 황금색 액체가 자잘한 거품과 함께 그녀의 목으로 흘러들었다. 그녀의 그런 모습을 보고 있자니 고헤이는 심야 영화 틈틈이 등장하는 광고가 떠올랐다.

"그러니까 결국 언니는 마쓰키라는 사람의 사건에 휘말려서 엉뚱하게 죽었다는 얘기네."

턱을 괴고서 에쓰코가 말했다. 감정을 애써 짓누른 목소리였다.

"결과적으로는 그렇지. 하지만 자연사가 아닌 죽음은 어떤 형태로든 그런 거잖아. 비행기 사고도 그렇고 빌딩 화재도 그렇고 말이야. 진짜 엘리베이터 털이범에게 살해당한 거라면 그런 것조차 못 되지. 어쩌다 그런 인간과 맞닥뜨렸을 뿐인 거야."

그렇게 얘기를 하면서 고헤이는 자신의 말투가 변명 같다는 느낌을 받았다. 왜 자신이 변명을 하고 있는 것일까.

"그런데 마쓰키 씨는 왜 그 각서를 우리 언니에게 건넸을까? 고헤이에게 건넬 수도 있고 사오리 짱에게 맡길 수도 있었잖아."

"그러면 이하라가 금방 찾아낼 거라고 여겼겠지. 예상치 못한 인물이고, 그런 만큼 이하라에게 위협이 될 테니. 그는 실제로 사오리의 집을 뒤지기도 했어."

"언니도 그렇게 중요한 것이 잡지 속에 끼여 있을 줄은 몰랐겠지. 그러니까 왜 자신이 칼에 찔려야 하는지도 몰랐을 거야."

그렇게 말하고서 에쓰코는 입을 다물었다. 빈 와인 잔 너머로 무언가를 보고 있는 듯했다. 뭐라고 할 말이 없어서 고헤이도 그녀처럼 입을 다물었다.

침묵을 깬 것은 현관 벨 소리였다. 에쓰코가 현관으로 나갔다. 문이 열리는 소리에 이어 귀에 익은 목소리가 들렸다.

"주인공이 여기 있었군."

그렇게 말하면서 형사는 실내를 둘러보고 잠시 머뭇거리더니 소파 등받이에 엉덩이를 걸쳤다. 그가 늘 앉는 장소를 고헤이가 차지하고 있었기 때문일 것이다.

"그쪽에게도 사과를 해야겠죠."

고헤이가 말했다. 고즈키가 놀란 듯 눈썹을 찡그렸다.

"사과한다고, 왜?"

"범인을 죽게 만들었잖아요. 자신이라면 좀 더 잘 해결했을 거라고 생각할 테니까."

고즈키가 웃음을 흘렸다.

"그는 죽을 작정이었어. 그런 인간을 누가 막을 수 있겠나. 게다가 그에게는 남은 길이 없었어."

뭐, 아무튼, 하면서 그는 한층 큰 목소리로 말하고는 고혜이와 에쓰코를 번갈아 보았다.

"사건이 일단락되었으니 나도 축배의 자리에 끼워 줬으면 하는데."

"술은 있어요."

와인 잔 하나를 선반에서 꺼내면서 에쓰코가 말했다.

"그 전에 설명해 주세요. 고혜이 군에게 대충은 들었지만, 사건의 배경에 대해서는 아직도 불분명한 점이 많으니까."

그런데 형사는 이제 그만 좀 하라는 듯 피식 웃고는 살짝 젖은 머리를 쓸어 올렸다. 그의 표정에서 한 건 한 남자의 피로감이 묻어났다.

"이하라가 범인이란 건 어떻게 알았죠?"

고혜이가 물었다. 고즈키는 담배를 입에 물더니 한 모금 맛나게 빨고는 사이드 테이블 위에 놓인 재떨이를 끌어당겼다. 그리고 거기에 재를 톡톡 떨고 나서 어쩔 수 없다는 듯이 말문을 열었다.

"자네가 준 예의 과학 잡지 말이야, 결국은 그게 열쇠였어."

"……역시."

"꽤 먼 길을 돌아 결론에 도달한 셈이야."

고즈키는 우선, 과거 마쓰키가 모 대학과 협동 연구를 진행하면서 그 정보를 유출해 다른 대학에 자리를 마련하려 했다는 것, 그리고 1년 전에 하세베라는 학생과 접촉했다는 사실을 얘기했다.

"하세베는 오타 조교수 연구실의 학생이었어. 그리고 최근에 죽었고."

"……그도 살해당한 겁니까?"

"그랬겠지. 그래서 우리도 처음에는 오타 조교수를 의심했지. 마쓰키의 과거 행적으로 봐서 오타 조교수에게 어떤 정보를 흘리지 않았을까 하고 추리하는 것이 타당했으니까. 그런데 그렇게 추리하기에는 여러 가지 문제점이 있었지. 그래서 마쓰키가 정보를 팔려고 한 상대가 대학이 아니라 기업이 아닐까 생각해 봤어. 그러자 예의 과학 잡지에 실린 엑스퍼트 시스템의 실시 사례가 비로소 마음에 걸리더군."

"그 실시 사례에 마쓰키 씨가 관계된 부분이 있었다는 거군요."

고즈키가 고개를 끄덕였다.

"그 잡지 기사 중에 마쓰키가 전에 다녔던 센트럴 전자와 관련이 있는 회사를 조사했지. 그 결과 신니치 전기라는 회사가 부상했어. 아, 신니치 전기는 아나?"

"알죠. 대형 가전 메이커잖아요."

고헤이가 대답하자, 그렇다는 듯이 고즈키가 또 고개를 끄덕거렸다.

"신니치 전기는 자사의 생산 라인 합리화와 다가올 인공 지능 시대에 대비하기 위해 생산 기술 엑스퍼트 시스템을 개발하기 시작했지. 설명이 길어지는데, 이 내용을 생략해도 좋겠나?"

"본론과 무관하다면요."

"새로운 컴퓨터 시스템이라고 생각하면 돼. 실현되면 회사로서는 큰 성과라 할 수 있는 프로젝트였지. 동시에 경쟁사에는 절대 알려져서는 안 되는 극비 사항이었어."

고즈키는 '절대'라는 말을 강조했다.

"그 일에 마쓰키 씨도 관계했다는 말인가요?"

"그 시스템의 기저가 되는 도구를 센트럴 전자가 공급했어. 마쓰키는 기술 지도원으로 신니치 전기를 드나들었지. 거기까지 밝혀지고 나니까 딱 감이 오더군. 이하라가 다니는 도와 전기는 신니치 전기의 최대 경쟁사이니 마쓰키가 지닌 정보가 이하라에게 자못 귀중하겠다고 말이야. 그리고 이하라는 오타 조교수 연구실에 드나들었고, 그 연구실 학생이었던 하세베는 마쓰키와 친분이 있었지. 즉 두 사람의 접점이 생긴 거야."

이하라가 했던 말과 일치한다고 고헤이는 생각했다.

"그래서 스파이 행위 계약을 맺은 거군요."

"물론 확증은 없었어. 그래서 도와 전기를 조사해 보았는데, 아주 흥미로운 사실이 드러났지. 당시 이하라는 회사에서 실적이 좋지 않아서 하청 회사로 쫓겨 가게 될지도 모르는 위급한 상황이었더군. 실질적으로는 좌천이었어. 그런데 갑자기 컴퓨터를 사용한 새 프로젝트를 기획하고, 그것도 아주 효율적으로 추진하기 시작했더란 말이야. 그리고 결국 그 일이 좋은 평가를 받아 그의 좌천은 취소되었지. 그 프로젝트의 내용까지는 알 수 없지만, 아마 신니치 전기의 생산 기술 엑스퍼트 시스템과 유사했을 거야."

"마쓰키 씨에게 얻은 정보를 참고로 일을 추진했군요."

"그래, 난 그렇게 추측했어. 그렇게 되면 앞으로 이하라에게 위협이 될 인물은 당연히 마쓰키라는 존재지. 두 사람 사이에 어떤 계약이 오갔는지는 알 수 없었지만, 이하라가 마쓰키를 죽이려고 계획했을 가능성은 충분히 있다고 판단했어. 하세베를 죽인 것도 마쓰키와의 관계를 떠벌리지 못하도록 일찌감치 입막음을 한 것이었을 테니 말이지."

"참 어이없는 인간이군요."

고헤이는 입술을 깨물었다.

"히로미 씨를 살해한 것은 그 비밀을 알고 있었기 때문이라고 추측했는데, 그렇다면 히로미 씨는 그 비밀을 어떻게 알았을까 하는 문제가 대두되더군. 그러면서 마쓰키에게 과학 잡지를 받았다는 얘기가 떠올랐고. 어쩌면 스파이 계약의 증거 같은 것이 있는데 그걸 과학 잡지에 끼워 두지 않았을까 추측했어."

사실이 그랬다. 마쓰키는 이하라와 맺은 계약의 각서를 그 과학 잡지에 끼워 두었다. 마쓰키는 어쩌면 처음에는 각서만 건네려 했는지도 모른다. 그런데 도키타가 들고 온 과학 잡지의 기사를 보고서 함께 건네면 이하라의 모략이 훨씬 명확해질 것이라고 생각했을지도 모른다.

결국 마쓰키의 순간적인 기지가 사건의 열쇠가 된 것이다. 그 잡지가 없었다면 아무것도 모르는 채 사건은 미궁으로 빠졌을 것이다.

"그래서 그 전후 상황을 '모르그'의 마담에게 확인하러 갔더니 한발 앞서 똑같은 질문을 하고 간 사람이 있다고 하더란 말이야. 그것도 범인과 함께."

고즈키는 고헤이를 보면서 야유하듯 말했다. 고헤이는 어깨만 으쓱했을 뿐 아무 대꾸도 하지 않았다.

"그런데 아파트 옥상에 있다는 걸 용케 알았네요."

에쓰코가 말했다. 고헤이도 같은 생각을 하고 있었다.

형사가 자신의 관자놀이 언저리를 손가락으로 가리켰다.

"직감이지, 직감. 그리고 마침 눈이 와 준 것도 자네에게는 행운이었고. 발자국이 남아 있었으니 말이야. 사람이 오가지 않는 좁은 길에 아파트까지 발자국이 나 있더군. 그래서 혹시 이게 두 사람의 발자국이 아닐까 생각했지."

"감사합니다."

"감사는 눈에게 해야지."

"그런데 말이죠."

고헤이와 고즈키의 얼굴을 번갈아 보던 에쓰코가 말했다.

"호리에 원장이 살해된 사건도 있잖아요. 그 사람도 이하라가 죽인 건가요?"

"확실치 않아. 그 사건에 대해서도 물어보려고 했는데 갑자기 칼을 들고 덮치는 바람에. 하지만 역시 그 아니겠어? 히로미에게 범인의 이름을 들은 탓에 이하라를 만나려고 했다가되레 살해당한 건지도 모르지."

"고즈키 씨는 어떻게 생각해요?"

"지금 당장 뭐라 말할 수는 없지만, 아마 금방 진상이 밝혀질 거야. 조사할 방법은 많으니까. 아무튼 이제 그대들은 그만 손을 떼."

"말 안 해도 그럴 거예요."

에쓰코가 말했다.

11

며칠이 바람처럼 휙 지나갔다.

이불 속에서 눈을 뜬 고헤이는 담요를 뒤집어쓰고 나가 우편함에서 신문을 뽑아 들고 들어와서는 다시 이불 속에서 펼쳤다. 연말 세일 전단지가 무더기로 끼여 있었다.

예의 사건에 관한 기사는 단 한 줄도 없었다. 그 대신 새로운 사건이 지면을 떠들썩하게 장식하고 있었다. 세상은 참 하루도 잠잠할 날이 없구나, 하고 고헤이는 이불 속에서 실감했다.

이번 사건의 여파로 가장 복잡해진 것은 도와 전기의 기업으로서의 책임 문제였다. 물론 도와 측은 스파이 행위가 이하라 개인의 독단으로 행해진 것이라고 주장하고 있고 사실이 그럴 것이라고 생각한다. 그런데 골치 아픈 것은 신니치 전기가 도와에게 엑스퍼트 시스템의 내용 전모를 공표할 것을 요구하는 데 반해 도와 쪽은 '이하라는 시스템 개발의 일개 멤버에 지나지 않았다. 따라서 그의 공훈도 일부분에 불과하니 전모를 밝힐 수는 없다'며 난색을 표명하는 점에 있었다.

이 문제는 쉽게 해결될 것 같지 않았다. 그러나 물론 고헤이와는 무관한 일이다.

고헤이는 신문을 덮고 용기를 내어 이불 속에서 빠져나왔다.

오늘도 몹시 추울 것 같다.

고헤이가 '푸른 나무'에 나가 보니 손님 하나 없는 찻집에서 사오리가 구석 테이블에 앉아 손톱을 깎고 있었다.

"설 연휴에 뭐할 거야?"

사오리가 그 매력적인 다리를 꼬면서 묻는다.

"아직 모르겠어. 사오리는?"

"음, 스키 타러 가자고는 하는데."

"남친이?"

그런 셈이지, 하고 그녀가 애매하게 대답했다. 사오리에게 과연 남자 친구가 몇 명이나 있는지 고헤이는 전혀 알지 못한다.

"난 아마 방콕하고 있겠지."

"집에는 안 내려가?"

"안 갈 거야. 가고 싶지도 않고."

"흠, 그렇구나."

나름 납득이 간다는 투다. 손톱을 다 깎고 나자 이번에는 줄로 갈기 시작한다. 손놀림이 꽤 꼼꼼하다.

"모르그 마담 말이야,"

엄지손가락을 갈기 시작하면서 그녀가 말했다.

"결혼한대. 상대는 종합 병원 의사."

"알아."

"진짜 대단하지? 백마 탄 왕자님이 나타난 거잖아. '모르그'도 이제 그만 접을지 모르겠네."

"그렇겠지."

아마 그렇게 될 거라고 고헤이는 생각했다. 그러는 편이 낫다고.

"요즘 무시무시한 일만 많았는데, 마담의 결혼으로 좀 분위기가 밝아질지도 모르겠네. 그랬으면 좋겠어."

"그래, 그럼 좋지."

"사건도 무사히 해결됐으니까."

사오리가 그렇게 말하는데 고헤이는 아무 대답도 하지 못했다.

그가 당구장 계산대 일을 시작한 후에도 손님은 한 명도 들어오지 않았다. 대학은 이미 겨울 방학에 들어갔다. 이런 시기에 학교에 나오는 학생들은 의무적으로 자율 훈련을 해야 하는 운동부원뿐일 텐데, 그들도 일부러 먼 길을 돌아 구 학생가까지 올 필요가 없다. 지금은 신 학생가의 당구장도 텅비어 있을 것이다.

고헤이는 의자에 앉은 채, 연일 계속되는 혹사에도 잘 견디어 내고 있는 당구대를 바라보았다. 그것들도 그것들 나름으로 지난 1년을 돌아보고 있는 것처럼 보였다. 그래서 고헤이도 그들처럼 지난 1년을 돌아보려 했지만, 석연치 않은 무언가가 마음에 걸려 도무지 연말 분위기를 탈 수 없었다.

석연치 않은 것의 정체는 대충 알고 있다. 그것은 히로미의 과거에 관한 문제였다. 그녀가 살해당했다는 점과 그녀 주변에 존재하는 수수께끼는 서로 무관했지만, 고헤이로서는 수수께끼인 채로 그냥 내버려 두고 싶지 않았다.

단지 그 수수께끼를 푸는 것에 과연 어떤 의미가 있을지, 그 문제에 대해서는 그 자신도 명확한 대답을 할 수 없었다. 결국은 사랑하는 사람의 모든 것을 알고 싶어 하는 일종의 이기주의가 아닐까 싶었다.

고헤이는 한숨이 나왔다. 이런 갈등이 한동안 계속될 것이라 생각하니 한숨이 끊이지 않았다.

고즈키가 찾아온 것은 고헤이가 뭐라도 재미난 생각을 하려고 의자에 앉은 자세를 바꿨을 때였다. 형사는 두 손을 주머니에 푹 쑤셔 넣은 자세로 서서 눈으로만 인사했다.

"마치 고스트 타운 같군."

그가 말했다. 고헤이가 반응을 보이지 않자 말을 덧붙인다.

"이 거리가 그렇다는 거야. 길 가는 사람도 없지, 가게들은 다 개점휴업 상태지. 개 한 마리 돌아다니질 않아."

"연말이니까 그렇죠."

고헤이가 말했다. 그러나 연말이 되었다고 해서 모든 학생가가 고스트 타운으로 변하느냐 하면 그렇지는 않다. 형사는 그 화제에 더는 집착하지 않았다.

"한 가지 물어볼 게 있는데 말이야."

"뭐든."

고헤이가 대답했다. 지금은 경찰을 적대시할 이유가 없다.

"호리에 원장의 살인 사건에 대해서 확인하고 싶은 게 있어."

"확인?"

고헤이는 잠시 생각하고서 사오리도 같이 있는 게 좋지 않겠냐고 제안했다.

"시신을 발견했을 때 그녀도 있었으니까, 1층에서 커피라도 마시면서 얘기하죠. 커피 값은 내가 내겠습니다."

"나쁘지 않지."

고즈키가 그렇게 대답하는데, 그 목소리가 약간 기운 없게 들렸다.

찻집도 파리를 날리는 건 마찬가지였다. 커피를 내려 마시면서 테이블에 둘러앉아 얘기하기로 했다.

고즈키의 질문은 사건 당일의 시간에 관한 것이었다.

"크리스마스트리에 처음 불이 들어온 시각이 12시 조금 전. 이하라도 그때 그 자리에 있었나?"

고헤이는 사오리에게 확인한 후 대답했다.

"있었습니다."

"그럼 그 사람이 자리를 뜨는 건 봤어?"

못 봤다고 고헤이가 대답했다. 사오리도 옆에서 고개를 끄덕였다.

형사는 후, 하고 크게 숨을 내쉬면서 고헤이와 사오리를 새삼스럽게 쳐다보았다.

"자네들이 크리스마스트리 앞을 떠난 건 12시가 지나서였다고?"

"네. 그길로 '모르그'에 갔어요."

이번에는 사오리가 대답했다.

"그때 트리에는 아무 이상이 없었지?"

"없었습니다. 적어도 시신은 없었죠."

"그러고 시신을 발견한 시각이 밤 1시?"

"네, 틀림없습니다. 지난번에 온 형사에게도 자세하게 다 설명했는데요."

"확인하는 거야."

고즈키는 뭔가 탐탁지 않다는 표정이었다. 그리고 고헤이와 사오리의 얼굴을 번갈아 보고는 난감하다는 듯 고개를 오른쪽으로 기울였다. 그의 그런 표정을 처음 보는 것이라서 고헤이는 상당히 뜻밖이라는 느낌이었다.

"뭐가 잘못되기라도 한 겁니까?"

고헤이가 묻자 형사는 씁쓸하게 웃으며 고개를 맥없이 끄덕거렸다.

"그게 말이야, 상황이 그리 유쾌하지 않아."

그는 수첩을 펼치고 그것을 내려다보면서 담담하게 말했다.

"그날 밤 이하라는 크리스마스트리를 구경한 후에 상점가 사람들과 같이 돌아갔어. 그런데 이하라의 집에 친척이 놀러 가서 새벽까지 술을 마셨다는 거야. 혹시 거짓 증언이 아닐까 했는데, 별로 친하지도 않은 친척이 이제 와서 거짓 증언을 할 필요가 없단 말이지."

"그러니까 알리바이가 있다는 말이군요."

고헤이가 고즈키가 하려는 말을 대신했다.

"그래, 그런 거야."

형사는 수첩을 덮고 떨떠름한 표정을 지었다.

"즉, 호리에 원장을 살해한 범인은 따로 있다는 뜻이지."

5장

묘원, 성당, 그리고 안녕

1

이제 며칠 후면 올해도 안녕이다. 학생가는 마치 승조원들이 전부 도망쳐 버린 폐선 같았다.

한 해가 끝나 가는 며칠을 고헤이는 당구장 청소와 가게에서 구독하는 신문의 구인란을 들춰 보는 일로 보냈다. 한 시대가 막을 내리고 있다는 것을 직감적으로 깨달았기 때문이다.

얼마 전까지만 해도 도키타나 시마모토 등 당구를 좋아하는 동네 사람들이 간혹 모습을 보였다. 그들 역시 꿈에서 깨어난 것처럼 무덤덤한 표정으로 큐를 잡았다. 이겨도 그다지 기뻐하지 않고 져도 별로 억울해하지 않았다.

그러던 그들조차 지난 이삼 일 동안에는 얼굴을 비치지 않았다.

호리에 원장의 죽음에 대해서는 아직 별다른 진전이 없는 듯하다. 이하라에게는 알리바이가 있고, 범행에 사용된 세 개의 나이프에서도 의외의 조사 결과가 나왔다. 마쓰키와 히로미 살해에 사용된 것은 시판되는 등산용 나이프인 데 반해 호리에 원장의 가슴에는 과일칼이 꽂혀 있었던 것이다. 고헤이를 덮쳤을 때도 이하라는 등산용 나이프를 손에 쥐고 있었다. 즉 모든 정황이 범인이 따로 있다는 것을 알려 주고 있었다. 그런데도 경찰은 다른 범인의 존재를 감지할 만한 단서를 전혀 찾아내지 못하고 있었다.

고즈키가 아닌 다른 형사가 고헤이를 찾아와 "이 칼을 본 적이 있나?"라며 과일칼을 보여 준 적도 있다. 그 칼은 손잡이가 하얀 플라스틱으로 된, 어디에나 흔히 있는 과일칼이었다. 네 칼이 맞지 않느냐고 윽박지른다 해도 단박에 부인하기 어려울 정도였다.

그 과일칼이 유일한 단서라면 범인을 찾아내기가 무척 힘들지 않을까. 문외한인 고헤이로서도 그런 생각이 들었다.

에쓰코가 '푸른 나무'에 나타난 것은 고헤이가 큐를 손질하고 있을 때였다. 손님이 없어서 아침에 청소한 바닥이 반질반질했다. 3층의 당구장과 2층의 마작 방은 어제부터 연말 휴점에 들어갔다. 오늘 일은 도구와 비품을 손질하고 정리하는 것으로 끝이다.

"꽤 환경이 좋은 데서 일하고 있네. 의외야."

들어서자마자 심호흡을 하면서 그녀가 말했다. 검은 모피 반코트를 입고 있었다. 아마도 히로미의 옷장에서 꺼냈을 것이다.

"공기와 온도 조절 시스템은 완벽해. 손님이 추워서 몸을 떨거나 더워서 손에 땀이 나면 만족스러운 게임을 할 수 없잖아."

"까다롭네."

그녀는 별 관심 없는 표정으로 말했다.

"장사니까 그렇지, 뭐."

그렇게 말하면서 고헤이는 다음 큐를 집었다. 에쓰코는 긴 의자에 혹시 더러운 것이 묻어 있지 않나 살피는 듯한 몸짓을 보인 후 거기에 앉았다.

"준코 언니 결혼식 얘기 들었어?"

"들었지."

이웃 동네에 있는 성당에서 조촐하게 식을 올린다고 한다. 그것도 이해의 마지막 날에. 그 얘기를 해 준 사람은 책방 아저씨 도키타였다. 그러자는 엉뚱한 제안을 한 사람도 그라고 한다. 준코와 사이토 사이를 처음 알았을 때 언짢아하던 그의 표정을 기억하고 있는 고헤이로서는 앞장서서 일을 진행시키려는 그의 태도가 부자연스럽게 느껴졌다.

"상대가 사이토 씨라면서?"

"그렇겠지."

"결혼하면 '모르그'를 그만둔다고 하던데."

"현명한 여자니까 아마 그만두겠지."

고헤이는 손에 든 큐가 휘지는 않았는지 체크하면서 말했다.

"참 쉽게도 그만두네. 그녀에게는 의미가 각별한 가게일 텐데."

"쉬운지 어떤지야 우리가 모르지."

"하긴 그러네."

그녀도 작은 목소리로 동의했다.

그리고 한동안 고헤이는 줄로 큐의 끝을 깔끔하게 가는 작업에 몰두했다. 에쓰코는 다리를 꼬고 앉은 채, 일하는 그의 모습을 물끄러미 바라보았다. 줄로 팁을 가는 소리만 넓은 실내에 울렸다.

바스락거리는 소리가 났다. 에쓰코가 옆에 놓인 신문을 집어 드는 소리였다. 구인란이 펼쳐져 있는 게 눈에 띄었는지 그녀가 물었다.

"고헤이도 그만둘 거야?"

"언제까지 이렇게 큐나 손질하고 있을 수는 없잖아."

깔끔하게 손질된 큐의 끝을 보이면서 고헤이가 말했다.

"이렇게 일을 잘하는데 아쉽네. 그래도 어쩔 수 없지. 옛날에 우리 집 근처에 머리를 정말 잘 깎는 이발소가 있었는데, 가위 소리가 참 리드미컬했어, 악기라도 켜는 것처럼. 고헤이의 손을 보니까 그 이발소 아저씨가 생각나."

"고마워. 조금은 힘이 될 것 같다."

"여기 그만두면 뭘 할 거야?"

"아직 모르겠어. 하지만 이번에는 아르바이트 말고 진지하게 생각해서 직업을 선택하려고. 이제는 조직에 들어가서 일하는 것도 그리 나쁘지 않겠다는 생각이 들어."

"둥글둥글해졌네."

"둥글둥글?"

되묻고 나서야 '사람이'라는 말이 앞에 붙어 있다는 것을 알았다.

"오래전부터 이런 생각을 해 왔어. 조직에 휩쓸리지 않고 자신의 개성과 재능을 살리면서 살아갈 수 있다면 얼마나 좋을까 하고 말이야. 이 넓은 세상 어딘가에는 내가 아니면 할 수 없는 일이 있을 테니까, 그런 일을 찾자고."

"나도 그렇게 생각해. 다들 그렇지 않을까? 그런 게 보통이잖아."

그녀가 예정대로라면 내년 봄에 대학을 졸업할 사람이라는 게 떠올랐다. 친구들끼리 모이다 보면 그런 얘기가 많이 나오는지도 모르겠다.

"회사원은 되고 싶지 않다고 생각했던 거지. 특히 제조업 계통의 회사원은. 찰리 채플린의 '모던 타임스'는 아니지만, 조직이라는 거대한 수레바퀴의 대명사처럼 여겨져서 말이야. 그런 인생은 절대 살고 싶지 않다고 건방지게 생각했던 거지."

"요즘에는 다들 그렇잖아. 다들 자유를 좋아하고, 그리고 다들 건방져."

에쓰코가 그렇게 말했다.

"그런데 우리가 이렇게 풍요롭게 살 수 있는 건 다 그런 사람들 덕분이잖아. 우리는 그런 사람들을 존경할지언정 경멸할 자격은 없어. 누군가는 해야 하는 일을 그들이 하고 있는 거니까. 자동차 조립 공장에서 핸들을 장착하는 사람은 반드시 필요하지만 록 밴드는 하나쯤 해산해도 아무 문제 없잖아."

"그래도 팬들은 안타까워하겠지."

"그뿐이야. 그래 봐야 금방 잊히고 익숙해져."

손질을 끝낸 큐를 한 개 한 개 조심스럽게 수납대에 진열한 고헤이는 손을 씻고 뻣뻣한 어깨를 풀기 위해 목을 돌렸다. 우두둑우두둑하는 가벼운 소리가 났다.

"오늘은 성묘나 갈까 해서 왔어. 같이 가려나 싶어서."

그렇게 말하면서 에쓰코는 싱긋 웃었다. 위로의 웃음이라고 고헤이는 생각했다.

"성묘?"

"사건도 해결됐고, 이제 조금 안정이 됐잖아. 지금까지는 그럴 기분이 아니었지만."

"의외로 섬세하구나."

진지한 표정으로 고헤이가 말하자 에쓰코는 웃음을 터뜨리고는 손으로 입을 가렸다.

"그런 말은 처음 들어 보네. 아무튼 고마워."

"성묘는 한 번도 해 본 적이 없어."

"딱히 무슨 룰이 있는 것도 아닌데, 뭐. 갈래?"

"글쎄……."

고헤이는 저녁노을을 배경으로 묘지에 서 있는 네모난 돌덩어리를 상상했다. 상상 속의 돌이 그에게 뭔가 말을 건네고 싶어 하는 눈치였다.

"히로미에게 연말 인사라도 할거나. 진부하지만."

고헤이가 그렇게 말하자 에쓰코가 웃었다.

"그래, 정말 진부하네."

가게에서 나온 둘은 역으로 향했다. 대부분의 가게들은 문을 닫았다. 찻집과 레스토랑은 물론 옷 가게도 그랬다. 이런 시기에는 상점가가 문을 더 늦게까지 열어 놓는 것이 보통인데 말이다.

에쓰코의 제안으로 꽃을 사 가기로 했다. 히로미가 자주 이용했다는 꽃 가게 문이 열려 있었던 것이다. 그녀는 이 꽃 가게에서 산 가을 크로커스를 안고서 죽어 갔다.

꽃 가게 앞에 빼곡하게 자리한 꽃들은 저마다 싱그러움과 아름다움을 뽐내고 있었다. 하나하나 꼼꼼히 들여다보았지만 고헤이는 본 적도 없는 꽃이 대부분이었다. 애당초 꽃이나 나무 이름에는 약하다. 고헤이는 자신이 왜 그렇게 꽃 이름을 외우지 못하는지 생각해 보았다. 관심이 없었다는 말로는 해결되지 않을 큰 죄를 저지른 듯한 기분이 들었다.

중년의 꽃 가게 아줌마는 투실투실 살은 쪘어도 인상 좋은 얼굴에 웃음이 끊이지 않았다. 영업용 미소가 아니라 꽃과 함께할 수 있어 정말 즐겁다는, 마음에서 우러나는 웃음이라 고헤이는 그런 그녀가 짐짓 부러웠다.

"어머, 그쪽은,"

아줌마는 그렇게 말하더니 놀랍다는 듯이 에쓰코의 얼굴을 보았다.

"혹시, 저기 있는 아파트에서 돌아가신 분의?"

"네, 맞아요."

에쓰코가 고개를 끄덕였다. 아줌마는 안도하는 기색이었다.

"그러네, 역시. 나도 모르게 물어본 건데, 아니었으면 얼마나 실례되는 일이야. 영락없이 닮았네. 언니도 참 예뻤는데."

아줌마가 감탄스럽다는 듯이 고개를 크게 끄덕였다.

"그렇게 큰일을 당해서 어째."

에쓰코는 성묘를 가려는데 어떤 꽃이 좋겠느냐고 물었다. 그러자 여주인은 가게 안을 이리저리 다니며 몇 종류의 꽃을 골라 주었다. 그리고 에쓰코가 값을 치를 때, 서비스라면서 하얀 꽃 몇 송이를 얹어 주었다.

"좋은 사람일수록 일찍 세상을 뜬다니까."

꽃다발을 건네주면서 아줌마가 말했다.

"그러고 보니 언니도 꼬박꼬박 성묘를 다녔지."

"그랬군요."

꽃 가게에서 나와 역으로 걸어간 둘은 플랫폼에서 전철을 기다렸다. 에쓰코 말로는 묘지까지 가려면 전철을 갈아타야 하고 한 시간 가까이 걸린단다.

"나는 우리 산소에도 간 적이 없어."

어디에 있는지, 어떤 형태인지도 고헤이는 모른다. 추석이 되면 어머니가 다녀오는 듯했을 뿐, 따라간 적도 없다. 쓸데 없는 걸음을 한다고 생각하면서 집의 2층 창문에서 내려다봤을 뿐이다.

"나도 가 본 적 없었어. 묘지에는 이번 일 때문에 처음 간 거야."

"그럼 지금까지는 히로미가 산소를 돌봤겠군. 아줌마 말이 그렇잖아."

"그렇겠지."

대답은 그렇게 하면서도 에쓰코는 왠지 석연치 않다는 듯이 고개를 갸웃했다. 뭔가 다른 생각을 하는 것 같았다.

잠시 후 전철이 도착했다. 낮이라 그런지 한산했다. 전철 문이 열리자마자 고헤이가 발을 들여놓는데, 뒤에서 점퍼 소매를 잡는 바람에 주춤하고 말았다.

"아무래도 좀 이상해."

에쓰코가 알 수 없다는 표정을 지으면서 고헤이를 보았다.

"도무지 이해가 안 돼. 내가 지난번에 묘지에 갔을 때 우리 산소는 손질이 전혀 안 돼 있었어. 언니가 자주 다닌 느낌이 아니었다고."

"그럼 그녀가 왜 꽃을 사 간 거지?"

"다른 산소에 간 게 아닐까? 우리 산소 말고."

고헤이는 몸을 돌려 그녀 쪽을 향했다. 방송이 나오고 그의 등 뒤에서 전철 문이 닫혔다.

"다른 산소……, 어디 생각나는 데 있어?"

에쓰코는 코트 주머니에 두 손을 넣은 채로 어깨만 으쓱했다.

"모르겠어, 전혀."

"꽃 가게로 다시 가자."

고헤이가 에쓰코의 손을 잡고 말했다.

둘이 꽃 가게로 돌아가 물어보았지만, 아줌마도 히로미가 어디 있는 산소에 다녔는지는 몰랐다. 그런 질문을 받자 당혹스럽다는 표정을 보였을 뿐이었다.

"어느 정도 간격으로 꽃을 사러 왔어요?"

에쓰코가 물었다.

아줌마는 굵은 팔을 가슴 앞에 끼고서 대답했다.

"글쎄, 한 달에 한 번꼴로 사 갔을 거야. 늘 월초에 왔던 것 같은데."

고헤이와 에쓰코는 아줌마에게 고맙다는 인사를 하고 꽃 가게를 뒤로했다.

"어쩔래? 난 언니 산소에 갈 마음이 싹 사라졌는데."

에쓰코가 고헤이에게 물었다. 고헤이 역시 가고 싶은 기분이 아니었다. 히로미에 관한 수수께끼가 하나 더 생겼기 때문이다.

"가능하면 이 의문에 대해서 찬찬히 생각해 보고 싶어. 뭔가를 놓쳤을지도 모르겠어. 아니, 틀림없이 무슨 비밀이 있는 거야."

"우리 아파트에 갈래?"

"아니. 일단은 나 혼자 생각해 볼게. 너도 여러모로 생각해 봐. 그녀가 그렇게 자주 찾아다닐 인물이 있는지."

고헤이가 고개를 저으며 말했다.

"앨범 뒤져 볼게."

"서랍 같은 것도 뒤져 봐. 묘지 입장권 같은 게 있을지도 모르니까."

에쓰코가 기가 막히다는 표정을 지었다.

"묘지에 들어가는데 입장권이 필요해?"

"모르겠어……. 아마 필요 없겠지? 아무튼 여러 가지로 조사해 보는 게 좋겠다."

그녀도 알겠다고 대답했다.

고헤이가 아파트로 돌아와 보니 우편함에 편지가 한 통 와 있었다. 하얀 봉투에 받는 사람의 이름이 파란 잉크로 쓰여 있다. 글씨체만 봐도 고향에 있는 어머니에게서 온 편지라는 걸 알 수 있었다. 그리고 내용도 대충은 짐작이 갔다.

현관에 운동화를 벗어 던지고 들어와 점퍼를 입은 채로 벌렁 누웠다. 이전에 어머니에게서 편지가 온 것은 히로미가 중절 수술을 받았다고 털어놓은 아침이었다. 돌이켜 보니 그때부터 이상한 일들이 생기기 시작했던 것 같다.

'이 일련의 묘한 사건이 벌어지기 시작한 시발점은 바로 그 책자였어.'

윗몸을 일으켜 선반에 그대로 놓여 있는 『수국』을 집었다. 호리에 원장은 이 책자가 졸업식 때 아이들에게 주는 것이라고 했다.

'모든 수수께끼의 시작이 이 책자였어.'

히로미는 그 수수께끼에 대해서 얘기해 주기로 약속했었다. 고헤이의 생일에. 그리고 그녀가 어떤 비장한 결심을 하고서 그날을 맞았다는 것은 여러 상황으로 봐서 쉬이 짐작할 수 있었다. 예를 들어, 그 가을 크로커스의 꽃말. '내 인생의 가장 좋은 날은 끝났다'.

왜 가장 좋은 날이 끝난 것일까. 비밀을 털어놓는 것이 그 종결을 의미한다는 말인가. 만약 그렇다면, 왜?

거기까지 생각했을 때 책자를 넘기고 있던 고헤이는 갑자기 동작을 멈췄다. 그것은 마지막 페이지, 즉 발행 연월일이 찍혀 있는 페이지였다.

'뭐야, 올해 졸업식 책자가 아니잖아.'

발행 연도는 5년 전이었다. 즉 5년 전 졸업식 때 배부된 책자인 것이다. 지금까지 고헤이는 올해 발행된 책자인 줄로만 알고 있었다. 그러고 보니 호리에 원장은 올해 책자라는 말을 하지 않았다.

'왜 이렇게 옛날 것을……'

고헤이는 새삼스럽게 책자를 바라보았다. 하지만 딱히 새롭게 느껴지는 것은 없었다. 그는 포기하고 책자를 제자리에 갖다 놓은 후 어머니에게서 온 편지를 집어 들었다.

봉투를 뜯고 편지지를 꺼냈다. 예상했던 내용이었다. 설에는 내려올 것이냐, 별일 없으면 내려왔으면 좋겠다, 그런 뉘앙스의 글이었다. 대학원에 대해서는 언급이 없었다.

고헤이는 자신이 생각해도 작위적이다 싶게 한숨을 푹 내쉬고서 편지를 옆으로 내던지고 천장을 뚫어지게 쳐다보았다. 천장에는 커다란 얼룩이 있었다. 언젠가 비가 잔뜩 샌 적이 있는데 그때 생긴 것이었다. 벌써 몇 년 동안이나 그 얼룩을 바라보며 생활하고 있다.

한 시대가 끝나 가고 있다는 것을 고헤이는 확신했다. 모든 메시지가 그렇게 암시하고 있었다.

2

12월 26일.

"마담의 앞날을 위해 축배!"

과자 가게 시마모토의 아저씨의 선창에 따라 그 자리에 모인 사람 십여 명이 각자 손에 든 잔과 텀블러를 높이 들었다. 카운터 안에 있는 준코는 수줍은 미소를 머금고 맥주잔을 절반쯤 비웠다. 그녀의 얼굴이 붉게 물든 것은 불빛 때문만이 아닌 듯했다.

오늘 밤은 '모르그'에서 술을 마실 수 있는 마지막 날이다. 준코가 카운터에 서는 일은 이제 영원히 없을 것이다. 그래서 시마모토와 도키타 등 상점가의 면면들이 모여 송별회를 하고 있었다.

고헤이는 가게 맨 안쪽에 있는 테이블에 에쓰코와 마주 앉아서 못내 아쉬워하는 가게 주인들의 모습을 바라보았다. 무수한 만남에는 같은 숫자만큼의 이별이 따른다. 준코를 에워

싼 가게 주인들 역시 허전함을 감추지 못하는 듯하다.

그러나 반면, 그들이 준코의 새 출발에 큰 기대와 희망을 품고 있는 것도 사실이었다. 지난 몇 년 동안 누가 봐도 이 거리는 서서히 쇠락해 갔고 이번에 발생한 연쇄 살인 사건은 그 암울한 분위기에 한층 먹구름을 드리웠다. 그러니 지금 그녀와 사이토의 새로운 출발은 이 거리에서 유일하게 밝은 화젯거리일 수밖에 없다. 불미한 일들은 모두 잊고 이 자리의 흥겨움에 몰두하고 싶어 하는 기색들이 역력했다.

시마모토와 그 외의 사람들은 시끌시끌하게 떠들고 있는데, 도키타 아저씨만 카운터 구석 자리에 앉아 위스키를 홀짝거리며 준코를 보고 있었다. 도키타는 이 가게 최고의 단골이며 그녀에게도 애틋한 마음을 품고 있는 듯했으니 이 날을 맞아 유독 감회가 깊은지도 모르겠다.

그는 고헤이와 눈이 마주치자 술잔만 살짝 들어 올렸을 뿐 웃지 않았다. 그 퉁명스러운 표정 뒤에 씁쓰름함이 숨겨져 있는 것처럼 보였다.

"지난번 일 말이야."

에쓰코가 버번 잔을 기울이면서 말했다. 그녀가 와인 외에는 버번밖에 마시지 않는다는 것을 고헤이는 오늘 처음 알았다.

"그 후에 뭐 알아낸 거 있어?"

"히로미의 성묘에 대한 거? 아무런 실마리도 못 찾았어. 찾을 수 있을 거란 보장도 아직까지는 없고."

"아…… 왜 이렇게 다 없는 거야. 사면초가네."

에쓰코가 별 재미 없다는 듯이 말했다.

"에쓰코 쪽은 어때?"

고헤이의 물음에 에쓰코는 어깨를 으쓱하면서 대답했다.

"언니 서랍 속에 묘지 입장권이 없다는 사실은 밝혀냈어."

"그게 유일한 수확이란 말이군."

고헤이는 오른손으로 맥주잔을 꽉 잡고 왼손으로 얼굴을 비볐다.

히로미는 대체 어디로, 누구의 묘를 찾아 그렇게 다녔던 것일까?

이 문제에 대해서는 아무리 생각해 봐도 떠오르는 것이나 짚이는 것이 전혀 없었다. 히로미에 관한 의문만이 혼란스럽게 뇌리를 스칠 뿐이었다. 그리고 그것들을 아무리 응시해 봐야 어떤 방향성은커녕 희미한 윤곽조차 파악되지 않았다.

고헤이와 에쓰코가 그런 대화를 나누고 있는 사이, 언제부터인지 노래 부르기가 시작됐나 보다. 몇 년 전에 유행했던 트로트를 줄줄이 부르고 있는 사람은 과자 가게 시마모토 아저씨였다. 나머지는 리듬에 맞춰 박수를 치고 있다.

고헤이와 에쓰코가 싸늘한 눈길로 그 광경을 바라보고 있자니, 준코가 새 맥주병을 들고 와서 옆 의자에 앉았다.

"재미없어?"

그녀가 걱정스럽게 물었다. 떨떠름한 둘의 표정에 신경이 쓰이는지도 몰랐다.

"그렇지 않아요. 재미없을 리 없죠. 다만 앞으로도 이런 가게에서 술을 마실 수 있다는 보장이 없으니까요. 이렇게 재미있는 가게를 두 번 다시 어떻게 만날 수 있겠어요."

고헤이가 그렇게 말하자 준코는 그의 얼굴을 빤히 쳐다보다가 나지막하게 대답했다.

"고맙네, 그렇게 말해 주니까. 모든 게 다 없어져 버릴 것 같아서 무서웠거든."

"없어지기는요. 추억은 남잖아요. 전부 남아요."

준코는 작은 소리로 "그렇겠지?" 하고 되묻고는 시선을 자신의 손으로 떨어뜨렸다. 그녀가 보고 있는 것은 사파이어 반지였다. 그 반지를 준 사람이 누구인지 최근에야 알 수 있었다.

그리고 몇 분 후, 바로 그 사람이 가게 안으로 들어왔다. 사이토는 우레와 같은 박수를 받으며 걸어와 준코 옆에 앉았다.

"사건이 그럭저럭 해결됐다면서?"

그가 고헤이에게 말을 건넸다.

"사이토 씨의 증언이 큰 역할을 했습니다."

엘리베이터에 대해서 언급한 증언을 말하는 것이었다.

"자네들 마음고생이 컸을 텐데, 우리만 이렇게 안정을 찾으려 해서 왠지 미안하군."

사이토가 착잡한 말투로 얘기했다. 옆에 있는 준코는 고개를 숙이고 손톱에 바른 매니큐어를 내려다보고 있었다. 그녀가 저렇게 빨간 매니큐어를 바르는 것도 오늘 밤이 마지막일지 모르겠다고 고헤이는 생각했다.

"준코 씨의 결혼이 지금 이 거리에서는 유일하게 위안이 되는 화제인걸요. 모두들 이 기운으로 한 해를 마무리하려 하고 있어요."

"그렇게 말해 주니 내게도 위안이 되는군."

사이토는 정말 안도하는 표정이었다.

"그런데 또 의문점이 생겼습니다."

고헤이의 말에 사이토와 준코는 웃음기가 남아 있는 얼굴로 그를 보았다.

"뭔데?"

사이토가 물었다.

"히로미의 성묘에 관한 겁니다."

"성묘?"

"네."

고헤이는 히로미가 매달 꼬박꼬박 어떤 산소에 성묘를 갔으며, 그 산소가 히로미 선조의 무덤은 아닌 듯하다는 얘기를 두 사람에게 했다.

"나는 금시초문이네. 성묘 얘기는 한 번도 한 적이 없어."

"나도 들은 적이 없는데."

사이토가 고개를 저었다.

"그렇군요. 어디에 있는 누구의 묘인지 두 분은 알 거라고 생각했어요."

"전혀 모르겠어."

준코와 사이토는 얼굴을 마주 보더니 또 고개를 저었다.

그 후 화제는 그믐날의 결혼식으로 옮겨 갔다. 요란하게 하고 싶지 않은데 도키타에게 떠밀려 그렇게 되었노라고 한다.

그런 얘기를 하고 있자니 결혼식 건의 주모자인 도키타가 한 손에 잔을 들고 다가왔다. 혼자서 꽤 마셨는지 벌써부터 비틀거리고 있다.

"여어, 고헤이."

책방 아저씨는 고헤이의 어깨에 팔을 두르고 얼굴을 가까이 들이밀었다. 술 냄새가 풍풍 나는 입김이 볼에 닿았다.

"언제 이 거리를 떠날 거야, 어?"

"떠나요? 내가 왜요?"

깜짝 놀라 고헤이가 되물었다.

"왜냐니, 여기는 너 같은 놈이 있을 곳이 아니잖아."

고헤이는 주위 사람들에게 일부러 술 냄새가 지독하다는 표정을 지어 보였다.

"아저씨, 취했습니다."

사람들이 웃었다.

"취하기는, 안 취했어."

도키타가 고헤이의 어깨에서 팔을 내리고 휘청휘청 몸을 일으켰다. 그리고 잔에 남은 위스키를 단숨에 들이켜더니 이번에는 사이토의 어깨에 손을 얹었다.

"이 사람아, 잘 부탁하네."

사이토가 도키타의 손 위에 자신의 손바닥을 겹치고 그를 올려다보면서 고개를 끄덕거렸다.

그 모습을 보면서 도키타도 고개를 끄덕였다.

그리고 고헤이는 준코가 새끼손가락 끝으로 눈가를 꼭 누르는 모습을 보았다.

8시가 조금 지나 고헤이는 에쓰코와 함께 '모르그'에서 나왔다. 약간 술기운이 도는 탓인지 볼에 닿는 차가운 공기가 상쾌했다.

"'모르그'가 없어지면 내가 이 거리에 있을 이유도 거의 없지."

"추억의 장소라서?"

에쓰코가 물었다.

"그렇기도 하지만 가장 큰 이유는 '모르그'가 이 거리에서 그나마 살아 있는 많지 않은 가게 중 하나이기 때문이야. 모두들 동지의 새 출발에 자신의 꿈이라도 이룬 양 기뻐하고 있지만, 중요한 점을 망각하고 있어. 바로 이 거리의 불빛이 또 하나 꺼진다는 것."

"불빛은 언제든 꺼지고, 살아 있는 건 언젠가는 죽잖아. 그런 일에 일일이 슬퍼하면 이 세상에 즐거운 일이 어디 있겠어."

"나도 이제 슬슬 이 거리를 떠나야겠지. 도키타 아저씨 말대로."

"떠나야겠지라고 말할 거 없잖아. 떠나고 싶으면 떠나면 되는 거지."

고헤이가 걸음을 약간 늦추고 에쓰코를 보았다. 그녀가 그 기척을 느끼고 돌아보았다.

"널 이기기는 당분간 어렵겠다."

"당연하지."

그녀가 웃었다.

헤어져야 할 길에 접어들었다. 고헤이는 자신의 아파트 방향으로 몸을 틀었다.

"좋은 꿈 꿨으면 좋겠네."

에쓰코는 그렇게 말하면서 똑바로 걸어갔다.

고헤이가 아파트 앞에 도착해 보니 자신의 집에 불이 켜져 있었다. 외출할 때는 습관적으로 불을 끄고 나온다. 이상하게 생각하면서 계단을 올라갔다.

문 앞에 서서 천천히 손잡이를 돌렸다. 역시 잠겨 있지 않았다. 고즈키가 또 멋대로 들어온 모양이군, 하고 생각했다.

손잡이를 돌려 문을 확 열었다. 이런 짓은 그만 좀 하라는 말이 하마터면 입 밖으로 튀어나올 뻔했다. 그런데 갈색 양복을 입은 남자가 이쪽으로 등을 보이고 앉아 있었다. 그 모습이 어느 모로 보나 고즈키는 아니었다.

남자가 천천히 뒤돌아 고헤이를 보았다.

"오랜만이구나."

고헤이는 문을 잡고 선 채 입을 열지 못했다. 어안이 벙벙해서 몇 초 동안 그대로 서 있었다.

"아버지……."

1년 만의 재회였다.

3

고헤이의 고향은 도로가 잘 정비되어 있는 지방 도시다. 그리고 고헤이의 부모님은 국도 변에서 메밀국수 집을 경영하고 있었다. 그 지역에서는 꽤 유명한 가게인 데다 면류 외에 탕류도 취급하기 때문에 모임이 열리는 일도 잦았다.

건물의 구조는 전통 가옥과 흡사했다. 방에는 좌식 테이블이 있고, 홀에는 입식 테이블이 있다. 종업원 수도 아르바이트생까지 포함해서 열 명 이상일 것이다. 주차장이 넓어서 때로 관광객들이 전세 버스를 타고 오는 일도 있다.

삼 대째 계속하고 있는 가게는 아버지가 현역에서 물러나면 고헤이의 형이 물려받기로 되어 있었다.

그런 아버지가 불쑥 고헤이의 아파트에 나타난 것이다.

"일 때문에 이쪽에 왔다가 잠깐 들렀다."

머리를 쓸어 올리면서 아버지는 짐짓 둘러대듯이 그렇게 말했다. 흰머리가 많이 늘었다고 고헤이는 생각했다.

"미리 연락하지 그랬어요."

차를 끓이면서 고헤이가 말했다.

"음…… 그리 요란 떨 게 뭐 있나 싶어서."

아버지가 몸을 옆으로 돌려 커다란 검은 가방에서 종이 꾸러미를 꺼냈다. 가게의 옥호가 인쇄된 포장지다. 아버지는 그걸 테이블 위에 올려놓았다.

"이번에 새로 출시한 거라 조금 들고 와 봤다."

꾸러미를 풀자 안에서 건우동이 나왔다. 수프도 딸려 있었다.

"날씨가 추우니까 오래 놔둬도 괜찮을 거다. 어떻게 먹는지는 알지?"

안다고 대답하고 나서 고헤이가 물었다.

"요즘 가게 경기는 어때요?"

"늘 그렇지, 뭐. 지점을 한 군데 내 볼까 얘기 중이다."

"지점요? 형에게 맡길 거예요?"

"음, 그래도 좋고."

말투가 왠지 마음에 걸려서 고헤이는 아버지의 얼굴을 다시 보았다. 아버지는 그의 눈길을 피하려는 듯 찻잔을 들더니 맛있게 마셨다. 그리고 두 손바닥으로 찻잔을 감싸 쥔 채로 말했다.

"네가 해도 괜찮고."

담담한 말투였다.

"……"

고헤이는 여전히 아버지의 얼굴을 보고 있었다. 아버지도 그의 얼굴을 마주 보았다. 눈길이 마주쳤지만 이번에는 어느 쪽도 피하지 않았다.

"물론 네가 달리 하고 싶은 일이 있다면 상관하지 않겠다. 네 스스로 결정하면 돼."

"아버지…… 알고 계셨군요."

대학원에 간다고 거짓말했다는 것을요. 그 말은 생략했지만, 고헤이의 의도는 충분히 전달된 듯했다. 아버지가 시선을 아래로 떨어뜨리면서 입가에 자연스러운 미소를 머금었다.

"그 정도도 눈치를 못 채면 아버지라고 할 수 없지. 네 성격에 대해서는 웬만큼 알고 있다."

고헤이도 찻잔으로 눈길을 떨어뜨렸다. 수치스러움과 안도감이 가슴속을 동시에 오갔다. 아버지는 일 때문에 이쪽에 왔다가 들렀다고 했지만 아마 거짓말일 것이다. 실은 어리석은 아들에게 손을 내밀기 위해 온 것이다.

잠시 침묵. 이렇게 오랜만인데도 고헤이 쪽에서 먼저 얘기할 만한 화젯거리는 전혀 없었다.

"그래서, 지금은 뭘 하고 지내느냐?"

결국 아버지가 먼저 말을 꺼냈다. 아르바이트를 하고 있다고 대답하고서 고헤이는 싱크대 밑 서랍에서 '푸른 나무'의 성냥을 꺼내 아버지 앞에 놓았다.

"이 가게 3층이 당구장인데, 거기서 일합니다."

"당구라면…… 이거 말이냐?"

아버지가 큐로 공을 치는 흉내를 냈다.

"네, 맞습니다."

"옛날에 나도 많이 했지. 술집 옆에 당구장이 하나 있었어. 그렇구나. 그런 일을 한다고."

아버지는 감회에라도 젖은 듯 몇 번이나 고개를 끄덕거렸다.

이날 밤에는 오랜만에 아버지와 베개를 나란히 하고 자게 되었다. 형광등을 끄고 이불 속에 들어간 고헤이가 아버지에게 물었다.

"정말 제 마음대로 해도 괜찮은 겁니까?"

"그래."

"지시를 내릴 생각 아니었어요?"

"지시?"

"앞으로의 일에 대해서요."

그러자 아버지가 어둠 속에서 희미하게 웃음을 흘리는 것이 느껴졌다.

"나이를 좀 먹었다고 해서 어떻게 살아야 한다는 둥 훈계할 수 있는 건 아니지. 나 자신도 만족스럽게 알지 못하는데 말이다."

"그런 겁니까?"

아버지가 고개를 끄덕이는 듯했다.

"어떤 인간이든 한 가지 인생밖에 경험할 수 없어. 한 가지밖에. 그런데 타인의 인생을 가지고 이러쿵저러쿵하는 건 오만이지."

"길을 잘못 들면 어떻게 하죠?"

고헤이가 물었다. 어둠이란 서로의 모습을 가리는 대신 마음을 열도록 한다.

"잘못 들었는지 아닌지도 사실은 스스로 결정하는 것이지. 잘못 들었다 여겨지면 되돌아가면 되고. 사람의 인생이란 결국 작은 실수를 거듭하다 끝나는 게 아니겠냐."

"간혹 큰 실수도 하잖아요."

"그건 그렇지."

아버지는 찬찬히 말을 곱씹듯이 대답했다.

"그런 경우에도 그 사실을 외면하면 안 되겠지. 그 후의 일에도 대가를 치르겠다는 마음으로 임해야 하고 말이야. 그러지 않으면 살 수가 없을 거야, 아마."

"……."

"잠들었냐?"

"아니요. 이제 자려고요. 잘 주무세요."

"그래."

다음 날, 아침 일찍 일어난 고헤이는 아버지가 들고 온 우동을 끓여 아침을 준비했다. 아버지는 일어나자마자 옷을 갈아입고, 아침을 먹기 시작할 즈음에는 넥타이까지 반듯하게 매고 있었다.

"왜 그렇게 서두르세요?"

"가난한 사람이 몸은 더 바쁘다고 하잖느냐."

아버지가 그렇게 말하면서 슬며시 웃는다.

"면이 어떠냐?"

"음…… 좋은데요. 쫄깃쫄깃 찰기도 있고 씹히는 맛도 좋고요."

"그래, 그렇겠지. 꽤 고생해서 만들어 낸 거다."

아버지는 흐뭇한 표정으로 말했다.

우동을 다 먹고 나자 또 분위기가 어색해졌다. 고헤이는 그릇을 치우고 싱크대에서 설거지를 했다. 그동안 아버지는 아들의 조그만 책꽂이를 구경하고 있었다.

"요즘은 잡지를 많이 안 사들이는 모양이구나."

혼잣말을 하듯 아버지가 중얼거렸다. 고헤이가 설거지를 하다 말고 돌아보았다.

"네?"

"잡지 말이다. 옛날에는 엄청 사들였잖아. 전투기며 헬리콥터에 관한 잡지."

"아아."

고헤이가 다시 싱크대 쪽으로 고개를 돌렸다.

"스무 살 넘으면 그런 거 잘 안 사죠."

"그러냐? 나이는 별 상관 없는 줄 알았는데."

"어렸을 때 꿈은 다 그렇잖아요."

나이가 들면 바람에 날려 끝내는 사라지고 만다, 그런 것이다. 고헤이는 설거지를 하면서 속으로 그렇게 중얼거렸다.

그걸 빨리 깨달으면 굳이 먼 길을 돌아가지 않아도 된다.

그런 후 두 사람은 잠시 쉬다가 아파트에서 나와 역으로 향했다. 고헤이가 아버지의 가방을 들고 있었는데, 쇳덩어리라도 들었나 싶을 정도로 무거웠다.

아버지는 역 앞 거리를 바라보면서 아주 느릿느릿 걸었다. 그렇게 걷는 아버지 모습이 마치 식물을 관찰하는 학자 같았다.

"여기 상점가는 연말인데도 조용하구나."

한참을 관찰한 후 아버지가 감상을 말했다.

"그렇죠, 뭐. 학생이 없으면 장사가 안 되는 곳이니까요."

"흐음…… 그래. 반쪽짜리 거리로구나."

"그런 셈이죠."

반쪽짜리 거리, 인상적인 말이다.

역에 도착해 매표소 앞에 서자 아버지가 아들에게 가방을 달라고 했다.

"조금 더 가서 드릴게요. 그러려고 나왔으니까요."

"아니다, 됐다."

아버지가 가방을 받아 들고 아들의 얼굴을 보았다.

"설에는 어쩔 생각이냐? 내려올 거야? 엄마가 기다리던데."

"글쎄요……."

"가능하면 그믐날에 내려왔으면 좋겠다고 하더라."

아버지는 목소리에 최대한 감정을 싣지 않으려 애쓰는 것 같았다.

"죄송하지만,"

고헤이는 정말 죄송하다는 표정을 지었다.

"그믐날에는 중요한 볼일이 있어서요. 도저히 빠질 수 없는 일입니다. 그 후에도 어떻게 될지 잘 모르겠어요."

"그래."

아버지는 아들의 얼굴을 보면서 몇 번이나 고개를 끄덕였다. 표정은 달라지지 않았다.

"그럼 엄마에게는 그렇게 전하마. 내려오지 않을 거라고."

한 마디 한 마디를 꼭꼭 씹는 듯한 말투였다.

"죄송합니다."

"아니다, 괜찮아. 그보다 안색이 좋지 않구나."

고헤이는 자신의 얼굴을 눌렀다.

"괜찮습니다. 잠을 별로 못 잔 것뿐이니까요."

"건강하면, 그러면 됐어."

아버지가 개찰구를 지났다. 무거운 가방 때문에 몸이 한쪽으로 기운 것처럼 보이는 모습으로 플랫폼을 향해 걸어갔다. 그러고는 한 번도 아들을 돌아보지 않았다.

'인생이란 결국 작은 실수를 거듭하다 끝난다는 말이지 ······.'

멀어지는 아버지의 등을 바라보면서 고헤이는 어젯밤의 말을 떠올렸다. 나는 지금까지 얼마나 많은 실수를 저질렀을까. 물론 그중에는 돌이킬 수 없는 실수도 많을 것이다.

'대가를 치르겠다는 마음으로……'

무언가가 고헤이의 마음을 울렸다.

그리고 그것은 중후한 종소리처럼 무겁고 깊게 가슴속으로 울려 퍼졌다.

고헤이는 뛰고 있었다.

4

에쓰코의 가늘고 긴 손가락이 전화기 버튼을 누르고 있다. 그 동작이 조금 어색한 것은 전화번호를 신중하게 확인하면서 누르고 있기 때문이다.

전화대 위에는 종이 한 장이 놓여 있다. 버튼을 다 누른 에쓰코는 그 종이를 집어 들고 진지한 눈빛으로 내용을 확인하면서 벨 소리를 들었다.

그 종이에는 몇 사람의 이름이 적혀 있었다. 『수국』 책자에 실려 있는 아이들 전원의 이름을 적은 것이다.

상대가 전화를 받은 듯했다. 에쓰코는 자신이 누구인지 밝히고 나서 다나베 스미코가 출근했는지 확인했다. 다나베 스미코는 전에 학원에 갔을 때 만났던 여직원이다.

마침 옆에 있는 듯했다. 에쓰코는 엄지손가락과 집게손가락으로 동그라미를 만들어 보였다.

그녀는 갑작스럽게 전화한 것을 사과한 후 똑같은 말투로 본론에 들어갔다.

"불쑥 이런 질문을 드려 죄송한데요."

그렇게 서두를 꺼내 놓고서 그녀가 한 질문의 내용은 5년 전에 졸업한 아이들이 지금도 모두 건강하게 잘 지내냐는 것이었다. 우회적으로 물은 것이지만, 한마디로 하면 혹시 죽은 아이가 있지 않느냐는 것이다.

고헤이는 히로미가 매달 찾아다녔던 무덤이 어쩌면 『수국』에 실린 아이들 중 누구의 것이 아닐까 생각했던 것이다. 그렇게 생각하게 된 계기는 어젯밤 아버지가 별 뜻 없이 한 말이었다. '대가를 치르겠다는 마음으로……'

성묘, 자원 봉사. 히로미의 일련의 행동에 대해 곰곰이 생각하다 보니 어떤 대가를 치르려 한 게 아닐까 싶었다. 그리고 5년 전에 발행된 책자를 그렇게 소중하게 간직했던 사실을 근거로 거기에 실린 아이들에 주목하게 된 것이다.

아버지를 배웅한 고헤이는 곧장 자기 아파트로 돌아가 책자를 들고 에쓰코의 아파트를 찾아갔다. 고헤이가 자신의 생각을 설명하자 에쓰코도 그 타당성을 인정했다.

"충분히 그럴 수 있겠네. 그런데 언니가 대체 무슨 죄를 지었다는 거야? 무슨 대가를 치러야 한다는 거지?"

고헤이의 얘기를 들은 에쓰코가 그런 의문을 제기했다.

"이건 단지 내 상상인데…… 히로미가 혹시, 자신의 아이 무덤을 찾아다녔던 게…… 아닐까?"

고헤이는 머뭇거리며 말했다.

"언니의 아이?"

에쓰코는 한 옥타브 정도 높은 목소리로 되물었다.

"언니에게 어떻게 아이가 있을 수 있어?"

"나야 모르지. 그러니까 상상이랬잖아. 몇 년 전에 아이를 낳았는데, 그 아이에게 장애가 있었다면, 그리고 그 아이가 한때 수국 학원에 신세 진 일이 있다면 앞뒤가 맞지 않을까 하고."

"게다가 그 아이가 죽었다는 거지?"

"그래."

"그래서 언니가 그 아이의 무덤엘 다녔고?"

"응."

"어이가 없네."

에쓰코가 내뱉듯이 말했다.

"그렇게 중요한 일을 내가 모를 리 없잖아."

"중요하니까 숨길 수도 있어. 너와 히로미는 따로 산 기간도 있었고."

"그건 그렇지만 숨긴다고 숨길 수 있는 문제가 아니잖아. 그런 일은 특히나."

그렇게 말하면서 에쓰코는 책자를 다시 집어 들었다.

"하지만 여기 실린 아이들 중에 무덤의 주인이 있을지도 모른다는 생각에는 찬성이야."

그리고 그녀가 학원에 전화를 걸어 확인해 보기로 한 것이다. 그렇게 하는 것이 가장 확실한 방법이었다.

"네? 아…… 네. 그럼 재학생 중에 세상을 뜬 아이가 있었군요. 이름이…… 네. ……가토 사치코. 저, 원인은 무엇이었죠? ……병이었다고요?"

역시 죽은 아이가 있었다. 고헤이는 애써 흥분을 가라앉히면서 에쓰코의 눈앞에 있는 종이에 '부모 이름'이라고 썼다. 성이 다르다고 해서 히로미의 아이가 아니라고 단언할 수는 없다. 남자 쪽의 성을 따랐을 가능성도 있기 때문이다.

"저…… 그 아이 부모님의 성함은요?"

에쓰코는 몹시 외람된 질문이라는 투였다. 이상한 질문만 하니 상대도 아마 꺼림칙하게 여길 것이다.

"네, 뭐라고요? 네, ……네."

에쓰코의 말투가 갑자기 흐트러졌다. 불안해진 고헤이가

그녀의 얼굴을 보니 핏기가 싹 가셔 있었다.

그녀가 창백해진 얼굴을 고헤이 쪽으로 돌리면서 재차 확인하듯이 말했다.

"사에키 요시에 씨가 엄마라고요……."

묘원은 숲을 헤쳐 조성한 평지에 있었다. 줄줄이 서 있는 크고 작은 묘비는 각 집안의 가풍과 묘에 대한 사고를 말해주었다. 묘비 사이사이로는 자갈 깔린 길이 깔끔하게 나 있다. 산 사람들의 거리보다 한결 세련돼 보였다.

묘 중에는 향이 피어오르는 곳도 있었는데, 그런 묘비 앞에는 대개 꽃이 꽂혀 있었다.

숲 아래쪽 주차장에 차를 세운 고헤이와 에쓰코는 저녁노을에 빛나는 묘비를 감상하면서 묘원의 보도를 천천히 걸어 갔다. 둘 외에 다른 사람은 없었다. 이런 계절에, 더구나 해가지기 직전에 성묘를 하는 사람이 있을 리 없다.

"고헤이는 어떻게 생각해?"

에쓰코가 불쑥 물었다. 묘원에 들어선 후로 처음 입을 연것이었다.

"어떻게 생각하냐니? 그러니까 그 말은……,"

고헤이가 발치를 내려다보면서 말했다.

"한 소녀의 일생에 히로미가 어떤 식으로 관계되었을까, 그걸 묻는 거야?"

에쓰코가 잠시 생각하더니 대답했다.

"그러네. 요점은 그래."

"어려운 질문이군. 쉽게 대답할 수 없는 질문이야. 근거도 없고, 심정적으로 부정하고 싶은 부분도 있고. 그러니 자칫 경솔한 대답이 될 수도 있어."

고헤이는 일단 그렇게 대답했다.

"개인적인 감정은 금물이야."

"알아. 하지만 판단의 재료가 부족한 건 사실이야. 다만, 소녀의 비극에 히로미가 관계되어 있다고 생각하면 모든 정황이 맞물린다는 것만은 인정하지 않을 수 없겠지."

고헤이가 고개를 끄덕이며 말한 후에 에쓰코에게 되물었다.

"네 생각은 어떤데?"

"물론 나 역시 같은 의견이야. 그런 사실이 있었다고 생각하는 편이 없었다고 생각하는 것보다 현실적인 것 같아. 그리고 어쩌면 피아노의 수수께끼도 풀릴 것 같고."

"피아노의 수수께끼?"

"언니가 왜 피아노를 버렸느냐 하는 수수께끼 말이야. 내 느낌이 맞다면 그렇다는 거지만."

"흐음……."

왜 그런 식으로 추리가 전개되는지 고헤이는 알 수 없었다.

고헤이에게는 없는 재료를 에쓰코는 갖고 있을 거라고 짐작했지만, 그 점에 대해서는 굳이 캐묻지 않았다.

묘원은 생각보다 넓었다. 고헤이와 에쓰코가 찾는 묘는 좀처럼 나타나지 않았다. 수국 학원 여직원 말이 맞다면 가토 사치코라는 소녀의 무덤은 이 묘원 어딘가에 있을 것이다.

에쓰코가 약간 높은 곳에 서서 묘원 전체를 바라보았다.

"마치 조그만 동네 같네."

그녀의 말에 고헤이도 동의하며 고개를 끄덕였다. 맞는 말이라고 생각했다.

"사후 세계가 있다고 생각해?"

그녀가 물었다.

"난 없다고 생각해. 전원이 끊기는 것처럼 인간은 그렇게 죽는 거라고 믿어."

고헤이가 한마디로 부정했다.

"전원? 허망하네……."

"사후 세계가 있다면 인생, 그 허망한 것 때문에 그토록 고뇌하지 않겠지."

"하긴."

에쓰코가 다시 걸음을 내디뎠다.

가토 가문의 묘에 도착했을 때는 해가 많이 기울었을 때였다. 생각했던 것보다 아담하고, 묘비도 에쓰코의 키보다 낮왔다.

"어, 이건."

에쓰코가 묘비 앞에 있는 꽃병을 보고 소리쳤다. 그리고 조심조심 안에서 뭔가를 꺼냈다. 그녀의 손가락 사이에 집혀 나온 것은 조그맣고 가는 꽃잎이었다. 시든 지 한참이나 지났는지 바짝 말라 있었다. 색도 많이 바랜 연보라색이었다.

"너도 알겠지, 이거?"

꽃잎에서 고헤이에게로 시선을 돌린 에쓰코가 물었다. 그녀가 무슨 말을 하는지는 고헤이도 이해할 수 있었지만 말할 용기가 나지 않아 그저 그녀의 눈을 물끄러미 쳐다보았다.

숨을 고르고서 에쓰코가 말했다.

"가을 크로커스 꽃이야."

5

준코의 결혼식, 즉 한 해의 마지막 날이 내일로 다가왔다. 그 아침, 고헤이는 오랜만에 일찍 일어나 방 청소를 했다. 생각해 보니 대학을 졸업한 후 제 손으로 청소한 적이 한 번도 없었다. 히로미를 만나 이별할 때까지는 나름 쾌적했었다.

우선 창문을 활짝 열고 마냥 깔려 있던 이불을 내다 널었다. 이불이나 요나 물기를 흠뻑 머금고 있어서 축 늘어질 만큼 무거웠다. 킹콩이 걸레를 짜듯 짜 준다면 드럼통 한 개분은 족히 물이 나올 것 같았다.

그리고 테이블을 옆으로 밀어 놓고, 널려 있는 책과 잡지는 책꽂이에 꽂고 신문과 전단지는 재활용 봉투에 담았다. 그러고도 빈 맥주병과 캔, 인스턴트 식품류의 잔해가 남아 있었다. 포테이토칩 부스러기도. 고헤이는 편의점 봉투를 두 개 찾아내 그 쓰레기들을 일반 쓰레기와 재활용 쓰레기로 분류했다.

그다음, 청소기를 빌리러 옆집의 낙제생을 찾아갔다. 하지만 빌릴 수 없었다. 이웃은 벌써 고향으로 내려가고 없었다. 낙제생이라도 당연히 고향에 돌아갈 권리는 있다.

할 수 없이 고헤이는 손으로 대충 먼지를 훑어 내고 화장지를 물에 적셔 다다미를 닦았다. 다다미에서 뽀득뽀득 기분 좋은 소리가 났다.

방구석에 명함 크기만 한 종이가 떨어져 있었다. 주워 보니 그것은 병원 진찰권이었다. 고헤이는 한동안 병원에 갔던 기억이 없기 때문에 이상한 기분이 들었다. 그러나 이내 생각나는 게 있었다. 지난여름, 히로미를 구하려다 뇌진탕을 일으켰다. 그때 진찰권이었다.

뒷면을 보니 진료 과목이 나열돼 있었다. 소아과, 내과, 피부과, 산부인과…….

'뇌외과'에 표시가 되어 있었다. 여기에서 진료를 받았다는 의미인 듯하다.

'뇌외과……였구나.'

살짝 불길한 생각이 고헤이의 머릿속에 번졌다. 그는 그 생각을 지우려는 듯 머리를 흔들었다. 그리고 진찰권을 쓰레기 봉투에 쑤셔 넣었다.

청소가 끝나자 고헤이는 아파트에서 나와 역 앞 거리, 즉 신 학생가 쪽으로 향했다. 거기에 있는 '고개 젓는 피에로'라는 찻집에서 에쓰코와 만나기로 약속했다.

역 앞 거리에 있는 가게에 들어가기는 실로 오랜만이었다. 커피는 '푸른 나무'에서 마셨고 술은 '모르그'에서 마셨기 때문이다.

신 학생가는 촬영을 끝낸 촬영장마냥 고요했다. 그러나 구 학생가처럼 현실감마저 사라진 것은 아니었다. 가게들이 새로운 해에 대비해 힘을 비축하고 있는 것처럼 보였다.

에쓰코와 만나기로 한 찻집은 한 해의 마지막 날에도 영업을 하고 연례행사로 손님과 함께 새해를 맞는 이벤트를 갖는다. 고헤이도 딱 한 번 그 찻집에서 새해를 맞은 적이 있다. 학생이란 그런 일에 기뻐 날뛰는 족속이다.

조금 허리를 굽혀야 들어갈 수 있는 입구를 지나면 오른쪽에 카운터가 있고 왼쪽에는 둥그런 테이블이 네 개 놓여 있다. 그 테이블 하나에서 에쓰코가 손을 흔들었다.

"이 가게, 마음에 든다."

고헤이가 의사에 앉아 커피를 주문하자 그녀가 말했다.

"왜?"

"시나몬 티를 팔잖아. 그것도 시나몬 가루를 뿌린 엉터리가 아니라."

"흠, 그렇구나."

고헤이는 그녀가 손에 들고 있는 유난히 큰 찻잔을 보았다. 그 안에서 갈색을 띤 액체가 찰랑거리고 있다. 뭐라고 감상을 말하려고 우물대는데 그가 주문한 커피가 나왔다. 커피잔은 홍차 잔의 절반 크기다.

"그 후 상황은 어떻게 돌아가고 있어?"

고헤이는 곧장 본론에 들어갔다. 에쓰코가 찻잔을 내려다보며 대답했다.

"좀 꼬인 것 같아."

"꼬였다고?"

"형사가 우리 뒤를 밟고 있어."

커피를 마시려던 고헤이는 하마터면 쏟을 뻔했다.

"형사가?"

"응, 아마 그럴 거야. 우리가 수국 학원에 전화를 걸어서 이것저것 질문을 많이 했잖아. 그 낌새를 채고 움직이기 시작한 것 같아."

그녀가 변함없는 표정으로 말했다.

"고즈키 형사가 지시한 걸까?"

"그렇겠지. 우리에게 뭔가 수확이 있다는 걸 눈치채고서 한동안 지켜보는 걸 거야. 우리의 움직임에서 진상을 추측하고 한발 앞서 범인을 지목하려는 속셈이겠지."

그 남자라면 충분히 그럴 수 있다. 고헤이에게 직접 물어봐야 순순히 대답해 주지 않을 테니, 그보다는 멋대로 움직이게 놔두는 편이 좋다고 판단한 것이다.

"나는 사건의 진상을 알고 싶을 뿐 범인을 파고들 생각은 전혀 없는데."

"나도 마찬가지야, 그건."

"그래서, 넌 어제 어디 갔었는데? 외출한 것 같던데."

"도서관."

"도서관? 뭐하러?"

에쓰코는 입에 머금었던 홍차를 꿀꺽 삼킨 후 숨을 후, 내쉬었다.

"옛날 신문 보러 갔었어. 그 사건 기사, 찾았어."

"뭐, 기사를 찾았다고? 대단한데. 날짜를 용케 알아냈군."

고헤이가 놀라며 말했다.

"피아노에서 시작했어."

"피아노? 아, 그랬구나."

고헤이는 감탄스럽다는 듯 고개를 끄덕였다.

"역시 네 느낌이 맞았다는 얘기구나. 그 신문 기사, 지금 갖고 있어?"

"복사해 왔어."

에쓰코가 조그맣게 접은 하얀 종이를 꺼냈다. 펼치니 옛날 신문을 복사한 B4 사이즈의 복사지였다.

"여기하고 여기."

그녀가 두 부분을 가리켰다. 고헤이는 얼른 그 기사를 훑어보고서 한숨을 내쉬며 중얼거렸다.

"이런 거였구나."

"그래. 우리의 추리가 99퍼센트 적중했어. 언니의 비밀이 밝혀진 셈이지."

"히로미의 비밀……."

고헤이는 신문 기사에서 눈을 들고 다시 물었다.

"나머지 1퍼센트는?"

"그건 고헤이에게 달려 있어."

"내게?"

"예의 알리바이 말이야."

"아아……."

"확인했어?"

"일단은."

고헤이는 주위에 사람이 있는지 확인하기 위해 사방을 훑었다. 머리가 희끗희끗한 마스터가 스피커에서 흘러나오는 음악에 맞춰 잔을 닦고 있을 뿐이었다.

"결론부터 말하자면, 우리 생각이 맞았어."

"역시."

"이 사람 저 사람에게 넌지시 물어봤더니 원장이 살해된 밤, 구체적으로는 12시에서 1시 사이에 알리바이가 없는 사람은 딱 한 명뿐이야."

"예상했던 인물?"

에쓰코가 물었다.

"응, 예상했던 인물."

고헤이는 짧게 대답했다. 에쓰코가 조그맣게 숨을 내쉬고 말했다.

"이렇게 해서 백 퍼센트가 되기는 했네."

"그렇지."

떨떠름한 목소리였다.

"넌 어떻게 할 생각이야?"

"어떻게 하다니?"

"본인에게 확인할 거야? 설마 경찰에 신고할 생각은 아니겠지?"

"모르겠어. 어떻게 해야 하는 건지 고민 중이야. 너는 아무 말 안 할 생각이구나."

"언니에 관한 의문은 다 풀렸잖아. 그 이상은 아무것도 바라지 않아. 호리에 원장에게는 미안하지만."

"나도 타인의 과거를 들추는 건 성격에 맞지 않아."

"그렇다면 입 다물고 있어야 하지 않겠어? 우리가 괜히 어쭙잖게 움직였다가 고즈키 씨가 냄새를 맡으면 곤란하잖아."

"그건 그렇지."

둘은 각자 음료를 한 잔씩 더 주문해 그것을 천천히 마신 후 '고개 젓는 피에로'라는 묘한 이름의 찻집에서 나왔다. 마스터는 처음부터 끝까지 잔만 닦고 있었다.

"내일 결혼식에는 갈 거야?"

가게에서 나와 한참을 걷다가 에쓰코가 물었다.

"물론 가야지. 마담의 결혼식이잖아. 에쓰코는?"

"나도 갈 거야. 그런데 시간을 몰라."

"그건 나도 몰라. 청첩장이고 뭐고 없었으니까. 전화해서 확인해 보자."

길 가는 도중에 공중전화가 눈에 띄자 고헤이는 준코에게 전화를 걸었다. 빨간 공중전화를 참 오랜만에 본다고 생각하면서 고헤이는 다이얼을 돌렸다. 지금 시간이면 그녀는 틀림없이 아파트에 있을 것이다.

벨이 다섯 번 울리고 상대가 전화를 받았다.

"여보세요."

준코의 목소리다.

"……."

"여보세요?"

"아……."

"누구시죠?"

"아, 마담? ……접니다, 고헤이. 이른 시간에 미안합니다."

아아, 하며 안심한 듯한 소리가 들렸다.

"그런데 왜 그러는 거야?"

"아니, 전화가 잘 안 들려서요. 이제 괜찮습니다."

"응……. 그런데 무슨 일이야?"

"네, 내일 일정을 몰라서요."

고헤이가 내일 결혼식 시간을 묻자 준코가 조그맣게 웃는 소리가 들렸다.

"결혼식이라고 할 것까지도 없어. 피차 젊은 나이도 아니니까 간단히 끝내려고. 시간도 그냥 대충이고, 전부 대충이야."

그리고 그녀는 내일의 일정을 그야말로 대충 알려 주었다. 한 해의 마지막 날에 결혼식을 올리는 것 자체가 남다른 일이니까 시간을 일일이 정하는 것도 별 의미가 없겠다는 생각이 들었다.

"알았습니다. 그럼 늦지 않게 갈게요."

"너무 거창하게 생각하지 마."

"네……. 그런데 마담."

전화를 끊으려는데 고헤이가 다시 부르자 준코가 당황한 목소리로 물었다.

"왜?"

"……."

"뭔데?"

"……아, 아닙니다."

고헤이가 말을 더듬었다.

"아무것도 아닙니다. 그냥 축하한다는 말을 하려고 했는데, 내일 하죠, 뭐."

"그래, 고마워. 그럼 내일 봐."

그녀가 사뭇 행복한 목소리로 말했다. 수화기를 내려놓은 후 고헤이는 한참을 우두커니 있었다.

"왜 그래?"

옆에서 에쓰코가 물었다.

"표정이 시험 점수가 엉망인 애 같네."

"시험?"

되묻고서 고헤이는 눈을 깜박이더니 "아니야, 아무것도."

라고 재차 말했다. 그리고 준코에게 들은 내용을 전했다.

"흐음……."

그녀가 이상하다는 듯이 그의 얼굴을 잠시 올려다보다가 말했다.

"그래, 됐어. 그보다 우리 집에 가지 않을래? 핫케이크나 구울까 하는데."

"핫케이크?"

"응. 버터를 듬뿍 얹어서 먹는 거야."

"오늘은 사양할게. 집에 가서 할 일이 있어."

고헤이가 고개를 저으면서 대답했다.

"……그래, 알았어."

그녀가 또 이상하다는 듯이 그의 얼굴을 보았다.

"할 일이란 게 생각하는 거?"

"응, 비슷해."

그녀는 더 캐묻지 않고 하얀 이를 드러내며 웃었다.

"그럼 내일 보자."

"그래, 내일."

고헤이도 그렇게 말했다.

에쓰코와 헤어진 고헤이는 자신의 아파트로 돌아오면서 일부러 먼 길을 택했다. 그리고 걸으면서 앞으로의 일을 생각했다.

혼탁한 기억이 한 방향으로 천천히 나아가고 있다는 것을 그는 감지하고 있었다. 그 끝에 무엇이 있는지도 대충 짐작할 수 있었다. 세상에는 생각하고 싶지 않은데도 생각하게 되는 일이 있다. 이번 사건의 전말 역시 그렇다. 그의 머리는 야속할 정도로 깨어 있었다.

'그런 거였구나.'

그가 자신의 아파트에 도착할 무렵 그의 내면에서 한 가지 생각이 형태를 완전히 드러냈다. 그것은 그가 그 자리에 주저앉고 싶을 만큼의 무게와 암울함을 지니고 있었다. 실제로 그는 아파트 계단을 올라갈 때 난간을 잡지 않고는 걸을 수 없는 상태였다. 방으로 들어가면 맥주를 벌컥벌컥 마시고 그대로 죽은 듯이 잠들고 싶다고 생각했다.

그러나 자신의 집 앞에 서 있는 사람을 발견했을 때, 고헤이는 그런 작은 바람조차 실현하기 어렵다는 것을 깨달았다. 그는 걸음을 멈추고 상대가 어떻게 나오는지 살폈다.

"할 얘기가 있어요."

사에키 요시에가 말했다. 목소리는 약간 떨렸지만 말투는 정확했다. 그리고 거기에는 상대의 거절을 허용하지 않는 무언가가 담겨 있었다.

고헤이는 말없이 고개만 끄덕였다. 왜 그런지는 몰라도, 그

녀의 갑작스러운 출현이 그리 놀랍지 않았다. 마음속으로는
예견했던 일인지도 몰랐다.

'예감이라기보다 각오라고 해야 하나.'

그런 생각도 들었다.

"중요한 얘기예요. 가토 사치코, 내 딸에 관한 얘기입니다."

6

성당은 바둑판처럼 반듯반듯하게 구획이 정리된 주택가 안
에 서 있었다. 오가는 자동차도 별로 없어 고즈넉하고, 군데
군데 나무가 서 있다. 거대한 빌딩이나 대형 슈퍼마켓이 없
는 것은 아마도 지자체에서 규제하기 때문일 것이다. 그 덕
분에 처마 밑의 조그만 화분까지 겨울 햇살을 골고루 받고
있었다.

취직 활동용으로 산 양복을 차려입고 성당 앞까지 온 고혜
이는 어색한 몸짓으로 소매를 올리고 시계를 보았다. 디지털
시계는 오후 3시 반을 알리고 있었다. 아직 30분 여유가 있다.

성당 주위를 붉은 벽돌담이 빙 둘러싸고 있었다. 피아노 소
리가 들렸지만 성당 안에서 치는 것 같지는 않았다. 이런 고
급 주택가에서야 피아노 한 대쯤 어느 집에나 있을 것이다.

정문 안으로 들어서자 광장이 있고 그 일부가 정원으로 꾸며져 있었다. 잔디밭이 있고, 하얀 벤치도 있었다. 그 벤치를 둘러싸고 구 학생가의 낯익은 면면들이 담소하고 있다. 거기서 조금 떨어진 곳에도 몇 사람이 모여 있는데, 사이토 쪽의 하객인 듯했다.

"왜 이렇게 늦었어?"

천천히 걸어오는 고헤이를 보고서 도키타가 말을 걸었다. 그는 히로미의 장례식 때 입었던 검은 양복 차림이고 넥타이 색만 달랐다.

"아직 시간 있잖아요."

고헤이가 그렇게 말을 받았다.

"이런 일에는 일찌감치 와서 느긋하게 기다려야 하는 거야."

책방 아저씨의 말에 옆에 있던 몇 명이 웃었다.

주위를 돌아보았지만 에쓰코의 모습은 보이지 않았다.

"오빠, 마담 언니 드레스 보러 가지 않을래? 진짜 멋지대."

여전히 검은 미니스커트 차림의 사오리가 고헤이의 팔을 잡았다. 세상사에 닳고 닳은 것처럼 보이지만 아직은 웨딩드레스를 동경할 나이다.

"사오리 짱, 스키는?"

"안 갔어. 스키 타러 가자는 건 핑계지, 뭐. 나랑 섹스가 하고 싶었을 뿐. 그래도 상관이야 없지만, 난 노골적으로 그러는 건 싫어."

사오리는 아무렇지도 않은 목소리로 그렇게 대답했다.

성당 안으로 들어가자 바로 왼쪽에 조그만 문이 있고 '신부 대기실'이라고 쓴 종이가 붙어 있었다. 오른쪽에도 문이 있는데, 거기는 신랑 대기실인 듯했다.

"난 역시 안 들어갈래."

문을 노크하려는 사오리의 팔을 잡고서 고헤이가 말했다. 사오리는 뜻밖이라는 표정으로 돌아보았다.

"왜? 오빠가 쑥스러워할 필요 없잖아."

"쑥스러워서가 아니야. 지금 만나고 싶지 않은 거지."

고헤이가 그렇게 대답하자 사오리는 농담이라도 한마디 할 듯하더니 고헤이를 올려다보고는 표정이 점차 불안하게 굳어 갔다.

"오빠, 얼굴이 왜 그렇게 무서워?"

고헤이는 놀라서 그녀를 보았다.

"내 얼굴이 무서워?"

"응, 진짜 겁나게 무서워. 당장이라도 누굴 죽일 것 같아."

고헤이가 자신의 얼굴을 만졌다. 그럴지도 모르겠다고 생각한다.

"긴장해서 그런가 보다."

고헤이는 웃으면서 말했다. 그러나 과연 웃는 얼굴로 보였을지는 자신이 없었다. 의심스러워하는 사오리의 표정으로 보아 그렇게 보이지 않았을 것 같다.

다시 광장으로 나왔다. 에쓰코가 와 있었다. 검은 원피스 위에 검은 모피 반코트를 걸친 차림이다. 다수의 중년 남자 하객들 사이에서 그녀의 빛나는 모습은 금방 눈에 띄었다.

에쓰코 쪽도 그를 보고는 다소 멋을 부린 걸음걸이로 다가왔다.

"표정이 영 안 좋네."

그녀의 말에 고헤이는 또 얼굴을 만졌다. 감정을 숨기지 못하는 성격인 것이다.

"일이 더 꼬였어."

에쓰코가 낮게 속삭였다. 그리고 신경이 쓰이는지 재빨리 주위를 돌아보았다.

"더 꼬였다니?"

"어제 헤어진 다음에 도서관에 다시 갔거든."

그녀가 목소리를 더 낮췄다.

"내가 조사한 걸 경찰에서 알아챘나 봐."

"경찰이? 어떻게?"

"내 뒤를 밟은 것 같아. 미처 눈치 못 챈 내가 어수룩했지. 창구에 있는 여자가 알려 줬어. 내가 복사한 페이지를 그대로 복사해 달라고 했대."

"그렇다면······."

"빠르면 오늘 이 성당에 나타날지도 몰라."

형사가, 라는 말은 굳이 하지 않았다.

고헤이가 고개를 숙이고서 햇살에 따스해진 콘크리트 바닥을 두세 번 찼다. 여전히 가죽 구두의 감촉이 발에 익숙하지 않았다. 취직 활동용으로 산 것이라 부자연스러운 데다 유난히 번쩍거린다.

"네가 허락한다면 지금 신부를 만나러 갈까 하는데."

뭐? 하는 표정으로 에쓰코가 고헤이를 올려다보고는 두 손을 마주 비볐다.

"설마 경찰을 놀라게 하겠다는, 그런 어린애 같은 생각은 아니지?"

"그런 거 아니야."

고헤이가 고개를 살살 저었다.

"경찰에게 맡기면 우리는 두 번 다시 손을 쓸 수 없어. 그러기 전에 꼭 확인하고 싶은 일이 있다고. 지금 분명하게 하지 않으면 영원히 묻혀 버릴지도 몰라."

"뭐가? 우리 추리가 틀리지 않았다는 건 어제 다 확인했잖아. 그 이상 뭘 확인하고 싶은데?"

에쓰코가 눈썹을 찡그리고 물었다.

"그러니까······ 사건의 이면에 있는 진실. 실은 어제 나도 나름대로 많이 생각해 봤거든. 그 결과 중대한 걸 깨달았어. 지금은 설명할 시간이 없으니까 일단 잠자코 내게 맡겨 줬으면 좋겠다."

고헤이는 똑바로 에쓰코의 눈을 쳐다보았다. 히로미를 꼭 닮은 커다랗고 눈꼬리가 약간 올라간 눈.

"실은 어제 사에키 요시에 씨가 나를 찾아왔어."

"사에키 씨가?"

에쓰코는 무언가에 위협당한 듯한 표정을 지었다.

"왜, 뭐하러?"

"딸의 일로 물어보고 싶은 게 있다고. 수국 학원의 다나베 씨에게서 우리가 가토 사치코에 대해 물었다는 얘기를 들은 모양이야."

"그녀 역시 나름대로 의심을 품었다는 거네."

"엄마니까 우리보다 훨씬 민감하게 감지하겠지."

"그래서 어떻게 했어, 다 털어놨어?"

상대방의 심리를 읽으려는 눈빛으로 에쓰코가 고헤이를 쳐다보았다.

"아직 아무 말 안 했어. 확인하고 싶은 일이 더 있으니까 그게 다 정리될 때까지 기다려 달라고 했어."

"그래서, 그 확인하고 싶다는 게 사건 이면의 진실이라는 거야?"

고헤이는 대답하는 대신 그녀의 눈을 빤히 쳐다보았다. 그녀 역시 평온하지만 흐트러짐 없는 눈빛으로 그의 눈을 보았다.

그렇게 시간이 조금 흐르고, 마침내 에쓰코가 슬며시 미소 지었다.

"한 해를 평화롭게 보내고 싶었는데."

고헤이도 그녀를 따라 희미하게 웃었지만 그 표정은 무척이나 부자연스러웠다.

"그러다 보면 좋은 일도 있겠지."

두 사람은 성당을 향해 걸음을 옮겼다.

건물에 들어서자 고헤이는 왼쪽 문으로 다가가다가 생각을 바꿔 걸음을 멈췄다.

"신부를 만나기 전에 먼저 신랑을 보는 게 좋겠다."

"신랑은 만날 일이 없잖아."

그녀는 그럴 거 뭐 있냐는 듯이 눈살을 찌푸렸다.

"아니, 있어. 오래 걸리지 않을 거야."

고헤이가 문을 노크했다. 안쪽에서 사이토의 대답이 들렸다. 문을 열고 고헤이가 안으로 들어가자 에쓰코도 뒤따랐다.

신랑 대기실에서는 사이토가 성당 관계자인 듯한 여자와 뭔가 의논을 하고 있었다. 검은 턱시도 차림이 잘 어울리는 사이토는 그리 긴장한 표정도 아니고 안색도 좋았다.

"그럼 부탁드릴게요."

여자는 그렇게 말하더니 고헤이 쪽을 향해 인사하고는 방에서 나갔다. 그녀가 문을 닫고 나자 사이토는 씁쓸하게 웃으면서 한숨을 쉬었다.

"자네들에게 충고 한마디 하겠는데,"

사이토는 넥타이를 만지작거리면서 둘에게 말했다.

"이런 결혼식은 가능하면 젊었을 때 하는 게 좋아. 나이를 먹으면 말이지, 쑥스럽기도 하고 귀찮기도 한 게 영 마음이 편치 않아."

그렇게 말하다가 고헤이를 본 사이토의 표정이 갑자기 어두워졌다.

"무슨 일 있나?"

"실은 물어보고 싶은 게 있습니다."

고헤이가 그렇게 말하자 사이토는 그와 그 뒤에 서 있는 에쓰코를 본 후 시선을 왼쪽 아래로 떨어뜨렸다. '물어보고 싶은 것'에 대해 짐작되는 바는 없는지 생각하고 있는 듯했다. 하지만 이내 포기했는지 고개를 들고 말했다.

"뭐지?"

"히로미가 살해당한 날 말인데요."

고헤이가 약간 주저하면서 말했다. 상대는 조금 후면 결혼식을 올릴 사람. 게다가 여기가 성당 안이라는 것을 의식한 망설임이었다.

사이토가 진지한 표정으로 다시 물었다.

"그날이 왜?"

"그날 사이토 씨는 두고 온 것이 있어서 마담 집에 도로 갔다가 바로 나왔다고 했습니다."

"그래, 그랬지. 조그만 수첩을 두고 나왔거든. 중요한 전화번호가 적힌 수첩이어서 꼭 가지러 가야 했어. 그런데 그 수첩이 왜?"

"수첩은 아무 상관 없습니다. 시간이 문제죠. 아파트에 들어갔다가 나올 때까지 그리 오래 걸리지 않았죠?"

"글쎄…… 몇 분 정도였겠지."

"그렇다면 말이죠."

고헤이는 '몇 분'이라는 시간과 자신의 생각을 끼워 맞추면서 신중하게 말했다.

"사이토 씨가 아파트에 들어간 시간과 히로미가 들어간 시간이 거의 비슷하다고 할 수 있을 것 같습니다. 그러니까 사이토 씨가 들어가는 걸 그녀가 보았을 가능성이 높습니다."

사이토는 잠시 고헤이의 얼굴을 말없이 보았다. 그가 한 말의 의미를 되풀이해 확인하고 있는 것처럼 보이기도 했다.

고헤이가 말이 없자 마침내 사이토가 애교스럽게 미소를 지었다. 하지만 그것은 유난히 어색한 표정이었다.

"그랬을지도 모르지. 하지만 그게 왜? 사건의 진상과는 별 관계가 없지 않나."

"역시 아파트 앞에서 그녀를 만난 거군요?"

"만났다고는 할 수 없어. 내가 아파트 계단을 올라갈 때 뒤에서 걸어오는 그녀가 보였을 뿐이라고. 그러니까 어쩌면 그녀도 나를 봤을지 모르지. 그 정도야."

"그렇군요."

고헤이가 말했다. 그는 온몸에서 힘이 쭉 빠져나가는 것을 느꼈다.

"다시 묻겠는데, 그게 어쨌다는 거지?"

사이토의 말투가 까칠해졌다. 고헤이는 그의 얼굴을 보면서 참담한 기분으로 앞머리를 쓸어 올렸다.

"아닙니다. 그냥 묻고 싶었을 뿐입니다."

그러고서 고헤이는 바로 대기실에서 나왔다. 뒤에 남은 사이토는 아무 말이 없었다.

"네가 뭘 생각하는지 정말 모르겠다."

신랑 대기실의 문을 닫자마자 에쓰코가 고헤이의 귀에 대고 말했다.

"무슨 생각을 하는 거야? 말을 해 줘야 알지."

"지금 얘기할 거야."

고헤이가 건너편 문을 턱으로 가리켰다.

에쓰코가 무슨 말을 또 하려는데 마침 문이 열렸다. 안에서 나온 사람은 사오리였다. 지금까지 준코의 드레스를 감상했던 모양이다. 고헤이를 본 그녀의 눈이 뜻밖이라는 듯이 휘둥그레졌다.

"웬일? 역시 만나 보기로 한 거야?"

사오리가 고헤이를 보면서 말했다.

"이런 기회는 한 번밖에 없으니까. 혹시 다른 사람도 있어?"

"아니, 마담 언니 혼자야. 많이 긴장하고 있는 것 같으니까 기운 나게 해 줘."

"그래. ……참, 사오리."

지나가려는 그녀를 고헤이가 다시 불러 세웠다.

"내 얼굴, 아직도 무서워?"

그렇게 묻자 사오리는 진지한 표정으로 그를 관찰하더니 대답했다.

"아니, 아까보다는 훨씬 나아."

"다행이다."

그러면서 고헤이는 웃었다. 문을 열자 벽 앞쪽에 있는 선반에 놓인 청동 마차 모형이 눈에 들어왔다. 지은 지 오래된 목조 실내지만 깔끔했다. 바닥에는 빨간색 카펫이 깔려 있고, 구석에 놓인 테이블도 손으로 직접 만든 것인 듯했다.

스테인드글라스 창문으로 겨울 햇살이 스며들었다. 그리고 그 창문을 배경으로 하얀 드레스를 입은 준코가 다소곳이 앉아 있었다. 고헤이와 에쓰코가 들어서는 것과 동시에 그녀가 얼굴을 들었다. 그 순간의 풍경이 마치 세월에 바랜 유화를 보는 느낌이었다.

먼저 에쓰코가 그녀 앞으로 다가가 숨을 한 번 쉰 후 말을 건넸다.

"예쁘다, 언니."

준코의 입술에 희미한 미소가 어렸다.

"부끄럽다, 얘. 그래도 고마워."

"정말 아름답군. 히로미도 이 모습을 봤으면 좋았을 텐데."

뒤에서 고헤이도 그렇게 말을 건넸다. 준코는 고개를 약간 숙이고 작은 목소리로 다시 한 번 고맙다고 말했다.

"그런데 말이지, 마담."

고헤이는 가슴속에서 부글부글 끓어오르는 감정을 억누르면서 말했다.

"축하한다는 말은 할 수 없겠습니다."

준코가 웃음을 그쳤다. 그리고 떨리는 목소리로 물었다.

"무슨 뜻이지?"

"그러니까,"

고헤이는 입술을 핥고서 숨을 가다듬었다. 그 어떤 말도 고통스러운 신음으로 들릴 것 같았다. 마침내 마음을 굳히고 그가 말했다.

"축하할 일은 없다는 겁니다. 왜냐하면 이제 곧 경찰이 들이닥칠 테니까요. 호리에 원장을 살해한 범인으로 마담을 체포하기 위해서…… 말이죠."

7

그의 말이 금방 이해되지 않는 것인지, 아니면 어떻게 대응하면 좋을지를 고민하는 것인지, 옆에서 봐서는 준코의 심중을 알 수 없었다. 아무튼 그녀는 한참이나 아무런 반응을 보이지 않았다. 그러다가 천천히 고개를 옆으로 기울였다.

"왜?"

그녀가 물었다. 하얗게 화장한 그녀가 고개를 기울이니 마치 앤티크 인형처럼 보였다.

"우리가 호리에 원장을 살해한 범인이 누군지를 적극적으로 조사한 것은 아니었어요."

어떻게든 감정을 억제하려 애쓰면서 고헤이가 말했다.

준코는 눈에 짙은 화장을 하고 있어서 표정을 읽어 낼 수 없었다. 표정 없는 눈으로 그녀는 그의 입을 쳐다보았다.

"우리가,"

고헤이가 에쓰코 쪽을 힐금 돌아보았다.

"히로미의 비밀을 알아내려고 했던 게 계기였어요."

히로미의 비밀, 이라고 준코가 중얼거렸다. 의미를 알 수 없는 말을 들었다는 듯한 반응이었다.

"그리고 히로미가 매달 성묘를 다녔다는 걸 알았죠. 그런데 아리무라가의 묘를 찾아다녔던 것은 아니었습니다. 그래서 여러 방면으로 조사해 본 결과, 6년 전까지 수국 학원에 다녔던 가토 사치코라는 여자아이의 묘에 다녔더군요."

준코가 이때도 가토 사치코, 하고 중얼거렸던 것 같은데 목소리가 너무 작아서 들리지는 않았다.

"그래서 우리는 그 여자아이에 대해서 학교 직원에게 얘기를 들어 보았죠. 그 결과, 그 여자아이가 사고를 당해 두부에 외상을 입었는데, 그 때문에 일종의 뇌성 마비 증상이 나타났다는 걸 알게 됐습니다. 그리고 1년 조금 넘게 학원을 다니다가 끝내 죽었다는데, 그 원인 역시 사고의 후유증인 것 같다고 했습니다. 그래서 직원에게 그 사고에 대해서도 물어보았죠."

직원과 통화를 끝냈을 때의 에쓰코 표정이 떠올랐다. 얼굴이 창백하고 두 볼은 굳어 있었다.

"뺑소니였다더군요. 8년 전, 당시 세 살이었던 가토 사치코는 도로 옆에서 놀다가 지나가는 차에 치여 머리를 심하게 다쳤죠. 발견이 늦어지는 바람에 결과는 더욱 비극적이었고요."

이것이 에쓰코가 통화를 하면서 들은 내용이었다.

"히로미가 다닌 곳은 그 가엾은 운명을 살다 간 소녀의 무덤이었어요. 히로미는 그 소녀가 쓴 글이 실린 책자도 소중하게 보관하고 있었죠. 그리고 소녀가 다녔던 수국 학원에 매주 봉사를 하러 갔습니다. 그녀가 왜 그랬는지 설명할 수 있는 이유는 단 한 가지, 그녀가 일으킨 사고였기 때문이죠."

"하지만,"

에쓰코가 나직한 목소리로 끼어들었다.

"그건 절대 있을 수 없는 일이죠. 왜냐하면 언니는 운전을 할 줄 몰랐으니까. 그렇다면 대체 누가 운전대를 잡았었나…… 얘기는 그렇게 되죠."

"그게 나……였다는 말이야?"

준코가 말했다. 고헤이는 숨을 삼켰고, 에쓰코는 그 눈길을 피했다. 세 사람 다 아무 말도 하지 않았다. 짧은 침묵이 그 조그만 방을 지배했다.

"그런데,"

에쓰코가 정적을 깼다.

"언니는 자신에게 책임이 있다고 생각했죠. 그래서 온갖 방법으로 대가를 치르려고 했던 거예요."

그리고 그녀는 핸드백을 열어 조그맣게 접은 하얀 종이를 꺼냈다.

516

"사고가 났던 날의 신문 기사예요. 사고가 난 장소가 어딘지를 수국 학원 직원에게 듣는 순간 알았어요. 언니가 마지막으로 출전했던 피아노 콩쿠르 회장 바로 근처였죠. 어쩌면 차를 타고 가던 중에 그 아이를 치었는지도 모르겠다고 생각했어요."

"그리고 생각했던 대로더군요."

고헤이가 덧붙였다.

에쓰코가 고개를 끄덕였다.

"도서관에 가서 콩쿠르 다음 날 신문을 조사했어요. 예상했던 대로 사고 기사가 실려 있었죠. 준코 언니."

이름이 불리자 준코는 몸을 움찔했다. 에쓰코가 말을 이었다.

"그 콩쿠르에 대해서는 지금도 분명히 기억하고 있어요. 그날 언니는 무슨 일이 있어서 아슬아슬하게 시간에 맞춰 대회장에 도착했어요. 준코 언니가 운전하는 차를 타고 말이에요. 아마 언니가 서둘러 달라고 했겠죠. 준코 언니는 어떻게든 시간에 맞춰 언니를 데려다 주려고 뒷길로 달리면서 속도를 올렸어요. 그러다가 사고를 낸 거고요."

준코는 아무런 대답이 없었다. 대답하지 않는 것이 곧 대답이었다.

"언니가 얼마나 큰 충격을 받았는지는 그 후의 일을 생각하

면 짐작이 가요. 언니는 무대에 올라가서도 결국 피아노를
치지 못했어요. 불과 몇 분 전에 자신이 탄 차가 아이를 치었
고, 그 책임이 자신에게 있다고 생각했다면 피아노 연주 따
위를 어떻게 하겠어요."

에쓰코는 숨을 몰아쉬었다.

"그 후 언니는 피아노를 버렸어요. 아마 자신의 행복에 대
해 생각한 적도 없었을 거예요."

에쓰코가 고헤이를 쳐다보았다. 그 다음은 너에게 맡길게,
하는 의미의 시선이었다.

고헤이는 침을 삼켰다.

"다행인지 불행인지 여자아이를 친 범인은 밝혀지지 않았
지만, 히로미의 고뇌는 말로 다 할 수 없을 정도로 깊었나 봅
니다. 그러다 어떤 계기로 그 여자아이가 '수국 학원'에 다녔
다는 것을 알았고, 또 6년 전에 이미 죽었다는 것도 알게 되
었죠."

준코는 눈물이 어린 듯한 눈을 허공으로 향한 채 고헤이의
말을 듣고 있었다. 얼굴은 창백했지만, 고헤이나 에쓰코의
말에 놀라는 기색은 없었다. 고헤이의 눈에는 그저 가만히
상황을 지켜보는 것으로 보였다.

"히로미는 대가를 치르는 마음으로 매주 화요일 수국 학원
에 봉사하러 갔던 게 아닐까요. 여기까지가 우리가 알아낸

그녀의 비밀입니다."

고헤이는 그렇게 얘기를 일단락 지었다. 그리고 크게 숨을 몰아쉬었다. 무의식중에 두 주먹을 꽉 쥐고 있었던지라 손바닥에 흥건하게 땀이 배어 있었다.

그는 바지 주머니에서 손수건을 꺼내 손바닥의 땀을 닦았다. 그러면서 준코 쪽을 힐금힐금 살폈지만 그녀의 자세는 조금 전과 전혀 다르지 않았다. 고헤이의 얘기에 놀란 기색도 전혀 없었다. 어쩌면 당연한 일인지도 모르겠다고 고헤이는 생각했다. 그녀는 이미 알고 있는 얘기였으니까.

"그런데 거기부터가 문제였던 거죠."

손수건을 주머니에 집어넣고 고헤이가 감정을 죽인 목소리로 다시 이야기를 시작했다.

"히로미는 호리에 원장에게 8년 전에 자신이 저지른 죄를 고백했을 겁니다, 아마."

"왜 그랬을까?"

불쑥 준코가 물었다.

"네?"

당황한 고헤이가 그녀를 보았다.

"왜, 무엇 때문에?"

그렇게 묻는 그녀의 눈빛은 마치 조그만 어린애가 소박한 의문을 말할 때처럼 그저 순수하게 잘 모르겠다는 것이었다.

어쩌면 정말로 이상하게 여기는지도 몰랐다.

고헤이는 잠시 생각한 후 대답했다.

"모르겠습니다. 굳이 상상해 보자면, 얘기하고 싶었다, 그런 게 아니었을까요?"

"얘기하고 싶었다……."

허공을 향한 채로 준코가 말했다. 그녀에게는 영원한 의문이 될지도 모르겠다고 고헤이는 생각했다.

"호리에 원장은 히로미의 얘기를 듣고 난 후 딱히 어떤 행동을 취하지는 않았습니다. 아마 히로미에게도 어떻게 하라는 말을 하지 않았겠죠. 그를 딱 한 번밖에 만나지 못했지만 그 사람은 과거의 죄를 들춰내 보상을 요구할 인상은 아니었습니다."

옆에서 에쓰코도 가볍게 고개를 끄덕이는 것이 보였다.

"사실은 평온한 날이 계속될 듯했죠. 그런데 아무도 예기치 못한 일이 벌어졌습니다. 바로 그 연쇄 살인 사건 말이에요. 히로미는 이하라의 손에 죽었지만, 그 사건으로 호리에 원장은 몹시 불안해졌습니다. 왜냐하면 8년 전 사고와 관계가 있지 않을까 생각했기 때문이죠."

학생가를 무대로 산업 스파이를 방불케 하는 뒷거래가 있었다는 것을 호리에가 알 리 없었다. 그러니 그로서는 히로미의 과거와 연관 짓지 않을 수 없었던 것이다. 호리에로서는 어쩌면 당연한 일이었다고 고헤이는 생각했다.

"그래서 호리에 원장은 자신의 불안을 털어 내기 위해 학생가를 찾았죠. 물론 그가 만나려고 한 사람은 8년 전 사고와 관련된 또 하나의 인물이었습니다."

"그러니까…… 바로, 나?"

준코는 이제 원래의 차분함을 되찾은 모습이었다. 평소의 부드러운 눈길로 고헤이의 시선을 받아 내고 있었다. 그 눈을 보며 고헤이가 말했다.

"그래요, 호리에 원장은 마담을 만나러 왔습니다. 그리고 마담은 그를 죽이지 않을 수 없었죠. 그가 자신의 과거를 폭로할지도 모른다는 두려움 때문에요."

목에 답답하게 걸려 있던 가래를 뱉어 낸 듯한 쾌감이 고헤이의 가슴에 퍼졌다. 하지만 그것도 순간의 일이었다. 가래를 뱉어 낸 자리에 뚫린 커다란 구멍으로 바람이 횡횡 소리를 내며 지나갔다. 그런데도 그는 입을 다물 수가 없었다.

"마담이 호리에 원장을 죽였어요."

고헤이는 거듭 그렇게 말했다. 준코가 강력하게 부정하기를 바라는 마음이 언뜻 생겼다가 사라졌다. 하지만 준코는 부정하지 않았다.

"내가, 그 사람을……."

살며시 눈을 감고 슬픈 것도 안타까운 것도 아닌 표정을 지었다.

망설이고 있는 것이라고 고헤이는 확신했다. 지금 그녀가 내밀 수 있는 비장의 카드는 딱 한 장밖에 없었다. 그러나 그 카드를 내밀면 또 다른 사람에게 화가 미칠 수도 있다는 것을 그녀는 충분히 알고 있었다.

"왜 반박하지 않는 거죠?"

고헤이가 물었다.

"아니라고 반박할 수 있잖아요. 마담에게는 철벽같은 알리바이가 있으니까요."

준코는 눈을 뜨고서 입을 벌린 채 고헤이를 보았다.

"그렇잖아요."

고헤이가 그녀를 다그쳤다.

"그날 밤 12시, 크리스마스트리에 불이 켜졌을 때 시신은 어디에도 없었어요. 시신이 트리에 기대어 있었던 시간은 밤 1시. 그리고 그동안 마담은 우리와 함께 가게에 있었으니까요."

그런데도 그녀는 아무 말이 없었다. 그저 고헤이의 입가만 물끄러미 바라볼 뿐이었다. 마치 그가 추측한 내용의 옳고 그름을 판단이나 하려는 듯이.

"철벽이라고요. 그 어떤 의문도 파고들 여지가 없을 만큼. 하지만 잘 생각해 보면 부자연스러운 점이 몇 가지 있죠. 예를 들면, 시신 발견 당시의 그 요란한 상황. 범인은 왜 시신을 보란 듯이 그런 곳에 갖다 두었을까. 그리고 그날 밤 마담은 왜 굳이 우리에게 가게로 가자고 했을까, 그것도 이미 가게 문을 닫은 때에. 그렇게 다각적으로 생각해 보면 앞뒤가 들어맞는 해답은 딱 한 가지밖에 없다는 결론이 나옵니다. 마담의 알리바이를 만들기 위한 것이었죠, 그 모든 게."

그녀의 가슴이 크게 오르내렸다. 어쩌면 그녀가 무슨 말이든 할지 모르겠다는 생각에 고혜이는 기다렸지만, 끝내 그녀의 입에서는 아무 말도 나오지 않았다. 동굴처럼 깊고 어두운 한숨을 쉬었을 뿐이다.

"그날 밤의 사건을 재현하면 아마 이렇겠죠."

준코의 반응을 보면서 고혜이가 말을 이었다.

"크리스마스트리를 점등한다고 해서 우리는 11시 반 조금 넘어 가게에서 나왔습니다. 상점가 사람들, 사오리, 그리고 이하라 씨도 모두 같이 '모르그'에서 나왔어요. 남은 사람은 마담 혼자뿐. 그리고 호리에 씨는 아마 그 직후에 나타났겠죠. 그가 역 앞에 있는 라면 가게에서 대학의 위치를 물었다고 하는데 그건 '모르그'에 가기 위해서였겠죠. 그리고 그가 그런 시간을 선택한 것은 가게 문이 닫힌 후에 마담과 단둘이 얘기를 나누고 싶어서였을 겁니다. 히로미의 죽음이 8년 전의 사고와 관련이 있는지 어떤지를 확인하려고 말이죠. 하지만 마담에게 그는 이 세상에서 절대 만나고 싶지 않은 상대였고, 또 앞날을 위협할지도 모르는 인물로 비쳤을 겁니다. 그래서 생각다 못해……."

"죽였단 말이네."

불쑥 준코가 말을 받았다. 감정이 담기지 않은 목소리에 오히려 공기가 얼어붙었다.

"그래요, 죽였어요. 호리에 씨는 후두부에 내출혈이 있었습니다. 경찰은 호리에가 죽음에 이른 치명상이 가슴 쪽이 아니라 머리 쪽인 것으로 판단하고 있습니다. 그가 카운터에 앉아 방심하고 있는 틈에 마담이 뒤에서 둔기로 내려친 거 아닌가요?"

"둔기?"

그녀가 되물었다.

"흉기를 말하는 겁니다."

고헤이가 보충했다.

"흉기가 뭐였는지도 대충 짐작이 갑니다. 호리에 씨를 안심시키고 범행 후에도 의심받지 않을 만한 것. 그렇죠, 난 위스키 병 정도가 아니었을까 생각해요. 크리스마스트리를 구경하고 가게로 돌아왔을 때 마담은 우리에게 서비스로 위스키 한 병을 꺼내 왔죠. 실은 그 위스키가 흉기였던 거 아닙니까?"

그렇게 생각하면 준코가 유난히 꼼꼼하게 병을 닦았던 것도 설명이 된다. 더 나아가 경찰이 그렇게 흉기를 찾았는데도 찾지 못한 이유도 납득이 간다.

"하지만 거기가 끝은 아니었죠. 충동적으로 살인을 저지른 것까지는 좋았는데, 시신을 처리하는 문제가 남아 있었죠. 마담은 아마 제정신이 아니었을 겁니다. 마담이 얼마나 당황했을지 충분히 알 것 같습니다. 혹시 자수를 생각했는지도 모르죠. 그런데 그때 한 인물이 자진해서 마담의 알리바이를 조작하겠다고 나섰습니다."

"고헤이 짱."

낮지만 분명한 목소리로 준코가 그를 불렀다. 그리고 엄마가 아이를 타이를 때와 같은 눈빛으로 고헤이를 바라보았다.

"상상하는 건 자유야. 하지만 말이란 함부로 해서는 안 되는 거지. 특히 내가 아닌 다른 사람의 이름을 말할 때는. 그렇지?"

고헤이는 고개를 끄덕였다. 하지만 그는 그 말 덕분에 자신의 추리에 한층 자신감을 갖게 되었다. 준코는 역시 '그 인물'에게 나쁜 영향이 미칠까 봐 일부러 알리바이를 주장하지 않은 것이었다.

"알리바이 조작에 대해 생각하는 단계에서는 마담의 공범이 사이토 씨가 아닐까 생각했습니다. 그런 뒤처리를 해 줄 사람은 그밖에 없을 테니까요. 그러나 그가 아니라는 것쯤은 금방 알 수 있었죠. 그에게는 진짜 알리바이가 있었으니까요. 그렇다면 과연 누가 마담을 도울 수 있었을까. 다시 생각해 봤습니다. 마담의 살인이 돌발적인 것이었다면 그 사람은 어느 시점에 범행을 알았을까, 그렇게 말이죠. 계획한 범죄가 아니었다면 우연히 같이 있지 않는 한 범행을 알 리 없으니까요. 그랬더니 저절로 답이 나오더군요. 우리가 가게에서 나왔을 때 호리에 씨는 아직 오지 않았고 우리가 가게로 돌아왔을 때는 시신이 이미 없었으니 그사이에 '모르그'에 있었던 사람. 그렇다면 크리스마스 이벤트 전에 가게로 돌아간 사람이 있지 않았나 싶었죠. 한 명 있었습니다. 트리에 불이 켜지기 시작한 것을 보고서 마담을 부르러 가게로 돌아간 사람."

고헤이가 준코를 보았다.

"공범은 도키타 아저씨, 그렇죠?"

고헤이는 전에 도키타가 이번 사건에 관해 '이제 그만하자'고 했던 말을 기억하고 있었다. 그는 준코를 감싸려 했던 것이다.

준코는 맥없이 고개를 저으며 말했다.

"나는 대답할 수 없어."

그것이 바로 대답 아닌 대답이라고 고헤이는 해석했다.

"'모르그'에 돌아온 아저씨는 본의 아니게 시신과 마담의 모습을 목격하고 말았겠죠. 아저씨가 사건의 배경을 어느 정도 알고 있는지는 모릅니다. 하지만 마담이 이 남자를 죽였다는 판단은 가능했겠죠. 그래서 아저씨는 마담을 돕기 위해 알리바이를 조작하기로 한 겁니다. 우선 시신을 가게 안쪽으로 옮기고, 마담에게는 트리를 구성하러 가라고 했을 거예요. 그리고 자신은 집에 가서 과일칼을 가져왔고요. 시끌벅적한 이벤트가 끝나고 잠잠해질 때를 기다렸다가 가게 뒷문으로 시신을 옮겼을 겁니다. 마담은 우리와 함께 있었으니 알리바이는 완벽하죠. 그다음에는 시신을 트리로 가져가 과일칼로 가슴을 찌르고 타이머를 1시로 맞춰 놓았겠죠. 과일칼을 사용한 것은 그 전의 사건과 동일한 범인이 저지른 범행으로 보이도록 하기 위해서고요. 만약 마담이 지금까지 벌어진 연쇄 살인의 범인이 아니라면 이 일로 수사는 미궁에 빠질 테고, 만약 일련의 사건이 모두 마담 짓이라면 그 알리바이가 힘을 발휘할 테니까요. 이상의 작업을 끝낸 아저씨는 시치미를 뗀 얼굴로 '모르그'에 나타나 우리가 1시쯤에 트리 근처를 지나도록 유도했습니다. 생각해 보니 그날 밤 이벤트가 끝난 후에 아저씨가 '모르그'에 나타난 것이 이상했어요. 문 닫는 시간을 분명히 알고 있을 아저씨가 왜 그런 시간에 가게에 나타났는지 말이죠."

고헤이는 얘기를 하면서 책방 구석 선반에 놓여 있던 액자를 떠올리고 있었다. 액자 속의 사진은 병에 걸려 죽은 도키타의 딸이라고 했다. 누군가를 닮았다고 느꼈는데, 바로 준코였다. 그러니까 도키타는 남자와 여자로서가 아니라 죽은 딸이라 여기고 준코를 아꼈는지도 모른다.

하지만 고헤이는 그 일에 대해서는 언급하지 않았다.

준코는 자신의 손가락 끝을 바라보고 있었다. 생각을 정리할 때 그녀가 보이는 버릇인지도 몰랐다. 오늘 그녀는 그 사파이어 반지를 끼고 있지 않았다. 매니큐어의 색도 평소보다 아주 엷은 핑크색이었다.

"증거가…… 있어?"

그녀가 약간 코맹맹이 소리로 물었다.

"도키타 아저씨가 그렇게 했다는 증거…… 있어?"

"증거는 없죠. 전부 추측입니다. 그러니까 마담이 엉터리 상상이라고 한들 어쩔 수 없어요. 하지만 그렇지가 않은 거죠?"

준코는 대답하지 않았다.

"준코 언니."

지금까지 잠자코 고헤이의 설명을 귀 기울여 듣고 있던 에쓰코가 애타는 눈빛으로 신부를 바라보았다.

"우리는 언니에게 자수를 권하려고 이러는 게 아니에요. 사실은 나나 고헤이 군이나 이번 일에 대해서는 입 다물고 있자고 했어요. 그런데 언니의 비밀을 파헤치려고 돌아다닌 것이 경찰의 눈에 띄고 말았어요. 그러니까 언니 일까지 눈치 챘을 가능성이 많아요. 하지만 만약 경찰이 결정적인 단서를 찾아내지 못한다면 계속 범행을 부인해도 상관없어요. 우리는 절대 언니 일에 대해서 말하지 않을 거니까. 그렇지?"

그렇지? 하는 말은 들렸지만 고헤이는 그 말이 자신을 향한 것임을 그 즉시는 인식하지 못했다. 그는 에쓰코의 옆얼굴을 멀거니 바라보고 있었다. 안타까워하는 그녀의 눈빛은 아름답고, 속이 비칠 듯 맑고 하얀 피부는 살짝 붉은 기를 띠고 있었다. 그런 그녀의 표정을 보고 있자니 이대로 아무 말 말고 방에서 나가 버릴까 싶은 기분도 들었다. 그러는 편이 마음이 편하기 때문이었다.

하지만 그는 입을 열었다.

"아니."

"아니?"

에쓰코는 비난하는 눈초리로 그를 쏘아보았다.

"뭐가 아니라는 거야?"

"아니."

고헤이는 또 말했다.

"그러니까, 좀 달라."

"뭐가 다른데?"

"그러니까,"

그는 벽으로 다가가 선반에 놓인 찬송가 책을 집어 들었다. 금방이라도 바스러져 없어질 것처럼 낡은 책이었다.

"나도 너와 같은 생각이었어. 적어도 어제까지는. 나 역시 마담의 죄를 폭로하지 말자고 생각했지. 그런데 지금은 생각이 조금 달라. 아니, 전혀 다르다고 하는 편이 옳겠군."

"왜 달라진 거야? 왜 변한 거냐고?"

에쓰코가 물었다.

"내가 이기주의자여서 그런지도 모르지."

고헤이는 그렇게 대답했다.

"마담이 호리에 원장을 살해했든 그 사건에 책방 아저씨가 관련되었든 나와는 직접적인 관계가 없다고 생각했으니까. 그런데, 그런데 만약…… 히로미의 죽음과 관련이 있다면, 그 범인이 누가 되었든 나는 용서할 수 없어."

그 순간, 시간이 멈추는 듯한 감각을 느꼈다. 에쓰코는 초점 잃은 눈으로 고헤이를 보았고, 준코는 화석처럼 움직이지 않았다.

"그걸 어제 깨달았어. 어제 내가 마담에게 전화를 걸었잖아, 오늘 일정을 물어보려고. 마담이 전화를 받고, 여보세요, 하는 목소리가 들렸어."

고헤이가 준코를 내려다보았다.

"충격을 받은 것은 바로 그때였습니다."

준코는 멍한 표정으로 그 말의 의미를 생각하는 듯했다. 그러다 결국 그녀도 그 뜻을 알아차렸는지 하얗게 화장한 얼굴에서 핏기가 싹 가셨다.

"그 순간, 전에도 이 목소리를 들었던 기억이 났어. 왜 그때까지 한 번도 떠오르지 않았는지 이상할 정도였지. 마쓰키 씨의 시신을 발견했을 때 걸려 온 전화의 목소리였는데 말이야."

그때 고헤이는 "여보세요." 하는 여자의 목소리를 분명하게 들었다. 하지만 상대가 아무 말 않고 전화를 끊었기 때문에 그런 목소리를 들었다는 사실이 기억의 저편으로 밀려나 의식의 표면으로 부상하지 않았던 것이다. 그런데 어제, 그때와 똑같은 목소리, 그 음색이며 억양의 위치까지 똑같은 목소리를 듣는 순간 불현듯 기억이 되살아났다.

"마담이 왜 별로 친하지도 않은 마쓰키 씨에게 전화를 걸었을까 생각해 봤지. 그에게 전화를 걸었다는 사실을 마담이 얘기하지 않는 것도 이상했어. 그리고 내가 전화를 받자마자 끊어 버린 것도 이상했고. 그래서 가설을 하나 세워 보았지. 만약 마담에게 마쓰키 씨가 살해될지도 모른다는 예감이 있었다면, 하고 말이야. 만약 예감하고 있었다면 그가 며칠이나 '푸른 나무'에 나오지 않자 불안한 마음에 전화를 걸고 싶지 않았을까."

"예감?"

에쓰코가 되물었다.

"마쓰키 씨가 살해될지도 모른다는 걸 준코 언니가 어떻게 알 수 있지?"

"그건 말이지,"

고헤이는 숨을 고른 후 분명한 목소리로 다시 말했다.

"마쓰키 씨에게서 그 각서와 과학 잡지를 받은 사람은 히로미가 아니라 마담이었으니까."

툭, 하는 소리가 실내에 울렸다. 준코가 부케를 떨어뜨린 것이었다. 바닥에 떨어진 꽃을 보고서 고헤이는 순간적으로 가을 크로커스를 연상했지만, 물론 꽃다발은 그 꽃이 아니었다.

"마쓰키 씨가 자신의 운명을 맡긴 사람은 히로미가 아니라 마담이었어."

참담한 기분으로 그는 말을 이어 갔다.

"생각해 보면 간단한 일이야. 마쓰키 씨는 최대한 자신과 관련이 적은 사람에게 증거를 맡겨야 이하라에게 위협이 될 거라고 생각한 거야. 그렇다면 나와 연관이 있는 히로미보다는 마담에게 맡기는 편이 확실하다고 판단하는 게 당연하지."

"그럼 준코 언니는 왜 그런 거짓말을?"

떨리는 목소리로 에쓰코가 물었지만, 준코는 마치 그 말이 들리지 않는 것처럼 미동도 하지 않았다. 고헤이는 더욱 절망적인 기분에 빠졌다.

"아마 처음에는 거짓말할 생각이 아니었을 거야."

고헤이가 말했다.

"처음에는 중요한 증거물을 맡게 된 탓에 마쓰키 씨의 안부를 진심으로 걱정했을 거야. 그래서 전화를 걸어 확인하려 했던 거지. 그렇죠, 마담?"

준코가 희미하게 고개를 끄덕인 것처럼 보였다. 하지만 그것은 어쩌면 고헤이의 착시였는지도 모른다.

"그럼 마쓰키 씨가 죽었다는 걸 알았을 때 준코 언니는 왜 경찰에 신고하지 않았어요? 그 증거를 공표하면 이하라는 금방 잡혔을 텐데."

"물론 그랬다면 금방 체포됐겠지. 그런데 마담은 그러는 대신, 증거를 없애기 위해서라면 사람도 서슴없이 죽이는 이하라의 인간성을 어떤 목적에 이용하기로 했지."

"자, 잠깐."

에쓰코가 자지러지는 목소리로 말했다. 그녀답지 않게 혼란스러워하는 태도였다.

"네 얘기를 듣다 보니까…… 마치 준코 언니가 이하라에게 언니의 살해를 사주한 것처럼 들리잖아."

"그래."

고헤이는 감정을 억누르고 말했다.

"그게 사실이야."

"거짓말, 말도 안 돼!"

"거짓말이 아니야. 그렇죠, 마담?"

준코는 눈을 감고 입술도 조개껍데기처럼 꼭 닫고 있었다. 고헤이는 준코의 발치에 떨어진 부케를 주워 그녀의 무릎 위에 올려놓았다. 달짝지근하고 쌉싸래한 향기가 그의 코를 자극했다.

"우리는 『사이언스 논픽션』이라는 과학 잡지를 마쓰키 씨가 히로미에게 건넨 것으로 알고 있지만, 사실 그 장면을 본 사람은 마담뿐이었어. 아니, 정확하게 말하면 봤다고 한 사람이 마담뿐이었지. 이하라나 도키타 아저씨나 그렇다고 얘기를 들었을 뿐이야."

아, 하는 소리가 에쓰코의 입에서 흘러나왔다. 고헤이는 두세 번 고개를 끄덕였다.

"그런 식으로 따져 가다 보니까, 이하라의 행동 뒤에 언뜻언뜻 보이는 그림자가 있다는 것을 알아차리게 되었어. 우선 아파트 보조 열쇠. 마담은 이하라 앞에서 히로미의 집에 몰래 숨어들 수 있는 방법이 있다고 넌지시 흘렸지. 그리고 이하라가 자신을 미행하도록 유도해서 문패 뒤에 보조 열쇠가 숨겨져 있다는 걸 가르쳐 주었어. 사실 그 열쇠도 원래 거기 숨겨져 있었던 게 아니야. 마담이 갖고 있던 걸 거기에서 빼

내는 것처럼 보이게 했을 뿐이지. 그리고 집에서 나올 때에는 열쇠를 실제로 문패 뒤에 숨겼어. 그렇게 해서 이하라가 히로미의 집에 몰래 숨어들 방법이 마련된 거야. 게다가 마담은 이하라가 숨어들 날짜까지 계획했어. 아파트 관리인이 금요일에는 없다고 가르쳐 줬던 거지. 그리고 미리 히로미의 방에 『사이언스 논픽션』을 갖다 놓았어. 물론 이하라가 찾고 있는 각서도 거기에 끼워서."

"이하라가 그걸 발견하면 그다음에는 언니를 노릴 것이라고……."

에쓰코가 중얼거렸다.

"마담의 계획은 그랬어. 그런데 그날 하필 히로미가 평소보다 일찍 돌아오는 바람에 이하라는 그 자리에서 히로미를 죽일 수밖에 없었지."

"왜, 왜 그랬어?"

바닥에 깔린 카펫을 내려다보면서 낮지만 날카로운 목소리로 에쓰코가 물었다. 고헤이에게 물은 것인지 아니면 준코에게 물은 것인지 알 수 없었다.

"왜 언니를 죽여야 했어? 왜 그럴 필요가 있었냐고. 옛날부터 두 사람, 친구였잖아!"

"난 처음에는,"

고헤이가 중얼거렸다.

"뺑소니에 대해 알고 있는 사람을 모두 없앨 작정인가 보다고 생각했어. 그런데 차마 그렇게 생각하고 싶지는 않았지. 마담과 히로미의 관계는 단순히 비밀을 공유하고 있다는 데 그치지 않을 것이고, 지금 와서 8년 전의 과거에 집착하는 것도 이해할 수 없었어."

"그럼 왜?"

에쓰코가 슬픔으로 가득한 얼굴을 옆으로 약간 기울였다. 고헤이는 호흡을 가다듬고서 말했다.

"사정이 바뀌었던 거지."

"사정?"

"그래. 사이토 씨의 등장으로 사정이 바뀌었던 거야. 그렇죠, 마담?"

준코는 아무 대답이 없었다.

"그런 거였어요?"

에쓰코가 물었다.

"뺑소니 사건은 당연히 타인에게 말할 수 없는 비밀이었지만, 특히 사이토 씨가 알아서는 안 되는 일이었어."

고헤이가 가라앉은 목소리로 말했다.

"왜? 그 사람은 준코 언니를 사랑하잖아. 그렇다면 그 사람에게는 얘기해도 괜찮은 거 아닌가?"

"일반적으로는 그럴지도 모르지. 하지만 이 경우는 달라.

왜냐하면 사이토 씨가 바로 가토 사치코의 치료를 담당했던 의사였으니까."

고헤이가 일단 말을 끊자 그 자리의 분위기가 한층 긴장감을 띠었다. 잠시 침묵했던 고헤이는 다시 말을 이었다.

"내가 사이토 씨와 가토 사치코의 관계를 안 것은, 언젠가 사이토 씨가 들려준 빨간 풍차의 소녀 얘기가 떠올랐기 때문이었어. 사고의 후유증으로 손발이 마비되었고 끝내 의식을 잃은 채 눈을 뜨지 못했다는 어린 여자아이. 그 아이가 바로 가토 사치코였지. 그 얘기를 할 때 사이토 씨의 눈빛이 어땠는지 나는 똑똑히 기억하고 있었어. 전력을 다했지만 끝내 아이의 생명을 구하지 못한 걸 그는 지금도 아쉬워하고 고통스러워하는 것 같았어. 그러니 소녀의 죽음에 직접적인 원인을 제공한 뺑소니 사건의 범인을 알면 그 사람이 자신의 연인이라 한들 용서하지 않을 가능성이 높지. 아니, 절대 용서하지 않았을 거야."

또다시 침묵. 하지만 이번 침묵은 오래가지 않았다. 준코가 목구멍 속에서 쥐어 짜내는 듯한 묘한 소리를 냈기 때문이다. 그리고 보니 그녀의 무릎으로 눈물이 뚝뚝 떨어지고 있었다.

"그럼 준코 언니가 이하라를 이용해서 언니를 죽인 게, 사이토 씨에게 8년 전의 일이 알려지는 걸 막기 위해서였다는 말이야?"

히로미를 꼭 닮은 길쭉한 눈을 침통하게 일그러뜨리며 에쓰코가 말했다. 고헤이는 고개를 끄덕일 수밖에 없었다.

"하지만 준코 언니는 우리 언니의 친구야. 친구가 불행해질 수도 있는데 언니가 그런 고자질을 하겠어?"

에쓰코의 말투가 처절했다. 하지만 그 말이 누구를 향한 것인지는 아무도 몰랐다. 아마 그녀 자신도 모를 것이다.

"나도 그렇게 믿었을 거야. 그런데 마담은 믿지 못했던 거지."

"왜?"

에쓰코가 금방이라도 울음이 터져 나올 듯한 표정으로 물었다.

"그건, 아마…… 예전에 히로미와 사이토 씨가 친밀하게 지낸 시기가 있었기 때문일 거야."

준코의 흐느낌 소리가 뚝 끊겼다. 그리고 등이 휘청 흔들렸다. 에쓰코의 가슴도 크게 오르내렸다.

"그 두 사람이 연인 사이였다는 거야?"

고헤이는 미간을 찡그리고서 팔짱을 꼈다.

"내가 히로미를 처음 알게 되었을 때, 얼마 전까지 사귀던 남자가 있다고 고백한 적이 있어. 그 사람이 사이토 씨였다고 생각하면 모든 게 맞아떨어지지. 소름 끼칠 정도로. 나는 꽤 자주 '모르그'에 드나들었는데, 역시 단골이었던 사이토 씨와는 한 번도 마주치지 않았어. 왜였을까? 그건 그가 화요일에만 '모르그'에 갔기 때문이야. 나는 히로미를 만날 수 없는 화요일에는 가지 않았고, 그는 옛 애인과 마주치는 어색함을 피하려고 화요일에만 갔고. 그러니 늘 어긋날 수밖에 없었지."

"그럼 준코 언니가 우리 언니를 믿지 못한 것은 사이토 씨를 빼앗았다고 언니가 원망할 거라고 생각해서였어?"

"아니, 그렇지는 않을 거야. 헤어지자고 한 사람은 아마 히로미 쪽이었을 테니까."

"언니가, 왜?"

"이건 내 추측인데, 어떤 일로 사이토와 가토 사치코의 관계를 히로미가 알게 된 게 아닐까 싶어. 만약 그렇다면 히로미 성격에 사이토와 함께할 자격이 없다고 생각했을 가능성이 높지."

"……그렇겠네."

"단, 사이토 씨 쪽은 아무것도 몰라. 히로미가 갑자기 차 버렸다고 생각할 뿐."

"그랬는데, 그 후에 곧바로 준코 언니와 사귀게 되었다는 거야?"

"그렇게 말하면 사이토 씨가 굉장히 형편없는 남자처럼 들리지."

고헤이가 마냥 고개를 떨어뜨리고 있는 준코를 보면서 말했다.

"마담이 유효적절하게 접근했던 거였지. 사이토 씨도 실은 꺼리고 있었어. 전에 마담이 두 사람 사이를 히로미도 알고 있는 것처럼 얘기했던 적이 있는데, 실제로는 비밀로 하고 있었을 거야."

"그랬겠지."

"과거의 일에 책임을 느끼고 그 사람과 헤어진 언니가 같은 과거를 지닌 준코 언니와 그 사람이 결혼하는 걸 절대 두고 볼 리 없다고 생각했을 테니까."

"그래, 아마 그랬겠지."

그러자 거의 쓰러져 가던 준코가 목소리를 쥐어 짜냈다.

"히로미는, 히로미는…… 절대 용납하지 않았을 거야. 히로미는 언제나 우등생에 엄친딸에……. 그러면 이 세상을 살아갈 수 없는데……."

그때 불쑥 문을 노크하는 소리가 들리고, 빼꼼 열린 틈으로 누군가 얼굴을 들이밀었다.

"시간이 다 됐는데요."

그 얼굴이 말했다.

"알았어요."

에쓰코가 대답하자 부탁한다는 말을 남기고 문이 닫혔다.

고헤이가 신부를 돌아보았다. 준코는 금방이라도 쓰러질 것 같았다. 의자에 앉아 있기도 힘겨운 모습이었다. 하얀 웨딩드레스를 입고 있는 탓인지, 고헤이의 눈에는 눈덩이처럼 보였다. 소리 없이 녹아 흔적도 없이 사라질 것만 같은 느낌이었다.

"오해하고 있는 것 같아서,"

고헤이는 지금까지와는 전혀 다른 사무적인 말투로 입을 열었다.

"마지막으로 한마디만 더 하죠."

준코가 천천히 얼굴을 들었다. 마치 피눈물이라도 흘린 것처럼 눈도 눈가도 빨갛게 물들어 있었다.

"마담은 히로미에게 두 사람 사이를 잘 숨겼다고 생각할지 모르겠지만 그녀는 아마 알고 있었을 겁니다."

딸꾹질을 하는 듯한 소리를 내며 준코가 온몸을 파르르 떨었다. 고헤이는 그런 그녀의 등을 내려다보았다.

"사이토 씨가 마담 집에 드나든다는 것을 히로미는 알고 있었어요. 이하라에게 살해당하던 날도 그녀는 사이토 씨가 아파트 안으로 들어가는 걸 보고 있었죠. 그래서 이하라의 칼에 찔렸을 때 있는 힘을 다해 엘리베이터를 탔던 겁니다. 그녀는 여전히 사이토 씨를 사랑하고 있었으니까. 히로미가 6층으로 가려고 했던 건 마담에게 도움을 청하기 위해서가 아니라 그를 만나고 싶어서였습니다. 이것이 밀실 수수께끼의 진정한 해답. 그 정도로 사이토 씨를 사랑했고, 게다가 마담과의 관계를 알고 있으면서도 히로미는 마담을 방해하려 하지 않았어요. 그러니까 아마 영원히 그런 일은 하지 않았을 겁니다."

그럼, 하고서 고헤이는 문 쪽으로 걸어갔다.

8

성당 안 공기가 약간 눅눅했다. 분위기가 음습하다는 뜻이 아니라 실제로 습도가 높은 것 같았다. 어쩌면 어딘가에서 가습 장치가 가동되고 있는지도 모르겠다. 하지만 그럴 만한 장치가 주위에 보이지는 않았다.

고헤이와 에쓰코는 줄줄이 놓인 긴 의자에 앉아 신랑 신부의 입장을 기다렸다.

정면을 향해 왼쪽에는 신부의 지인들, 오른쪽에는 신랑의 지인들이 앉아 있다. 준코 쪽도 손님이 많지 않은데 사이토 쪽은 그보다 더 적었다. 병원 관계자인 듯한 사람이 몇 명 앉아 있을 뿐이었다.

'아니……'

그 몇 명 중에 사에키 요시에의 모습이 눈에 띄었다. 눈이 마주치자 그녀가 공손하게 머리를 숙였다.

어제 갑자기 고헤이의 아파트로 찾아온 그녀에게는 밀쳐낼 수 없는 절박함이 있었다. 그 절박함으로 '알고 있는 걸 다 가르쳐 달라.'며 고헤이를 밀어붙였다.

그녀가 자신의 딸이 이번 사건과 어떤 관련이 있지 않을까 의문을 품은 것은 호리에 원장의 죽음이 단초였다. 그가 살해되기 직전에 '최근에 사치코에 대해서 혹시 누가 묻지 않았냐'는 질문을 요시에에게 했기 때문이었다.

그래서 그녀는 사치코의 담당 의사였던 사이토를 만나러 병원을 찾아갔고, 또한 살인 현장 주변을 배회하며 뭔가 단서를 찾으려 했던 것이다. 그런데 별다른 수확이 없어서 포기하려던 참에 고헤이와 에쓰코가 수국 학원에 사치코에 대해 문의했다는 얘기를 들은 것이다.

고헤이는 나중에 반드시 진상을 다 얘기해 주겠다고 그녀에게 약속했다. 덕분에 그녀에게서도 몇 가지 정보를 얻었다. 사이토가 사치코의 담당 의사였다는 사실도 확인할 수 있었다.

'진상은 다 밝혀졌지만……'

과연 이 일련의 진상을 어떻게, 뭐라고 얘기하면 좋을까. 고헤이는 그날 일을 생각하자 더욱 우울해졌다.

고헤이는 사람들에게서 건물 내부로 시선을 옮겼다. 바닥도 벽도 온통 목제인 오래된 건물이다. 천장에는 뭔지 모를 복잡한 조각이 새겨져 있고 높은 위치에 있는 창문은 배색이 아름다운 스테인드글라스였다. 정면의 3층으로 된 설교단은 마치 전통 가옥의 불단처럼 화려했다. 조촐한 규모의 연극이라도 할 수 있을 만큼 넓고 그 안쪽으로는 조그만 문이 있다. 문에도 세밀하게 문양이 조각되어 있다.

십자가는 있지만 그림이나 사진에서 흔히 볼 수 있는 예수상은 붙어 있지 않았다. 그저 밋밋한 나무판을 십자 모양으로 깎아 냈을 뿐이다.

"고헤이."

오른쪽 옆에 앉은 도키타가 고헤이의 옆구리를 쿡 찔렀다.

"이런 곳에서는 사진을 찍으면 안 된다고 하던데, 정말 그런가?"

그는 고급 카메라를 부둥켜안고 있었다. 딸처럼 아끼는 준코의 화사한 모습을 그 카메라에 담고 싶어 하는 듯했다.

"글쎄요."

고헤이가 고개를 갸우뚱했다.

"찍으면 안 되기야 하지만, 하느님도 아저씨의 정성을 어여삐 여겨 용서해 주지 않을까요?"

그렇게 대답하자 도키타는 눈을 찡그리고 너털거렸다.

"그렇지, 그렇겠지?"

마침내 설교단의 안쪽 문이 열리면서 신부님이 나타났다. 검은 의상이 아니라 금색과 은색이 섞인 가운을 걸친 모습이다. 그는 엄숙한 몸짓으로 좌중을 내려다보고는 천천히 걸음을 옮기기 시작했다. 그가 설교단 중앙에 도착하자 그때를 기다렸다는 듯이 성당 입구의 문이 열렸다.

카펫이 깔린 통로로 또박또박 리드미컬하게 걷는 구둣발 소리가 울렸다. 하객들 사이로 턱시도 차림의 사이토가 지나갔다.

사이토가 신부님 앞에서 걸음을 멈추자 오르간 연주가 시작되었다. 그 소리에 맞춰 순백의 드레스를 입은 신부가 등장할 차례였다. 모두 자리에서 일어나 그녀를 맞을 준비를 했다.

"축복할 수 있겠어?"

왼쪽 옆에 앉은 에쓰코가 고헤이의 귀에 대고 속삭였다.

"잘 모르겠다. 아마 무리겠지."

고헤이가 대답했다.

"그럼 왜 여기 있는 거야? 나가도 되잖아."

"그건 그런데, 잘 모르겠어. 그러는 넌 왜 여기 있어?"

"나도 잘 모르겠으니까 묻는 거지."

"우리 행위는 신의 의지를 거역하는 꼴이 되겠지."

"양심의 가책을 느끼는 거야?"

"양심의 가책은 무슨. 신 따위 엿이나 먹으라고 해."

고헤이가 그렇게 내뱉었다.

장내가 시끌시끌해졌다. 오르간 연주는 끝나 가는데 신부가 모습을 나타내지 않았기 때문이다. 신부님의 동그란 얼굴이 목을 쭉 빼고 사이토를 내려다보았다.

"어떻게 된 거지?"

그런 소리가 여기저기서 들렸다. 통로로 나와 뒤쪽을 보면서 투덜거리는 사람도 있었다.

그때 다시 문이 열렸다.

답답할 정도로 유난히 천천히 열렸다. 그런데도 하객석에서는 안도의 한숨 소리가 흘러나왔다.

그러나 그 안도의 한숨 소리는 이내 사라지고 말았다. 문 너머에 이 자리에 전혀 어울리지 않는 남자가 서 있었기 때문이다. 그는 차림새가 엉망이었고 눈에는 핏발까지 서 있었다. 그 자리에 있던 모든 사람의 눈이 그의 가슴 언저리에 고정되었다. 그는 두 팔에 웨딩드레스를 입은 신부를 안고 있었다. 축 늘어진 신부의 팔에는 하얀 손수건이 둘둘 말려 있고, 그것은 뻘건 피로 물들어 있었다.

오르간 연주가 어정쩡하게 중단되었다.

한참 동안 아무도 말을 하지 못했다. 그 시간이 한없이 길게 느껴졌지만 실제로는 아주 짧은 시간이었는지도 모른다.

"준코 씨."

처음으로 그녀를 부른 것은 역시 사이토였다. 그는 자신의 신부에게 달려가려 했다. 그러나 그녀를 안은 남자가 "움직이지 마."라고 외치자 두세 걸음 앞으로 나갔다가 돌처럼 굳어서 그 자리에 서고 말았다.

"경찰입니다."

준코를 껴안은 채로 고즈키가 말했다.

"신부는 자살을 기도했습니다. 급히 병원으로 데려가야겠습니다."

"살 수 있어요?"

에쓰코가 외쳤다. 고헤이도 그렇게 외치고 싶은 심정이었다.

고즈키는 에쓰코를 보면서 아랫입술을 꾹 깨물었다. 그리고 다시 입을 열어 "살릴게."라고 대답했다. 목소리가 심하게 잠겨 있었다.

"꼭 살릴게. 더는 누구도 죽게 하지 않을 거야."

그가 다시 그렇게 말했다.

9

해가 바뀌었다. 정초라고 불리는 날들이 무의미하게 흘러갔다. 새해 나흘째 아침, 고헤이는 조금 늦잠을 잤다. 왼손으로 더듬어 보았지만 옆에는 아무도 없다. 커튼이 활짝 걷힌 창문으로 겨울치고는 쨍쨍한 햇살이 비쳤다.

부엌 쪽에서 무슨 소리가 났다. 아침을 준비하는 것 같지는 않았다.

고헤이는 기지개를 한껏 켜고서 침대에서 몸을 일으켰다. 옆을 보니 연어색 티셔츠가 내팽개쳐져 있다. 에쓰코가 잠옷 대신 입는 것이다. 그녀는 이 티셔츠에 하얀 팬티만 입고 잔다. 네글리제는 입어 봐야 말려 올라가니까 입으나 안 입으나 똑같단다.

문이 열리고 에쓰코가 나타났다. 그녀가 걸친 헐렁헐렁한 흰 스웨터 아래로 흰 팬티가 언뜻 보인다. 고헤이는 그녀의 하얗고 긴 다리를 한참 감상한 후에 말했다.

"다리가 무척 예쁘네."

"고마워. 다리에는 자신이 있지."

그녀가 하얀 이를 내보이며 웃었다. 그리고 손에 든 신문을 그에게 던졌다.

"별다른 기사는 없어. 컴퓨터 사건으로 신니치와 도와가 옥신각신하고 있다는 것 외에는."

"그 사건에 관해서는?"

"전혀 없어. 설날이라는 빅 이벤트에 비하면 사소한 사건이지, 뭐."

그렇게 말하면서 에쓰코는 검은 스타킹을 집어 신고서 위로 쭉 올렸다. 스타킹을 신고 있으니 다리가 한층 길어 보였다.

그날 성당에서 병원으로 옮겨진 준코는 다행히 목숨은 건졌다고 한다. 하지만 그 후 사건이 어떤 형태로 수습되었는지 고헤이는 전혀 모른다. 고즈키에게서도 연락이 없었다.

고헤이는 결국 에쓰코의 아파트에서 설 연휴를 보냈다.

에쓰코는 검정 스타킹에 이어 회색 미니스커트를 입었다. 그리고 고헤이의 발치에 서서 물었다.

"앞으로 어떻게 할 거야?"

"어떻게 할 거냐니?"

"올 한 해를 어떻게 보낼 거냐고. 올해도 그 당구장에서 계산대 일이나 하고 그 냄새나는 아파트에서 지낼 거야?"

"말이 너무 심하다."

"사실이 그런데, 뭐. 아무튼, 어떻게 할 거야?"

고헤이는 머리 뒤로 두 손을 깍지 끼고 하얀 천장을 올려다보았다. 지금의 그에게는 가장 대답하기 어려운 질문이다. 동시에 지금 제일 먼저 생각해야 하는 문제이기도 했다.

"일단 생각을 다시 정리해 보려고."

고헤이는 그렇게 대답했다.

"다시 생각을 정리한다고?"

"히로미에 대해서 생각해 봤어. 수국 학원에서 일하는 그녀의 모습이 찍힌 사진, 에쓰코도 봤지? 사진 속의 그녀는 정말 즐거워 보였어."

"그래, 그랬지."

"뭐가 그렇게 즐거운지 생각해 봤어. 그녀는 그저 대가를 치르려 한 게 아니라 그 일에서 생의 진정한 보람을 느낀 게 아닐까 하는 생각이 들더라고."

"그랬을지도 모르겠네. 피아노까지 친 걸 보면 말이지."

"그래. 처음에는 죗값을 치르겠다는 생각이 앞섰을 거야. 그런데 하다 보니 그 일에서 기쁨을 느끼게 된 거겠지. 생의 보람을 군이 추구한 것이 아니라 주어진 상황을 생의 보람으로 바꿔 나간 거야. 그렇게 살아가는 길도 있어."

"그래서 고헤이도 그렇게 살아가겠다는 거야?"

"아니."

고헤이가 이불을 휙 걷어 내고 침대에서 내려왔다.

"그냥 그런 길도 있다는 얘기야. 에쓰코식으로 말하면 메뉴가 한 가지 늘었다고 할까."

흠, 하면서 그녀가 고개를 끄덕였다.

"전에 내가 같이 가자고 했잖아. 사건이 해결되면 같이 가자고. 아직 결정 못했어?"

"호주라……."

고헤이는 다시 침대에 벌렁 누워 그 남쪽 나라를 생각했다.

시드니, 코알라, 캥거루, 그레이그 노먼. 그 정도밖에 떠오르지 않았다. 어떤 산이 있고 어떤 강이 있으며, 거기에 어떤 물이 흐르는지도 모른다. 모르니까 더욱이 그 물을 마시고 그물로 세수하면 전율이 느껴질 만큼 의미가 있을 듯한 기분도 들었다.

"나쁘지는 않네."

고헤이가 말했다.

"신기해. 이런 기분 드는 거, 처음이야."

"저주에서 풀려나서 그럴 거야, 아마. 지금까지 어떤 저주에 걸려 있었던 거지. 그래서 꼼짝할 수 없었던 거야."

그녀가 너무도 심각한 표정으로 그렇게 말해서 고헤이는 약간 불안해졌다.

"무슨 저주였을까?"

그가 물었다. 그녀는 단박에 대답했다.

"학생가."

반짝, 빛나는 의견이었다. 고헤이는 감탄스러웠다.

10

겨울 방학이 끝나고 학생들이 다시 대학으로 돌아왔다. 구

학생가는 여전히 물먹은 폭죽처럼 활기를 되찾지 못했지만, 그래도 방학 기간보다는 그나마 나았다. 무엇보다 '푸른 나무' 건너편에 있는 이발소에 손님이 들었을 정도니.

'푸른 나무'에서 마지막 일을 끝낸 고헤이는 각 테이블에 커버를 씌운 후, 전에 늘 그랬던 것처럼 창가에 서서 거리를 내려다보았다.

수많은 일이 떠올랐다. 그중에는 학생가에서 있었던 사건도 포함되어 있지만 그보다 훨씬 전의 일도 많았다. 그 모든 일이 고헤이에게 어떤 메시지를 던지고 있는 것처럼 생각되었다. 그 메시지에 담긴 의미를 두고두고 파헤쳐 보자 싶었다. 서두를 건 없었다. 모든 의미를 다 헤아리기에 자신은 아직 너무 젊다. 그리고 너무 젊다는 것은 부끄러운 일이 아니라고 생각했다.

문득 돌아보니 뒤에 마스터가 서 있었다. 염소수염을 기른 마스터는 처음 만났을 때보다 약간 야위어 보였다.

"드디어 때가 왔군."

마스터가 말했다.

"신세 많이 졌다고 해야겠죠."

"그런 말은 안 해도 돼. 별로 듣고 싶지 않아."

마스터는 손에 쥔 갈색 봉투를 내밀었다. 고헤이가 받아 들고 보니 생각보다 두툼했다.

"차비라도 하라고 좀 더 넣었어."

마스터가 눈을 찡그리며 말했다.

"돈이야 거추장스럽지 않을 테니까."

"감사합니다."

"또 내가 할 수 있는 거 뭐 없나?"

고헤이는 잠시 생각하고서 대답했다.

"큐를 손질하게 해 주시죠."

마스터가 내려가고 나자 이번에는 사오리가 올라왔다. 등 뒤에 무슨 종이 꾸러미를 들고 선 그녀는 다소 긴장한 표정이었다.

"가는 거야?"

"응."

"고헤이 오빠가 가고 나면 외로울 거야."

"고맙다. 나도 너를 못 만나게 돼서 아쉬워."

"이거 받아."

사오리가 네모난 종이 꾸러미를 고헤이에게 내밀었다. 포장지에는 프랑스 인형과 클래식 자동차와 로봇 그림이 그려져 있었다. 조심조심 포장지를 뜯어내자 하얗고 네모난 상자가 나왔다. 뚜껑을 열어 보니 피에로 인형이 들어 있다.

"오르골이야."

그녀가 상자 속에 같이 들어 있는 건전지를 꺼내 피에로의 배에 끼워 넣었다.

"자, 잘 봐, 이제."

그녀는 계산대 위에 인형을 놓고서 그 앞에다 대고 손뼉을 짝 쳤다. 그러자 오르골이 울리면서 그 소리에 맞춰 피에로가 목과 손을 움직이기 시작했다. 두 바퀴 반 정도를 돌자 피에로가 움직임을 멈췄다.

"재미있지? 그치?"

"그래, 재밌네."

고헤이가 말했다. 그리고 그도 손뼉을 짝 쳤다. 피에로는 아까처럼 두 바퀴 반을 돌고 멈췄다.

"나라고 여기고 소중하게 간직해 줘."

"그래, 사오리 너라고 생각하고 소중하게 간직할게."

그녀가 고헤이 옆에 앉아 그의 목을 두 팔로 껴안고 입술을 포갰다. 그녀의 입술은 탱글탱글한 치즈 케이크 같은 감촉이었다. 고헤이는 그녀의 허리를 껴안고 시간의 흐름을 피부로 느꼈다.

"이런저런 것들이 아마 많이 변할 거야."

긴 키스를 끝내고 사오리가 고헤이의 눈을 보면서 말했다.

"나도 변할 거야, 꼭."

"어떻게 변할 건데?"

그녀는 고개를 약간 옆으로 기울이고 대답했다.

"멋지게."

마지막으로 악수를 하고서 둘은 헤어졌다.

"그럼 안녕."

"그래, 안녕."

마치 시간이라도 재는 것처럼, 그녀가 계단을 내려가는 소리가 재깍재깍 울렸다.

그러고 나서 고헤이가 큐를 손질하고 있는데 발치에 불쑥 그림자가 어리더니 손이 어둠에 가렸다. 얼굴을 들자 고즈키가 히죽거리며 내려다보고 있다.

고헤이도 질세라 히죽거렸다. 왠지 아까부터 이 형사가 나타날 것 같은 예감이 있었으므로 별로 놀라지 않았다.

고즈키는 그답지 않게 검은 양복을 빼입고 그 위에 코트를 걸쳤다.

"사건의 결말을 얘기해 줘야 할 것 같아서 말이지."

"그거 고맙군요."

"내가 신부를 훔쳐 간 것까지는 알지?"

"더스틴 호프만처럼."

다른 점이 있다면 고즈키는 벤저민만큼 겸손하지 않았다. 당당하게 그녀를 훔쳐 갔다.

"그녀가 그럭저럭 회복되어서 자세한 얘기를 들을 수 있었어. 의외다 싶을 정도로 침착하더군. 덕분에 새해 첫 일치고는 쉽게 마무리되었지."

"나에 대해서 무슨 말 안 하던가요?"

고헤이가 가장 마음에 걸리는 점을 물었다. 눈덩이처럼 꼼짝하지 않던 그녀의 모습이 눈에 남아 있다.

"별말 없었는데."

형사가 시큰둥하게 대답한다.

"혹시 아직 신경이 쓰이는 점이라도 있는 거야?"

"아니요······, 딱히 그런 건 아니고요."

"사건의 내용은 자네들이 알고 있는 그대로야. 내가 보충할 게 없어. 궁금한 거 있나?"

"한 가지 있어요······."

고헤이가 그렇게 대답하자 어서 물으라는 듯이 고즈키가 그를 보았다.

"히로미를 죽이려던 마담의 살의가 어느 정도였을까요? 히로미가 죽은 다음 날 그녀가 가게에서 울고 있었거든요. 술을 떡이 되도록 마시고. 그때 모습을 생각하면 역시 그녀도 후회하지 않았을까 싶은데요."

고헤이가 그렇게 말하자 형사는 잠시 고개를 숙인 채 생각한 후 대답했다.

"글쎄······ 뭐라고 대답해야 할지 모르겠는데. 그때 심리가 어땠을지는 누구도 헤아릴 수 없지 않겠어? 아마 그녀 자신도 정확히 몰랐을 거야. 그런데도 꼭 그 대답을 들어야겠나?"

아닙니다, 하면서 고헤이는 고개를 저었다. 그 반응에 형사
는 만족한 듯했다.

"세상에는 너무 알면 재미없는 일도 많아."

"예를 들면,"

고헤이가 침을 삼키고 형사의 얼굴을 보았다.

"형사님의 청혼을 히로미가 왜 거절했는지, 그 이유 같은
것도요?"

"흠, 그렇지."

형사가 태연하게 대답했다. 그러나 고헤이는 그 이유에 대
해 꽤 타당성이 있는 대답을 찾은 상태였다. 그가 청혼한 시
기는 바로 뺑소니 사건 후였다. 그녀는 그런 과거를 지닌 자
신이 법을 집행하는 고즈키와 결혼할 수는 없다고 생각했을
것이다. 어떤 계기로 자신의 과거가 폭로되는 날에는 그에게
심각한 영향이 미칠 것이고, 또 무엇보다 자신의 양심을 속
일 수 없었다.

그러나 고헤이는 그 말을 지금 하지 않기로 했다. 고즈키
자신도 그 정도는 이미 충분히 알고 있을 테니까.

고헤이로서도 말하지 않는 편이 나은 일이 많았다. 예를 들
어, 왜 히로미가 건널목에서 달려오는 전철로 뛰어들려 했느
냐 하는 것. 그녀는 아마도 사랑하는 사이토가 과거 가토 사

치코의 치료에 온 힘을 다했던 의사였다는 것을 알고 죗값을 치르겠다는 심정으로 죽음을 선택했을 것이다. 그때 그녀의 모습에는 그럴 만큼의 절망감이 감돌았다.

단지 고헤이를 만나는 바람에 그녀는 잠시 먼 길을 돌았을 뿐이다. 특히 히로미를 구하면서 고헤이가 뇌진탕을 일으켰다는 점이 그녀의 관심을 끌었을 것이다. 가토 사치코의 일로 그녀는 두부 손상에 대해 과도할 정도로 예민하게 반응하게 된 것이다. 그렇게 생각하면 고헤이가 머리가 아프다고 거짓말하고 출근하지 않았을 때 그녀가 보인 반응도 이해가 간다.

또 말 그대로 사건의 열쇠가 된 보조 열쇠에 대해서도 고헤이는 제 입으로는 말하지 말자고 생각했다. 준코가 갖고 있던 그 보조 열쇠는 아마 히로미가 사이토에게 주었을 것이다. 준코는 보나 마나 적당한 말로 사이토를 꼬드겨 그걸 받아 냈을 것이다.

또 있다.

마지막으로 그녀에 관한 수수께끼가 하나 더 풀렸다. 그녀가 지워 버린 생명. 그 아이는 아마 헤어지기 직전에 생긴 사이토의 아이였을 것이다.

물론 그 얘기 역시 고헤이는 누구에게도 할 마음이 없었다.

고헤이가 생각에 잠긴 동안 고즈키는 코트를 벗고 주머니에서 담배를 꺼내 한 개비를 입에 물었다.

"여행이라도 떠나는 모양이군."

그렇게 말하는 고즈키의 입이 위아래로 실죽실죽 움직였다.

"잠시 세상 구경 좀 하려고요."

"사회를 공부해 보겠다, 이건가?"

"그렇기도 하죠."

고즈키가 담배에 불을 붙였다. 뽀얀 연기가 그의 입에서 흘러나와 갖가지 모양을 만들면서 허공으로 사라졌다.

"이번 사건으로 마음고생이 심했던 것 같군."

"조금요."

"여행에서 돌아오면 어쩔 거야, 취직할 건가?"

"모르겠습니다. 아마 취직은 안 하겠죠. 다시 대학에 들어가지 않을까요."

"대학?"

고즈키는 어이없다는 투로 말했다.

"또 학생 노릇 하려고?"

"아마도요. 이번에는 같은 실수를 반복하지 않을 겁니다. 내가 뭘 지향하는지 확실하게 정한 후에 들어갈 테니까요."

"그러기 위한 세상 공부다?"

"그런 셈이죠. 하지만 자신을 필요 이상 다그칠 생각은 없습니다. 기한을 정해 놓을 생각도요. 내가 뭘 원하는지를 모르면 알 때까지 찾을 뿐이죠. 평생을 모르고 산다 해도 그 또한 인생이잖아요."

"지난 1년 동안에는 그걸 찾았던 게 아니고?"

"자세가 다르죠. 이러니저러니 핑계를 대면서 자신의 과거를 백지로 돌리지 못했으니까요. 그래서 학생가를 떠나지도 못했던 거고요."

형사가 또 담배를 한 모금 빨았다. 표정을 보니 뭔가 생각을 정리하고 있는 듯하다. 고헤이는 팁을 줄로 갈면서 그의 입이 열리기를 기다렸다.

"자네 얘기를 듣다 보니까 그림 석 장이 떠오르는군."

잠시 후에 그가 입을 열었다. 그림 생각을 했던 모양이다.

"폴롱이라는 화가 아나?"

"폴롱?"

"화가이며 일러스트레이터, 포스터 작가, 판화가이기도 했지. 본인은 그중 어느 것도 아니라고 했지만. 그 폴롱의 그림 중에 '어제, 오늘, 내일'이라는 작품이 있어. 〈어제〉는 그저 드넓은 사막에 어느 한 방향을 가리키는 손목이 있을 뿐이지. 그 손목은 돌로 만든 것처럼 울퉁불퉁한데, 어째 좀 풍화된 느낌이야."

"그렇군요."

고헤이가 대꾸했다.

"그리고 〈오늘〉은, 그림 한가운데에 무수하게 가지를 뻗은 나무 한 그루가 그려져 있는데, 그 가지 끝이 〈어제〉에서 한 방향을 가리키던 손목 모양이야. 수많은 손목이 온갖 방향을 가리키고 있는 셈이지."

"이해가 갈 듯하군요. 그 그림, 꼭 보고 싶은데요."

"언젠가는 볼 수 있을 거야."

"〈내일〉은 어떤 그림이죠?"

고헤이가 묻자 고즈키는 잠시 머뭇거리는 표정을 지었다.

"그 〈내일〉이 좀 어려운데 말이야. 공간에 네모난 물체가 몇 개 떠 있어. 그 공간 일부에는 커다란 구멍이 뚫려 있고 그 구멍에서 손이 툭 튀어나와 있는데, 그 손이 네모난 물체 하나를 잡고 있지. 뭐, 그런 그림이야."

"내일의 내용은 작위적으로 선택할 수 없다……."

"음, 그런 뜻이겠지. 자네의 여행에 무엇이 기다리고 있을지 아무도 알 수 없는 것처럼. 굿 럭. 내가 할 수 있는 말은 그뿐인 것 같군."

굿 럭, 굿 럭. 신비한 울림을 지닌 말이라고 고헤이는 생각했다.

"그런데,"

그렇게 다시 말을 꺼낸 형사가 의미심장하게 히죽 웃고는 옆에 있는 포켓 테이블을 가리켰다.

"자네의 앞날을 점치는 정도는 할 수 있지."

고헤이가 고개를 들고 고즈키의 얼굴을 보았다. 고즈키는 큐를 잡고 테이블 커버를 벗겨 내고 있었다.

"선공은 양보하지. 내게 질 정도면 앞날이 어두워."

고헤이도 일어섰다. 오랜만에 몸 안이 뜨거워졌다.

큐를 잡자 또 무수한 생각이 밀려왔다. 만남, 충격.

'그리고 안녕.'

그런 생각을 가슴에 안은 채, 고헤이는 혼신의 힘을 다해 브레이크 샷을 날렸다.

해설
___

진보 히로히사

　꺼풀을 벗다, 라는 말이 있다. 일정한 수준은 유지하지만 좀 처럼 거기에서 벗어나지 못하던 사람이 어느 시점을 경계로 비약적으로 발전하는 경우가 있는데 그 순간을 우리는 '한 꺼풀 벗었다'라고 표현한다. 소설가 중에도 그런 경우가 있다. 예를 들어 후나도 요이치는 『비합법원』(1979년)으로부터 5년 후인 1984년 『산고양이의 여름』으로, 또 『철기병 날다』(1979년)로 잡지 신인상을 받았던 사사키 조는 1988년 『베를린 비행 지령』으로 한 꺼풀을 벗었던 기억이 새롭다. 그리고 히가시노 게이고의 『학생가의 살인』 역시 같은 의미에서 기념할 만한 책이라고 하겠다.

　『학생가의 살인』은 1987년 6월 고단샤에서 단행본으로 출간되었다. 스물일곱의 약관에 제31회 에도가와 란포상을 수상하면서 데뷔를 장식했던 『방과후』로부터 네 번째 장편 소설이다. 『방과후』는 여고를 무대로 한 작품이고, 두 번째 작품인 『졸업:설월화 살인 게임』은 대학이 무대다. 그리고 이 『학생가의 살인』은 졸업 후 자신의 길을 찾지 못한 채 아르바이트를 하면서 허송세월하는 청년을 주인공으로 하고 있다. 세 작품 모두 각각 등장인물은 다르지만 청춘기를 배경으로 한 삼부작을 의도한 것이 아닐까 싶다.

『학생가의 살인』의 주인공 쓰무라 고헤이는 애인이 살해된 사건의 진상을 밝혀 나가는 동시에 자신의 삶의 길을 발견한다. 작가 히가시노 게이고에게도 이 작품은 개안(開眼)의 책이 되었을 것이라고 짐작한다.

실제로 이 작품이 출판된 후 작가는 『소설 현대』의 '근간 근황' 코너(1987년 9월)에서 이렇게 말했다.

"……소설가가 된 후로 내가 줄곧 하고 싶었던 시도 중에서 몇 가지를 이 소설에서 실행했다."

구체적으로 어떤 시도를 했는지는 밝히지 않았다. 그러나 이 작품이 이듬해 일본 추리 작가 협회상 장편 부문 후보작 세 편 중의 한 편에 오른 것만 봐도 작가의 포부가 혼자만의 것이 아니었음을 알 수 있다.

작가가 스스로 밝히지 않은 이상, 이 책에서 작가가 어떤 시도를 했는지 밝히는 것은 해설자의 책무가 될 것이다. 그런데 본 해설자는 실로 믿지 못할 사람이다.

나는 1990년에 발행된 『세기말 일본 추리 소설 사정』의 마지막 장에서 이렇게 밝힌 바 있다.

"히가시노 게이고가 처음 읽은 추리 소설은 고미네 하지메의 『아르키메데스는 손을 더럽히지 않는다』(1973년)였으나, 창작의 직접적인 모델이 된 것은 아카가와 지로의 작품이었다."

그런데 히가시노 게이고는 아카가와 지로에게 전혀 영향을 받지 않았다고 한다. 친한 편집자가 히가시노 씨의 말을 잘못 알아들었던 것 같은데, 사실을 확인도 않은 채 책에다 써먹은 결과이다. 부끄러운 일은 그뿐만이 아니다. 『방과후』가 문고본으로 다시 나왔을 때 히가시노 씨가 다음과 같이 말한 것을 읽었으니, 그 오류를 진즉에 깨달았어야 했다.

"여고생들의 미스터리적 부분을 잘 활용하면 재미있는 소설이 될 것 같다는 점에 착안한 것이죠. 그런데 학원물에서 흔히 볼 수 있는 패턴, 즉 고등학생이 형사 못지않은 활약상을 보여 주거나 어른이 바보로 취급되는 그런 작품은 쓰고 싶지 않았습니다. 솔직히 나 자신이 그런 소설을 싫어합니다. 읽으면 속이 부글부글 끓어요. 어디까지나 어른의 읽을거리를 쓰고 싶은 것이 당시부터 현재까지 변함없는 내 바람입니다." (「어른의 읽을거리를 쓰고 싶다」 『IN★POCKET』 1988년 7월)

히가시노 씨를 부글거리게 한 소설이 실제로 아카가와 씨의 작품이었는지는 차치하고, 그렇다면 아카가와 씨의 작품에서 영향을 받았을 가능성은 없다.

그런 부주의한 해설자가 쓰는 글이니 히가시노 씨가 『학생가의 살인』에서 이러이러한 시도를 했다고 제시하더라도 그리 신뢰하지 마시기 바란다. (히가시노 씨가 어떤 글에서 하나에서 열까지 낱낱이 밝혔다면 이 글은 부질없는 추측에 불과할 우려도 있으니.)

아무튼 열거하면 이렇다.

1. 실제로 있는 곳이든 가공의 장소든, 구체적인 지명을 일절 언급하지 않았다.

도쿄나 오사카, 그렇게 써 버리면 설명이 필요치 않다. 독자에게 어느 정도의 이미지가 있기 때문에 편하다. 그런데 히가시노 씨는 『방과후』에서도 여고 이름을 명시하지 않았고 역 이름도 S역이라고 했다. 『졸업』에 등장하는 대학 역시 현청 소재지인 T시에 있는 국립 T대학이라고 한 것처럼 실재하는 지명을 가급적 피하는 방향으로 작품 활동을 시작했다. 『학생가의 살인』에서는 이 경향이 더욱 뚜렷해져 알파벳조차 표기하지 않았다. 따라서 소설의 무대를 설정하기 위해서는 그만큼 치밀한 상상력을 발휘해야 한다. 『졸업』은 정문의 위치가 바뀌어서 구 학생가로 전락해 가고 있지만 실은 신 학생가를 무대로 한 작품이라는 것을 마지막까지 밝히지 않을 정도로, 독자의 예비 지식에 매달리지도 않는다.

나아가 "소설 어딘가에 피에로를 등장시키면 그 소설은 성공한다는 징크스가 있어서 말이죠."(고단샤 노벨스 판 『십자 저택의 피에로』 중 '작가의 말'에서)라고 했듯이 히가시노 씨의 초기 작품에는 히치콕 영화의 한 장면처럼 피에로가 다양한 형태로 얼굴을 내미는데, 『학생가의 살인』과 『졸업』의 무대가 근접한 곳이라는 점을 나타내는 실마리도 피에로에 있다.

2. 완전히 해결된 것처럼 보이는 사건의 배후에 숨겨진 또 다른 진상이 있다.

굳이 설명할 필요도 없을 것이다. 추리 소설에 흔히 나타나는 패턴이라고 하면 그만이지만, 반전과 설득력을 충분히 갖춘 상태에서 사건이 해결되었는데 그 배후에 또 다른 진실이 숨겨져 있어야 하니 상당한 기교가 필요하다.

3. 도면을 사용하지 않았다.

이 점은 설명이 필요하다. 본격 추리 소설에서는 자료의 일부로 저택의 평면도나 열차 시간표 등의 도표를 삽입하는 경우가 많은데, 히가시노 씨는 이런 유의 도판을 특히 많이 사용하는 작가다. 참고로 작품 목록을 겸하여 히가시노 장편에서의 도판 사용 상황을 일람할 수 있도록 표를 만들어 보았다. 이 밖에 탐정 역을 맡은 등장인물은 서로 다르지만 연작

작품명	도판 매수	도판 내용
방과후(85)	5	탈의실 평면도, 밀실 구성도, 밀실 해명도(3)
졸업(86)	17	밀실 관계도(4), 밀실 트릭 해명도
백마 산장 살인 사건(86)	2	펜션 평면도, 밀실 트릭 해명도
학생가의 살인(87)	없음	
11문자 살인 사건(87)	없음	
마구(88)	2	시한폭탄의 구조, 시한폭탄 스위치의 구조
윙크로 건배(88)	없음	
십자 저택의 피에로(89)	2	십자 저택 평면도, 트릭 해명도
잠자는 숲(89)	없음	
조인 계획(89)	7	스키를 타면서 점프할 때의 가속도 분해도(4)와 가속도 곡선(3)
브루부스의 심장(89)	없음	
숙명(90)	없음	

단편집이 세 권―『나니와 소년 탐정단』(1988년), 『살인 현장은 구름 위』(1989년), 『의뢰인의 딸』(1990년)―있는데, 이 작품들에는 도판이 없다.

이 중에서 『마구』는 『방과후』로 수상하기 전해(1984년)에 에도가와 란포상에 응모해 최종 후보에 올랐던 작품을 손질한 것이다. 점차 도면이나 도표를 사용하지 않는 추세에 있다는 것을 알 수 있다.

도판은 물론 일종의 독자 서비스이다. 하지만 소설은 어디까지나 문장으로 독자를 이해시키는 것이 바람직할 것이다. 『백마 산장 살인 사건』 '작가의 말'에서 "암호다 밀실이다 하는 소위 고전적인 소도구를 무척 좋아한다. 시대에 뒤떨어졌다고 하든 어떻든, 앞으로도 계속 이런 소도구에 관심을 갖고 싶다."고 말했듯이 『학생가의 살인』에서도 밀실이 다뤄진다. 엘리베이터를 사용한, 절반은 '열린' 밀실이기 때문에 도면이 필요할 만큼 복잡하지 않고, 또 그의 밀실물에서 다뤄지는 트릭 중에서도 가장 무리가 없다. 그런 면에서도 게임성이 짙었던 초기 작품보다 존재감 있는 인물들이 약동하는 맛깔스러운 소설로 성큼 발을 내디뎠다고 할 수 있다. 그러면서도 추리적 요소가 등한시되지 않는다는 점은 앞에서 언급한 2번의 특징으로 봐도 명백하다.

히가시노 게이고 씨는 매번 의욕적으로 작품을 빚어내고 있다. 그런 가운데서도 『학생가의 살인』은 양적으로도 탁월하지만 질적으로도 대표작이라는 이름이 부끄럽지 않다. 독자는 이 작품의 주인공처럼, 왠지 푸근한 학생가의 저주에 사로잡혀 거기에서 벗어나고 싶지 않을 것이다.